So kalt wie Eis, so klar wie Glas

1. Auflage 2015
© Ueberreuter Verlag GmbH, Berlin 2015
ISBN 978-3-7641-7043-1

Alle Rechte vorbehalten. Das Werk darf – auch teilweise –
nur mit Genehmigung des Verlags wiedergegeben werden.
Übereinstimmungen und Ähnlichkeiten mit lebenden Personen
oder Familien sind rein zufällig und nicht beabsichtigt.

Umschlaggestaltung: Eisele Grafik-Design, München
unter Verwendung von Illustrationen von
Vlado, Kudryashka und ElizaLIV/Depositphotos.com
Druck und Bindung: Print Consult, München
Gedruckt auf Papier aus geprüfter nachhaltiger Forstwirtschaft.

www.ueberreuter.de

OLIVER SCHLICK

So kalt wie Eis, so klar wie Glas

ueberreuter

PROLOG

Unter Glas

7

ERSTER TEIL

Die Kugelmacher

9

ZWEITER TEIL

Raunacht

237

DRITTER TEIL

Klinge und Glas

353

EPILOG

Elsa auf dem Eis

375

PROLOG
Unter Glas

Niemand ist mehr wach um diese Zeit. Nicht in Rockenfeld. Die kleinen schiefen Häuser am Bachufer scheinen sich in der kalten Oktobernacht eng aneinanderzudrängen und tief und traumlos zu schlafen, eingelullt von dem sanften, monotonen Gluckern des Wassers. Ein Windstoß treibt dürre Blätter durch die Gassen, irgendwo klappert ein Fensterladen. Über den Dächern des Dorfes schwebt ein bleicher, kränklicher Mond.

Sein fahles Licht fällt durch einen Vorhangspalt in Jacob Dorneysers Schlafzimmer und spiegelt sich auf seinem kahlen Schädel. Direkt neben dem Bett steht Dorneysers Rollstuhl. Auf einem Nachttisch stapeln sich Medikamentenpackungen. An der Wand darüber hängt ein verblasstes Foto, das ihn und seine Tochter zeigt, als sie fünf war: Jacob trägt eine alberne Weihnachtsmannmütze, hält Simone auf dem Arm und lächelt, während sie mit staunenden Augen auf eine bunt geschmückte Tanne blickt.

Dorneyser kratzt sich im Schlaf an der Nase, zieht die dicke Daunendecke bis zum Kinn und dreht sich zur anderen Seite.

In nicht einmal drei Minuten wird das Klingeln des Telefons die nächtliche Stille zerreißen.

Aber noch ist es ruhig im Haus. Nur das Geräusch von Jacobs Atemzügen, das Ticken der Standuhr im Korridor und – wenn man ganz genau hinhört – das Trippeln winziger Pfoten. Es kommt aus der Werkstatt im oberen Stockwerk.

Eine graubraune Hausmaus flitzt auf der Suche nach Nahrung über die Dielen. Unter einem der Arbeitstische stößt sie auf ein paar Schokoladenkuchenkrümel und beginnt sie sich hastig einzuverleiben, während ihre schwarzen Knopfaugen gebannt auf die deckenhohen Regale der Werkstatt blicken. In den Fächern sind Tausende von Schneekugeln aufgereiht; das Mondlicht bricht sich in ihren gläsernen Kuppeln. Alle sind sie Schöpfungen von Jacob Dorneyser. Stille Landschaften unter Glas: schneebedeckte Hügel, verschneite Tannenwälder, winterliche Felder, weihnachtlich geschmückte Dörfer, vereiste Seen.

Die Maus verschlingt den letzten Kuchenkrümel und macht sich daran, ihre Vorderpfoten zu säubern. Zu ihrem Unglück ist sie eine ausgesprochen reinliche Maus. Wäre sie nicht so auf ihre Körperhygiene konzentriert, würde ihr auffallen, dass plötzlich ein schwaches blaues Licht in den Schneekugeln aufleuchtet. Wie von einer unsichtbaren Hand bewegt hebt sich der Flitterschnee vom Boden der Gläser und die künstlichen Flocken beginnen, lautlos durch die Kugeln zu schweben.

Die Maus bemerkt nichts davon. Eifrig fährt ihre Zunge über die rosa Vorderpfoten. Dann aber hält sie mitten in der Bewegung inne und blickt auf: Mit einem Mal ist es kalt wie in einer Eishöhle! Für den Bruchteil einer Sekunde sieht es aus, als würde alles in Jacobs Werkstatt von glitzerndem Raureif überzogen: die Regale, die Schneekugeln, sogar die Schnurrbarthaare der Maus. Ein Zittern läuft durch ihren Körper. In der Dunkelheit vor dem Fenster flackern drei blaue Flammen!

Die Maus gibt ein panisches hohes Fiepen von sich, die kleinen Füße scharren über den Boden, ihre Augen quellen hervor – sie fällt zur Seite und bleibt bewegungslos auf den Holzdielen liegen.

In dem Moment, in dem ihr Herz aufhört zu schlagen, lässt das Schrillen des Telefons Jacob Dorneyser aus dem Schlaf auffahren.

ERSTER TEIL
Die Kugelmacher

Es ist einer dieser Morgen im späten Oktober, die aussehen, als hätte sie sich jemand ausgedacht. Der Himmel blau, die Luft kalt und klar, die Friedhofswege bedeckt mit einem Blätterteppich aus leuchtendem Gelb und Rot. Zwischen den Gräbern glitzern Kiesel in der Herbstsonne.

Der Trauerredner stößt kleine Atemwolken aus.

Als er mich vorhin begrüßt und mit »Frau Dorneyser« angesprochen hat, habe ich einen Moment gebraucht, um zu begreifen, dass er damit wirklich mich meint und nicht meine Mutter. Dass er sie gar nicht meinen *kann*.

Ich sehe, wie sich sein Mund öffnet und schließt, ich höre, wie er über *die Verstorbene* spricht, aber seine Stimme klingt dumpf und hohl wie alles um mich herum. Als stünde ich unter einer Glocke aus Glas.

Unter einem Trauerredner habe ich mir immer einen älteren Herrn mit traurigen Augen vorgestellt. Nicht jemanden, der aussieht wie ein Bezirksvorsitzender der *Jungen Union*. Ich frage mich, wo Svenja den Typen aufgegabelt hat.

Svenja hat die gesamte Beerdigung organisiert: Sie hat sich um den Sarg gekümmert, die Todesanzeige aufgegeben, den Trauerredner engagiert und sie hat auch den Kranz bezahlt. Außerdem hat sie während der letzten Tage immer wieder versucht, mich dazu zu bewegen, wenigstens ein paar Löffel Suppe zu essen, mich morgens zum Duschen geschickt und abends ins Bett verfrachtet.

Aber ich kann nicht essen und auch nicht schlafen. Ich kann nicht mehr richtig denken. Ich kann nicht mal weinen.

Svenja ist noch blasser als sonst. Sie trägt ihre löchrige schwarze Jeans und die abgewetzte Lederjacke, die sie irgendwie aus den Achtzigern ins neue Jahrtausend gerettet hat.

Als der akkurat gescheitelte Trauerprofi beginnt, mit affektierter Knödelstimme über »*Simone Dorneyser – Mutter, Freundin, Kollegin*« zu sprechen, fängt Iggy ohne jede Vorwarnung an zu schreien. Wenn Iggy schreit, ist das so, als würde eine Feuerwehrsirene losheulen. Vielleicht schreit er, weil er in diesem Moment versteht, dass meine Mutter ihm nie wieder aus *Lurchis Abenteuern* vorlesen wird. Vielleicht aber auch nur so, ohne jeden Grund. Das weiß man bei Iggy Zimmermann nie. Er ist drei Jahre älter als ich – einundzwanzig. Iggy trägt Windeln und einen gepolsterten Kopfschutz und manchmal wirft er, nur so aus Daffke, irgendwelches Zeug aus dem Fenster. Oder er kreischt wie eine Kreissäge. So wie jetzt.

Svenja streicht ihm beruhigend über den Kopf und legt die Arme um ihn. Manchmal denke ich, dass sie schon mit dunklen Augenringen zur Welt gekommen ist. Ist sie natürlich nicht. Wenn ich Iggys Mutter wäre, hätte ich wahrscheinlich auch Ringe unter den Augen.

Die beiden leben in der Wohnung über uns, seit ich denken kann. Jeden Abend, wenn Iggy – erschöpft vom stundenlangen Schreien – eingeschlafen ist, ist Svenja zu uns runtergekommen. Meistens nur auf eine Zigarette und ein Glas Wein, manchmal hatte sie auch ein bisschen Gras dabei. Das wurden dann *sehr* lange Abende: Mutter und Svenja nebelten das Wohnzimmer ein, drehten ihre 80er-Jahre-Düstermucke auf, stopften Pizza und süßes Zeug in sich rein und versicherten sich gegenseitig immer wieder, dass es »… *früher einfach viel geiler war*«.

Iggy erbarmt sich und lässt die Sirene auslaufen, dafür beginnt Magdalene, die neben mir steht, herzzerreißend zu schluchzen. Dicke Tränen rollen über ihre roten Wangen. Magdalene wiegt gute hundertzwanzig Kilo und ist bei dem mobilen Pflegedienst angestellt, für den Mutter gearbeitet hat. Die Arbeitszeiten in dem Laden sind eine Zumutung, der Chef ein widerlicher Choleriker und die Bezahlung einfach nur ein Witz. Mutter hat ihren Job gehasst.

Bei dem blasierten Trauerredner klingt das ganz anders. In seiner Version des Lebens von Simone Dorneyser war sie ein selbstloser Engel der Siechen und Kranken. Es wird jede Menge gelogen, sobald der Tod ins Spiel kommt.

Wenn sich in einem Film Mütter und Töchter, ohne es zu wissen, zum letzten Mal im Leben sehen, dann reden sie immer über unglaublich persönliche und bedeutende Dinge und beteuern, wie sehr sie sich lieben. Als hätten sie eine Vorahnung davon, dass etwas Schlimmes geschehen und sie für immer auseinanderreißen wird.

Im richtigen Leben gibt es keine Vorahnung und keine Beteuerungen. Das Sterben passiert einfach so.

Mutter kam von der Arbeit. Wie immer mit Rückenschmerzen, wie immer erschöpft, wie immer genervt. Ich saß in meinem Zimmer und lernte für eine Geschichtsklausur.

»Cora, das Wasser ist alle!«, rief sie aus der Küche. »Du wolltest doch einen neuen Kasten besorgen.«

»Tut mir leid, hab ich vergessen. Ich laufe schnell los.«

»Nein, lass … schon gut. Ich muss sowieso noch mal runter zu *Wally*, ich hab keine Zigaretten mehr. Ich bring uns zwei Flaschen Wasser mit.«

Wally ist der Kiosk direkt gegenüber, auf der anderen Straßenseite. Sie hat ihr Portemonnaie genommen, die Wohnungstür hinter sich zugezogen und ich habe mich wieder in meinen Text über den Kalten Krieg vertieft – bis ich den dumpfen Aufprall gehört habe. Gefolgt von einem ekelhaften, schleifenden Geräusch. Die Leute auf der Straße haben geschrien. Ich stürzte auf den Balkon und sah Mutter mit seltsam verrenkten Gliedmaßen auf dem Asphalt liegen. Um sie herum die glitzernden Scherben der Wasserflaschen.

Svenja hat mir später erzählt, dass der Fahrer des Wagens am Steuer einen Schlaganfall hatte. Der schwere Mercedes war ungebremst in Mutter hineingerast, über den Bürgersteig geschossen und erst von einer Hauswand aufgehalten worden.

Niemand konnte etwas dafür. Niemand hatte Schuld. Es war einfach so passiert.

Sie hing noch zwei Tage lang an Furcht einflößenden Apparaturen, bevor sie gestorben ist. Einer der Ärzte im Krankenhaus – es war ein älterer mit Bart und Brille – hat mir gesagt, dass sie keine Schmerzen mehr gespürt hat.

Ich habe beschlossen, das zu glauben.

Iggy wischt sich Rotz von der Nase und verteilt ihn großflächig auf dem Ärmel seines Anoraks. Der Trauerredner hält endlich die Klappe. Er wippt nervös auf den Fußballen und nickt Svenja auffordernd zu.

Sie fummelt an dem riesigen Gettoblaster rum, den sie mitgeschleppt hat, dreht den Lautstärkeregler auf – und ein trauriger Bariton tönt durch den Herbstmorgen.

Während Ian Curtis von Vergänglichkeit und Ewigkeit singt, stehen wir mit gesenktem Kopf um das Grab. Plötzlich blickt Svenja auf und starrt auf irgendetwas, das hinter meinem Rücken vor sich geht.

Ich drehe mich um. Ein merkwürdiges Paar nähert sich uns über den laubbedeckten Weg: Eine grauhaarige Frau, die aussieht, als wäre sie einem Italo-Western entsprungen. Derbe Treter, ein Ledermantel, der so lang ist, dass er über den Boden schleift, und ein breitkrempiger schwarzer Hut, der von drei Adlerfedern geziert wird. Sie schiebt einen Rollstuhl, in dem ein zierlicher, kahlköpfiger Mann sitzt. Über seine Beine ist eine Decke gebreitet, auf seinem Schoß liegt ein Strauß Astern.

Joy Division verstummen, der Sarg wird in die Erde gelassen. Svenja legt den Arm um mich, Iggy bekommt einen Schluckauf, Magdalene wirft einen kleinen Bund Moosröschen in das Grab.

Der alte Mann rollt mit seinem Stuhl vor und lässt die Astern in die Erdgrube gleiten. Ich habe ihn noch nie gesehen und frage mich, woher er Mutter gekannt hat.

Der Trauerredner verabschiedet sich mit einem schlaffen Händedruck von mir.

Die Beerdigung ist vorüber.

Alles ist vorbei.

Svenja tuschelt mit Magdalene. »Kannst du dich kurz um Iggy kümmern?«

Magdalene nickt. »Komm, Iggy, wir gehen spazieren.«

»Neee!« Iggy schüttelt den Kopf und bricht in maschinengewehrartiges Gelächter aus, aber schließlich nimmt er doch ihre Hand und trottet mit ihr los.

Svenja packt mich an den Schultern und schiebt mich auf das seltsame Paar zu.

Sie gibt dem Mann im Rollstuhl die Hand. »Danke, dass Sie gekommen sind, Herr Dorneyser.«

Dor-ney-ser?

Nur ganz langsam und tröpfchenweise sickert das, was sie gesagt hat, in mein Bewusstsein.

Der Mann streckt mir die Hand entgegen. Ein schmales Gesicht. Blaue Augen hinter einer Brille mit goldenem Rand. Lange, feingliedrige Finger. »Ich bin Jacob Dorneyser. Ich bin dein Großvater, Cora.«

Ich starre ihn mit offenem Mund an.

Groß-vater?

Svenja sieht auf einmal ganz schuldbewusst drein. »Wir müssen über ein paar Dinge sprechen, Cora ...«

»Aber ganz bestimmt nicht hier in der Kälte«, meldet sich die Westernfrau zu Wort. »Mir friert in spätestens zehn Sekunden der Arsch ab. Außerdem brauch ich umgehend Koffein. Und zwar 'ne gepflegte Überdosis!« Mit Pietät scheint sie es nicht so zu haben. »Ab geht's!« Sie deutet in Richtung des kleinen Cafés hinter dem Friedhof und stapft mit weit ausholenden Schritten los. Ein langer geflochtener Zopf grauer Haare schwingt über ihren Rücken wie ein dickes Glockenseil.

Svenja schiebt den Rollstuhl mit meinem vorgeblichen Großvater. Während sich unsere seltsame Prozession schweigend auf das Friedhofstor zubewegt, werfe ich immer wieder verstohlene Blicke auf den vornehm aussehenden alten Mann. Mutters Eltern sind ums Leben gekommen, als sie ein Kind war. Sie ist im Heim aufgewachsen.

Dieser Mann ist ein Betrüger!

Das Café hat gerade erst geöffnet und die Kellnerin ist damit beschäftigt einzudecken. Wir quetschen uns an einen Fenstertisch, vor dem auch der Rollstuhl Platz findet.

Die Cowboyfrau wurschtelt sich umständlich aus ihrem Mantel und schafft es dabei prompt, eine Blumenvase vom Tisch zu fegen und in ein Dutzend Einzelteile zu zerlegen.

»Mann, Mann, Mann!«, schimpft sie, während sie die Scherben vom Boden klaubt.»Gottverdammter Dreck! Immer dasselbe ...«

Währenddessen suche ich in dem Gesicht des Mannes, der mir gegenübersitzt, nach irgendwelchen Ähnlichkeiten mit Mutter oder mir. Der Mann ist ein Lügner. Er sieht uns kein bisschen ähnlich. Abgesehen von den langen, dünnen Fingern vielleicht ... und der kleinen Falte über der Nasenwurzel ... und den eng anliegenden Ohren ... und den blauen Augen ...

Auf einmal fühle ich mich ganz schwindelig.

»Diese Begegnung kommt für mich genauso überraschend wie für dich, Cora«, sagt er mit sanfter Stimme.»Bis vor vier Tagen wusste ich nicht, dass ich eine Enkelin habe ... bis mich Frau Zimmermann anrief und mir sagte, dass Simone tot ist.«

Svenja zündet sich eine Selbstgedrehte an – außer auf Be

erdigungen raucht sie überall –, aber die Kellnerin wirft ihr einen bösen Blick zu und schüttelt den Kopf.

»Tatütata, die Raucherpolizei. – Ist ja gut.« Sie drückt die Kippe an der Sohle ihrer Docs aus, dann nimmt sie meine Hand und sieht mich mit ernstem Gesichtsausdruck an. »Ich habe Herrn Dorneyser angerufen, weil ... Simone und ich, wir hatten eine Abmachung. Die haben wir schon getroffen, als du und Iggy noch ganz klein wart: Sollte mir was passieren, würde sie sich um Iggy kümmern. Und sie hat mir damals einen verschlossenen Umschlag gegeben, den ich öffnen sollte, falls ihr was zustößt. In dem Umschlag waren die Adresse und die Telefonnummer von Herrn Dorneyser.«

Ich richte meinen Blick auf den Mann im Rollstuhl.

»Mutters Eltern sind schon lange tot!«

Er lächelt traurig. »Simone wollte, dass du das glaubst. Aber es stimmt nur zur Hälfte. Ihre Mutter ist wirklich gestorben, als sie noch ein kleines Mädchen war. Ich habe sie alleine aufgezogen. Simone war ... sie war mein Augenstern. Aber als sie älter wurde, wurden die Dinge zwischen uns schwierig. Eines Tages hatten wir einen schlimmen Streit. Wir haben beide Dinge gesagt, die wir besser nicht gesagt hätten ... und sie ist fortgegangen. Sie hat mich aus ihrem Leben ausgeschlossen. Für immer. Scheinbar wollte sie nicht, dass du etwas von meiner Existenz erfährst – jedenfalls nicht zu ihren Lebzeiten. Auf eine gewisse Weise bin ich wohl damals tatsächlich für sie gestorben.«

Er senkt den Blick, zupft verlegen an der Tischdecke ... und das ist der Moment, in dem ich zum ersten Mal die unwahrscheinliche Möglichkeit in Betracht ziehe, dass dieser Mann vielleicht *kein* Betrüger ist. Dass er tatsächlich der ist, der er behauptet zu sein.

Jacob Dorneyser. Vater von Simone. Großvater von Cora.

Die Frau mit dem breitkrempigen Hut grinst mich derweil frohgemut an. Sie hat Kiefer wie ein Nussknacker. Ich frage mich, was sie mit ...

»Jacob, deine Enkelin fragt sich schon die ganze Zeit, was ich denn eigentlich mit der Sache zu tun habe.«

»Oh, entschuldige, Elsa.« Der alte Mann wendet sich an mich. »Das ist Frau Uhlich, eine Freundin von mir, aus Rockenfeld. Sie war so nett, mich hierherzufahren.«

»Elsa«, sagt die Frau, reicht mir die Hand und zerquetscht beinah meine Finger in ihrer riesigen Pranke, bevor sie mit Feldwebelstimme in Richtung der Kellnerin brüllt: »Schätzchen, ich sinke gleich besinnungslos unter den Tisch! Was halten Sie davon, die Arbeit aufzunehmen? Werfen Sie die Motoren an!«

Die Bedienung kommt mit hochrotem Kopf an den Tisch galoppiert. Wir bestellen Kaffee, Elsa außerdem noch Rührei mit Speck. Als die Frau davoneilen will, drückt Elsa ihr die Überreste der Blumenvase in die Hand. »Nehmen Sie's mir nicht übel. Passiert mir öfter. Ist nichts Persönliches. Setzen Sie es auf die Rechnung, Schätzchen.«

Svenja spielt an ihrem Nasenpiercing, wie immer, wenn sie nervös ist. Das Piercing ist dauerentzündet. »Cora, hast du dir mal überlegt, wie es jetzt weitergeht? Mit dir?«

Überlegt, wie es weitergeht? Wann denn? Ich habe die letzte Woche über versucht zu begreifen, dass meine Mutter tot ist.

»Es ist ja noch ein halbes Jahr hin bis zu deinem Abitur«, sagt Svenja. »Und ... du musst ja irgendwo wohnen. Ich würde dich natürlich aufnehmen, aber du kennst meine winzige Wohnung ... und dann ist da auch noch Iggy, und ...«

»Schon gut.« Ich streiche mit dem Finger über ihre Wange. »Ich weiß, dass das nicht geht.«

»Vielleicht solltest du doch deinen Vater ...«

»Kommt nicht infrage!« Ich weiß, wie mein Erzeuger heißt und wo er lebt. Das reicht. Er hat an dem Tag das Weite gesucht, an dem Mutter ihm gesagt hat, dass sie mit mir schwanger war. Weder er noch ich haben jemals das Bedürfnis verspürt, uns kennenzulernen.

Jacob Dorneyser räuspert sich. »Cora, du bist volljährig, du kannst selbst entscheiden, was du tun wirst. Aber ich möchte dir gerne helfen ... und ich habe mir ein paar Gedanken gemacht. Eine Möglichkeit wäre, dass du weiter in eurer bisherigen Wohnung wohnen bleibst. Ich würde deinen Lebensunterhalt finanzieren, bis du dein Abitur gemacht hast – und dich natürlich auch über diese Zeit hinaus unterstützen. Wirst du studieren?«

Ganz schlechtes Thema. Genau darüber hatten Mutter und ich uns in letzter Zeit andauernd in die Haare gekriegt. Meine Mitschüler laufen ständig zu Berufsberatungen und Bewerbungsgesprächen, erstellen Studien- und Karriereplanungen und scheinen alle ganz genau zu wissen, was sie wollen. Ich habe keine Ahnung! Der Beruf für mich muss erst noch erfunden werden.

»Was«, frage ich, »wäre die andere Möglichkeit?«

»Du könntest zu mir nach Rockenfeld kommen.«

»Das geht nicht«, entgegne ich reflexartig. »Die Schule ...«

»Rockenfeld ist ein kleiner, verschlafener Ort und liegt ziemlich abseits, aber es gibt dort ein sehr renommiertes Internat: *Burg Rockenfeld*. Ich kenne einige Leute aus dem Stiftungsrat recht gut und habe ihnen die Situation geschildert. Das Internat ist bis auf den letzten Platz belegt, aber die Schule wäre bereit, dich als externe Schülerin aufzunehmen.«

»Du meinst, ich würde bei *dir* wohnen?«

»Nö, bei mir«, sagt Elsa, pult sich ein Stückchen halb verbrannten Speck aus den Zähnen und unterzieht es einer eingehenden Prüfung.

»Ich bin ein alter Mann, mit einem ganzen Koffer voller Macken«, sagt mein Großvater. »Das wäre für ein junges Mädchen eine Zumutung. Elsa hat genügend Platz und nimmt dich gerne auf. Aber du könntest mich natürlich besuchen, wann immer du wolltest. Ich wohne nur zehn Minuten von ihr entfernt. Es ist deine Entscheidung ...«

Ich fühle mich, als hätte jemand mein Leben auf ein Überschallkarussell gesetzt: Meine Mutter ist nicht mehr da, ein tot geglaubter Großvater taucht auf – und ich soll von jetzt auf gleich entscheiden, ob ich hierbleibe oder ins tiefste Niemandsland ziehe. Tausend Gedanken schießen mir durch den Kopf – nur einer davon schafft es bis zu meinem Mund: »Warum hast du dich mit Mutter zerstritten?«

Jacob Dorneyser fährt mit der Hand über seinen kahlen Schädel. Er zögert, bevor er antwortet. »Ich wollte, dass deine Mutter meine Arbeit fortführt und meine Werkstatt übernimmt. Und das war von Kindesbeinen an auch immer ihr Wunsch. Bis ...« Er tauscht einen kurzen Blick mit Elsa Uhlich. »Bis sie andere Pläne entwickelte und zu der Überzeugung gelangte, dass mein Beruf gar kein richtiger Beruf wäre. Dass sich erwachsene Menschen unmöglich mit so kindischen Dingen beschäftigen können.«

Ich sehe ihn verwirrt an. »Was genau *tust* du denn?«

»Seit den Zeiten unseres Vorfahren Leonard Dorneyser hat sich unsere Familie einer ganz besonderen Kunst verschrieben.« Er lächelt und zieht eine gläserne Kugel unter dem Tisch hervor. Künstliche Schneeflocken wirbeln in ihrem Inneren umeinander. Einen Moment lang blickt er mich prüfend an, dann drückt er sie mir in die Hand.

Elsa macht ein lang gezogenes Bäuerchen und verkündet lautstark: »Dein Oppa ist der beste Schneekugelmacher der Welt!«

Alles sieht aus wie immer, als wäre Mutter nur mal eben auf einen Sprung zu Svenja hoch. Auf der kleinen Kommode in der Diele liegt der MP3-Player, den ich ihr letztes Jahr zum Geburtstag geschenkt habe (und der nur selten in Gebrauch war, weil sie eine grundlegende Abneigung gegen das digitale

Zeitalter hegte). Zwei ihrer BHs hängen noch auf dem Wäscheständer, die spitzen Schnallenschuhe, die sie bei einem Aufenthalt in England gekauft und wie eine Reliquie gehütet hat, stehen oben auf dem Schuhschrank und ihre Lieblingstasse, die schwarze mit dem geklebten Henkel, trocknet noch immer auf dem Abtropfbrett.

Durch das Küchenfenster sehe ich, wie sich eine lange Reihe von Scheinwerfern durch die Dunkelheit bewegt. Direkt hinter dem Haus haben sie vor fünf Jahren einen neuen Autobahnzubringer gebaut. In der Wohnung über mir lässt Svenja Wasser in die Wanne ein. Fünf Minuten später klingt es, als würde in ihrem Badezimmer ein Wrestlingkampf stattfinden. Jedes Mal, wenn es ans Baden geht, wehrt Iggy sich mit allem, was er hat. Ich reiße einen Fetzen Küchenrolle ab, forme kleine Papierkügelchen und stopfe sie mir in die Ohren.

Ich brauche Ruhe.

Ich muss nachdenken.

Jacob und Elsa übernachten in einem Hotel, nur ein paar Straßen weiter. Morgen früh fahren sie nach Rockenfeld zurück. Bis dahin soll ich mich entscheiden.

Zunächst erscheint mir die Vorstellung, in irgendein winziges Dorf zu ziehen, zu einem Großvater, von dessen Existenz ich bis heute Morgen nicht einmal etwas geahnt habe, vollkommen abwegig. Ich bin hier, in dieser Wohnung aufgewachsen. Auch wenn es nur sechzig Quadratmeter sozialer Wohnungsbau sind: Das ist mein Zuhause.

Aber während ich alleine in der bedrückend stillen Wohnung sitze, in der Küche, in der wir zwischen Kochen und Spülen hitzige Diskussionen geführt, uns gestritten und wieder versöhnt haben … an dem Tisch, an dem wir jeden Abend zusammen gegessen haben … zwischen all den Dingen, die Mutter nie mehr benutzen wird, dämmert mir langsam, dass das nur die halbe Wahrheit ist.

Es ist immer *unser* Zuhause gewesen. Das von Cora *und* Simone. Jetzt fühlt sich alles merkwürdig fremd an. Beinah so, als wäre ich nur zu Besuch. Als wäre die Wohnung über Nacht zu einem Museum geworden, zu einem Ort, der in der Vergangenheit lebt, an dem man sich nur flüsternd unterhält und auf Zehenspitzen geht.

Kann man in einem Museum leben?

Die Luft in der Küche riecht plötzlich abgestanden. Ich öffne das Fenster, lausche dem gedämpften Rauschen des Verkehrs und stelle mir ganz vorsichtig vor, wie es *wäre*, von hier fortzugehen.

Ein halbes Jahr vor dem Abitur die Schule zu wechseln ist natürlich nicht risikofrei, aber auch nichts, wovor mir bange wäre. Ich bin immer im oberen Klassendrittel gewesen, ohne mich je besonders angestrengt zu haben. Zur allergrößten Not *würde* ich mich eben ein halbes Jahr lang anstrengen. Die Vorstellung, meiner bisherigen Schule auf Wiedersehen zu sagen, stimmt mich auch nicht über die Maßen sentimental. Nicht, dass ich die Schule nicht mag. Mit den meisten Leuten komme ich ganz gut aus – aber das ist es auch schon. Mehr will ich gar nicht. Ich mag es, Dinge für mich alleine zu tun. In Ruhe. Ich bin nicht der Typ, der eine Horde von Freunden und Freundinnen um sich braucht. Meine einzig richtigen Freundinnen, das sind immer Mutter und Svenja gewesen …

An den Küchenschrank ist ein Foto gepinnt, das Svenja letzten Sommer an einem Abend in der Altstadt aufgenommen hat: Mutter und ich haben uns beide ziemlich aufgebrezelt. Ich küsse sie auf die Wange, während sie in die Kamera lacht. Wir haben das gleiche lange braune Haar, den gleichen kleinen Knick in der Nase, den gleichen breiten Mund. Manchmal wurden wir für Schwestern gehalten, was Mutter jedes Mal in ein mehrtägiges Stimmungshoch versetzt hat.

Ich betrachte ihr lachendes Gesicht und versuche etwas zu entdecken, was ich vielleicht bisher übersehen habe. Hinter ihrem Lachen. Etwas Fremdes, etwas Verborgenes, etwas, das sie nicht zeigen wollte. Mir ist nie der Gedanke gekommen, dass wir Geheimnisse voreinander haben könnten.

Aber sie hatte ein Geheimnis.

Sie hat mir einen Großvater verschwiegen.

»Warum hast du mir nicht die Wahrheit gesagt?« Auf einmal spüre ich einen dicken Kloß im Hals. Ich zerknülle das Foto in meiner Hand, Tränen schießen mir in die Augen – und dann brechen alle Dämme. Ich kann überhaupt nicht mehr aufhören zu heulen. Dabei weiß ich noch nicht mal, warum ich so gotterbärmlich schluchze. Weil ich sie so vermisse? Weil ich so wütend auf sie bin? Oder weil ich mich schäme, dass ich so unglaublich wütend auf sie bin, wo ich doch um sie trauern sollte?

Irgendwann versiegen die Tränen allmählich, noch ein paar vereinzelte Schluchzer – dann kann ich wieder einigermaßen klar denken.

Ich wische mir mit den Händen durchs Gesicht und greife nach der Glaskugel, die Jacob Dorneyser mir geschenkt hat. Sie ruht auf einem schwarzen Sockel, in den goldfarbene, verschnörkelte Buchstaben geprägt sind.

Gruß aus Rockenfeld

Und darunter, etwas kleiner:

Original Dorneyser-Kugel

Sie hat nichts gemein mit den Schneekugeln, die man normalerweise in Spielzeug- oder Andenkenläden findet.

Unter dem Glas ist das winzige Modell eines Dorfes zu sehen. Eng stehende, schiefe Häuser mit verzogenen Dächern, gepflasterte Gassen und eine schmale Brücke über einem vereisten Fluss. Jedes einzelne Detail ist liebevoll ausgearbeitet, von den schneebedeckten Dächern über die leuchtenden Straßenlaternen mit ihrem warmen gelben Licht bis hin zu den winzigen Zeigern der Kirchturmuhr. Die Szenerie wirkt so real, als könnte jeden Moment einer der Hausbewohner aus seiner Tür treten, einen Nachbarn grüßen und über das verschneite Pflaster davonschlurfen.

Alles an dieser Kugel strahlt Ruhe und Frieden aus.

Ich drehe das Glas in meiner Hand. Künstliche Flocken steigen auf und fliegen umeinander. Ein lautloser weißer Sturm tobt um das winzige Dorf … bis das Schneetreiben nach einer Weile ganz sanft ausklingt. Eine letzte Flocke trudelt vor meinen Augen zu Boden.

Nichts geschieht jemals wirklich in dieser glasumhüllten Welt, denke ich. Nichts verändert sich. Manchmal kommt ein Sturm auf und der Schnee weht um die Häuser … aber danach ist wieder alles ruhig. Genau so wie vorher. Niemand muss Angst haben. Niemand stirbt.

Zum ersten Mal seit Mutters Tod fühle ich so etwas wie Trost – und fasse einen Entschluss.

Es ist kurz vor elf Uhr morgens, als vor dem Haus ein hartnäckiges Hupkonzert einsetzt.

»Wir kommen ja schon!«, brüllt Svenja aus dem Fenster.

Mit Taschen und Koffern bepackt steigen wir die Treppen nach unten. Wir sehen beide nicht besonders frisch aus. Svenja hat mir beim Packen geholfen, und nachdem wir fertig waren, haben wir noch bis vier Uhr morgens in der Küche gesessen, ewig geredet und lang und tränenreich voneinander Abschied genommen.

Sie hat sich drei Reisetaschen umgehängt und trägt den karierten Koffer, den ich schon habe, seit ich fünf bin. Jetzt ist er mein Erinnerungskoffer, vollgestopft mit Sachen, die Mutter gehört haben: ein paar Fotos, ihre Lieblingsbücher, die Schnallenschuhe aus England, der MP3-Player und der rote Mantel mit den Silberknöpfen, den sie irgendwann mal auf einem Trödelmarkt in Amsterdam erstanden hat.

Als ich aus dem Haus komme, lehnt Elsa Uhlich mit verschränkten Armen an einem VW-Bus, der in ferner Vergangenheit einmal rot gewesen sein muss. Lange bevor die Korrosion ihre Schreckensherrschaft auf ihm errichtet hat. Mir wird reichlich mulmig bei dem Gedanken, in dieser rostzerfressenen Todesschleuder auf Reisen zu gehen.

»Morgen! Schön, dass du mitkommst, Schätzchen. Herrgott, wie viel Zeug hast du denn dabei?« Elsa reißt die Heckklappe auf, nimmt mir einen schweren Koffer aus der Hand und wuchtet ihn in den Wagen, direkt neben den zusammengeklappten Rollstuhl.

Jacob Dorneyser sitzt auf der Rückbank und sieht aus wie aus dem Ei gepellt: Er trägt ein weißes Hemd, darüber eine Weste und eine gepunktete Fliege, und blickt ganz feierlich drein. »Ich freue mich, dass du mitkommst, Cora. Mehr als du dir vorstellen kannst.« Seine Augen glänzen. Er lächelt mich an, umfasst meine Hände und lässt sie gar nicht mehr los.

»Nicht einschlafen, Schätzchen«, knurrt Elsa und zeigt auf die Taschen, die noch vor der Haustür stehen.

»Ach, Frau Zimmermann …« Großvater winkt Svenja zu sich heran und drückt ihr einen Umschlag in die Hand. »Sie hatten ja einige Auslagen«, höre ich ihn murmeln.

Sie öffnet das Kuvert und macht große Augen. »Das ist viel zu viel, das kann ich nicht annehmen.«

»Das hat schon alles seine Richtigkeit«, sagt Großvater. »Ich würde mich freuen, wenn Sie und Ihr Sohn uns in Rockenfeld besuchen würden, wenn Cora sich erst einmal eingelebt hat.«

»Gern. Auf Wiedersehen, Herr Dorneyser.«

»Alles verstaut!«, meldet Elsa.

Iggy kriegt einen Schmatzer auf die Wange, Svenja eine lange Umarmung.

»Steig ein, Süße!«, drängelt sie. »Mach schon. Sonst muss ich schon wieder flennen.«

Ich klettere auf den Sitz neben Elsa, schlage die Tür zu und sie startet den Motor. Urplötzlich macht Iggy einen Satz nach vorn, presst die Nase gegen die Scheibe, kreischt los und schlägt mit der flachen Hand gegen das Glas, bis Svenja ihn mit sanftem Druck zurückzieht.

Ich winke den beiden noch einmal zu, dann biegt Elsa ab und sie sind verschwunden.

Hinter der Windschutzscheibe baumelt das lächerlichste Stofftier, das ich je gesehen habe. Ein manisch grinsendes Rentier in einem rot-weiß gestreiften Eishockey-Trikot, mit winzigen Schlittschuhen an den Hufen.

Mein verwunderter Blick entgeht Elsa nicht. »Das ist Gunnar. Unser Maskottchen. Von meinem Eishockey-Team. *Rentiere Rockenfeld.*«

»*Du* spielst Eishockey?«

»Nicht mehr. Aber früher. Ich war gefürchtet.« Sie wirft einen Blick in den Rückspiegel und zieht die Stirn kraus. »Jacob …«, sagt sie und tippt mit dem Zeigefinger gegen ihre Lippen, »höchste Zeit für deine Medizin.«

Ich drehe mich zu Großvater um und sehe, dass seine Lippen blau verfärbt sind.

Er zieht eine Kapsel hervor und zerbeißt sie. »Kein Grund zur Sorge. Nur ein kleines Problem mit dem Herzen. Nichts Dramatisches. Die normalen Alterswehwehchen. Aber ich bin etwas müde. Ich habe letzte Nacht kaum ein Auge zugetan, das Hotelbett war eine Zumutung. Wenn du gestattest, werde ich ein bisschen Schlaf nachholen.« Zehn Sekunden später schlummert er friedlich.

Als wir den unvermeidlichen Stau am Südring überstanden haben und auf die Autobahn auffahren, pustet Elsa kräftig durch. »Mann, Mann, Mann … In so 'ner Betonwüste wird man doch depressiv. Wenn ich irgendwo wohnen müsste, von wo aus ich nicht in fünf Minuten im Wald bin, würd ich mich aufhängen. Ich hab mein ganzes Leben in Rockenfeld verbracht. Wollte nie da weg. Da hab ich alles, was ich brauche. Jede Menge Grün und jede Menge Ruhe. Und die Leute kennen sich noch untereinander …«

»Dann hast du auch meine Mutter gekannt?«

»Simone? Klar! Du bist ihr wie aus dem Gesicht geschnitten. Als ich dich auf der Beerdigung gesehen hab, hat's mich beinah aus den Stiefeln gehauen. Sie sah haargenau so aus wie du, als sie in deinem Alter war.« Elsa wirft mir einen anerkennenden Blick zu. »Sie war auch so 'n heißer Feger. Mann! Mann! Mann! Beine bis unter die Achseln, Haare wie aus der Shampoo-Reklame und dann auch noch die blauen Augen … Die Kerle müssen dir doch in Scharen hinterherlaufen.«

»Geht so.«

Insgeheim habe ich die Theorie, dass neunundneunzig Prozent der männlichen Bewohner dieses Planeten Vollidioten sind. Die zwei, die ich näher kennenlernen durfte, haben sich sogar als absolut unübertreffliche Mega-Vollidioten rausgestellt.

»Hey! Geht's noch?« Elsa legt eine Vollbremsung hin, weil ein Autobahnirrer ohne zu blinken direkt vor uns einschert. »Ich zieh dich gleich aus deiner Angeberkarre und prügle dich windelweich, du Vollspacken!«

Großvater schläft weiter tief und fest. Anscheinend braucht es mehr als lautstarke Androhungen körperlicher Gewalt, um ihn aus dem Schlaf zu reißen. Ich lasse meinen Blick zwischen ihm und Elsa hin und her wandern und frage mich …

»Was gibt's denn so zu glotzen?«, fragt sie misstrauisch.

»Du und Großvater … seid ihr …«

»*Ein Paar?* Gott bewahre!« Sie schlägt mit beiden Händen auf das Steuer. »Ich brauch keinen Kerl, der jede Nacht unter meine Bettdecke furzt. Wir sind Freunde. Reicht vollkommen.

Wir helfen uns, wenn es nötig ist. Und ab und zu kippen wir uns zusammen einen hinter die Binde. – In letzter Zeit allerdings seltener …« Ihr Gesichtsausdruck verdüstert sich und sie flüstert:»Gut, dass du nach Rockenfeld kommst. Wir beide müssen ein bisschen auf deinen Oppa aufpassen. Die Sache mit seinem Herzen ist ganz und gar nicht harmlos – auch wenn er immer tut, als wär das alles nur Pillepalle.«

»Und … der Rollstuhl? Hat er schon immer …«

»Nein, das war ein Unfall.«

»Was ist passiert?«

»Frisch gebohnerte Treppe«, sagt Elsa kurz angebunden und nimmt eine rote Papiertüte von der Ablage.»Lakritze?«

»Danke.« Ich schüttle den Kopf.

»Du weißt nicht, was dir entgeht, Schätzchen. Sind die doppelt Gesalzenen. Wenn es sein müsste, würde ich für die Dinger meinen Körper verkaufen.«

Sie knatscht drauflos und stellt das Autoradio an. Ein Popsternchen mit Mickymausstimme trällert irgendein Liebeslied und ich fühle mich auf einmal ganz unglaublich müde …

Ich wache erst wieder auf, als ich einen Ellenbogenstoß in die Seite bekomme.

»Wach werden, Dornröschen, wir erreichen jeden Moment die Schlosstore.«

Es ist bereits dunkel. Die Lakritztüte ist leer. Der rostige Bus kämpft sich über eine kurvenreiche Landstraße.

Ich sehe nach hinten. Großvater ist ebenfalls aufgewacht und lächelt mir zu; seine Glatze glänzt im Dunkeln.

Rechts und links von uns erheben sich steile Waldhänge.

Die Rostkarosse tuckert gemächlich durch das Tal, ihre Scheinwerfer gleiten über ein gelbes Schild:

Gemeinde Rockenfeld

Großvaters Hände legen sich auf meine Schultern.
»Willkommen im Dorf der Schneekugeln!«

Ich erkenne das Dorf sofort wieder. Die Fachwerkhäuser, der kreisförmige Platz in der Dorfmitte, die steinerne Brücke … Alles sieht genauso aus wie in der Kugel.

Nur der Schnee fehlt.

Großvater wohnt etwas außerhalb; ein holpriger Zufahrtsweg führt zu dem Haus am Waldrand. Viel kann ich im Dunkeln nicht erkennen, aber doch genug, um zu sehen, dass es ein Häuschen aus Bruchstein ist, dessen Rückseite direkt an einer steilen Felswand lehnt. Es sieht aus, als würde ein steinernes Geschwür aus dem Felsen wachsen. Im oberen Stockwerk ist ein ungewöhnlich großes, kreisrundes Fenster eingebaut, zu der engen Straße hin liegt ein mit hohen Büschen bewachsener Garten.

Elsa klappt den Rollstuhl auseinander, hebt Großvater aus dem Bus, als würde er nicht viel mehr wiegen als eine Tüte Zucker, und bringt ihn zur Haustür.

Er dreht sich noch einmal zu mir um. »Ich würde mich freuen, wenn du mich morgen besuchen kämst. Gute Nacht, Cora.«

»Gute Nacht, Großvater.«

Er kichert leise. »Also … so richtig kann ich mich nicht an den *Großvater* gewöhnen. Und *Oppa* ist noch viel schlimmer«, sagt er und wirft Elsa einen finsteren Blick zu. »Wie wäre es mit *Jacob*?«

»Gute Nacht, Jacob.«

Elsa wohnt in einem der schiefen Fachwerkhäuser am Bach.

So was wie eine Diele gibt es nicht. Als sie die Tür öffnet, stehe ich direkt in ihrer guten Stube – und kriege den Mund nicht mehr zu: Über dem gemauerten Kamin hängt ein mottenzerfressener, ausgestopfter Rentierkopf. Sein rechtes Auge fehlt und irgendein Spaßvogel hat ihm einen Eishockeyhelm aufgesetzt. Die weiß gekalkten Wände sind mit Fotos von Eishockeymannschaften übersät. Rechts von mir steht ein vollgestopftes Bücherregal, das aussieht, als würde es bei der geringsten Erschütterung zusammenbrechen; ein kleines Sofa ist begraben unter einem Berg aus Bügelwäsche. In einer altmodischen Vitrine sind Unmengen von Schneekugeln aufgereiht, dazwischen vier knallbunt angemalte Heiligenfiguren, und auf dem Teppich vor der Couch haben sich eine Gießkanne, eine Flasche Whisky und eine Blechdose mit Unkrautvernichter in trauter Dreisamkeit zusammengefunden.

Auf dem Esstisch liegt eine Kettensäge.

»Kein Grund zusammenzuzucken, Schätzchen. Hab nur vergessen, sie wegzuräumen. Die brauch ich, damit ich in Form bleibe. Ich war Waldarbeiterin, über vierzig Jahre lang. Seit letzten Sommer bin ich in Rente. Aber ich hab mich noch nicht so richtig an den Ruhestand gewöhnt. Ab und zu muss ich einfach was zersägen.«

»Schon klar«, sage ich leise und blicke auf den gigantischen Haufen Holzscheite vor dem Kamin.

Wenn man den ersten Schock überwunden hat, ist es hier beinah gemütlich. So als wäre man bei einer ziemlich messiemäßigen Miss Marple zu Besuch.

»Komm, ich zeig dir die Kaiserinnensuite«, kommandiert Elsa.

Ich folge ihr eine schmale Holzstiege hoch ins Obergeschoss, biege um die Ecke – und knalle mit voller Wucht gegen einen Balken.

»Den Kopf schön einziehen, Schätzchen. Die Decken sind ziemlich niedrig.«

»Danke für den Hinweis.« Vorsichtig betaste ich die Beule, die aus meiner Stirn wächst.

Elsa öffnet eine Tür. »Hier war lauter Krempel abgestellt. Hab ich alles ausgeräumt, damit du ein bisschen Platz hast. Ist etwas eng, ich hoffe, du kommst damit klar.«

Unter einer Schräge steht eine schwere Kommode. Es gibt einen Kleiderschrank und einen Schreibtisch, auf dem eine Vase mit bunten Herbstblumen platziert ist. An der Wand hängt ein Hundeporträt in Öl: ein tranig blickender Mops mit heraushängender Zunge. Das Bett ist frisch bezogen. Die Bettwäsche riecht nach Kampfer. Durch das Fenster sieht man direkt auf den Wald.

»Es ist perfekt. Danke, Elsa.«

Sie lächelt und sieht fast ein bisschen verlegen aus.

»Na, dann pack mal aus, ich kümmere mich in der Zwischenzeit um unser Abendessen.«

Ich verstaue meine Kleidung im Schrank und stopfe alles andere in die alte Kommode. Die Schneekugel von Jacob bekommt einen Ehrenplatz auf dem Nachttisch.

Direkt an das Zimmer schließt ein Bad an: Waschbecken, Toilette, eine Dusche und eine Metallbadewanne. Überall in dem kleinen Raum sind Kerzenstumpen verteilt. Ich springe kurz unter die Dusche, schlüpfe anschließend in die bequemsten Klamotten, die ich dabei habe, und ziehe mir meine dicken Wollsocken über die Füße. Als ich die knarrenden Holzstufen nach unten gehe, steigt mir der Geruch von Essen in die Nase. Ich stecke den Kopf in die Küche, die nicht größer als eine Bootskombüse ist und in der ein ähnlich fröhliches Durcheinander herrscht wie im Wohnzimmer.

»Kann ich dir helfen?«

»Nicht nötig, Schätzchen. Bin gleich fertig.« Sie nimmt eine Schüssel vom Küchenregal. »Mach's dir schon mal gemütlich.«

Ich nehme am Esstisch Platz.

Aus der Küche kommt das Splittern von Glas, gefolgt von einem resignierten Seufzer und einem »Himmelarschundzwirn! Nicht schon wieder…«

An der Wand mir gegenüber hängt ein Mannschaftsfoto der *Rentiere Rockenfeld*. Ein Haufen Typen ohne Vorderzähne – und auf ihren Schultern: Elsa Uhlich. Sie reckt einen eimergroßen

Pokal in die Höhe. Gute vierzig Jahre jünger, ansonsten sieht sie genauso aus wie heute. Den geflochtenen Zopf hatte sie damals schon.

»Vorsicht: heiß!« Elsa stellt eine dampfende Schüssel mit Kartoffeln auf den Tisch, stemmt die Hände in die Hüften und sieht wehmütig auf das Foto. »Aah, die *Rentiere*. Mann, was waren wir für ein Superteam! Früher war Eishockey in Rockenfeld fast so was wie 'ne Religion. Es gab zwei Klubs: *Blau-Weiß-Eissport-Rockenfeld* und die rot-weißen *Rentiere*. Die *Blau-Weißen* waren nur ein Haufen eingebildeter, arroganter Blödmänner. Die hätten nie ein Mädchen in die Mannschaft aufgenommen. Die *Rot-Weißen* hatten damit kein Problem. Für die hat nur gezählt, was ich auf der Pfanne hatte. Wenn die Teams gegeneinander gespielt haben – oben auf dem See –, dann hat sich das ganze Dorf versammelt. Mann, da war vielleicht was los … Bratwürstchen, Glühwein, jede Menge Keilereien auf dem Eis – und unter den Zuschauern ging's auch gut zur Sache. Und wir haben die blau-weißen Idioten jedes Jahr vom Eis gefegt … bis auf das eine Mal.« Sie knirscht mit den Zähnen. »Genug davon. Komm, hau rein, bevor alles kalt wird.«

Es gibt Berge von Kartoffeln und Möhrengemüse und einen Hackbraten, mit dem man eine ganze Kolonne von Waldarbeitern abfüttern könnte. Ich sollte Elsa bei Gelegenheit darauf aufmerksam machen, dass ich nichts esse, was sich mal bewegt hat.

Ich halte mich an ein paar Kartoffeln und einen Klecks Möhrengemüse, während sie dem Braten den Garaus macht. Danach lehnt sie sich in ihrem Stuhl zurück und nimmt mich ins Visier. »Also hier sind die Hausregeln! Erstens: Das Kochen übernehme ich. Du siehst aus, als müsstest du ein bisschen aufgepäppelt werden.«

Ich blicke in stummer Verzweiflung auf das Hackbraten-Möhrengemüse-Massaker und nicke wie ein braves Mädchen.

Wahrscheinlich werde ich in ein paar Wochen die Treppe runter*rollen.*

»Zweitens: Es gibt keine Spülmaschine. Wir spülen abwechselnd: ich an geraden, du an ungeraden Tagen.« Sie friemelt einen Schlüssel von ihrem Schlüsselbund ab und drückt ihn mir in die Hand. »Das ist deiner. Wann du nach Hause kommst, ist mir egal, solange du am nächsten Morgen ohne Probleme aus dem Bett krabbelst. Und gelegentlich ...« – sie kratzt sich an der Nase –, »*gelegentlich* kriege ich Herrenbesuch. Ich sag dir früh genug Bescheid und du verdünnisierst dich dann. Einverstanden?«

»*Herrenbesuch?*«, frage ich.

»*Einverstanden?*«

Ich muss grinsen. »Einverstanden.«

»Wusst ich doch, dass das klappt mit uns zwei Hübschen. Dann mach ich uns mal Kaffee.«

Während Elsa – dieses Mal ohne hörbare Unfälle – in der Küche werkelt, sehe ich mir die Schneegläsersammlung in der Vitrine an. Eine Kugel fällt mir sofort ins Auge: In ihr ist ein verwachsener, kahler Baum zu sehen, der alleine in einer Schneelandschaft steht. Er wirkt so einsam und verloren, dass es beinah wehtut. Wie ein Lebewesen, das unendlich müde ist und nur noch darauf wartet zu sterben ... wäre da nicht das Blatt. Man sieht es erst, wenn man die Kugel ganz nah vor die Augen hält. An einem Zweig hängt ein letztes Blatt, das dem Winter trotzt und einfach nicht vom Baum fallen will. Ein winziges, rotes Hoffnungsfähnchen in einer kalten Winternacht, so traurig und gleichzeitig so schön, dass ich kaum den Blick davon lösen kann. Die Schrift auf dem Sockel verrät, dass es sich auch hierbei um eine *Original Dorneyser-Kugel* handelt.

Daneben stehen Gläser, die Märchenmotive zeigen: Schneewittchen, Dornröschen, der Froschkönig ... Sie sind schön gearbeitet, aber es sind Schneekugeln, wie man sie überall zu sehen bekommt. Alles an ihnen wirkt künstlich und glatt, keine weckt bei mir ein ähnliches Gefühl wie der einsame Baum. Hinter den Märchenkugeln versteckt sich ein Glas, in dem eine rote Dampflok zu bewundern ist. Zieht man eine Feder an der Seite des Sockels auf, setzt sich die Lok in Bewegung und ruckelt gemütlich zwischen verschneiten Hügeln hindurch.

Die absolute Knüllerkugel findet sich dann ganz oben in der Vitrine. Ich kann kaum glauben, was ich sehe. Es ist wie ein Albtraum unter Glas: An den dicken Ästen einer kahlen Buche baumeln – den Hals in einer Schlinge, die Arme auf den Rücken gefesselt – zwei Männer in Anzug. Zu ihren Füßen liegen zwei dünne Aktenkoffer im Schnee. Vor ihnen hockt ein mannsgroßes Eichhörnchen – ebenfalls im Anzug – und betrachtet die grausige Szenerie mit bösartigen Augen, während es irgendwelche Daten in einen Laptop eingibt. *Prozessoptimierung* steht auf dem Sockel, und darunter der Name der Kugelmacherin: *Marlene Berber, Rockenfeld.* Die Kugel ist wie ein Verkehrsunfall. Man möchte nur noch wegsehen … aber man kann nicht. Das ist auf jeden Fall nicht die Sorte von Schneeglas, die tüttelige Omis ihren Enkeln schenken.

»Nette Sammlung, was?«, ertönt Elsas Stimme hinter mir. »Ich hatte sogar noch 'ne ganze Menge mehr, aber ich bin leider ein bisschen vom Pech verfolgt, was Glas und Porzellan angeht.«

»Wenn du es nicht erwähnt hättest …«

Sie wirft mir einen vernichtenden Blick zu. »Damit das auch gleich klar ist, Schätzchen: Es gibt hier nur eine, die für witzige Bemerkungen zuständig ist – und das bin ich.« Sie wuchtet ein Tablett auf den Tisch. Tassen, Milchkännchen und Zuckerdose scheppern besorgniserregend gegeneinander. »Ich wette, du findest kein Haus im Dorf, in dem es nicht wenigstens eine Kugel gibt«, sagt sie. »Rockenfeld ist das *Dorf der Schneekugeln* – und das ist in erster Linie den Dorneysers zu verdanken.«

Ich blicke sie neugierig an, während sie ein halbes Paket Zucker in ihren Kaffee rührt.

»Angefangen hat alles mit einem deiner Vorfahren: Leonard Dorneyser. Der war zu seiner Zeit so was wie der Glaspapst von Europa. Er hat sich Ende des sechzehnten Jahrhunderts in Rockenfeld niedergelassen. *Er* hat die Schneekugel erfunden! Das war 'ne echte Sensation; so was hatten die Leute noch nicht gesehen. Und jede Adelskröte, die was auf sich hielt, musste natürlich so viele von den Dingern haben, wie es ging. Leonard Dorneyser hat sich 'ne goldene Nase verdient. Und seine Nachfahren haben das Geschäft fortgeführt. Bis hin zu Jacob. Du kommst aus einer Familie mit einer langen Tradition im Schneekugelmachen.«

Sie schlürft ihr Zucker-Kaffee-Gemisch und stöhnt genüsslich. »Natürlich sprach es sich schnell rum, dass mit den Kugeln ein gutes Geschäft zu machen war, und es kamen eine Menge Glasmacher nach Rockenfeld und versuchten, sich an den Erfolg der Dorneyser-Kugeln ranzuhängen. Manche waren wirklich gut, andere hingegen totale Stümper, die nur das schnelle Geld interessiert hat. – So hat sich dann die Gilde gegründet.«

»Die Gilde?«

»Ja, die Gilde der Kugelmacher. Sie haben strenge Regeln aufgestellt, was die handwerkliche Qualität angeht. Und sie haben festgelegt, dass es nicht mehr als fünf Kugelmacher in Rockenfeld geben darf. Der Platz in der Gilde wird vererbt, und nur wenn ein Kugelmacher stirbt, ohne Nachkommen zu hinterlassen, kann sich ein neuer Kandidat bewerben. Wer da nicht mit einer ganz außergewöhnlichen Kugel ankommt, kann direkt wieder einpacken.«

»Aber Jacob kann doch heutzutage bestimmt nicht mehr allein davon leben, dass er Schneekugeln herstellt?«

Elsa lacht laut auf. »Weißt du, wie verrückt Sammler sind? Und wie viele verrückte Sammler es auf der Welt gibt? Und wie viele von denen stinkreiche Säcke sind, bereit, jede Fantasiesumme zu zahlen, wenn sie eine *Rockenfelder Kugel* haben wollen? – Ob man davon *leben kann?*« Sie prustet los. »Jacob Dorneyser ist der reichste Einwohner von Rockenfeld. – Und jetzt ab in die Heia!«

Eine Kugelmachergilde ... strenge Regeln ... Qualitätsstandards ... Während ich im Bett liege, stelle ich mir vor, wie eine Versammlung dieser Gilde wohl aussieht: Gesetzte ältere Herren, die wütend ihre Schneekugeln schütteln, während sie mit zorngeröteten Gesichtern über Glasdicke und Sockelhöhennorm streiten. Mit diesem absurden Bild vor Augen kichere ich mich allmählich in den Schlaf. Das Letzte, was ich wahrnehme, ist der leichte Geruch von Kampfer, der aus dem Kopfkissen steigt. Dann ist da nur noch ...

... das Geräusch von Kufen, die über Eis kratzen. Schmale Linien, die in die glatte Oberfläche geschnitten werden. Ein See, umgeben von Bäumen und Felsen. Eine gezackte Felsspitze. Rote Schuhe an meinen Füßen. Mein Atem, der in der Nachtluft gefriert.

Ich gleite über das Eis.

Ich ziehe weite Kreise.

Alles ist eine gleichmäßige Bewegung.

Ich tanze mit dem Schnee über den See – als vor mir blaue Lichter aufflammen, einen Moment reglos in der Luft stehen – und auf mich zurasen.

Ein hohes Kreischen gellt durch die Nacht.

Ein blauer Blitz zuckt auf und –

Mit klopfendem Herzen fahre ich aus meinem Traum auf und sehe auf den Wecker. Zwei Uhr morgens.

Ein Lichtreflex an der Wand, über meinem Bett. Ein Aufblinken, in unregelmäßigen Abständen. Kurz, lang, kurz, kurz, lang ...

Schlaftrunken stolpere ich ans Fenster.

Jemand gibt mit einer Taschenlampe Leuchtsignale im Wald!

Mitten in der Nacht.

»Lichter im Wald?«, sagt Elsa und beäugt mich skeptisch, während sie ein halbes Dutzend Frühstückswürstchen auf meinen Teller lädt – neben das gigantische Kräuterrührei.

Mir bricht der Angstschweiß aus. Normalerweise ist das Einzige, was ich vor zehn Uhr morgens zu mir nehme, eine Tasse Kaffee und außerdem ...

»Äh ... ich wollte es dir gestern schon sagen, Elsa. Ich bin Vegetarierin.«

»Du meinst – du isst kein Fleisch?«

»Keinen Fisch. Kein Fleisch.«

Sie starrt mich an, als käme ich aus einem anderen Universum. »Gar nicht? Kein saftiges Steak, kein knuspriges Brathähnchen, kein leckeres Eisbein?«

»Nein, ganz bestimmt nicht.«

»Ihr seid schon komisch, ihr jungen Leute.« Kopfschüttelnd klaubt sie die Würstchen von meinem Teller. »Und woher genau kam das Licht, das du gesehen hast?«

»Cha, cha«, mache ich, weil mir das Rührei den Mund verbrennt, und deute mit dem Daumen in die ungefähre Richtung.

»Könnte oben am Waldsee gewesen sein«, sagt Elsa und wirft ein Stück Salzlakritze ein. »Der See liegt auf halber Höhe zwischen dem Dorf und dem Internat. Wenn sich da nachts jemand rumtreibt, dann sind das in neunundneunzig Prozent aller Fälle Schüler von *Burg Rockenfeld*. Und in achtundneunzig Prozent der Fälle haben diese geheimen nächtlichen Ausflüge hormonelle Ursachen.«

»Reichlich kalt für ein heißes Date«, sage ich.

»Ach, Schätzchen, wenn die Flamme der Leidenschaft lodert,
dann … Hast du den Brief?«

Ich nicke mit vollem Mund.

Bei unserer Ankunft hat ein Schreiben der Schule in Elsas
Briefkasten gesteckt. Büttenpapier. Nobel, nobel. Auf dem
Briefkopf eine Federzeichnung der Burg. Zwischen ihren
Türmen prangt der Schriftzug: *Internat Burg Rockenfeld.*
Heute um neun bin ich zu einem Gespräch mit der Schul-
leitung eingeladen, ab morgen soll ich in den Unterricht
einsteigen. Unterschrieben ist die Einladung mit: *Ernesto Gott-
wald, Schulleiter.*

»*Ernesto?*«, frage ich und wedle mit dem Brief vor Elsas Gesicht herum.

Ihre Augen bekommen einen schwärmerischen Ausdruck.

»Ach, Ernesto … Seine Mutter war Kubanerin. Er ist ein Zu-
ckerstückchen.«

Während ich mit dem Rührei kämpfe, beschreibt Elsa mir umständlich den Weg zur Schule. Und wo sie schon mal dabei
ist, bekomme ich bei der Gelegenheit allerhand Geschichten
und Skandälchen aus der Dorfhistorie aufgetischt und werde selbstverständlich auch mit allem aktuellen Klatsch und
Tratsch eingedeckt. Als ich aus der Haustür trete, habe ich das
Gefühl, schon zwanzig Jahre in Rockenfeld zu wohnen.

Zuerst laufe ich an dem sanft gluckernden Fluss entlang.
(»Egal was man dir erzählt, Schätzchen, es ist ein Fluss! Manche behaupten, es wäre nur ein Bach, weil er Buchbach
heißt. Aber ich weiß, wie ein Fluss aussieht. Und das ist de-
finitiv einer.«) Danach halte ich mich in Richtung der Kirche (»Die Frau vom Ellenberger, unserem Pfarrer, hat letztes
Jahr bei einem Askeseworkshop mitgemacht. Jetzt ist sie weg.
Mit dem Askeselehrer!«), hinter dem Gotteshaus geht es ins
Bürgermeister-Schmerbach-Gässchen (»Der hieß hier bei allen nur ›Die offene Hand‹«). Am Dorfrand nehme ich einen

schmalen Trampelpfad, der zunächst über ein Privatgrundstück verläuft (»Der Garten vom alten Hesse – da latscht jeder lang!«) und dann in den Wald hineinführt. Der Weg schlängelt sich zwischen herbstlich gefärbten Laubbäumen und hohen Tannen hindurch. Es geht steil aufwärts und ich merke, dass ich ganz schön außer Form bin. Bis letzte Woche bestand mein Schulweg aus einer zehnminütigen Straßenbahnfahrt. Nach ein paar Minuten gelange ich an eine Weggabelung. Ein hölzerner Wegweiser teilt mir mit, dass es links zum Waldsee geht (0,7 km), hält man sich rechts, sind es genau 0,3 km bis zum Internat.

Kurz darauf trete ich durch einen verwitterten, efeubewachsenen Torbogen – und stehe im Mittelalter. Auf den ersten Blick zumindest. Die Burg, die sich mit schweren Türmen vor dem wolkenverhangenen Himmel erhebt, wirkt so düster und bedrohlich, dass jeder Autor von historischen Romanen feuchte Augen bekommen würde. Beim Anblick des alten Gemäuers glaubt man unwillkürlich das Klirren von Schwertern, das Rasseln von Ketten und die Schreie der Gefangenen in den unterirdischen Verliesen zu hören. Auf den zweiten Blick ist es mit dem Mittelalter aber schon wieder vorbei. Auf den steilen Dächern der Gebäude sind Solarzellen angebracht, hinter dem Schulhof steht eine moderne Turnhalle und an den Westflügel der Burg ist ein flacher Glastrakt angebaut, in dem das Sekretariat untergebracht ist. Zwei Damen im schicken Businesskostümchen starren auf ihren Monitor, während ihre Finger flink über die Tastatur fahren.

Eine der Sekretärinnen bringt mich zu Ernesto Gottwald. Sie trippelt mit mir durch ein Labyrinth von Gängen, dann steigen wir eine endlos lange, geschwungene Treppe hinauf, bis sie schließlich an eine große Flügeltür klopft. »Cora Dorneyser wäre hier, Herr Gottwald.«

Das Büro des Internatsleiters hat Ausmaße wie ein Rittersaal. Doch damit enden auch die Parallelen zum Mittelalter. Durch eine riesige Panoramascheibe sieht man auf die Dächer von Rockenfeld und die umliegenden rot und gelb gefärbten Wälder. An den Wänden hängt großformatige, moderne Kunst und im ganzen Raum verteilt stehen Plastiken und mannshohe Skulpturen. Man hat das Gefühl durch eine Galerie zu wandeln.

Ernesto Gottwald sieht aus, als wäre er der Galerist: schwarze Schuhe, eleganter schwarzer Anzug, schwarzer Rollkragenpullover. Als ich eintrete, erhebt er sich hinter seinem Schreibtisch und schlendert zwischen den Skulpturen auf mich zu. »Ich freue mich, Sie kennenzulernen, Cora.«

Ein fester, entschlossener Händedruck und eine Stimme … samtiger als Loungemusik. Der Mann hält, was sein Vorname verspricht: bronzefarbener Teint, schwarze Locken, graue Schläfen und Dreitagebart. Ich kann ihn mir problemlos in einer Tarnuniform vorstellen, ein Käppi mit rotem Stern auf der Lockenpracht und ein erkaltetes Zigarillo zwischen den Guerillerolippen …

»Nehmen Sie Platz.« Er dirigiert mich zu einem kleinen runden Stahltisch vor dem Fenster. »Kann ich Ihnen einen Cappuccino anbieten? Oder lieber einen Espresso – Mokka – Latte macchiato?«

»Kaffee wäre prima.«

»Gern.« Er macht sich an einer dieser chromglänzenden Multifunktionsmaschinen zu schaffen, für deren Bedienung man normalerweise ein abgeschlossenes Maschinenbaustudium braucht. Aber bei Ernesto Gottwald sitzt jeder Handgriff.

Während er beschäftigt ist, sehe ich mich um. Ein Regal voller Fachbücher: »Pädagogik im Spannungsfeld zwischen individueller Entfaltung und gesellschaftlicher Erwartung«, »Krisenintervention in der pädagogischen Arbeit«, »Neue Wege in der schulischen Erziehung: Das B.A.G.-Konzept«. Autor all dieser Werke: Ernesto Gottwald, himself.

Neben den Büchern steht eine Fotografie, auf der er, nebst Gattin und zwei Kindern, in die Kamera lächelt. Seine Frau sieht aus, als hätte er sie direkt von einem Mailänder Laufsteg weggeheiratet.

Er reicht mir den Kaffee, setzt sich und fährt mit der Hand über seine Bartstoppeln. »Zunächst möchte ich Ihnen mein Beileid aussprechen, Cora.«

»Danke«, antworte ich pflichtgemäß.

»Ich kann nachempfinden, wie Sie sich jetzt fühlen.«

Nein, das kannst du nicht, denke ich … als er mit leiser Stimme fortfährt: »Meine Mutter ist gestorben, als ich elf war. Am letzten Schultag vor den Sommerferien. Ich kam mittags aus der Schule zurück und da lebte sie nicht mehr. Eine kleine Ader in ihrem Kopf war geplatzt. Ich wurde von einem Moment auf den anderen zum einsamsten Jungen der Welt. Ich weiß, wie weh es tut.«

Damit habe ich nicht gerechnet. Die Geschichte erwischt mich auf dem falschen Fuß und ich merke, wie ich schlucken muss.

Ernesto Gottwald lässt seinen Blick über die Herbstwälder wandern. »Ich war voller Trauer und Wut darüber, dass sie so früh hatte sterben müssen. Es war so ungerecht. Ich habe mich geweigert, zu akzeptieren, dass sie wirklich gestorben war: Solange ich es nicht glauben würde, so lange wäre sie auch nicht tot. Bis ein paar Monate später der Stein auf ihrem Grab errichtet wurde. Erst als ich dastand und ihr Geburtsdatum und ihren Todestag in Stein gemeißelt sah, erst da habe ich begriffen, dass der Tod endgültig ist und dass man nicht gegen ihn kämpfen kann. Dass nichts die Toten zurückbringt. Die Trauer und die Wut verschwanden langsam … ich konnte wieder nach vorn blicken und begann, mein eigenes Leben zu leben.« Er sieht mich ernst an. »Ich bin mir sicher, auch Sie sind traurig und wütend. Lassen Sie Ihre Trauer zu, Cora, lassen Sie Ihre Wut zu … aber vergessen Sie nicht, Ihr eigenes

Leben zu leben. Wir als Schule werden alles tun, um Sie zu unterstützen. Hier sind Sie am richtigen Ort. Sie können auf unsere Hilfe zählen.«

»Danke«, sage ich noch mal, und diesmal meine ich es auch so.

Gottwald greift nach einer dünnen Aktenmappe. »Haben Sie Ihre letzten Zeugnisse dabei?« Er wirft einen Blick auf meine Noten, fragt, welchen Stoff ich in den letzten Monaten durchgenommen habe, und nickt zufrieden.

»Das hört sich gut an. Ich denke, Sie werden keine größeren Probleme haben, in den laufenden Unterricht einzusteigen. Das hier ...« – er nimmt ein DIN-A4-Blatt aus der Mappe – »ist Ihr Stundenplan. Und dann brauche ich noch eine Unterschrift von Ihnen. Ihre Einwilligung zur Teilnahme an unserem pädagogisch-therapeutischen B.A.G.-Programm.«

»B.A.G.?«, frage ich und sehe ihn mit großen Augen an. Ernesto Gottwald runzelt die Stirn. »Ihr Großvater hat nicht mit Ihnen darüber gesprochen?«

Pädagogisch-therapeutisch? Bei mir fangen alle Alarmlämpchen an zu blinken. Doch hoffentlich nicht irgend so ein Psychoquatsch, bei dem man durch die eigene Mitte atmen und seinen Namen trommeln soll.

»Wir sehen unsere Aufgabe nicht nur darin, unsere Schüler zu einem erfolgreichen schulischen Abschluss zu führen«, sagt Gottwald. »Wir möchten sie darüber hinaus auch in ihrer Persönlichkeitsbildung unterstützen, ihnen helfen, ihre Fähigkeiten zu entdecken und zu entwickeln und ihr individuelles Potenzial zu entfalten. Wenn sie diese Schule verlassen, dann sollen sie sich den Herausforderungen des Lebens als starke, reflektierte, selbstbewusste Persönlichkeiten stellen können.« Er erhebt sich und spaziert – die Hände in den Hosentaschen – vor dem großen Fenster auf und ab. »Die meisten unserer Schüler kommen aus einem sozialen Umfeld, in dem es nicht an materiellen Dingen fehlt, in dem sogar oft ein

Überfluss an Materiellem herrscht, aber das bewahrt natürlich niemanden vor Enttäuschungen, Verletzungen und traumatischen Erfahrungen. Und diese Erfahrungen können wiederum zu sehr problematischen Verhaltensweisen führen. Viele Ihrer Mitschüler sind wegen disziplinarischer Verstöße von anderen Schulen verwiesen worden. *Burg Rockenfeld* ist so etwas wie die letzte Chance für sie. *Wir* haben noch nie einen Schüler aus disziplinarischen Gründen entlassen müssen. Und das ist, denke ich, unserem B.A.G.-Konzept zu verdanken. Das Konzept beruht auf drei Säulen«, erklärt er mit seiner Samtstimme. »B.A.G. steht für: Bildung – Aktion – Gesprächsangebote.«

Was er mit Bildung meint, leuchtet mir ein, aber ...

»Welche Aktion?«, frage ich misstrauisch und sehe mich im Geiste schon mit einem Kanu kentern und kopfüber an irgendwelchen Kletterwänden hängen.

Gottwald lächelt. »Jugendliche und junge Erwachsene verfügen über einen beneidenswerten Überschuss an Energie, leider setzen sie diesen oftmals in zerstörerische oder selbstzerstörerische Handlungen um. Wir möchten unseren Schülern helfen, diese Energien zu kanalisieren, sie kreativ und produktiv zu nutzen. Daher gibt es hier neben dem Unterricht zahlreiche Angebote und Arbeitsgemeinschaften: Chor, Schlagzeugunterricht, Klavierunterricht, Geigenunterricht ... Wenn Sie möchten, können Sie aber auch etwas über ökologische Landwirtschaft erfahren und unseren Bio-Garten mitbewirtschaften oder Japanisch, Polnisch oder Vietnamesisch lernen. Dazu gibt es zahlreiche Sportangebote: Turnen, Schwimmen, Fußball, Trampolinspringen, Eislaufen ... Ich bin sicher, dass Sie etwas finden werden, das Sie interessiert. Die Teilnahme an mindestens zwei Angeboten ist Pflicht.«

Na super! »Und was hat es mit den Gesprächen auf sich?«, frage ich.

In diesem Moment klopft es, die Tür öffnet sich und eine kleine, schrumpelige Frau hüpft ins Zimmer. Sofort muss ich an ein Vögelchen denken – ein Vögelchen in der Mauser. Sie hat dünne, strähnige Haare, ihre Streichholzbeinchen stecken in einer karierten Wollstrumpfhose, darüber trägt sie einen grünen Cordrock und eine braune Strickjacke, aus der ihr faltiger Hals ragt.

»Ah, Renate, wie aufs Stichwort«, sagt Gottwald. »Das ist Frau Immsen-Erkel«, stellt er vor. »Kinder- und Jugendtherapeutin und Leiterin unseres sozialpädagogisch-therapeutischen Teams.«

Was soll dieses ganze Gerede über Therapie? Wo bin ich hier gelandet? In einer als Nobelschule getarnten Klapse?

Das Vögelchen hockt sich auf die Vorderkante eines Stuhls und betrachtet mich aus grauen, wässrigen Augen. Sie sieht aus, als würden ihre winzigen Knöchlein brechen, wenn man sie nur leicht anstupst. Das Einzige an ihr, was nicht klein und verschrumpelt ist, ist der gewaltige Zinken, der wie ein überdimensionaler Geierschnabel aus ihrem Gesicht ragt. Sie sagt kein Wort und starrt mich an, als könnte sie es gar nicht erwarten, ihren Schnabel in mich zu hacken.

Ich starre feindselig zurück.

»Ich spüre da viel Wut in Ihnen, Cora«, zwitschert sie plötzlich los. »Mögen Sie vielleicht darüber sprechen, was Sie so wütend macht?«

Ich presse die Lippen zusammen und sage gar nichts, obwohl ich viel sagen *könnte* … Zum Beispiel, dass ich Therapeutinnen einfach nicht ausstehen kann. In Svenjas Bekanntenkreis wimmelt es nur so von Therapeutinnen und Lebensberaterinnen: Frustrierte Weiber mit Saure-Gurken-Gesichtern, die mit leiernder Betroffenheitsstimme fragen, was denn dieses oder jenes mit einem macht, und ihre Nasen andauernd in das Leben anderer Leute stecken müssen, weil sie kein eigenes Leben haben.

Renate Immsen-Erkel lächelt – und zwar genau die Art von gnädigem und verzeihendem Lächeln, die mich wahnsinnig

macht. Das Lächeln, das alle Erleuchteten haben, wenn sie mit
Unerleuchteten sprechen.

»Ich kann Ihnen helfen, Cora«, piepst sie. »Aber ich kann
Ihnen nur helfen, wenn Sie sich selbst helfen wollen. Ich kann
Sie auf dem Weg zur Heilung lediglich unterstützen.«

»*Heilung?*«, entfährt es mir und ich merke, wie ich endgültig
in den Zickenmodus wechsle.

»Der Verlust eines geliebten Menschen reißt tiefe Wunden.
Damit sie heilen können, muss man sich mit diesem Verlust
auseinandersetzen. Und dabei bin ich an Ihrer Seite, Cora. Ich
werde Sie bei diesem Prozess begleiten. Durch regelmäßige
Gespräche.«

Eher beiße ich mir die Zunge ab, als dass ich mit irgendeiner
doppelnamigen Therapeutenschnepfe über meine Mutter rede.

»Ich brauche keine Hilfe«, sage ich. »Ich komme klar. Ich bin
keines von Ihren durchgeknallten Kindern reicher Eltern und
ich bin auch nicht verrückt.«

»Natürlich sind Sie nicht *verrückt*«, zwitschert sie. »Mit *verrückt* hat das gar nichts zu tun. Die meisten Jugendlichen reagieren ablehnend, wenn sie Begriffe wie pädagogische Be-
ratung oder Therapie hören. Leider nehmen sie sich dadurch
die Chance herauszufinden, ob das ihnen nicht doch etwas
bringen könnte. Daher gibt es im Rahmen unseres B.A.G.-
Programms folgende Regelung: Jede Schülerin und jeder
Schüler, die oder der an dieser Schule aufgenommen wird,
nimmt fünf verpflichtende Gesprächstermine bei mir wahr.
Danach entscheidet jede und jeder für sich, ob sie oder er die
Gespräche beendet, sie fortführt oder sogar eine weiterführen-
de Therapie beginnt. Zweiundneunzig Prozent unserer Schü-
lerinnen und Schüler entscheiden sich dafür, die Gespräche
fortzusetzen.«

»Danke! Ich brauche keine Gespräche!«

»Fünf Gespräche sind Pflicht«, sagt Immsen-Erkel süßsauer
lächelnd und schnäuzt sich ihre Geiernase.

»Geben Sie der Sache eine Chance, Cora«, säuselt Ernesto Gottwald mit seiner Entspannungsübungsleiterstimme. »Versuchen Sie Ihre Skepsis zu überwinden. Diese Gespräche könnten Ihnen wirklich helfen. Ihr Großvater hielt das auch für einen guten Gedanken.«

Mir klappt die Kinnlade runter. *Na warte, alter Mann!*

»Also?«, fragt Gottwald und hält mir einen teuren Füllfederhalter vor die Nase.

Was bleibt mir schon anderes übrig? Ich nehme den Füller und kritzle meine Unterschrift unter das Formular, während es in mir brodelt wie im Vesuv, zwanzig Sekunden vor dem Ausbruch.

Frau Immsen-Erkel ist wieder ganz zuckersüß und zieht einen kleinen Taschenkalender hervor. »Unser erster Termin ist nächste Woche, am zweiten November um dreizehn Uhr. Mein Beratungszimmer ist oben im Nordturm. Bis dahin füllen Sie bitte diese Selbstauskünfte aus und legen sie in mein Postfach im Sekretariat, damit wir eine Basis für unser erstes Gespräch haben.«

Der Fragebogen, den sie mir aushändigt, ist dicker als ein Möbelhauskatalog.

»Sie müssen jetzt noch zu Herrn Magomedov, unserem Haustechniker«, sagt Gottwald. »Er hat seine Werkstatt hinter der Turnhalle. Bei ihm bekommen Sie eine Karte für Ihren Spind.«

»Ach«, tiriliert Frau Immsen-Erkel, »und vielleicht mögen Sie Herrn Magomedov bitten, mal nach meiner Heizung zu sehen. Ich friere mich da oben im Turm zu Tode.«

»Sicher. *Mag ich.*«

Nur dank übermenschlicher Willensanstrengung schaffe ich es, die Tür nicht hinter mir zuzuknallen.

Die Hände in den Manteltaschen zu Fäusten geballt, stapfe ich über das Schulgelände. Ich bin stinksauer. Stinksauer auf Jacob Dorneyser, der es für einen *guten Gedanken* hält, mich in dieser Irrenanstalt für Wohlstandsverwahrloste unterzubringen. Sauer auf Ernesto Gottwald und seine smarte Antonio-Banderas-Masche. Sauer auf diese faltige Therapeutenwachtel, die dringend eine Typberatung brauchte.

Kaum biege ich um die Ecke der Turnhalle, sehe ich die Werkstatt des Hausmeisters. Ein kleiner, windschiefer Schuppen direkt am Waldrand, der wirkt, als wäre er aus dem Reservat für Hexenhäuschen entlaufen.

Während ich mich dem Hexenhaus nähere, schallt mir Grunz-Metal der übelsten Sorte entgegen. An die Tür der Werkstatt ist ein blank poliertes Schild geschraubt.

Haustechnik
Hr. Valentin Magomedov

Beim Eintreten fällt mein Blick auf einen muskelbepackten Hünen, der mit einem Hobel über eine dicke Holzplatte fährt. Es riecht nach Sägemehl. Aus zwei Boxen dröhnt mir Metalsound in einer Lautstärke entgegen, die an Körperverletzung grenzt.

»Herr Magomedov? Herr Magomedov! HERR MAGO-MEDOV!«

Keine Reaktion. Ich sprinte zur Anlage und drücke die Pausentaste. Der Hüne sieht überrascht auf und wirft mir einen mürrischen Blick zu. Valentin Magomedov hat die Statur eines kampferprobten Türstehers. Dicke Koteletten wuchern über seine Wangen, die langen Haare hat er zu einem Zopf gebunden, über die Türsteherbrust spannt sich ein schwarzes Sweatshirt.

»Ich bin Cora Dorneyser, ich soll bei Ihnen die Karte für meinen Spind abholen.«

»Aah!« Sein Gesichtsausdruck wird eine Spur entspannter. »Chab ich schon gehört. Enkeltochter von Chjacob Dorneyser … was wohnt bei Frau Elsa. Gute Frau, Frau Elsa, gute Frau. Aber …« – er beugt sich zu mir vor und flüstert – »… musst du immer aufpassen. Immer gut aufpassen! Chast du Spiegel oder Flasche Parfüm oder andere Sachen, was geht schnell kaputt: immer weit, weit weg von Frau Elsa. Sonst … kaputt!« Er dreht mir den Rücken zu, öffnet einen kleinen Safe und murmelt währenddessen weiter vor sich hin: »Immer alles kaputt von Frau Elsa. Alles kaputt …« Dann fischt er eine Magnetstreifenkarte aus dem Tresor und hält sie mir vor die Nase. »Ist Spindnummer 1-5-3-1. Steckst du Karte in Schlitz, dann Code, vier Ziffern – und ist offen. Darfst du Code nicht vergessen!«

Ich nicke und starre auf den Aufdruck auf seinem Sweatshirt. Eine Reihe kyrillischer Buchstaben über dem Kopf eines Ziegenbocks mit roten Hörnern, ebenso rot glühenden Augen und Vampirfangzähnen, von denen Blut tropft.

»Drollig«, sage ich.

Er nickt bedächtig und fährt mit dem Daumen über den Schriftzug. »Cheißt auf Deutsch: *Böse Söhne von Luzifer.* Ist Trash-Metal-Kapelle. Aus Dagestan. Kannst du chören. Ich chabe neues Album. Cheißt: *Schmerzenreiche Opferung von Jungfrau für große Freude von Dunkle Fürst.*«

»Vielleicht ein anderes Mal.« Ich gehe vorsichtshalber rückwärts zur Tür, so kann ich den Luziferfreund im Auge behalten. »Ach so«, fällt mir ein, »diese Frau … Frau Issen … Frau Insen …«

»Frau Chimmsen-Cherkel?«, fragt er und klingt auf einmal ganz schön gereizt.

»Genau. Ich soll Ihnen ausrichten … ihre Heizung funktioniert nicht richtig und Sie möchten doch mal nachsehen.«

»Cheizung funktioniert ganz normal«, knurrt er. »Aber Chimmsen-Cherkel ist immer kalt. Immer kalt. Aber ist gut … ich schaue nach Cheizung.« Unvermittelt zieht ein breites Grinsen über sein Gesicht. »Wir sagen in Dagestan: Runzlige Chühnerarsch braucht warme Chühnerstall, sonst legt keine

Eier.« Und damit bewegt er sich zielstrebig in Richtung Stereoanlage.

Um eine elementare Lebensweisheit reicher trete ich auf den Schulhof hinaus, während Luzifers böse Söhne wütend hinter mir herbrüllen.

———*#*———

»Jetzt krieg dich mal wieder ein«, sagt Elsa und säbelt an ihrem XXL-Schnitzel herum. »Es will dir doch niemand was Böses. Jacob hat es bestimmt nur gut gemeint.«

»Und weil er es so gut meint, hat er mir vorsichtshalber erst gar nicht von diesem beknackten B.A.G.-Konzept erzählt? Und von dieser Therapeutenschreckschraube?«

Elsa schnaubt durch die Nase. »Zugegeben – die Immsen-Erkel ist ein fleischgewordener Migräneanfall, aber man erzählt sich, dass sie wirklich gut sein soll in ihrem Job. Die hat wohl schon 'ne Menge Irrer geheilt.«

»Und ich bin die nächste Irre in der langen Reihe ihrer beruflicher Erfolge, oder was?«

»So hab ich das doch nicht gemeint, Schätzchen. Ich kenn mich ja nicht aus mit dem ganzen Psychotherapiegesprächskrempel. Wenn es *mir* schlecht geht, dann zersäg ich was. Hilft immer. Probier's mal.«

»Ich will nicht sägen. Ich will, dass endlich jemand zugibt, dass ich das ganze Therapiezeug nicht brauche.«

Elsa tunkt ein Stück Fleisch in die Jägersoße. »Also, ehrlich gesagt, glaube ich, dass ab und zu jeder von uns ein bisschen Hilfe gebrauchen kann.«

»Aaargh!« Ich springe vom Tisch auf, grapsche den Mantel vom Haken und reiße die Haustür auf. »Ich gehe zu Jacob. Mal sehen, was er zu seiner Verteidigung vorzubringen hat.«

»Tu das. Aber versuch dein Temperament ein bisschen zu zügeln, Schätzchen. Der Mann hat ein schwaches Herz.«

Diesmal schaffe ich es nicht, die Tür leise zu schließen. Die Absätze meiner Stiefel hämmern wütend auf das Kopfsteinpflaster. Doch nach ein paar Minuten an der frischen Luft regt sich mein inneres Rumpelstilzchen allmählich ab. Wahrscheinlich hat Elsa recht, denke ich. Er ist ein alter Mann und hat es nur gut gemeint. Ich beschließe, mir in Ruhe anzuhören, was er zu sagen hat. Obwohl er mich wirklich hätte vorwarnen können ...

Bald habe ich die Fachwerkhäuser hinter mir gelassen und spaziere über einen schmalen Pfad am Ufer des Buchbachs auf den Wald zu. Die Luft riecht nach nassem Laub und nach dem Rauch der Herbstfeuer, die auf den umliegenden Feldern abgebrannt werden.

Im Tageslicht wirkt das Haus meines Großvaters fast winzig vor der schroffen Felswand. So als wäre es nur das Pförtnerhäuschen zu einem großen, steinernen Schloss. Das eiserne Gartentor hängt schief in den Angeln. Als ich über den von hohen Büschen eingefassten Weg auf das Haus zugehe, fällt mein Blick auf das überdimensionale runde Fenster im Obergeschoss, das mir gestern Abend bereits aufgefallen ist. Ein rot, gelb, grün und blau schimmerndes Mosaik aus Glas.

Ich klingle und auf einem Monitor neben der Sprechanlage erscheint Jacobs Gesicht.

»Hallo, Cora. Komm hoch, wir sind oben in der Werkstatt.«

Wir?

Der Türöffner brummt, ich drücke auf und stehe in einem schmalen Korridor. Eine Garderobe, ein Spiegel, eine Standuhr, ein Schirmständer, ein paar wohlgepflegte Topfpflanzen auf einem Blumenregal. Rechts geht es in die penibel aufgeräumte Küche; zu meiner Linken führt eine geschwungene Holztreppe nach oben. Direkt daneben ist ein Aufzug eingebaut, eines dieser altmodischen Teile mit einem Gitter, wie man sie manchmal in französischen Filmen sieht. Gerade breit genug, damit Jacobs Rollstuhl hineinpasst. Aber seit ich als

Achtjährige einmal drei Stunden in einem Fahrstuhl festgesessen habe, meide ich *alle* Aufzüge, egal ob alt oder neu. Langsam steige ich die Treppe hoch. In die Wand sind kleine Nischen geschlagen, in denen Schneekugeln stehen, die von winzigen bunten Scheinwerfern angestrahlt werden. Durch eine geöffnete Tür im oberen Stockwerk dringt Jacobs Stimme ... und die einer Frau.

Beim Eintreten bin ich plötzlich in eine Wolke aus Maiglöckchenduft gehüllt – dann wird es schlagartig dunkel. Ein Paar kräftiger Arme umschlingt mich und mein Kopf wird gegen einen voluminösen Busen gedrückt.

»Cora, ich freue mich ja so!«

Kurz bevor mich der Erstickungstod ereilt, löst sich der Griff der Arme. Ich stolpere einen Schritt zurück und blicke in ein breites puppiges Gesicht mit unzähligen Sommersprossen. Das Mädchen ist ausgesprochen korpulent, etwa in meinem Alter und strahlt mich an, als wäre ich ein Lotteriegewinn. Ihre krausen Locken werden von einer kleinen Armee aus Haarspangen gebändigt, ihre Wangen leuchten tiefrot. Alles an ihr sieht unglaublich gut durchblutet und vital aus. Eine wandelnde Werbekampagne für das gesunde Leben auf dem Lande.

»Wie schön, dass wir uns kennenlernen!«, jauchzt sie. »Ich war so gespannt darauf, dich zu treffen. Du siehst toll aus. Ach, und dein Mantel – toll. So was kriegt man natürlich nur in der Stadt. Wie ist es in der Stadt? Ich wünschte, *ich* könnte in der Stadt leben. Magst du Apfelkuchen? Ich habe dir Apfelkuchen gebacken. Zur Begrüßung. Ich *liebe* Apfelkuchen. Du musst mir unbedingt alles über das Leben in der Stadt erzählen. Über die Geschäfte und die schicken Restaurants. Bestimmt wimmelt es da von Berühmtheiten. Ich wünschte, *ich* würde mal eine Berühmtheit treffen. Aber bestimmt wüsste ich dann gar nicht, was ich sagen sollte. Wie kriegst du das nur hin, dass deine Haare so glänzen? Der Apfelkuchen ist warm, du musst ihn noch ein bisschen abkühlen lassen. Am besten isst du ihn mit Vanillesoße. Ich *liebe* Vanillesoße. Ach, ich freue mich so, dass du da bist. Bestimmt werden wir beste Freundinnen. Ich habe ein *gutes* Gefühl …«

»Das ist Melly Boskop«, sagt Jacob in das winzige Zeitfenster hinein, in dem sie Luft holen muss. »Melly ist auch eine Kugelmacherin. Die Familie Boskop hat sich auf Märchenmotive spezialisiert.«

»Aha«, sage ich und muss dabei an die wenig fantasievollen Dornröschen- und Schneewittchenkugeln in Elsas Vitrine denken.

»Das ist aber lange nicht alles«, platzt es aus Melly Boskop heraus. »Die Märchenmotive mache ich eigentlich nur, weil es Familientradition ist. Ehrlich gesagt, finde ich die langweilig. Ich gehe ganz *neue* Wege im Schneekugelgeschäft. Ich habe die Serie *Gekrönte Häupter Europas* entwickelt und dann natürlich die Kollektion *Royale Traumpaare* und im Moment arbeite ich an *Hollywood-Celebrity*-Kugeln. Die werden garantiert ein Renner. Jedermann *liebt* Berühmtheiten. Ich wette, du hast in der Stadt andauernd irgendwelche Berühmtheiten gesehen. Oder?«

Ich habe mal eine deutsche Punkikone gegen einen Verteilerkasten pinkeln sehen, aber das zählt wahrscheinlich nicht. Ich schüttle den Kopf.

»Schade«, seufzt sie enttäuscht, aber im nächsten Moment lacht sie wieder und drückt mich noch einmal an sich. »Wir werden so viel Spaß miteinander haben! Ich freue mich schon auf unsere Freundinnenabende. Magst du Brettspiele? Ich *liebe* Brettspiele. Oder wir machen es uns vor dem Fernseher gemütlich: eine romantische Liebeskomödie und dazu Eiskonfekt und Chips und Popcorn … Du magst doch Popcorn? Ach, das wird toll. Besuch mich demnächst mal im Laden: *Mellys Märchenkugeln*, direkt neben dem Mauerbrückchen. Dann besprechen wir alles Weitere. Jetzt muss ich aber wieder zurück ins Geschäft. Auf Wiedersehen, Jacob. Küsschen, Cora. Küsschen. Bis bald!« Sie rauscht aus dem Zimmer.

Ich stehe stocksteif da und fühle mich, als wäre gerade ein Schnellzug über mich gerollt. »Ist die immer so?«, ist das Einzige, was ich hervorbringe.

Jacob kichert. »Man muss sie nehmen, wie sie ist. Eigentlich ist Melly ein nettes Mädchen. Aber leider auch ziemlich einsam. Sie merkt nicht, wie sie jeden mit ihrer überschäumenden Zuneigung verschreckt.«

»Und sie macht wirklich Kugeln, in denen es auf gekrönte Häupter schneit? Mehr Kitsch geht ja kaum.«

»Kein Grund zum Spott«, sagt Großvater. »Die *Gekrönten Häupter* sind ein echter Verkaufsschlager und die *Royalen Traumpaare* auch.« Er setzt den Rollstuhl in Bewegung und fährt langsam um den Tisch herum. »Die erste Regel der Rockenfelder Gilde besagt, dass jeder Kugelmacher völlig frei in der Gestaltung seiner Kugeln ist. Jeder soll genau das machen, was er machen will – und jedes Mitglied der Gilde respektiert die Arbeit der anderen. Wer bestimmt schon, was Kitsch und was Kunst ist? Und spielt das überhaupt eine Rolle?« Er nimmt seine Brille ab und säubert die Gläser mit einem weißen Taschentuch. »Es gibt noch eine zweite Frau in der Gilde«, sagt er. »Marlene Berber. Sie macht ganz außergewöhnliche Kugeln.«

»Ja, ich habe eine ihre Kugeln bei Elsa gesehen: zwei aufgeknüpfte Betriebswirte und ein Eichhörnchen.«

»Dann weißt du ja, wovon ich spreche. Ihre Arbeiten werden sogar in Museen und Galerien ausgestellt. Ein bekannter Kunstkritiker hat sie als *surreale Miniaturen* bezeichnet und geschrieben, dass ihn nur wenige Kunstobjekte so berührt hätten wie diese Schneekugeln. Ich finde das ganz wunderbar. – Melly Boskop produziert *Gekrönte Häupter*, um die sich natürlich kein Kunstkritiker schert. Aber Mellys Kugeln werden gern von alten Tantchen gekauft. Die sitzen dann an langen Winterabenden allein in ihren Wohnungen und lassen Schnee auf das königliche Paar rieseln – er in Paradeuniform, sie in einem Traum aus Weiß – und dabei wird ihnen ganz wehmütig und warm ums Herz. Und *das* finde ich genauso wunderbar. Egal ob Kunst oder Kitsch – jede Kugel, der es gelingt, einen Menschen zu berühren oder für ein paar Momente glücklich zu machen, ist es wert, dass sie erschaffen wird.« Er nimmt das Kuchentablett vom Tisch. »Und jetzt koche ich uns mal Kaffee und schneide den Kuchen an. Die gute Melly ist zwar reichlich anstrengend, aber ihr Apfelkuchen ist Spitzenklasse.«

Er rollt aus dem Zimmer. Ich höre, wie sich das Aufzugsgitter öffnet und schließt. Mit einem leisen Summen gleitet der Fahrstuhl nach unten.

Jacobs Werkstatt nimmt das gesamte obere Geschoss des Hauses ein. Der Raum wird nur von wenigen schweren Stützbalken geteilt. Vor dem runden Fenster steht ein wuchtiger Lehnsessel; auf großen Holztischen sind Werkzeuge verteilt: winzige Zangen und Schraubendreher, Lupen in unterschiedlichen Größen, Pinzetten, Feilen, Farbtuben und schmale Pinsel, Kanister mit Wasser und zierliche vorgefertigte Glaskuppeln. Dazwischen stehen große Behälter mit allen denkbaren Arten von Flitter. Kiloweise Goldflitter, Silberflitter, blauer, roter, grüner und weißer Flitter, der aussieht wie echter Schnee. An den Wänden ringsum sind breite hölzerne Regalbretter angebracht, auf denen – dicht an dicht – die gesammelten Werke von Jacob Dorneyser untergebracht sind.

Kugeln in allen möglichen Größen: manche groß wie Fußbälle, andere wie Orangen, einige sind kleiner als Murmeln. Einsame Winterlandschaften, eisbedeckte Flüsse, winzige Dörfer, verwitterte Burgruinen, schroffe Felsengebirge, Tannenwälder … Viele Kugeln sind mit einer Spieluhr kombiniert, andere verfügen über ein Laufwerk im Inneren des Sockels, das die Szenerie unter Glas in Bewegung versetzt: Pferde ziehen einen Schlitten durch einen verschneiten Hohlweg, auf einer Felsspitze legt ein Wolf den Kopf zurück und heult den Mond an, eine Seiltänzerin balanciert über den Abgrund zwischen zwei schneebedeckten Berggipfeln …

Jeder dieser Winterlandschaften hat Jacob Dorneyser Leben eingehaucht. Jede von ihnen ist einzigartig und doch haben sie etwas gemeinsam. Auf den ersten Blick erwecken sie ein Gefühl von Einsamkeit, von Verlassenheit und Traurigkeit. Aber so wie sich das rote Blatt an dem Baum, den ich bei Elsa gesehen habe, dieser Traurigkeit entgegenstellt, so gibt es auch in allen anderen Kugeln von Jacob Dorneyser ein verstecktes Hoffnungszeichen: der zitronengelbe Schirm der Seiltänzerin, der warme Lichtschein in der Laterne eines Nachtwächters, ein durchlöchertes buntes Fähnchen auf dem Turm einer verfallenen Burg … Winzige, persönliche Hoffnungssignaturen, die jeder Kugel einen ganz besonderen Zauber verleihen.

Es muss ein wunderbares Gefühl sein, solche Kugeln zu schaffen. Gläser mit Welten, in denen die Zeit stillsteht.

Mein Blick fällt auf eine Schneekugel, in der ein blondes Mädchen mit rotem Mantel und roten Schlittschuhen zu sehen ist. Rot wie die Schlittschuhe in meinem Traum.

Als ich das Glas aus dem Regal nehme und leicht schüttle, wirbeln Schneeflocken um die Eistänzerin herum. Ich drehe die Feder im Sockel; die melancholische Melodie einer Spieluhr erklingt und die Tänzerin beginnt, sich auf dem Eis zu drehen.

Ich wünschte, ich könnte solche Kugeln machen.

Zuerst ist es nur ein flüchtiger Gedanke, den man nicht wirklich ernst nimmt – wie eine einsame Schneeflocke, die durch die Luft taumelt und schmilzt, wenn sie zu Boden fällt. Aber diese Flocke schmilzt nicht … und der Gedanke schwirrt immer weiter durch meinen Kopf.

Ich wünschte, ich könnte solche Kugeln machen.

Und dann – als die Spieluhr verklingt, die Eistänzerin aufhört sich zu drehen und der Schnee zu Boden sinkt – ist es, als könnte ich etwas, das vorher nur verschwommen und unscharf gewesen ist, plötzlich klar erkennen.

Ich will solche Kugeln machen!

Mit einem Mal ist es, als hätte alles einen Sinn. Als wären all die Dinge, die in meinem Leben passiert sind, sogar die schlimmen Dinge, aus einem bestimmten Grund geschehen: um mich hierherzubringen, in dieses Haus voller Schneekugeln, und mir vor Augen zu führen, was ich wirklich will! Ich bin so gebannt von meiner Erkenntnis, dass ich beinah vergesse zu atmen und nicht mal höre, wie Jacob ins Zimmer zurückkommt.

»Also wegen der Schule …«, murmelt er. »Elsa hat mich angerufen und vorgewarnt. Ich kann verstehen, wenn du wütend auf mich bist. Ich hätte dir vorher von diesem Konzept erzählen sollen. Aber das mit den Gesprächen klang für mich nach einer guten Idee und … Cora? Hörst du mir überhaupt zu?«

»Nein.« Ich drehe mich um und lächle ihn an. »Keine Sorge. Wenn du es für sinnvoll hältst, werde ich an diesen Gesprächen teilnehmen.«

»Wirklich? Versprochen?«, fragt er verdattert.

»Versprochen. Unter einer Bedingung: Du bringst mir alles bei, was du über Schneekugeln weißt. Du machst aus mir eine Kugelmacherin!«

Mit dem, was dann passiert, habe ich nicht gerechnet: Jacob starrt mich schweigend an, bestimmt eine halbe Minute lang. Dann sehe ich in seinem Augenwinkel ein verräterisches Glitzern. Er wischt sich die Träne weg; mit einer fahrigen Bewegung zieht er seine Pillendose aus der Tasche und schiebt sich eine der Kapseln in den Mund.

»Geht es dir gut? Alles in Ordnung?«

Jacob nickt stumm, atmet ein paarmal tief durch und schließt für einen Moment die Augen. Als er zu sprechen beginnt, klingt seine Stimme zerbrechlich wie dünnes Glas.

»All die Jahre, seitdem deine Mutter fortgegangen ist, habe ich gedacht, dass mit mir alles enden würde. Noch bis vor ein paar Tagen habe ich geglaubt, der letzte Dorneyser zu sein. Der letzte der Kugelmacher, mit dem das enden würde, was Leonard Dorneyser begonnen hat. Und jetzt stehst du vor mir und sagst, du willst eine Kugelmacherin werden ...« Sein Gesicht entspannt sich und ein feines Lächeln spielt um seine Lippen. »Das macht mich glücklich, Cora.« Jacob bedenkt mich mit einem langen fragenden Blick. »Seit wann weißt du es?«

»Was?«

»Dass du eine Kugelmacherin sein willst. Wann hast du dich dazu entschieden?«

»Es war ... es war gerade eben, als du unten warst. Ich stand vor all den Kugeln und plötzlich war es, als ob ... Ich weiß, wie verrückt sich das anhört, aber irgendwie hat es sich nicht angefühlt, als hätte *ich* mich entschieden, sondern ...«

»Als hätten sich die Kugeln für dich entschieden. Ich kenne das Gefühl. Beinah wie Magie, nicht wahr?«, sagt Jacob leise und sieht mich über den Rand seiner Brille hinweg an. »Ich werde dir alles beibringen, was ich über Schneekugeln weiß, Cora. Aber du solltest wissen, dass ein langer Weg vor dir liegt. Die Grundlagen unseres Berufes sind harte Arbeit und solides Handwerk. Du wirst, neben Fingerfertigkeit, viel Disziplin und Geduld brauchen – und die Bereitschaft aus deinen Fehlern zu lernen. *Bist* du dazu bereit?«

»Ich ... ich ... ja, das bin ich.«

»Die Kugeln haben dich ausgesucht«, sagt Jacob. »Das bedeutet eine große Verantwortung, größer als du dir jetzt vorstellen kannst. Wenn du die Grundlagen beherrschst, werden wir darüber sprechen, was es *noch* alles braucht, um eine Kugelmacherin zu sein. Und was es heißt, eine Dorneyser zu sein ...«

»Was meinst du?«

»Später ... zu gegebener Zeit. Jetzt haben wir zu arbeiten.«

In den folgenden Stunden weiht Jacob mich in die grundlegenden Geheimnisse der Kugelmacherkunst ein: Ich erfahre, wie entscheidend das richtige Wasser für die Qualität der Kugeln ist (das Buchbachwasser ist das beste!) und wie wichtig die richtige Beschaffenheit und Zusammensetzung des Flitters ist. Er zeigt mir, wie ich die dünnen Feilen und feinen Pinsel zu gebrauchen habe, und erklärt mir, dass man eine gute Kugel daran erkennt, dass der Schnee genau zwei Minuten lang durch das Glas schwebt (nicht kürzer und nicht länger).

»Jeder Rockenfelder Kugelmacher hat eine eigene Rezeptur für seine Schneeflocken«, erklärt Jacob. »Und jeder hat seine eigene Arbeitsweise, eine spezielle Abfolge, in der er den Schnee und das Wasser in die Kugel rinnen lässt. Mit einem ganz bestimmten Druck, mit einer ganz bestimmten Geschwindigkeit. Jeder hat seine eigene *Kugelformel*. Daran, wie die Flocken durch das Glas schweben, kann ich sofort erkennen, von welchem Kugelmacher eine Kugel stammt. Und nirgendwo fliegen sie so schön wie in den Dorneyser Kugeln. Das sage nicht nur ich, das ist auch bei allen anderen Kugelmachern unbestritten. Seit den Tagen von Leonard Dorneyser ist die Formel immer weiter entwickelt worden und jede Generation hat sie noch ein wenig verbessert. Obwohl ich zugeben muss, dass die Flocken von Marlene Berber ausgesprochen gut sind und auch die der anderen Rockenfelder Kugelmacher von einer Qualität sind, die weit jenseits dessen liegt, was man mitunter in *sogenannten* Schneekugeln zu sehen bekommt ...«

Jacob schnaubt verächtlich durch die Nase und seine Stimme wird laut. »Es ist eine Schande, was sich alles als Schneekugel bezeichnen darf! Billige, schlampig gemachte Importware, charakterlose Massenproduktion, langweilige Motive, klumpiger Schnee und sogar Algenbefall in den Gläsern!«, wettert er. »Jeder Kugelmacher, der was auf sich hält, würde sich schämen. Diese raffgierigen Souvenir- und Spielzeugmultis und ihre seelenlosen Produkte! Vor einiger Zeit ist tatsächlich ein schnöseliger Kerl hier aufgetaucht. Faselte was von *kapitalstarker Kundschaft* und *Kugeln im Hochpreissegment* und wollte mir allen Ernstes die dorneysersche Kugelformel abkaufen.«

Jacobs Glatze läuft vor Empörung dunkelrot an, und ich muss lachen.

»Was ist?« Er blickt mich irritiert an.

»Entschuldige«, kichere ich, »aber das hört sich an wie bei den Brüdern Grimm: Ein mysteriöser Fremder erscheint, um die geheime Schneekugelformel an sich zu bringen … Was hat er dir geboten? Eine Handvoll Zauberbohnen?«

»Du würdest nicht lachen, wenn du wüsstest, was für eine obszön hohe Summe er mir geboten hat«, sagt Großvater leicht beleidigt. »Natürlich habe ich den Kerl achtkantig rausgeworfen. Kurz darauf hat jemand versucht, bei mir einzubrechen.«

»Was?«

»Komischer Zufall, nicht wahr? Zum Glück war Elsa hier. Wir hatten ganz schön einen gezwitschert … Na ja, jedenfalls hat sie unten auf dem Sofa übernachtet. Und nachts ist sie wach geworden, weil sich jemand an der Tür zu schaffen gemacht hat. Elsa ist keine, die lange fackelt. Sie hat ihren Eishockeykampfschrei ausgestoßen, ist zur Tür gestürmt und der Einbrecher hat gesehen, dass er Land gewinnt. Sie ist ihm noch hinterher … aber er war verschwunden.«

»Hast du die Polizei gerufen?«

Großvater seufzt. »Damit die hier rumtrampeln, alles mit ihrem Fingerabdruckpulver einsauen und am Ende doch nichts rausfinden? Das habe ich mir gespart. – Und jetzt wird nicht mehr geredet, sondern gearbeitet. Dinge lernt man am schnellsten, indem man sie tut. Nimm dir das Werkzeug und die Materialien, die du brauchst. Du kannst an dem Tisch dahinten arbeiten. Hast du schon eine Idee für ein Motiv?«

»Ich … ja, ich könnte –«

59

»Verrate es mir nicht«, sagt Jacob. »Lass mich die Kugel erst dann sehen, wenn sie fertig ist. Du solltest zunächst ein paar Skizzen anfertigen. Buntstifte und Papier sind in der Schublade.«

An diesem Abend lerne ich, dass der Weg von einer ersten Idee zu einem klaren Vorhaben ein vielfach gewundener und äußerst steiniger Pfad ist. Jacob erträgt meine genervten Seufzer mit stoischer Ruhe, beobachtet mich aus den Augenwinkeln und lächelt über den stetig größer werdenden Haufen aus zusammengeknülltem Papier unter meinem Tisch. Ich werde nie etwas Vernünftiges hinkriegen, denke ich, aber dann macht es plötzlich *klick* – und auf einmal geht alles wie von selbst. Die Stifte fliegen nur so über das Blatt und meine Idee nimmt vor meinen Augen Gestalt an: eine schneebedeckte Trauerweide, die in einer Hügellandschaft am Ufer eines zugefrorenen Flusses steht wie ein uralter erstarrter Wächter. Ihre langen dünnen Zweige reichen bis auf das Eis hinab. Irgendwann während des Zeichnens ist es, als würde die Werkstatt um mich herum verschwinden; ich sitze da, den Kopf über den Zeichenblock gebeugt, und bin so vertieft in meine Arbeit, dass ich die Zeit vollkommen vergesse, bis ich Jacob sagen höre: »Es ist schon spät. Lass uns für heute Schluss machen.«

Die altertümliche Wanduhr über der Tür zeigt eine Viertelstunde vor Mitternacht! Überrascht packe ich Block und Stifte in die Schublade und greife nach meinem Mantel.

Großvater hält mir einen Schlüssel unter die Nase. »Für die Haustür. Damit du nicht jedes Mal klingeln musst. Ach, und« – er giggelt vergnügt in sich hinein – »du solltest dich morgen unbedingt bei den anderen Rockenfelder Kugelmachern vorstellen und ihnen eröffnen, dass ich dich zur Kugelmacherin ausbilde.«

Gerade als ich fragen will, was genau an diesem Gedanken denn so erheiternd ist, höre ich, wie die Haustür geöffnet wird.

Fragend blicke ich zu Großvater und erschrecke. Sein Gesicht ist von einer Sekunde auf die andere zu einer Maske erstarrt, sein Lächeln sieht wie eingefroren aus und seine Hände zittern. Auf der Treppe ist das Geräusch schwerer Schritte zu hören. Sie bewegen sich schnell in Richtung der Werkstatt. Jacob wird aschfahl, ringt nach Luft – und einen fürchterlichen Moment lang überfällt mich die entsetzliche Angst, dass er jetzt, in diesem Augenblick, sterben könnte. Es muss diese erschreckende Vorstellung sein, die bei mir zu einer plötzlichen Sinnestäuschung führt: Ich spüre einen kalten Luftzug, und für den Bruchteil einer Sekunde glaube ich, ein blasses blaues Licht in den Schneekugeln aufflackern zu sehen. Da öffnet sich die Tür.

Das Erste, was ich wahrnehme, ist ein Paar abgetragener, schlammverkrusteter Wildlederstiefel, die aussehen, als könnten sie jeden Moment auseinanderfallen. Ganz langsam wandert mein Blick an dem Fremden hoch: Er trägt einen zerschlissenen, von Rissen und Löchern übersäten Ledermantel. Lange, schmutzige Haare fallen bis über seine Schultern. Auf seinen Wangen und seinem Kinn sprießt ein dünner, spärlicher Bart.

Er starrt mich genauso überrascht an wie ich ihn. Der Unbekannte wirkt abgerissen und so, als könnte er ein ausgiebiges Wannenbad vertragen, aber seine Augen flackern wie zwei blaue Fackeln. Wie die Lichter, denen ich in meinem Traum begegnet bin. Und je länger mich diese blau leuchtenden Augen betrachten, umso stärker wird bei mir das verstörende, bizarre Gefühl, ihnen vollkommen nackt gegenüberzustehen. Als könnten sie in mich hineinblicken. Als würden sie mich kennen. Der Boden scheint unter meinen Füßen wegzugleiten ...

Was passiert hier?

»Guten Abend, Niklas«, höre ich Großvater mit einer brüchigen Stimme sagen, der man das Bemühen anhört, die Fassung wiederzuerlangen. Seine Hand zittert noch immer, während er auf mich deutet. »Das ist Cora. – Meine Enkelin«, fügt er mit leiser Stimme hinzu. Für einen kurzen Moment scheinen die Augen des Besuchers heller zu flackern, sonst zeigt er keinerlei Regung und blickt mich nur unverwandt an. Es ist, als würde ich in zwei blaue –

»Und das ist, äh … Niklas«, stellt Jacob den Fremden vor. »Er ist … Vertreter. Ein Reisender in, äh, in Sachen Schneekugel. Wenn er auf der Durchreise ist, wohnt er manchmal ein paar Tage bei mir. Nicht wahr, so ist es doch? Du bist mal wieder auf der Durchreise, alter Freund.«

Alter Freund? Der nächtliche Besucher, der stumm und regungslos vor mir steht, ist höchstens ein paar Jahre älter als ich – mehr ein Junge als ein Mann.

Ganz langsam wendet er seinen durchdringenden Blick von mir ab und schaut zu Boden. »Ja«, sagt er mit einer heiseren, rauen Stimme. »Auf der Durchreise.«

Irgendwie gelingt es mir, mich aus meiner Salzsäulenerstarrung zu lösen und mir ein paar grundlegende Konventionen des sozialen Miteinanders ins Gedächtnis zu rufen.

»Hallo.« Ich trete zwei Schritte vor und strecke dem Jungen die Hand entgegen. Aber er nimmt sie nicht.

»Freut mich«, sagt er knapp und weicht – beinah ängstlich – einen Schritt zurück. Wieder sehe ich ein kurzes blaues Flackern in seinem Blick, doch seine Augen haben nichts Durchdringendes mehr, sie nehmen eine traurige Färbung an und erinnern an zwei einsame blaue Streichholzflammen in einer dunklen Nacht.

Dann fährt sein Kopf unvermittelt herum und er sagt zu Jacob, so als wäre ich nicht anwesend: »Ich muss mit dir sprechen, Dorneyser. Ohne deine Enkelin. Unter vier Augen.«

Ich fasse es nicht. Ein glatter Rausschmiss! Was bildet sich dieser Kerl eigentlich ein?

»Ich wollte sowieso gerade gehen«, sage ich und versuche, Großvater zuliebe, einen zickigen Unterton zu vermeiden.

»Gute Nacht, Jacob. Und dir ebenfalls eine gute Nacht«, wünsche ich in Niklas' Richtung und klinge plötzlich doch ziemlich zickig. Er erwidert nichts und nickt nur leicht mit dem Kopf. Kaum bin ich an der Tür, höre ich, wie er Großvater etwas zuflüstert.

Jacob räuspert sich und ruft mir hinterher: »Noch eine Bitte, Cora ...« Er knetet die Hände und seine Stimme klingt verlegen: »Es wäre gut, wenn du ... wenn du niemandem gegenüber erwähnst, dass du Niklas hier begegnet bist. Das ist eine, äh, private Angelegenheit.«

Ich sehe zu Niklas hinüber, aber er wendet sich einfach ab, dreht mir den Rücken zu und blickt aus dem Fenster.

»Natürlich«, sage ich, schließe die Tür und steige langsam die Treppe hinab.

In viktorianischen Schmökern wimmelt es von jungen Ladys, die beim Debütantinnenball zu ausgiebig am Champagner nippen und mit schwirrendem Kopf *beinah* den Verführungskünsten eines gut aussehenden, aber leider nicht standesgemäßen jungen Offiziers erliegen – bis sie am Ende der Nacht in die Kälte hinaustreten, sich kurz schütteln, Offizier Offizier sein lassen und doch lieber einen alten Geldsack wie den Earl of Gichtfinger heiraten.

Kalte Luft = Klarer Kopf lautet die althergebrachte Formel. Ein glatter Irrglaube, wie ich feststelle, als ich in Jacobs Vorgarten stehe und vergeblich versuche, einen klaren Gedanken zu fassen. Vor meinem inneren Auge blitzen im Zehntelsekundentakt rote Fragezeichen auf: Wer ist dieser merkwürdige Niklas? Bestimmt kein Schneekugelvertreter, wie Jacob versucht hat, mir weiszumachen. Warum hat sein Erscheinen meinem Großvater solche Angst gemacht? Warum soll ich niemandem von dieser Begegnung erzählen? Was verbindet Jacob mit diesem abgerissenen Fremden? Vor allem aber: Was bildet sich dieser Kerl eigentlich ein?

Er wendet sich einfach ab und dreht mir den Rücken zu. Er hält es nicht für nötig, mir die Hand zu geben. Er spricht mit Jacob und tut dabei so, als würde ich nicht existieren, obwohl ich direkt vor ihm stehe. Der unbestrittene Champion in sämtlichen Disziplinen des Unhöflichkeitsmehrkampfes! Und wie sieht er überhaupt aus? Die Wildlederstiefel, ein zerrissener Mantel und Haare bis auf den Rücken? Mit so einem Outfit kann man vielleicht als Bassist bei den *Bösen Söhnen von Luzifer* einsteigen, aber ansonsten ...

Ich bemühe mich nach Kräften, ihn abstoßend zu finden, aber zu meinem größten Ärger gelingt mir das nicht in dem Maß, in dem ich es möchte und in dem er es verdient hätte. Seine Klamotten sehen aus, als hätte er sie aus dem Altkleidercontainer gefischt, denke ich, und das erste Adjektiv, das den meisten Leuten bei seinem Anblick in den Sinn kommt, ist wahrscheinlich *schmuddelig*, aber ... da sind diese seltsamen Augen. Dieses merkwürdige Leuchten. Dieser durchdringende Blick, der alles zu sehen scheint ...

Ich schaue zu dem großen runden Fenster empor. Niklas' Silhouette zeichnet sich hinter dem bunten Glas ab. Er geht auf und ab und redet offenbar auf Jacob ein. Was haben die beiden zu besprechen?

Während ich ihn beobachte und dabei von einem Fuß auf den anderen trete, fechte ich einen Gewissenskampf aus. Ich neige nicht dazu, meinen Mitmenschen hinterherzuspionieren, ich bin dazu erzogen worden, nicht in fremden Schubladen zu wühlen, und für gewöhnlich lausche ich auch nicht an geschlossenen Türen – aber ... jede Regel braucht ihre Ausnahme.

Ich steige aus meinen Stiefeln, laufe auf Socken zur Haustür zurück, öffne sie mit dem Schlüssel, den Jacob mir gegeben hat, und schleiche die Treppe hoch. Die Tür zur Werkstatt steht einen kleinen Spalt weit auf. Ich strecke den Kopf vor und blinzle vorsichtig in das Zimmer.

Großvater sitzt in seinem Rollstuhl neben einem der Arbeitstische. Niklas steht, mit dem Rücken zu mir, vor den Regalen und blickt auf die Schneekugeln.

»… du zurückgekommen bist, wusste ich sofort, dass das nur eines bedeuten kann«, höre ich Jacob mit zitternder Stimme sagen.

»Du hättest das Mädchen nicht hierherbringen dürfen«, entgegnet Niklas.

»Sie ist meine Enkelin. Es ist meine verdammte Pflicht, mich um sie zu kümmern. Und natürlich habe ich gehofft, dass sie … dass alles fortgeführt wird. Aber das hätte ich nie getan, wenn ich geahnt hätte, dass … Es ist vierundzwanzig Jahre her, Niklas! Ich habe geglaubt, sie kehrt nie mehr zurück. Wie kannst du dir so sicher sein, dass sie erwacht ist?«

Niklas dreht sich zu Großvater um, seine Augen blitzen auf. »Der Splitter, Dorneyser. Er bewegt sich. Es ist, als hätte er begonnen zu wandern. Ich spüre es schon seit einiger Zeit und das Gefühl wird mit jedem Tag stärker. Sie ist erwacht! Ihre Wunden sind verheilt und sie ist stärker als zuvor. Sie wird zurückkehren. Ich weiß es, so wie ich weiß, dass es schneien wird, Tage bevor die ersten Flocken aus den Wolken fallen. Und ich spüre ihr Verlangen. *Die Unzerbrechliche* – sie will sie zurück.« Langsam geht er zu dem bunten Fenster hinüber und blickt in die Dunkelheit. »Sie sammeln sich. Ich habe blaue Lichter in den Wäldern gesehen. Noch können sie nichts ausrichten, aber wenn die Zwölf beginnen … Wir dürfen nicht zulassen, dass der Schrecken zurückkehrt.«

»Ich befürchte, ich werde dir keine große Hilfe mehr sein können«, sagt Jacob und blickt zu Boden.

Niklas tritt neben Großvater und legt ihm die Hand auf die Schulter. »Vielleicht …«, flüstert er, und in seinen Augen scheinen zwei blaue Funken aufzuglimmen, »vielleicht wird deine Hilfe gar nicht vonnöten sein.«

»Was soll das heißen?«

»Es gibt einen Weg, ihre Existenz zu beenden, Dorneyser!«

»Du hast gesagt, nichts und niemand kann sie vernichten.«

Großvaters Stimme zittert.

»Das hat sie immer behauptet und niemand hat ihre Behauptung je in Zweifel gezogen. Auch ich nicht. Aber bis vor vierundzwanzig Jahren hat auch niemand geglaubt, dass man sie im Kampf in die Knie zwingen könnte – und doch ist es geschehen. Damals habe ich begonnen, mich zu fragen, ob ich wirklich alles über sie weiß. Und mir ist klar geworden, dass ich die Antwort darauf nur bei dem finden kann, der sie geschaffen hat. Ich war lange Zeit im Norden … und *habe* ihn gefunden.«

»Es … es gibt ihn? Er lebt?«

»Er *existiert*. Als ein Schatten des Wesens, das er einmal war. Er hat es mir verraten: Sie kann vernichtet werden. Aber er ist misstrauisch, er weiß, dass ich eines ihrer Kinder bin, und fragt sich, ob er mir vertrauen kann. Ich werde noch einmal zu ihm müssen. Die Zeit wird knapp. Ich muss es wissen, bevor die Zwölf beginnen. Ich muss sie in dem Moment überraschen, in dem sich die Tore öffnen.«

Ein gespanntes Schweigen tritt ein, dann höre ich Jacob sagen: »Cora darf nichts von all dem erfahren. Sie darf nicht in Gefahr geraten.«

Niklas fährt mit den Fingern über eine der Schneekugeln.

»Sie ist längst in Gefahr, Jacob. Sie ist eine Dorneyser.«

Vor Schreck entfährt mir ein Laut, der an ein erschrecktes Piepsen erinnert.

»Was war das?« Niklas blickt auf und kommt auf die Tür zu. Für eine Sekunde verfalle ich in eine Schockstarre, dann schwinge ich ein Bein über das Geländer, rutsche wie ein Rohrpostpaket in Expressgeschwindigkeit abwärts und kauere mich direkt neben dem Aufzug unter die Treppe.

Ein sanftes blaues Leuchten erhellt den Korridor, als Niklas sich über das Geländer beugt und suchend nach unten blickt.

»Wahrscheinlich nur eine Maus«, höre ich Jacob sagen. »Seit

einiger Zeit hat sich hier eine ganze Sippschaft von den Nagern eingenistet.«

»Ja, wahrscheinlich.« Das blaue Licht im Korridor verschwindet. Ich höre Niklas zurückgehen und die Tür der Werkstatt hinter sich schließen. Ich atme tief durch, zähle leise bis fünfundvierzig, dann husche ich aus dem Haus, schlüpfe in meine Stiefel und stehle mich in die Dunkelheit davon.

Was hat das zu bedeuten?, frage ich mich immer wieder, während ich mich schlaflos in meinem Bett hin und her wälze. Worüber haben Großvater und dieser Niklas gesprochen? Eine Frau, die *vernichtet* werden soll? *Sie ruft alle zusammen … bevor die Zwölf beginnen … die Unzerbrechliche …* Jedes einzelne Wort, das sie gesagt haben, habe ich klar und deutlich gehört – aber verstanden habe ich rein gar nichts. Sie hätten sich genauso gut auf Kisuaheli unterhalten können.

Aber es sind vor allem die letzten Sätze dieser mysteriösen Unterhaltung, die dafür sorgen, dass ich in dieser Nacht kein Auge zumache: »*Sie ist längst in Gefahr, Jacob. Sie ist eine Dorneyser.*«

Als der Wecker endlich klingelt, habe ich keine einzige Minute geschlafen.

Ich packe meine Schultasche unter den Arm, öffne so leise wie möglich die Tür und spähe in den Korridor. Die Luft ist rein. Elsa schläft noch und schnarcht lauter als zehn Matrosen nach dem Landgang. Auf Zehenspitzen schleiche ich die Treppe runter und aus dem Haus.

Ich bin viel zu früh dran, aber ich will an meinem ersten Unterrichtstag auf keinen Fall zu spät kommen – außerdem ist ein zeitiger Aufbruch die einzige Möglichkeit, Elsas morgendlicher Abfütterungsorgie zu entgehen.

Die Luft riecht nach Moos, aus den großen Laubbäumen am Ufer des Buchbachs fallen gelbe Blätter und segeln langsam zu Boden, und in den Straßen lösen sich die letzten Nebelschwaden auf. Im hellen Tageslicht wirkt das, was ich gestern erlebt habe, vollkommen unwirklich, beinah so, als wäre es nie geschehen. Niklas … diese gespenstische Unterhaltung … und dieses merkwürdige blaue Flackern in den Gläsern, als er die Werkstatt betreten hat …

Ich reiße mich gewaltsam aus meinen Grübeleien und versuche mich auf das zu konzentrieren, was vor mir liegt.

Am Nachmittag werde ich Jacobs Bitte nachkommen und mich bei den Rockenfelder Kugelmachern vorstellen, aber zunächst muss ich meinen ersten Unterrichtstag hinter mich bringen. Neben dem Zugeständnis, an den Gesprächen mit Renate Immsen-Erkel teilzunehmen, habe ich Jacob – im Gegenzug für seine Bereitschaft, mich in die Grundlagen des Kugelmachens einzuweihen – hoch und heilig versprechen müssen, die Schule keinesfalls zu vernachlässigen und immer pünktlich zum Unterricht zu erscheinen.

Als der Torbogen am Rand des Schulgeländes in Sicht kommt, summt das Smartphone in meiner Manteltasche.

Eine Nachricht von Svenja.

Hoffe, es geht dir gut, Süße. Wir vermissen dich jetzt schon. Grüße und Küsse, Svenja und Iggy.

Ich sende eine kurze Antwort, da höre ich über mir ein Flügelschlagen. Einen Sekundenbruchteil später landet ein großer weißer Flatschen auf meiner Schulter. Die schwarz gefiederte Kackmaschine keckert frech, wie um mich auszulachen, und segelt ungerührt davon.

Mein erster Tag an einer neuen Schule: Ich bin vollkommen übermüdet – und ein Vogel kackt mir den Mantel voll.

Ich nehme es als gutes Omen.

Die Toiletten sind im Keller des Schulgebäudes. Ich laufe durch einen düsteren Gewölbegang und stoße die Tür mit dem ♀-Symbol auf.

Der Vorraum ist leer. Ich ziehe den Mantel aus, lege das Smartphone auf dem Rand des Waschbeckens ab und beginne, den Fleck aus dem Stoff zu waschen. In diesem Moment dringt aus einer der Klokabinen ein lang gezogenes Schniefen.

Keine zwanzig Sekunden später fliegt die Kabinentür auf. Im Spiegel über dem Waschbecken sehe ich, wie mich ein blondes Mädchen misstrauisch mustert. Ihre Figur ist topmodelverdächtig und sie hat die Art von Bräune, die von wahrem Wohlstand kündet. Nicht so ein ordinäres Sonnenbankgebrutzel, sondern den goldbraunen Ton, den die Haut annimmt, wenn man sämtliche Ferien in der familieneigenen Villa am Mittelmeer verbringt. Ein makelloser Teint … bis auf die pudrige weiße Stelle unter der Nase.

»Du hast da was.« Ich tippe mit dem Finger unter meine Nasenspitze.

Sie reckt den Kopf, sieht in den Spiegel, wischt die weiße Spur mit dem Handrücken weg und funkelt mich wütend an. Dann registriert sie mein Smartphone – und im nächsten Moment bricht die Hölle los.

»Hast du mich etwa da drin *gefilmt*?«, kreischt sie.

»Wie du siehst, bin ich damit beschäftigt, Vogelscheiße aus meinem Mantel zu waschen.«

»Willst du mich *verarschen*? Du hast mich *gefilmt*!«

»Glaub mir. Ich kann mir wirklich was Interessanteres vorstellen, als …«

»Du hast mich gefilmt, du dumme Fotze!«

Ich kann gar nicht so schnell gucken, wie sie sich das Smartphone schnappt und zwei, drei, vier Mal mit aller Wucht gegen den Rand des Waschbeckens schlägt. Spitze Plastikteile spritzen wie Granatsplitter durch die Gegend.

»Hast du sie noch alle?« Ich mache einen Satz auf sie zu – aber ich habe mich noch nie im Leben geprügelt. Sie anscheinend schon. Und sie ist um einiges stärker, als sie aussieht. Die irre Koks-Ische dreht mir den Arm auf den Rücken, schubst mich an die Wand und presst mein Gesicht gegen die kalten Fliesen. »Was ich hier mache, ist meine Sache. Ein Wort darüber, was du gesehen hast, und mit deinem Kopf passiert das, was mit deinem Smartphone passiert ist.« Sie rammt mir ihr Knie in den Rücken und drückt mich zu Boden. »Halt bloß deine Klappe, du dumme Schlampe!«

Ich habe das Gefühl, keine Luft mehr zu bekommen, und meine Beine beginnen so heftig zu zittern, dass die Knie gegeneinanderschlagen – während sie sich vor den Spiegel stellt und ihre Lippen nachzieht, als wäre nichts passiert.

Als die Tür hinter ihr zuschlägt, steigen mir die Tränen in die Augen.

Auch nachdem ich mir literweise kaltes Wasser ins Gesicht geklatscht habe, kann ich nicht fassen, dass das eben wirklich passiert ist. Wie in Trance sammle ich die Überreste meines Smartphones ein und mache mich auf den Weg in den Nordflügel, wo der Mathegrundkurs stattfindet.

Ich schaffe es gerade noch, mich vor der zuständigen Lehrkraft in den Raum zu drängeln.

Die heißt Doktor Wieschmann und ist ein kleiner Mann mit Haarteil und zu viel Rasierwasser, der beim Sprechen weiträumig seine Umgebung einspeichelt. Es gelingt mir beim besten Willen nicht, seinen Ausführungen über die lineare Abhängigkeit von Vektoren zu folgen. Meine Gedanken sind immer noch bei dem, was mir vor ein paar Minuten widerfahren ist. Gott sei Dank ist diese koksschnupfende Wahnsinnige nicht in meinem Grundkurs.

Die meisten hier sehen eigentlich ganz verträglich aus, denke ich, als ich den Blick über meine Mitschüler wandern lasse.

Ein spindeldürres Mädchen in der Bank neben dem Fenster lächelt mich sogar an. Ich lächle zurück … bis ich sehe, wie sie sich unter dem Tisch die Spitze ihres Zirkels in den Unterarm drückt, dass Blutstropfen hervorquellen. Wo um alles in der Welt bin ich gelandet?

Unter den Platanen auf dem Pausenhof springen aufgedrehte Unterstufenschüler umeinander und bewerfen sich mit nassem Laub. Die Älteren stehen in kleinen Gruppen zusammen; direkt vor dem Schulhof haben sich die Raucher versammelt.

Ich suche mir den Punkt, der so weit wie möglich von allen Grüppchen entfernt ist, und lasse mich auf einer niedrigen Schiefermauer nieder. Ein paar Meter weiter lehnt ein Junge an der Mauer und verwendet seine ganze Konzentration darauf, eine Zigarette zu drehen. Er hat schwarz lackierte Fingernägel, seine Augen sind dick mit Kajal umrandet. Er blickt auf und nickt mir kurz zu, dann widmet er sich wieder mit ganzer Energie der Zigarettenproduktion.

In einer der Gruppen auf dem Schulhof mache ich die irre Kokserin von heute Morgen aus. Das Zeug tut ihr ganz offensichtlich nicht gut. Sie fuchtelt wild mit den Armen, stampft mit dem Fuß auf wie eine Vierjährige, der man den Nachtisch verweigert, und deutet aufgeregt mit dem Finger auf mich. Ein großer Junge mit zurückgegelten Haaren versucht sie offenbar zu beruhigen, dabei blickt er immer wieder zu mir herüber. Nachdem er eine Weile auf das Mädchen eingeredet hat, löst er sich aus der Gruppe und kommt auf mich zu. Ihm folgt ein zweiter Schüler, ein Fleischberg mit Raspelrübe und finsterem Blick.

»Julian von Kladden«, sagt der Gegelte mit öliger Stimme und lächelt, als würden wir uns gerade auf einem Botschaftsempfang begegnen. Er greift in seine Manteltasche, und ehe ich mich's versehe, drückt er mir eine Visitenkarte in die Hand. *Welche Art von Spinner verteilt auf dem Schulhof Visitenkarten?*

»Ich bin der Freund von Laura … Laura Pohlmann.« Er deutet auf die Irre. »Sie hat mir von dem bedauerlichen Zwischenfall heute Morgen erzählt. Ich möchte mich für sie entschuldigen. Sie ist manchmal etwas *impulsiv*.« Der Kajaljunge neben mir lacht laut auf. »Ja. Man könnte auch sagen, sie hat die Frustrationstoleranz eines eifersüchtigen Pavianweibchens.«

»Verschwinde, Schwuli!«, zischt Julian von Kladden. Sein Leibwächter knackt drohend mit den Knöcheln.

»Huhuhuhuhu!«, macht der Kajaljunge, grinst und schlendert betont langsam davon.

Julian von Kladden widmet mir wieder seine ungeteilte Aufmerksamkeit. »Jedenfalls sehe ich keinen Grund, diese Geschichte an die große Glocke zu hängen«, näselt er. »Und was dein Smartphone angeht – kauf dir ein neues und lass mir die Rechnung zukommen. Gönn dir das neueste Modell. Ich denke, damit ist die Sache erledigt.«

Erledigt?

»Glaubst du, du kannst mich kaufen? Deine Freundin soll sich gefälligst selbst bei mir entschuldigen!« Ich reiße die Visitenkarte in kleine Fetzen und lasse sie zu Boden trudeln.

Er lächelt einfach weiter. So ungefähr muss es sich anfühlen, von einem Tigerhai angelächelt zu werden.

»Ich halte dir zugute, dass du neu bist. Du weißt noch nicht, wie die Dinge hier funktionieren.« Damit stolziert er samt seinem Bodyguard davon.

Was für ein Arschloch!

Was für ein *Riesenarschloch* er ist, offenbart sich mir dann in der nächsten Stunde.

Geschichte-Leistungskurs gibt Gottwald persönlich. Auf der Suche nach dem Kursraum verlaufe ich mich und muss einen schüchternen Fünftklässler nach dem Weg fragen. Als ich abgehetzt und völlig außer Atem in dem kleinen Raum unter dem Dach ankomme, fläzt sich etwa ein Dutzend Schüler in den Bänken und redet wild durcheinander. Unter ihnen auch Julian von Kladden und seine Koksfreundin. Ihre Hand krault seinen Nacken, während sie mir einen giftigen Blick zuwirft. Der letzte freie Platz ist direkt hinter den beiden – neben dem Jungen mit den Kajalaugen. Kaum sitze ich, als Ernesto Gottwald den Raum betritt und ohne große Vorrede loslegt. »Zum Ende des Zweiten Weltkriegs bildeten sich neue politische Machtverhältnisse heraus. In den folgenden Jahrzehnten standen sich die Supermächte in Ost und West in dem gegenüber, was wir als *Kalter Krieg* bezeichnen. Eine Zeit, die geprägt war von Stellvertreterkriegen und dem System der atomaren Abschreckung. Wir werden uns heute mit den Auswirkungen des Wettrüstens auf die jeweiligen Volkswirtschaften beschäftigen.« Er startet eine Powerpoint-Präsentation. Diagramme und Tabellen mit endlosen Zahlenkolonnen ziehen an meinen Augen vorbei, dazwischen Bilder von Panzern und Raketen, Jetpiloten, U-Boot- und Flugzeugträgerbesatzungen.

Von Kladden dreht sich um, lächelt fischig und sagt zu dem Jungen neben mir: »Hey, ein Haufen Matrosen in engen Uniformen. Muss für dich doch wie Porno sein – oder, Grimm?« Er sieht mich an, als würde er auf Beifall für einen besonders gelungenen Gag warten.

Mein Sitznachbar blickt zu Boden und einen Moment lang befürchte ich, dass er anfängt zu weinen, aber dann höre ich ihn leise in sich hineinglucksen. Er hebt den Kopf und sagt mit einer singenden Stimme: »Du weißt schon, was man über homophobe Männer sagt? Dass sie deswegen homophob sind, weil sie an ihrer eigenen Männlichkeit zweifeln. Was meinst *du*, Laura-Darling? Hat dein Freund Grund, an seiner Männlichkeit zu zweifeln?«

Laura kichert und Julian von Kladden läuft dunkelrot an. Er wirft seiner Freundin einen finsteren Blick zu, dann schießt seine Rechte vor und packt den Kajaljungen am Kragen.

»Grimm, du dumme, kleine – aauh!« Ein Stück Kreide hat ihn am Hinterkopf getroffen. Er fährt herum und sieht Gottwald mit erstaunten Augen an. »Was fällt Ihnen ein? Das dürfen Sie nicht.«

»Falls Sie sich über Ihren Geschichtslehrer beschweren wollen, wenden Sie sich vertrauensvoll an Ihren Schulleiter. Der wird Ihnen sagen, dass Sie gerade eine wichtige Lektion gelernt haben, wenn auch mittels einer zugegebenermaßen unorthodoxen Methode: Seien Sie immer aufmerksam! Das Leben fragt auch nicht danach, was es darf und was es nicht darf. Dabei wirft es nur selten mit Kreide, meistens kommt es gleich mit der Abrissbirne. Möchten Sie Ihr Leben unter einer Abrissbirne beenden, Julian?«

Von Kladden presst die Lippen zusammen und stiert auf den Tisch.

Kajalauge grinst mich an. »Irre, was? Gottwald ist für seine Kreidewürfe berühmt. Er hat eine Trefferquote von hundert Prozent. Der kriegt sogar mit, was hinter seinem Rücken passiert. Der Mann sieht alles und – autsch!« Ein Kreidestück knallt gegen seine Stirn.

»Er hört auch alles«, sagt Gottwald. »Bis zum nächsten Mal hätte ich gern von jedem von Ihnen eine persönliche Einschätzung darüber, inwiefern die wirtschaftlichen Folgen des Wettrüstens für den politischen Niedergang des Ostblocks verantwortlich waren. Minimum: fünf Seiten. Ich wünsche noch einen lehrreichen Tag.«

Während sich der Raum leert, werfe ich einen Blick auf meinen Stundenplan und stelle fest, dass ich eine Freistunde habe.

Kajalauge spinkst mir neugierig über die Schulter. »Auch eine Stunde der Muße, Schwester? Komm, ich lade dich auf einen Kakao ein. Verschwenden wir ein bisschen Lebenszeit im *Wasteland*.«

Das *Wasteland* entpuppt sich als ein Café in der Spitze des Südturms, das von den Schülern selbst betrieben wird. Die Einrichtung hat den Charme einer plüschigen Opiumhöhle: Kerzenlicht, schwere rote Vorhänge, dicke Kissen mit Troddeln, durchgewetzte Sessel, viel dunkles Holz, und über allem liegt das süßliche Aroma von Räucherstäbchen.

Mein Begleiter bestellt an der Theke zwei Tassen Kakao, balanciert sie zu unserem Tisch und lässt sich in den dick gepolsterten Sessel sinken.

»Sieht so aus, als könnten wir dieselben Leute nicht leiden«, sagt er und reicht mir die Hand.»Moritz Grimm – hochbegabtes Wunderkind, zukünftiger Enthüllungsjournalist und bekennender Anhänger der gleichgeschlechtlichen Liebe.«

»Cora Dorneyser«, sage ich und unterdrücke ein Lächeln. Moritz ist witzig und mir auf Anhieb sympathisch.

»Oh! Mit dem hiesigen Schneekugeladel verwandt?«

Ich nicke.

»Noch keinen ganzen Tag hier und schon legst du dich mit den richtigen Leuten an. Reife Leistung, Schwester!«

»Was ist das für ein schräger Verein?«, frage ich.

Moritz Grimm wischt sich Schlagsahne von der Oberlippe.

»Laura Pohlmann ist ein verwöhntes Töchterchen. Ihr Vater macht aus Scheiße Geld: keine Baustelle, keine Kirmes und kein Festival ohne mobiles *Pohlmann-Klo*. Was für ein Problem hattest du denn mit der Fäkalinfantin?«

Ich erzähle, was mir heute Morgen passiert ist.

Er schlägt die Hand gegen die Stirn.»Wow, die Alte ist echt durchgeknallt. Dabei war sie früher gar nicht mal *so* übel … bis sie mit Julian von Kladden zusammengekommen ist. Der gibt hier den Obermotz. Schon mal von Friedhelm von Kladden gehört? Ist der Vater von unserem Sonnenschein. Sitzt in Vorständen und Aufsichtsräten von allen möglichen legalen Verbrecherorganisationen. Ein sprechendes Brechmittel. Und Sohnemann überbietet ihn noch: Von Kladden hat hier eine ganz üble Clique um sich geschart. Hinter vorgehaltener Hand erzählt man sich so einiges: Wodka, Koks, ziemlich abgefahrene Partys … Aber offen traut sich keiner was zu sagen. Wer aufmuckt, dem hetzt von Kladden seinen Kumpel Toby Schallenberg auf den Hals. Du hast ihn ja gesehen: der kahl geschorene Kampfroboter, der immer einen Meter hinter seinem Meister herstapft. Mit dem, was ich über sie weiß, könnte ich die ganze Clique locker hochgehen lassen, aber …« Er beugt sich vor, legt mit großer Geste die Hand auf die Brust und flüstert:»Ich bin nicht hier, um zu urteilen, Schwester, ich bin hier, um zu beobachten. Ich arbeite an einem skandalösen Enthüllungswerk. Die Verlage werden sich drum schlagen: *Sodom und Gomorrha an deutschen Nobelinternaten − die gestörten Leistungsträger von morgen.* Das wird der Oberknüller!« Er grient mich fröhlich an.»Und du? Kleptomanin? Nymphomanin? Pyromanin? Welche charmante Störung führt dich hierher?«

»Gar keine. Meine Mutter ist gestorben. Und was ist deine Macke,Wunderkind?«

Er lässt sich in den Sessel sinken und seine Augen nehmen einen verträumten Ausdruck an.»Ich habe meinem Stiefvater die Nase und drei Rippen gebrochen und seinem Zahnarzt einen neuen Jaguar beschert. Keine Angst! Normalerweise bin ich kein Freund roher Gewalt, aber der Mann hat sich die Tracht aufrichtig verdient. Der verarscht meine Mutter von vorne bis hinten. Natürlich hat er es geschafft, die Sache so zu drehen, dass *ich* anschließend wie der totale Psycho dastand. Und so bin ich hier in *Sleepy Hollow* gelandet. − Lass sehen, wozu hast du dich angemeldet?« Er greift nach dem Bogen Papier, der aus meiner Schultasche ragt.

Das Anmeldeformular für die Freizeitangebote. Ich habe keinen Schimmer, was ich nehmen soll … aber ich muss den Wisch in spätestens einer halben Stunde im Sekretariat abgeben.

Moritz zieht einen Kugelschreiber aus der Hosentasche. »Don't panic, Schwester. Mal sehen … Also Schauspiel, Tanz und Aktzeichnen sind dicht. Kannst du vergessen. Da gibt es endlose Wartelisten. Sprachkurse würde ich persönlich nicht empfehlen – da musst du richtig was tun. Eurythmie … ist nicht dein Ding. Voltigieren kann ich mir bei dir auch nicht vorstellen, und Rudersport geht gar nicht. Du nimmst … du nimmst die Garten-AG.« Er macht ein Kreuz auf dem Formular. »Da bin ich auch. Macht Spaß und ist 'ne entspannte Angelegenheit, besonders im Herbst und Winter. Und dann nimmst du natürlich noch … Eissport.«

»Ganz bestimmt *nicht*!« Ich ziehe ihm das Formular aus der Hand. »Ich habe noch nie auf dem Eis gestanden.«

»Irgendwann ist immer das erste Mal. Keine Bange, ich bringe es dir bei. Ich bin Experte für Eissport. Und bevor du dich jetzt durch althergebrachte Klischees zu voreiligen Schlüssen verleiten lässt – nicht für Eistanz, sondern für Eishockey. Ich bin ein erstklassiger Torwart.«

»Auch das noch«, stöhne ich.

»Wie belieben?«

»Wenn ich mal kurz zusammenfassen darf: Du bist ein hochbegabter, schwuler, zukünftiger Enthüllungsjournalist, der seinen Stiefvater krankenhausreif geprügelt hat, gerne gärtnert und sich auf dem Eis hundert Kilo schweren Typen entgegenwirft, um an eine kleine Gummischeibe zu gelangen?«

»Korrekt, Schwester.« Er zieht seinen Kajal und einen Schminkspiegel aus der Jackentasche. »Ich bin eine facettenreiche Persönlichkeit.«

Als ich nach Hause komme, liegt Elsa auf dem Sofa, lutscht an einer Lakritzstange und sieht sich auf dem Sportkanal einen Holzfällercontest an. »Na, das sind ja mal erfreuliche Neuigkeiten«, sagt sie, als ich ihr berichte, dass Jacob mich zur Kugelmacherin ausbilden wird. »Und, wie war's in der Schule, Schätzchen?«

»Genau so, wie ich es mir vorgestellt habe«, seufze ich, aber Elsa hat ihre Aufmerksamkeit schon wieder den Motorsägencracks zugewandt.

Von ihrem antiken Wählscheibentelefon aus rufe ich Svenja an und mache ihr die traurige Mitteilung, dass sie mich in nächster Zeit nur über diesen Festnetzanschluss erreichen kann. Ein Festnetzanschluss kommt kommunikationstechnisch direkt nach der Buschtrommel. Ich brauche dringend ein neues Smartphone. Das Problem dabei ist nur, dass ich völlig blank bin. Großvater oder Elsa anzupumpen kommt nicht infrage und ich würde eher eine Packung Reißzwecken schlucken, als mich auf das großkotzige Angebot von Julian von Kladden einzulassen.

Nachmittags sitze ich ein paar Stunden lang über meinem Geschichtsbuch und versuche vergeblich, mich auf den Untergang der Sowjetunion zu konzentrieren. Ständig schweifen meine Gedanken zu dem Gespräch ab, das ich gestern mitangehört habe, und immer wieder taucht das Bild von Niklas' Gesicht vor meinem inneren Auge auf. Als ich endlich beschließe, mir nicht mehr länger vorzumachen, ich würde lernen, ist es draußen bereits dunkel. Höchste Zeit aufzubrechen.

»Jacob möchte, dass ich mich bei den anderen Kugelmachern vorstelle«, sage ich im Hinausgehen zu Elsa. »Bis später.«

»Was dagegen, wenn ich mitkomme?«, fragt sie und erhebt sich ächzend von der Couch. »Ich muss sowieso ins Dorf. Brauche dringend Nachschub.« Sie zeigt auf eine leere, zusammengeknüllte Lakritztüte.

Draußen pfeift ein eisiger Wind um die Häuser. Ich stelle

den Mantelkragen hoch und mummle mich tiefer in meinen Schal.

»Die werden schön blöd gucken, wenn sie erfahren, dass eine Nachfolgerin für Jacob in den Startlöchern steht«, freut sich Elsa. »Das wird den versammelten Geierhaufen ganz schön aufscheuchen.«

Ich sehe sie verständnislos an.

»In der Gilde ist es folgendermaßen geregelt«, erklärt sie. »Stirbt ein Kugelmacher und hat keine Nachkommen oder sonstigen Verwandten, die seine Werkstatt übernehmen, dann fällt alles, was ihm gehört, an die übrigen Mitglieder der Gilde: sein gesamtes Vermögen und natürlich alle seine Kugeln. Wenn du mich fragst, die lauern alle nur auf Jacobs Ableben. Bis du aufgetaucht bist, sah es ja so aus, als würde er ohne Nachfolger sterben: Simone war weg und andere Verwandte hat er nicht. Die ganze Kugelmacherbrut hat sich auf Jacobs Erbe eingestellt … und jetzt kommst du, und ihr schöner Traum zerplatzt wie eine Seifenblase. Das wird sie fertigmachen!« Sie kichert. »Besonders Tigg und den Kardinal. Das wird 'n Spaß!«

Elsas Haus befindet sich am linken Flussufer, das so etwas wie der tote Winkel von Rockenfeld ist. Hier gibt es nur ein paar Wohnhäuser, die Kirche und einen Friedhof. Sämtliche Geschäfte, die Post, die Apotheke, das Rathaus und die einzige Bushaltestelle des Ortes findet man auf der gegenüberliegenden Uferseite.

Drei Brücken führen über den Buchbach: die Stahlbrücke an der nördlichen Ortsgrenze, eine wacklige Holzbrücke im Süden – und das Mauerbrückchen, eine steinerne Brücke, die sich in einem leichten Bogen über den Fluss spannt und über die man direkt in das winzige Zentrum von Rockenfeld gelangt.

»Du solltest die Gelegenheit nutzen und deinem Urahn guten Tag sagen, dem ersten Schneekugelmacher.« Elsa zieht mich vor eine lebensgroße Bronzestatue auf der steinernen Brückenmauer.

Es ist die Skulptur eines bärtigen Mannes mit Umhang, der in der rechten Hand eine Kugel hält, die er mit theatralischer Geste zum Himmel reckt. Zwischen seinen Füßen ist ein Schild angebracht.

Leonard Dorneyser
1531–1596
Begründer der Rockenfelder Schneekugel-Tradition

Man kann für Leonard Dorneyser nur hoffen, dass er besser ausgesehen hat als sein bronzenes Ebenbild. Die Gestalt erinnert andeutungsweise an einen Zauberer aus einem Fantasyopus, bedauerlicherweise aber nicht an einen, der in der Gandalf-Liga spielt. Eher an Gandalfs armen, missgestalteten Cousin: Der bronzene Dorneyser hat einen leichten Buckel und einen Kugelbauch, sein linker Arm ist etwa dreimal so dick wie der rechte, dafür ist das rechte Bein gute zehn Zentimeter länger als das Gegenstück. An einer Hand hat er nur vier Finger und seine Glupschaugen schielen in die unmöglichsten Richtungen.

Ich wende mich mit Grausen ab. »Wer hat das Ding denn verbrochen?«

»Ist der Hammer, oder? Ich hab schon kleine Kinder davor heulen sehen.« Grinsend deutet Elsa auf eine Metallplakette neben der Skulptur.

Künstler: Jacob Dorneyser
Der Gemeinde Rockenfeld gestiftet von:
Jacob Dorneyser
A.D. 1992

»Welcher Teufel ihn da geritten hat, weiß ich auch nicht«, sagt Elsa kopfschüttelnd. »Bestimmt so ein künstlerischer Selbstverwirklichungsdrang. Vielleicht wollte Jacob sich beweisen, dass er auch noch was anderes machen kann als Schneekugeln. Gott sei Dank war er einsichtig und hat es bei diesem einen Versuch belassen. Auf der anderen Seite … langweilige schöne Statuen gibt es auf der Welt schon genug. Irgendwie mag ich ihn, den hässlichen Leo. Mit der Zeit lernt man ihn lieben. Du wirst sehen!«

Wahrscheinlich brauche ich einfach noch ein paar Jahrzehnte, denke ich, werfe einen letzten Blick auf die bronzene Scheußlichkeit und folge Elsa über die Brücke zum anderen Ufer. Wir wenden uns nach links und ein paar Augenblicke später stehe ich vor *Mellys Märchenkugeln.*

»Wow!«, höre ich mich sagen.

Gäbe es einen Preis für das abgefahrenste Schaufenster der Welt − dieses hier wäre ein heißer Favorit. Das riesige Fenster wölbt sich beinah bis auf die Straße, eine große Glasblase, die aus dem Laden quillt. Wie eine überdimensionale Schneekugel!

»Die Läden aller Kugelmacher haben diese speziellen Fenster«, klärt Elsa mich auf. »Und einmal im Jahr, zum Schneekugelfest, veranstalten sie was ganz Besonderes in den Schaufenstern: *Die Nacht der lebendigen Kugeln.* Lass dich überraschen.«

Hinter der gewölbten Scheibe von Mellys Laden stehen, auf breite Podeste verteilt, Hunderte von Kugeln mit Königen und Königinnen, Prinzen und Prinzessinnen, Grafen, Fürsten, Herzögen und anderen Hochwohlgeborens. Zu Fuß, zu Pferde, in Droschken und Limousinen, bei der Jagd, beim Picknick, beim Polo und vor dem royalen Weihnachtsbaum.

»Juhu, Cora!«, jubiliert Melly, als wir eintreten. Dann entdeckt sie Elsa und Panik flackert in ihren Augen auf. »Willst *du* etwa auch zu mir?« Besorgt wandert ihr Blick über die fragilen Glaskugeln in ihrem Laden.

»Schon klar«, knurrt Elsa. »Ich hab verstanden. Ich bin ein unberechenbares Sicherheitsrisiko, was? Dann geh ich eben rüber ins *Schwarze Glück* und deck mich schon mal mit Lakritze ein. Kannst mich da ja später abholen, Cora. Schönen Abend noch, Melly. Hoffen wir, dass sich die geknechteten Völker nicht erheben und ihre Monarchen aufknüpfen. Was würdest du dann machen? Revolutionstribunalkugeln?« Vor sich hin gackernd verlässt sie das Geschäft und schlendert auf einen kleinen Laden an der Straßenecke zu.

Melly atmet erleichtert auf. »Sieh dir alles ganz in Ruhe an«, sagt sie − und beginnt mich in einem Affenzahn durch den Laden zu schieben. Gekrönte Häupter, wohin man sieht: Der versammelte europäische Hochadel steht ratlos in malerischen Schneelandschaften rum und scheint sich zu fragen, wie er eigentlich da hingekommen ist. Nur in einer matt erleuchteten Ecke des Ladens fristen noch ein paar ungeliebte, verstaubte Märchenkugeln eine vergessene Existenz.

Plätzchenduft liegt in der Luft.

»Möchtest du Makronen?«, fragt Melly. »Ich hatte solche Lust zu backen. Eigentlich ist es noch viel zu früh für Makronen, aber ich *liebe* Makronen.« Sie verschwindet in einen Raum hinter der Verkaufstheke und kommt mit einem Backblech voller Plätzchen zurück. Glücklich lächelnd bricht sie eine Makrone entzwei, drückt mir eine Hälfte in die Hand und schiebt sich selbst die andere in den Mund. »Beste Freundinnen für immer! Und jetzt wo wir unter uns sind, erzähl mal: Hast du einen Freund? In der Stadt?«

»Äh, also Melly … eigentlich bin ich nicht hier, um …«

»Kannst du nicht darüber reden?« Sie reißt die Augen auf, hält die Hand vor den Mund und wispert verschwörerisch: »Ist es etwa jemand Berühmtes?«

»Nein, Melly, ich …«

»Was ist mit unserem Freundinnenabend? Wie wäre es am Samstag? Ich habe alle Staffeln von *Sex and the City* auf Blu-Ray. Wir können aber auch …«

»Melly, hörst du mir bitte eine Sekunde zu? Danke. Ich muss dir leider sagen, dass ich kaum Zeit dafür haben werde.«

»Aha? Und wieso nicht?«, entgegnet sie schnippisch.
»Ich werde sehr beschäftigt sein. Jacob wird mich zur Kugelmacherin ausbilden.«

»Das ist ja ganz *wun-der-bar*«, stößt sie kurzatmig hervor,
dann gerät ihr der Makronenrest in die Luftröhre, sie bekommt einen Hustenanfall, läuft tiefrot an und ringt nach Luft.
Ich springe hinter die Theke und schlage ihr auf den Rücken.
Das Makronenstückchen schießt in hohem Bogen aus ihrem
Mund und landet zwischen zwei skandinavischen Kronprinzenpaaren.

»Wirklich, *ganz* wunderbar«, keucht sie und ihre barocke
Erscheinung sinkt erschöpft auf einen Hocker.

Das *Schwarze Glück* macht seinem Namen alle Ehre. Auf wenigen Quadratmetern gibt es unergründliche Mengen von Lakritze in allen möglichen und unmöglichen Formen: Drops,
Pastillen, Lakritzstangen, Lakritzschnecken, Weichlakritze,
Hartlakritze, süße und salzige Lakritze, schokoladenüberzogene Lakritze, Salmiakpastillen, Veilchenpastillen, Lakritzlutscher,
Lakritzbier, Lakritzlikör …

Elsa erwacht gerade erst aus ihrem Kaufrausch. Mit glänzenden Augen, entrücktem Lächeln und einer prall gefüllten
Einkaufstüte folgt sie mir hinaus auf die Straße.

Kaum sind wir ein paar Schritte gegangen, sehe ich das
nächste Schneekugelgeschäft mit dem typisch vorgewölbten Schaufenster. Aber der Laden ist dunkel und das Fenster
verhangen. »*Dorneyser Kugeln*« steht auf einem verwitterten
Schild über der Tür.

Fragend blicke ich Elsa an.

Sie zuckt bedauernd die Schultern. »Seit seinem Unfall hat
Jacob den Laden so gut wie aufgegeben. Jetzt macht er nur
noch Kugeln zu seinem eigenen Vergnügen. Aber einmal im
Jahr öffnet er. Am zwanzigsten Dezember, zum Schneekugelfest.« Sie schlägt mir aufmunternd auf die Schulter. »Vielleicht

gibt's ja hier demnächst deine Schöpfungen zu erwerben, Schätzchen.«

Wir biegen in eine schmale Seitengasse ein und gelangen auf den runden Platz in der Mitte des Dorfes. Wieder stehe ich vor einem gewölbten Schaufenster. Man sieht sofort, was die Leidenschaft dieses Kugelmachers ist: In seinen Schneekugeln tummeln sich rote und grüne Dampflokomotiven, Luftgondeln, Zeppeline, Doppeldecker, historische Rennwagen, Dampf- und Segelschiffe ... Alles, was irgendwie schwimmt, fährt, fliegt und segelt und ein nostalgisches Flair verbreitet. »Der Laden von Zacharias Tigg.« Elsa guckt grimmig und schüttet sich eine Handvoll Salmiakpastillen in den Mund. »Im Rheinland würde man sagen: 'ne fiese Möpp!«

In diesem Moment fliegt die Ladentür auf, ein stämmiger rothaariger Junge purzelt rückwärts die Stufen hinunter und landet auf der Straße. Auf der obersten Treppenstufe erscheint ein Männchen mit dunkelrotem Kopf und abgewetztem Anzug. Er ist nicht größer als ein durchschnittlich gewachsener Zehnjähriger. Drahtige Haare stehen von seinem Kopf ab wie gerissene Violinsaiten.

»Mir kannst du nichts vormachen!«, brüllt er dem Jungen hinterher. »*Sie* bezahlt dich, damit du mich ausspionierst. Lass dich nie wieder hier blicken!«

»Du bist verrückter als eine ganze Affenhorde, Tigg!«, schreit der Junge zurück. »Nächste Woche kommst du sowieso wieder angekrochen und flehst mich an zurückzukommen, weil kein anderer für dich arbeiten will. Ausbeuterischer Waldwichtel!« Wutentbrannt rennt er davon.

Zacharias Tigg stürmt in seinen Laden zurück und schlägt die Tür hinter sich zu.

»Man *muss* ihn einfach gern haben«, sagt Elsa, steigt die Treppe hoch und betritt den Laden.

Zacharias Tigg steht auf einer Rollleiter vor einem deckenhohen Regal und schiebt Kugeln von rechts nach links. Als er das Scheppern der Türglocke hört, dreht er den Kopf und wird kreidebleich.

»STOPP!«, schreit er. »Keinen Schritt weiter! Bleib genau da stehen, wo du stehst, Elsa! Halte dich von meinen Kugeln fern!«

»Zum wievielten Mal in diesem Jahr hast du deine Aushilfe grade rausgeschmissen, Zacharias? Kann man bald zum Jubiläum gratulieren?«

»Er hat hier spioniert!«, kreischt Zacharias Tigg. »*Sie* hat ihn geschickt. Erst hat sie Bartholomäus kaltgemacht und jetzt hat sie es auf mich abgesehen!«

Elsa lacht. »Ich befürchte, diese Wahrnehmung hast du ganz exklusiv, Schätzchen.«

»Sie führt euch alle hinters Licht!«, tobt Zacharias weiter. »Ich bin der Einzige, der sie durchschaut. Sie ist eine Kriminelle! Eine Gattenmörderin! Erbschleicherin! Eine verfluchte Hexe!«

»Dir ist schon klar, dass du ein paranoider Spinner bist, oder?«

Zacharias Tigg sieht aus, als würde jeden Moment Dampf aus seiner Nase schießen. »*Sie hat ihn totgevögelt!*«, brüllt er so laut, dass die Kugeln in den Regalen gegeneinanderklirren. Er lässt sich von der Leiter rutschen und stürmt auf mich zu. »Du! Wer bist *du* überhaupt?«, zischt er und sieht mich an, als wäre ich glibberiger Schleim. »Was willst du?«

Elsa grinst breit. »Die junge Frau, vor der du dich grade zum Affen machst, wird Jacob Dorneysers Lehrling. Das ist Cora Dorneyser. Seine *Enkelin*.«

Zacharias Tigg setzt sich vor Schreck auf den Hintern. Sein Kopf sinkt auf die Brust, während seine Lippen lautlos das Wort *Enkelin* formen … mit drei fetten Fragezeichen dahinter.

»Das wär's dann auch schon. Tschüss, Zacharias«, sagt Elsa, wendet sich ab und beginnt ein fröhliches Liedchen zu pfeifen. Wir sind schon an der Tür, da dreht sie sich noch einmal um, sieht mich verschwörerisch an und versetzt einer der Schneekugeln einen leichten Stups. Als das Glas klirrend auf dem Boden zerspringt, erwacht Zacharias Tigg aus seiner Schockstarre. »Du Unglückskrähe!«, brüllt er. »Raus hier!«

»Ups«, sagt sie. »Ich bin aber auch ungeschickt … Schick mir die Rechnung.«

»Jetzt muss ich mich erst mal innerlich desinfizieren«, stöhnt Elsa und steuert auf ein Haus an der gegenüberliegenden Seite des Platzes zu, aus dessen Fenstern warmes orangerotes Licht fällt.

Zum Torkelnden Hirsch steht auf dem Holzschild über dem Eingang. Elsa schiebt mich in die überheizte Gaststube und grüßt den Wirt: »Tag, Waldemar. Wie immer: Einen Aquavit und einen Kaffee mit viel Zucker. Und für die junge Frau einen Kakao.« Sie schält sich aus dem Mantel und drückt mich auf einen Stuhl an einem der blank gescheuerten Holztische.

»Der *Torkelnde Hirsch* ist das älteste Haus in Rockenfeld«, erklärt sie. »Zu dem Namen gibt's 'ne dolle Geschichte: Ursprünglich hieß die Wirtschaft *Rockenfelder Hof.* Aber an einem Abend, kurz vor Weihnachten 1820, das ganze Dorf war versammelt und es ging hoch her, da kracht plötzlich was gegen die Tür. Sie fliegt sperrangelweit auf – und ein kapitaler Hirsch springt in die Gaststube. Alles versucht sich in Sicherheit zu bringen und es gibt ein heilloses Durcheinander. Weinflaschen zerscheppern, das Bier schwappt aus den Krügen, Schnapsgläser zersplittern auf dem Boden … Der Hirsch guckt einmal in die Runde und beginnt in aller Seelenruhe, die Reste vom Boden aufzulecken. Bis zum letzten Tropfen. Anschließend hat er sich da vorne erleichtert« – sie zeigt zur Theke – »und ist völlig besoffen ins Freie getorkelt. Beim ersten Versuch hat er die Tür verfehlt. Die Schramme von seinem Geweih kannst du immer noch am Türrahmen bewundern.«

»Sehr schöne Geschichte«, sage ich. »Aber bestimmt kein bisschen wahr.«

»Als ob es darauf ankäme«, murmelt Elsa eingeschnappt. Der Wirt bringt mir Kakao und serviert ihr ihre heiß geliebte Kaffee-Zucker-Pampe.

»Was läuft eigentlich falsch bei diesem Zacharias Tigg?«, frage ich. »Und wer ist die Frau, über die er die ganze Zeit schimpft?«

»Marlene Berber, auch 'ne Kugelmacherin. Zu der gehen wir als Nächstes. Das mit Zacharias und ihr ist 'ne längere Geschichte: Der Bruder von Zacharias, Bartholomäus, war auch ein Kugelmacher.«

»War er auch …?«

»Ein Zwerg? Nee, er war sogar ziemlich groß. Ein ruhiger, zurückhaltender Typ. Das Gegenteil von seinem Bruder, wurde andauernd von ihm rumkommandiert. Aber einmal im Jahr hat Bartholomäus seinen besten Anzug angezogen und ist mit einem Musterkoffer voller Kugeln zur Spielzeugmesse gezogen. Für eine Woche, jedes Jahr. Nur in einem Jahr kam er nicht zurück. Zwei Wochen vergingen, drei Wochen, vier Wochen … und dann tauchte er eines schönen Morgens auf. Im Schlepptau seine frisch angetraute Ehefrau: Marlene Berber. Eine Außerirdische hätte nicht für mehr Gesprächsstoff in Rockenfeld sorgen können. Sie sieht aus wie 'ne Stummfilmdiva. Wie so 'ne verruchte 20er-Jahre-Schönheit. Niemand weiß was Genaues, aber man erzählt sich, dass sie früher mal Nackttänzerin war und dass Bartholomäus ihr verfallen ist, als sie, nur mit Ohrringen bekleidet, zur *Carmina Burana* vor ihm getanzt hat. Na ja, was die Leute halt so reden … Wenn du mich fragst, sie hat ihm gutgetan. Er wurde viel offener und gesprächiger, und vor allem ließ er sich von Zacharias nicht mehr alles gefallen. Aber dann ist es passiert. Kein Jahr nach der Hochzeit: Herzinfarkt! Während des ehelichen Beischlafs. Es gibt schlimmere Arten abzutreten. Doch Zacharias hat sofort überall rumposaunt, die Berber hätte seinen Bruder mit weiblicher Tücke um die Ecke gebracht. Er hat wohl gehofft, dass sie ihre Sachen packt und verschwindet, damit er sich Bartholomäus' Laden unter den Nagel reißen kann. Aber zu jedermanns Überraschung ist Marlene Berber bei der nächsten Versammlung der Gilde aufgetaucht, hat die Aufnahme beantragt ... und eine Kugel präsentiert, wie sie die Kugelmacher noch nicht gesehen hatten. Anscheinend hatte Bartholomäus ihr eine Menge beigebracht und sie hat dann einen eigenen Stil entwickelt. Sie macht ganz schön schräges Zeug. Jedenfalls wurde Tigg überstimmt und Marlene Berber mit drei zu einer Stimme in die Gilde aufgenommen. Seither hat er ihr den Krieg erklärt.«

»Was hältst *du* von ihr?«, frage ich.

»Ich glaub bestimmt nicht, dass sie Bartholomäus abgemurkst hat, aber ... wenn ich ihre Schneekugeln so betrachte, möchte ich nicht in ihrer Welt leben.«

Nach dieser Ankündigung bin ich natürlich gespannt wie ein Flitzebogen, aber als wir bei *Marlenes wunderbare Kugeln* ankommen, ist der Laden geschlossen.

»Komisch, normalerweise müsste sie um diese Zeit noch geöffnet haben«, nuschelt Elsa.

Im Schaufenster steht die größte Schneekugel, die ich je gesehen habe. Sie hat den Umfang eines Medizinballs. In der Kugel sieht man einen verschneiten Hügel, auf dem ein rotes Sofa steht. Rechts sitzt ein lächelnder Mann im Smoking, ein Champagnerglas in der Hand. Sein Blick ruht auf einer Frau, deren Kopf auf die Lehne des Sofas gesunken ist. Auf ihrem weißen Kleid sind Blutspritzer, in der rechten Hand hält sie eine Pistole. Ihr Hirn verteilt sich über die Polster. Hinter der Couch blinkt ein großes Herz aus Plastik rot auf. Die Szenerie wirkt mindestens genauso bizarr wie die mit den gehenkten Anzugträgern und dem Eichhörnchen.

»Echt schräg«, murmelt Elsa. »Ich hab's dir ja gesagt. Aber sie scheint nicht da zu sein. Gehen wir.«

Während ich mich abwende, glaube ich aus dem Augenwinkel heraus eine Bewegung im Laden wahrzunehmen. Aber als ich noch einmal durch das Schaufenster blicke, ist nichts zu erkennen.

»Jetzt noch zum Kardinal, diesem Tratschmaul, dann haben wir es hinter uns«, sagt Elsa.

Schnellen Schrittes laufen wir an einer uralten gelben Telefonzelle vorbei, die zu meinem Erstaunen tatsächlich noch in Betrieb ist, dann biegt Elsa scharf um eine Ecke – und prallt mit einem dick vermummten Mann zusammen.

»Kannst du nicht aufpassen, du ... ach, Valentin, du bist das.«

»Aah, guten Abend, Frau Elsa. Challo, Frau Cora.«

»Na, auf dem Weg zur Post?«, fragt Elsa und deutet auf das Päckchen in seinen Händen.

»Ja ... ja, ist Päckchen für Familie in Dagestan.«

»Da bist du 'n bisschen spät dran. Die Post ist seit 'ner halben Stunde zu, Schätzchen.«

»Oh, ist so? Wenn so ist, dann schicke ich morgen. Chabe cheute leider eilig. Gute Nacht, Frau Elsa. Gute Nacht, Cora.«

Stirnrunzelnd sieht Elsa ihm nach, bevor sie ihre Schritte in Richtung des nächsten Kugelladens lenkt.

Aus dem Geschäft blinken uns unzählige bunte Lampen entgegen. Über der Tür ist eine schreiend rote Neonleuchtschrift angebracht: *Josef Kardinal: Kugeln und Krimskrams.*

Beim Eintreten klingt uns sanfte Südseemusik entgegen. In den kardinalschen Schneekugeln sind Fliegenpilze zu bewundern, die im Rhythmus der Ukulelen hin und her schwingen, es gibt Kakteen mit Mund, Augen und Nase, die sich im Walzertakt wiegen, und seltsame Mensch-Tier-Pflanze-Mischwesen, die zu fröhlichem Dixielandsound tanzen.

Josef Kardinal thront in einem antiken Sessel und beobachtet eine Bande von Fünfjährigen, die sich mit großen Augen um die Schneekugeln drängt. Er sieht aus wie der Weihnachtsmann bei der Beaufsichtigung seiner Elfen. Ein großer, dicker Mann mit einer roten Strickmütze und schweren Stiefeln an den Füßen. Ein struppiger Bart bedeckt den Großteil seines Gesichts, unter den buschigen Augenbrauen blitzen listig blickende Äuglein auf.

Der Kardinal erhebt sich und tappt auf uns zu.

»Hallo, Elsa«, sagt er mit überraschend hoher Stimme. »Und … guten Abend, Cora.« Er lächelt und gibt mir die Hand. »Melly war schon hier und hat mir von dir erzählt. In Rockenfeld bleibt nichts lange geheim.« Der Kardinal betrachtet mich eingehend. »Sieh einer an, eine zukünftige Kugelmacherin. Ich glaube, ich habe da etwas, das dich interessieren könnte.«

Er scheucht die Jungen aus dem Laden, zieht einen roten Vorhang zur Seite und bedeutet Elsa und mir, ihm in ein Hinterzimmer zu folgen. Als wir eintreten, nimmt er hastig ein dickes Buch von einem Stehpult, klappt es zu und schiebt es in ein Regal. Dann zieht er einen Schlüsselbund hervor und öffnet einen mit mehreren Schlössern gesicherten Stahlschrank.

»Voilà!«, sagt er. »Ich stelle nicht nur Schneekugeln *her*, ich besitze auch die wahrscheinlich bedeutendste Sammlung historischer Kugeln – oder Schüttelgläser, wie man sie früher nannte.« Behutsam nimmt er eine Kugel aus dem Schrank und hält sie mir mit freudig erregtem Gesichtsausdruck vor die Nase. »*Der Mann mit Regenschirm*. Eine der ältesten Kugeln, die es gibt. Sie wurde 1878 auf der Pariser Weltausstellung gezeigt. Oder diese hier: *Die Basilika von Mariazell*. Erschaffen von Erwin Perzy, dem legendären Wiener Kugelmacher, um die vorletzte Jahrhundertwende. Und hier, ein Klassiker: Das berühmte *Reh im Schnee*. Eine Original Bernhard-Koziol-Kugel.«

Er präsentiert mir ein Glas nach dem anderen, schüttelt jedes von ihnen langsam und bedächtig, und ich sehe zu, wie sich bunter Flitterschnee auf die kunstvollen Abbilder des Eiffelturms, der Sagrada Familia, der Pyramiden, des Kölner

Doms und der Tower Bridge senkt. »Allesamt Unikate«, wie der Kardinal stolz betont, »und alle so wertvoll wie ihr Gewicht in Gold.« Er versperrt den Schrank wieder und sieht mich mit schief gelegtem Kopf an. »Nur eine fehlt noch in meiner Sammlung. Du weißt, welche ich meine … Die allererste Kugel, die je geschaffen wurde. *Die Dorneyser-Kugel!*« Ich habe keine Ahnung, wovon er spricht – aber seine Nase ist plötzlich viel näher vor meiner, als mir lieb ist. »Hat Jacob sie dir gezeigt?«, presst er hervor und ich sehe, wie sich seine Augen zu Schlitzen verengen.

»Lass das Mädchen mit deinen Ammenmärchen in Ruhe«, sagt Elsa und zieht ihren Hut tiefer in die Stirn.

»Man erzählt sich die wunderlichsten Geschichten über diese Kugel«, fährt der Kardinal ungerührt fort. »Manche sagen, Leonard Dorneyser hätte sie vom Teufel persönlich geschenkt bekommen. Andere behaupten, sie wäre unzerbrechlich.« *Unzerbrechlich?* Plötzlich fühlt es sich an, als würde eine kleine Feder in meinem Kopf zu schwingen beginnen und ich habe Niklas' Stimme im Ohr, wie er zu meinem Großvater sagt: »*Ich kann ihr Verlangen spüren. Die Unzerbrechliche … sie will sie zurück.*«

»Tatsache ist aber auch«, erläutert der Kardinal in bedauerndem Tonfall, »dass noch kein Mensch diese Kugel zu Gesicht bekommen hat. Die meisten glauben, dass sie nur ein Mythos ist, und die Dorneysers haben die Existenz eines derartigen Schüttelglases immer bestritten. Ich bin mir jedoch sicher, dass es diese Kugel gibt und dass dein Großvater ganz genau weiß, wo sie sich befindet.«

»Ja. Comprende. Könntest du jetzt langsam zum Ende deiner Märchenstunde kommen?«, knurrt Elsa.

Josef Kardinal tritt einen Schritt zurück und lächelt ein kleines, gemeines Lächeln. »Jedenfalls freue ich mich, wenn es endlich neues Blut gibt bei den Dorneysers. Wurde auch Zeit. Jacob lässt sich ja kaum noch im Dorf blicken. Ist nicht mehr viel los mit ihm seit damals. Seit der Geschichte mit Katharina Kilius ...«

»Kardinal!«, faucht Elsa drohend.

»Was denn? Ich habe nie zu denen gehört, die behaupten, er hätte was mit ihrem Verschwinden zu tun ... aber es wird eben getratscht.«

Elsa stürmt auf ihn los wie ein gereizter Dobermann auf den Einbrecher. »Halt dein dreckiges Schandmaul, du alter Waldzausel! Noch ein böses Wort über Jacob Dorneyser und du isst in Zukunft ausschließlich Püree!«

Er weicht erschrocken zurück und hebt beschwichtigend die Hände. »Ist ja gut. Jetzt beruhige dich mal wieder.«

»Wir gehen!«, sagt Elsa, zeigt dem Kardinal den Stinkefinger und marschiert aus dem Laden.

»Der alte Schmierlappen soll bloß aufpassen, dass er mir nicht im Dunkeln begegnet!« Elsa knallt die Haustür so fest hinter sich zu, dass der Rentierkopf über dem Kamin zu wackeln beginnt. »Dieser armselige Ersatzweihnachtsmann, dieser eierlose Santa Claus – was denkt der sich eigentlich?«

Sie reißt sich den Lederhut vom Kopf und pfeffert ihn auf den Esstisch, dann marschiert sie zum Kamin und beginnt Feuer zu machen – mit einem Gesichtsausdruck, als würde sie am liebsten die gesamte Umgebung abfackeln.

Ich werfe mich auf das Sofa und schnappe nach Luft. Elsa hat auf dem Rückweg ein so atemberaubendes Tempo vorgelegt, dass ich nur noch wie ein lahmes dreibeiniges Hündchen hinter ihr hertippeln konnte.

»Ich habe nie zu denen gehört, die behaupten, er hätte was mit ihrem Verschwinden zu tun«, äfft sie den Kardinal mit hoher Fistelstimme nach. »Der ist doch nur neidisch – dieses stinkende Stück Affenscheiße. Er kann es nicht ertragen, dass Jacob der bessere Kugelmacher ist.« Sie pustet in die Glut und kleine Flammen beginnen um die Holzscheite zu züngeln. »Dieser hinterhältige, boshafte …«

»Wer ist Katharina Kilius?«, frage ich.

Elsa schnauft wie ein übel gelaunter Mops und lässt sich neben mich auf die Couch fallen. »Josef Kardinal ist 'ne riesige Dreckschleuder. Wirft mit Gerüchten und übler Nachrede um sich und hofft, dass irgendwas davon an Jacob hängen bleibt. All dieses bösartige Getratsche! Ich kenne deinen Großvater seit einer Ewigkeit. Er ist der netteste, liebenswerteste, warmherzigste Mensch auf der Welt. Er könnte keiner Fliege was zuleide tun. Er würde nie …«

»*Wer* ist Katharina Kilius?«

Elsa verstummt, starrt in das flackernde Feuer und kaut auf ihrer Unterlippe herum, dann steht sie auf, kramt ein Fotoalbum aus der Schublade ihres Wohnzimmerschranks und legt es aufgeschlagen vor mich auf den Tisch.

Ich schaue auf das Foto eines blonden Mädchens, das lachend auf einem hölzernen Siegespodest am Rand einer Eisfläche steht. Sie trägt eine rote Bommelmütze, eine rote Jacke und über ihre Schulter baumelt – an den Schnürsenkeln zusammengeknotet – ein Paar roter Schlittschuhe. In den Schaft des rechten Schuhs ist ein silberner Stern geprägt.

»Sie war 'ne Schönheit«, murmelt Elsa. »Und die talentierteste Eiskunstläuferin, die ich je gesehen hab. Sie war …« Elsas Finger fahren behutsam über die Fotografie. »Sie war die beste Freundin deiner Mutter. Katharina hatte im Alter von siebzehn Jahren schon etliche Eiskunstlaufmeisterschaften gewonnen. Dieses Mädchen beherrschte die schwierigsten Sprünge und konnte Pirouetten drehen, bei denen jedem Zuschauer schwindelig wurde. Ganz Rockenfeld war sich sicher, dass man sie eines Tages bei den Olympischen Spielen sehen würde. Aber daraus wurde leider nichts … An Heiligabend 1991 ist sie verschwunden … vier Tage nach dem Schneekugelfest. Vier Tage, nachdem sie in Jacob Dorneysers Kugel auf dem Eis stand.«

»In Jacobs Kugel? Auf dem Eis?« Verständnislos glotze ich Elsa an.

»Ich hab dir doch vorhin vom Schneekugelfest und der *Nacht der lebendigen Kugeln* erzählt … Dass die Schaufenster die Form von Kugeln haben, hat seinen Grund. Jedes Jahr, Mitte Dezember, nehmen die Kugelmacher ihre Ware aus den Schaufenstern und verhängen die Scheiben mit dicken Vorhängen. Und dann verwandelt jeder sein Fenster in eine Winterlandschaft. In ein großes Schneeglas. Wenn die Vorhänge am Abend des zwanzigsten Dezember fallen, dann ist es, als würde man in riesige Schneekugeln blicken«, erklärt sie. »Nur dass keine unbeweglichen Modelle hinter dem Glas zu sehen sind, sondern richtige, lebendige Menschen. Für jeden Rockenfelder ist es 'ne große Sache, wenn er gebeten wird, bei so einer Kugel mitzumachen. Vor ein paar Jahren war ich auch mal dabei: Dietrich Boskop, der Vater von Melly, hat damals eine Kugel mit einer Krippenszene gestaltet. Ich durfte einen der Hirten spielen. Dummerweise hat Dietrich es mit dem Realismus ein bisschen übertrieben. Er hat tatsächlich einen echten Ochs und einen echten Esel ins Fenster gestellt. Zuerst lief alles prima, aber dann wurde der Esel nervös – vielleicht hatte er auch was Schlechtes gefressen … Jedenfalls bekam er auf einmal so einen glasigen Blick, und dann ist alles, was in ihm drin war, mit vollem Karacho aus ihm rausgeschossen. Mann, das war 'ne Duftwolke in dem Schaufenster! Das hochheilige Paar wurde ganz grün im Gesicht, dann hat einer der drei Weisen in den Kunstschnee gekotzt und …«

»Und was hat das alles mit Katharina Kilius zu tun?«, unterbreche ich ihren Redefluss.

»Es gibt in jedem Jahr ein bestimmtes Thema, nach dem die Schaufenster gestaltet werden. Letztes Jahr war es *Polarnacht*, im Jahr davor *Alice im Wunderland* und dieses Jahr lautet das Thema: *Weiß wie Schnee und rot wie Blut.* Das Motto wird von einer Jury vorgegeben, die die Kugeln am Abend des Schneekugelfestes auch bewertet und einen Preis für das schönste Fenster vergibt. Keiner hat den so oft abgesahnt wie dein Oppa ...« Einen Moment ist es ganz still in Elsas Wohnzimmer, nur das Knacken der Holzscheite im Kamin ist zu hören.

»In dem Jahr, in dem Katharina Kilius verschwunden ist, war das Thema *Tanz der Winterfee*«, sagt sie leise. »Die Kugelmacher arbeiten bei der Gestaltung der Fenster mit allen Tricks: Kunstschnee in rauen Mengen, Schneespray, Scheinwerfer, Trockeneisnebel, manchmal sogar kleine Windmaschinen – und die passende Musik für ihr Fenster übertragen sie per Lautsprecher auf die Straße. Mit dem *Tanz der Winterfee* hat Jacob sich selbst übertroffen. Ich kann mich noch genau daran erinnern. Er hatte eine winzige künstliche Eisfläche angelegt und das Eis blau eingefärbt. Im Hintergrund wehten halb durchsichtige Schleier mit aufgenähten Glasperlen, die im Scheinwerferlicht funkelten. Dahinter konnte man die schwankenden Schatten kahler Äste erahnen. Silbern glänzender Schnee schwebte zu Boden und unter der Decke hing ein fetter gelber Mond aus Pappmaschee. Es sah fantastisch aus. Wie ein vereister See in einer Winternacht – aber nicht wie ein echter, sondern wie ein See, den man ... träumt. Verstehst du? Ganz unwirklich ... Das Schönste aber war die *Winterfee:* Katharina Kilius kam an einem dünnen silberfarbenen Seil ganz langsam von der Decke geschwebt, während man aus den Lautsprechern Musik von dieser Engländerin hörte ... Kate Bush. Dann begann Katharina auf dem Eis zu tanzen ... es war ganz unglaublich. Ich weiß bis heute nicht, wie sie es geschafft hat, auf so engem Raum all diese Drehungen und Pirouetten hinzukriegen. Sie trug ein rot glitzerndes Kostüm, rote Schlittschuhe und ihr Gesicht war ganz weiß geschminkt – bis auf die Lippen, die das gleiche Rot hatten wie ihr Kostüm. Ihr Tanz hat nur ein paar Minuten gedauert, aber es hat sich angefühlt, als würde die Zeit stillstehen. Die Leute auf der Straße haben mit offenem Mund in das Fenster gestarrt und sich die Nasen an der Scheibe platt gedrückt. Am Ende ihres Tanzes hat sie sich auf das Eis sinken lassen und ist reglos liegen geblieben. Für einen Moment herrschte absolute Stille – und als sie sich wieder erhob und Jacob zu ihr ins Schaufenster trat und sie sich verbeugten, brach ein Applaus los, wie ich ihn noch nie vorher bei einem Schneekugelfest gehört hatte. Alles hätte so schön sein können ... aber an diesem Abend begann das üble Gerede.« Ich sehe, wie Elsas Halsschlagader zu pochen beginnt. Sie zieht die Nase hoch, steht auf und spuckt ins Kaminfeuer.»Katharina war Simones beste Freundin; sie ging schon immer bei den Dorneysers ein und aus. Und in den Wochen vor dem Schneekugelfest war sie besonders oft dort. Katharina und Jacob haben zusammen die Choreografie für den Tanz entwickelt und jeden Tag geprobt. Katharina musste lernen, sich auf einer so kleinen Eisfläche zu bewegen – ist natürlich was ganz anderes als in einer Eishalle oder auf einem See. Ich weiß, dass sie unglaublichen Spaß an der Sache hatte und hart gearbeitet hat. Sie hatte deinen Großvater gern, und er mochte sie auch – aber zwischen ihnen war nichts ... nichts Falsches oder Ungehöriges, wenn du verstehst, was ich meine.«

Ich nicke stumm.

»An dem Abend kam zum ersten Mal dieses gehässige Gerede auf. Nachdem die Jury alle Schaufenster begutachtet hat, trifft sich das ganze Dorf immer im *Torkelnden Hirsch*. Da wird das originellste Fenster prämiert und anschließend gibt's 'ne große Sause. Natürlich hat Jacob den Preis für das schönste Fenster bekommen. Der Kardinal war von Neid zerfressen, weil er mal wieder den Kürzeren gezogen hatte, und hat im Lauf des Abends immer wieder ganz beiläufig Sachen gesagt wie: ›*Ich selbst glaube ja, dass das ganz harmlos ist, aber merkwürdig ist es irgendwie schon, dass ein Mann von Mitte fünfzig so viel Zeit mit einem Mädchen verbringt, das so alt ist wie seine Tochter ...‹,* oder: ›*Blüht ja wieder richtig auf, der alte Jacob, wo er jetzt ständig so junges Gemüse um sich rum hat.*‹ Trotzdem wäre das ganze Geschwätz bald vergessen worden und niemand hätte sich weiter darum geschert. Doch dann kam der Heiligabend 1991: Am späten Nachmittag hat sich Katharina Kilius von ihren Eltern verabschiedet. Sagte, sie wolle vor der Bescherung noch ein paar Trainingssprünge oben auf dem See machen – und sie hatte ein kleines Weihnachtsgeschenk für Jacob, das sie ihm anschließend vorbeibringen wollte. Auf dem Weg zum See ist sie noch dem alten Hesse begegnet ... danach hat sie niemand mehr gesehen. Bis heute nicht.« Elsa fährt sich mit der Hand über die Stirn.»In derselben Nacht ging ein Notruf bei Doktor Kutscher ein – das ist der Arzt hier in Rockenfeld. Ein unbekannter Anrufer sagte, Jacob wäre etwas zugestoßen. Als Doktor Kutscher zu ihm rausgefahren ist, hat er ihn am Fuß seiner Treppe liegend gefunden ... mit gebrochenem Rückgrat.«

Sie legt ein Holzscheit nach und stochert mit einem Kamineisen im Feuer.»Obwohl jedem Vollidioten hätte klar sein müssen, dass er gerade deswegen überhaupt nichts mit ihrem Verschwinden zu tun haben *konnte*, ging bald ein ekelhaftes Getratsche los: Zwei ungewöhnliche Vorfälle in einer Nacht – da *musste* es doch einen Zusammenhang geben! Plötzlich erinnerte man sich an die Anspielungen des Kardinals und einige begannen, sich eine konfuse Geschichte zusammenzuspinnen. Diese Idioten sind auch schuld daran, dass Simone fortgegangen ist.« Einen Moment lang schweigt Elsa und blickt grimmig ins Feuer.»Deine Mutter war nicht hier, als all diese schrecklichen Dinge geschehen sind. Sie war zu der Zeit als Austauschschülerin in England. Sie ist natürlich sofort zurückgekommen und sie stand vollkommen unter Schock: Ihre beste Freundin war verschwunden und ihr Vater würde nie mehr laufen können – das Schlimmste war aber, dass Jacob verdächtigt wurde, für Katharinas Verschwinden verantwortlich zu sein. Das bösartige Getuschel, die feindseligen Blicke, Leute, die aufhörten, sich zu unterhalten, wenn sie in ihre Nähe kam … Jeder Gang ins Dorf wurde für Simone zum Spießrutenlauf. Von Tag zu Tag ging es ihr schlechter – und irgendwann hat sie es einfach nicht mehr ausgehalten.« Elsa nimmt meine Hand und blickt mich mit ernstem Gesichtsausdruck an. »Das, was Jacob dir über den Streit erzählt hat, den er mit Simone hatte – das war nicht gelogen. Aber Simone hat diesen Streit provoziert. In Wirklichkeit ging es ihr nicht um den Sinn oder Unsinn von Schneekugeln oder darum, dass sie keine Schneekugelmacherin mehr werden wollte. Sie brauchte einen Anlass, eine Rechtfertigung, um fortzugehen. Jacob hat das gewusst. Aber er hat geglaubt, sie wäre gegangen, weil … Für ihn muss es sich angefühlt haben, als hätte selbst sie Zweifel an seiner Unschuld, als würde selbst sie ihm nicht mehr vertrauen.« Elsa drückt meine Hand fester und versucht sich in einem aufmunternden Lächeln. »Aber so war es nicht. Sie hat nie an ihm gezweifelt. Sonst hätte sie seinen Namen nicht auf einen Zettel geschrieben und in einen Notfallumschlag gesteckt. Hätte sie auch nur den geringsten Zweifel an Jacob gehabt, hätte sie dich nicht seiner Obhut anvertraut.«

Ich sitze schweigend da, sehe ins Feuer und plötzlich fühlt es sich an, als würde sich irgendwo in mir ein Knoten lösen. Mutter hat mich nur schützen wollen! All die Wut, die ich auf sie gehabt habe, entweicht auf einen Schlag aus mir. Ihr ganzes Leben lang hat sie die Erinnerung an diese schlimmen Dinge mit sich getragen, nie darüber gesprochen – weil sie mich vor diesen Dingen beschützen wollte. Mir steigen Tränen in die Augen und ich beiße mir auf die Lippen, um nicht zu schluchzen. Elsa streichelt meine Hand.

»Und du?«, frage ich, nachdem ich mich einigermaßen gefasst habe. »Was glaubst du, was mit Katharina Kilius geschehen ist?«

Elsa zuckt die Schultern. »Sie war ein lebenslustiges Mädchen. Ich würde gern daran glauben, dass sie mit einem Verehrer durchgebrannt ist … aber dann hätte man nach all den Jahren irgendwas von ihr hören müssen. Nein, ich befürchte, dass sie an Weihnachten 1991 jemandem sehr Gefährliches begegnet ist. Jemandem, der *nicht* Jacob Dorneyser war. Über die Jahre hat sich das üble Getratsche wieder gelegt. Die meisten haben eingesehen, dass sie damals völlig hysterisch reagiert haben, und viele haben sich persönlich bei Jacob entschuldigt. Aber ein paar Gehirnpürierte wie den Kardinal hast du überall. Bis heute gibt es zwei Fraktionen im Dorf: die wie ich, die wissen, dass Jacob nicht das Geringste mit Katharinas Verschwinden zu tun hat. Und die, die glauben, dass er auf irgendeine verquere Weise dafür verantwortlich ist. Und dann gibt's natürlich auch noch die alten Zitteraale: Adelheid Klünker oder Lisbeth Schuster oder Hilde Herkenrath − wenn du eine von denen fragst, werden sie dir mit bebender Jammerstimme erzählen, dass die Wilde Jagd Katharina geholt hat. Aber Lisbeth hält auch spiritistische Sitzungen ab, bei denen sie mit Queen Victoria übers Wetter plaudert, und Hilde hat quartalsmäßig Marienerscheinungen … Wer so drauf ist, der glaubt eben auch an die Wilde Jagd.« Sie gluckst und macht das international vereinbarte Zeichen für »Schraube locker«.

»Was ist die Wilde Jagd?«, frage ich.

»Ein gruseliges Märchen, mit dem man kleinen Kindern Angst macht. Noch nie davon gehört? Ein Aberglaube, der besagt, dass sich in den Raunächten, der Zeit zwischen dem einundzwanzigsten Dezember und dem zweiten Januar, die Tore zwischen den Welten der Lebenden und Toten öffnen. Die Wilde Jagd, das Heer der Toten, fliegt in diesen Nächten durch die Lüfte und verbreitet Angst und Schrecken. Du kennst die Geschichte wirklich nicht? Die Holle? Der Jäger? Das Moosweib? Die Kalte Klinge und die Kugel?«

Beim letzten Wort werde ich hellhörig. »Was für eine Kugel?«

Elsa reckt sich. »Wenn es dich interessiert ... ich hab irgendwo ein Buch über die Wilde Jagd. Ich such bei Gelegenheit mal danach.« Dann gähnt sie ausgiebig. »Zeit für unseren Schönheitsschlaf!«

Während sie die Tür zu ihrem Schlafzimmer öffnet, dreht sie sich noch einmal um. »Tu mir einen Gefallen und erwähne Jacob gegenüber nicht den Namen Katharina Kilius. Er hat schon genug gelitten wegen der Geschichte. – Schlaf gut, Schätzchen.«

Ich betrete mein Zimmer und will gerade das Licht anknipsen, als ich durch das Fenster hindurch das Blinklicht einer Taschenlampe im Wald sehe. Mit zwei Schritten bin ich am Fenster. Dreimal leuchtet die Lampe noch auf, danach bleibt es dunkel.

Hat Elsa recht? Sind das wirklich Schüler des Internats? Und wenn ja, welche? Was tun sie da?

Ich sollte Moritz davon erzählen. Hier gehen seltsame Dinge vor sich, denke ich, als ich unter die Bettdecke schlüpfe – ohne zu ahnen, dass ich gerade erst das Vorspiel zu noch weitaus seltsameren Geschehnissen gesehen habe.

Ich werde von einem beunruhigenden, klappernden Geräusch geweckt. Dem Geräusch meiner Zähne, die wie Kastagnetten aufeinanderschlagen. Über meinem Gesicht schwebt eine kleine Dunstwolke und ich brauche ein paar Sekunden, bis ich verstehe, dass es mein Atem ist, den ich da sehe. Im Zimmer herrscht eisige Kälte. Alles um mich herum ist in ein diffuses bläuliches Licht getaucht. Die Bettdecke fühlt sich klamm an und ist steif wie ein Brett. Der Wecker auf dem Nachttisch zeigt halb vier. Ich zittere am ganzen Körper.

Ganz langsam drehe ich den Kopf. In der Dunkelheit vor dem Fenster schweben drei blaue Lichtkugeln in der Luft.

Ich schließe die Augen, zähle bis drei und öffne sie wieder. Die Lichter sind immer noch da! Das ist kein Traum.

Als ich mich vorsichtig im Bett aufrichte, fliegen die Lichter plötzlich davon – und augenblicklich weicht auch die Kälte aus dem Zimmer. Ich mache einen Satz zum Fenster, spähe in die Nacht hinaus und sehe gerade noch, wie ein blaues Schimmern hinter der Hausecke verschwindet.

Wenn das *keine* Sinnestäuschung ist – was ist es dann? Ich sprinte die Treppe hinunter, reiße die Haustür auf, stürze – barfuß und nur mit meinem Schlafanzug bekleidet – in den Vorgarten und sehe ein schwaches blaues Leuchten, das aus einer kleinen Sackgasse dringt, die auf halbem Weg zwischen Elsas Haus und dem Mauerbrückchen liegt. Mit blanken Sohlen tappe ich über das kalte Pflaster darauf zu, als ich ein wütendes Fauchen höre und erschrocken zusammenfahre. Mit gesträubtem Fell kommt eine Katze aus dem Sträßchen gesprungen, hechtet an mir vorbei und verschwindet im nächsten Kellerloch. Das Herz schlägt mir bis zum Hals. Ich atme einmal tief durch, dann beuge ich mich vor und riskiere einen Blick.

Vor einer Ziegelsteinmauer am Ende der Gasse schweben die drei Lichter. Ein paar Sekunden lang stehen sie unbeweglich in der Luft, dann schrillt ein hohes, durchdringendes Pfeifen durch die Nacht. Ein Windstoß fährt in die Gasse. Die schimmernden Lichtkugeln strahlen auf und sind im nächsten Moment drei wild flackernde Fackeln. Für einen winzigen Augenblick ist mir, als würde ich in den hin und her zuckenden blauen Flammen Gesichter erkennen – eine Frau mit verfilztem langem Haar und das narbenüberzogene Gesicht eines Mannes – dann schießen die Fackeln laut kreischend und in unglaublicher Geschwindigkeit durch die kalte Herbstluft auf mich zu. Ich stehe da wie erstarrt. Sie sind keine zwei Meter mehr von mir entfernt, da ertönt ein weiteres hohes Pfeifen irgendwo hinter mir. Eine Flamme, die viel heller als die anderen leuchtet, schießt über meinen Kopf hinweg auf die Fackelgestalten zu. Sie stieben kreischend auseinander, steigen blitzschnell in den Nachthimmel und sind im nächsten Moment hinter den Dächern verschwunden.

Ich blicke mit offen stehendem Mund zu dem hellblauen Licht empor, das kurz über mir verharrt. Dann verblasst es, wird zu einem schwachen Schimmern – und ist verschwunden.

Ungläubig starre ich auf die Ziegelsteinmauer, unfähig, einen klaren Gedanken zu fassen. Dann wende ich mich ab und stolpere wie in Trance zum Haus zurück. Erst an der Tür schaue ich mich noch einmal um. Die blauen Lichter bleiben verschwunden, aber am Bachufer, unter dem Mauerbrückchen, steht jemand und sieht zu mir herüber. Ganz kurz treffen sich unsere Blicke, dann wendet er sich ab und wird von der Nacht verschluckt.

Doch ich habe genug gesehen, um sein Gesicht zu erkennen. Niklas!

Es ist ein Gefühl, als hätte ich in eine der bizarren Schneekugeln von Marlene Berber geblickt. In eine Welt, in der seltsame, verstörende Dinge geschehen. Das Schlimmste ist, dass ich niemandem davon erzählen kann. Nicht von dem merkwürdigen Gespräch, das ich bei Jacob belauscht habe, nicht von Niklas und erst recht nicht von den blauen Lichterscheinungen.

Würde *mir* jemand beim Frühstück offenbaren, dass er in der vergangenen Nacht von drei blauen Lichtern angegriffen wurde, bevor diese von einem vierten Licht vertrieben wurden – ich würde ihm die Hand tätscheln, verständnisvoll nicken und anschließend die Männer mit den weißen Jacken anrufen. Elsa hat meinen kurzen Ausflug nicht bemerkt. Sie weiß nichts von meinem nächtlichen Abenteuer und dabei wird es auch bleiben. Es gibt Sachen, die man für sich behalten sollte, wenn man sich nicht in einer Reihe mit der übergeschnappten Marien-Hilde und der spiritistischen Lisbeth wiederfinden möchte.

In der Küche scheppert es.

Ich tippe auf eine mittelgroße Porzellankanne. Mittlerweile habe ich Übung. Ich kann am Klirren und Scheppern erkennen, ob es sich um Glas oder Porzellan handelt und ob eine Tasse, ein Teller oder irgendwas Größeres zu Bruch gegangen ist.

Dass Elsa irgendwas zerdeppert, ist nichts Neues und das allein wäre keine Meldung wert. Aber dann setzt sie sich mit abwesendem Blick an den Tisch, schenkt sich Kaffee ein, blickt dabei ins Leere – und hört gar nicht mehr auf einzuschenken.

»Elsa?« Ich lenke ihre Aufmerksamkeit auf den stetig größer werdenden braunen Fleck auf dem Tischtuch.

»Oh!« Sie setzt die Kanne ab und streicht sich eine lose Haarsträhne aus der Stirn.

»Alles in Ordnung mit dir?«, frage ich.

»Natürlich ist alles in Ordnung. Was soll denn nicht in Ordnung sein?« Ich sehe, wie sich ihre Wangen rosa färben. »Also … die Geschichte, über die wir gesprochen haben …«, murmelt sie.

»Katharina Kilius?«

»Nein, ich meine … ich meine das mit dem Herrenbesuch.«

»Jaaa?«, sage ich, rutsche mit meinem Stuhl vor und überschlage im Kopf kurz, wer denn infrage kommt: Ein ehemaliger Eishockeycrack? Der Verkäufer aus dem *Schwarzen Glück*? Oder vielleicht der hinkende Küster, der sie neulich im Dorf so überfreundlich gegrüßt hat? »Wer ist denn der Glückliche?«

»Das geht dich einen feuchten Kehricht an. – Jedenfalls … heute Abend möchte ich nicht gestört werden. Du kannst ja deinem Großvater Gesellschaft leisten oder irgendjemanden besuchen. Tu, was immer du willst. Aber heute gibt es ein ehernes Gesetz für dich, Schätzchen: Keine Rückkehr vor zweiundzwanzig Uhr!«

Auf dem Weg zur Schule grüble ich weiter darüber nach, was ich in der letzten Nacht beobachtet habe. Niklas' Gesicht lässt mich nicht mehr los. Seine Augen. Niemand sonst hat so ... *schimmernde* Augen. War es Zufall, dass ich ihn gestern gesehen habe? Hat er mit diesen Flammen zu tun?, frage ich mich, während ich zur Burg hinaufsteige. Als ich unter dem verwitterten Torbogen hindurchgehe, blitzt eine Erinnerung in meinem Kopf auf. Niklas' Stimme, an jenem Abend, an dem er mit Jacob gesprochen hat: *»Sie sammeln sich. Ich habe blaue Lichter in den Wäldern gesehen.«*

Blaue Fackeln, die im Dorf hinter dir herjagen? Nur eine kleine Frage am Rande: Gab es bei dir gestern ein ausgefallenes Pilzgericht, Schwester? Ich kann mir vorstellen, was ich von Moritz zu hören bekäme, wenn ich ihm mein nächtliches Erlebnis schildern würde.

Er sitzt auf der bröckligen Mauer am Schulhofrand, raucht eine Selbstgedrehte und wirkt ziemlich schläfrig. Die blauen Lichter enthalte ich ihm vor – aber da ist ja noch die Geschichte mit den Taschenlampen im Wald ... Als ich ihm von den Lichtsignalen erzähle, ist er plötzlich hellwach.

»Klingt verdächtig ... und verdächtig ist immer gut.«

»Elsa glaubt, dass es Schüler vom Internat sind.«

»Moment mal ... *Elsa*? Von welcher Elsa sprichst du? Doch nicht etwa ...«

»Elsa Uhlich, aus dem Dorf. Ich wohne bei ihr.«

»Du wohnst bei *Elsa Uhlich*? Hast du die geringste Ahnung, wer die Frau ist?«

»Na, sie ist eine Freundin meines Großvaters.«

Moritz rollt mit den Augen. »Ach Schwester, es ist ja fast süß, wie ahnungslos du bist: Elsa Uhlich ist eine Legende!

Jeder, der sich auch nur ein bisschen im Eishockey auskennt, weiß, wer sie ist. Sie war so gut, dass alle möglichen Profiklubs sie verpflichten wollten. Für ihre Männerteams! Und ich spreche von absoluten Spitzenklubs aus Kanada und den USA. Aber sie hat alle Angebote abgelehnt, weil sie nicht aus Rockenfeld wegwollte, und ist bis zu ihrem Karriereende bei den *Rentieren Rockenfeld* geblieben. In ihrer gesamten aktiven Zeit hat sie nur ein einziges Spiel verloren. Letzten Sommer wollte ich mir ein Autogramm von ihr geben lassen, aber leider ... ach, egal.« Er zuckt die Schultern und kommt endlich auf das eigentliche Thema zurück. »Was die Taschenlampensignale angeht, schlage ich vor, dass wir eine kleine Ortsbegehung machen. Wann hast du Schluss?«

»Um eins.«

Moritz grinst. »Ich auch. Wir treffen uns hier und ...«

»Geht nicht.« Ich schüttle den Kopf. »Ich habe nach dem Unterricht meinen ersten Termin bei Immsen-Erkel.«

Er verzieht das Gesicht zu einer Grimasse. »Uuuuh – die Fashion-Ikone des Grauens. Mein Beileid. Ich warte im *Wasteland* auf dich. Komm da vorbei, wenn du die Stunde im Turm der Tränen hinter dir hast.« Moritz nickt mir zu und schlendert ohne jede Eile davon. Ich mache mich auf zu meinem Deutsch-Leistungskurs.

Die Tür des Kursraumes ist noch abgeschlossen. Weit und breit keine Spur von einem Pädagogen. Alle drücken sich auf dem Gang herum. Mein Blick bleibt an Laura Pohlmann und Julian von Kladden hängen, die etwas abseits neben dem Treppenaufgang stehen. Vielleicht täusche ich mich, aber ich habe den Eindruck, als wäre die Harmonie zwischen den beiden Turteltäubchen schwer gestört. Mit genervtem Gesichtsausdruck schiebt sie seine Hand von ihrer Schulter und zischt ihm etwas zu, das nicht nach Liebeserklärung aussieht. Von da, wo ich stehe, kann ich nur einzelne Satzfetzen verstehen.

»… damit aufhören«, höre ich Julian sagen.

»… mich mal. Mache, was ich will!«, giftet Laura.

»… nichts mehr mit dem Typen zu tun haben … ist unheimlich …« Julians Stimme klingt weinerlich.

In diesem Moment dreht Laura Pohlmann den Kopf, sieht mich, schickt einen ihrer Todesstrahlblicke in meine Richtung und zieht ihren Freund ein Stück weiter den Gang hinunter.

Aber ich bin nicht die einzige Zeugin ihres Gespräches gewesen. Als ich nach oben blicke, sehe ich, wie die Geiernase von Renate Immsen-Erkel hinter dem Treppengeländer verschwindet.

Ob der Nordturm den Namen Turm der Tränen verdient hat, kann ich noch nicht beurteilen. Auf jeden Fall ist er der Turm des Schweißes. Als ich mich nach dem Unterricht die endlosen Stufen hinaufquäle und endlich vor dem Beratungszimmer in der Turmspitze stehe, bin ich pitschnass. Ich klopfe an die Holztür und höre ein piepsiges: »Ja bitte?«

Ich betrete ein winziges Zimmer und glaube, mich trifft der Schlag. Der Hitzschlag! Der kleine Raum ist so überheizt, dass jede finnische Sauna dagegen abstinkt – aber Renate Immsen-Erkel zieht fröstelnd ihre Strickjacke um sich.

»Ich bin sofort für Sie da, Cora. Nehmen Sie doch bitte Platz.« Sie verschwindet hinter einer Tür mit der Aufschrift »*Privat*«.

Ich setze mich in einen hässlichen Rattanstuhl. Der ist noch das gemütlichste Möbel in dem Raum. Alles hier ist vollkommen schmucklos. Weiße Raufaser, zwei Baumarktregale, ein paar vertrocknete Zimmerpflanzen. Auf einem niedrigen Tisch steht eine Pappschachtel mit Kleenextüchern. An den Wänden hängen Drucke, die so sterbenslangweilig sind, dass einen das Verlangen befällt, sich umgehend aus dem Turmfenster zu stürzen. Wer noch keine Depression hat, hier kriegt er eine.

»Und schon geht es los!«, trillert Frau Immsen-Erkel, schließt die Tür zu ihren Privaträumen hinter sich und setzt sich mir gegenüber, meine Selbstauskünfte in den dürren Vogelkrallen. »Die erste Regel lautet: Aktuelles hat immer Vorrang«, zwitschert sie.»Was bewegt Sie im Moment? Worüber möchten Sie sprechen? Haben Sie ein akutes Problem, das Sie beschäftigt?«

»Ja, es ist irre heiß hier drin.«

»Das täuscht, wenn man von draußen kommt. Wenn man länger hier sitzt, ist es doch recht frisch. Aber ich meinte natürlich ein *wirkliches* Problem.«

»Außer der Hitze? Keins«, sage ich und wische mir Schweiß von der Stirn. Abgesehen davon, dass ich gestern Nacht von drei blauen Lichtern angegriffen wurde. Aber das sage ich wohlweislich nicht laut – und denke es vorsichtshalber auch nur ganz leise.

»Nun, Cora, ich habe mir Ihre Selbstauskünfte angesehen und habe dazu noch ein paar Fragen …«

So, so. Moritz hat mir vorgeschlagen, ausschließlich irgendwelchen Blödsinn zu schreiben (»So ein Hardcorezeug, bei dem sie echt schlucken muss, Schwester!«), und mir im Anschluss gleich ein Dutzend ziemlich wüster Ideen unterbreitet. Die Vorstellung war verlockend und einen Moment lang habe ich geschwankt, bis ich mich an mein Versprechen Jacob gegenüber erinnert habe, die Gespräche ernst zu nehmen. Also habe ich alles brav und gewissenhaft und so ehrlich wie möglich ausgefüllt.

»Aus dem kurzen Abriss Ihrer Familiengeschichte ersehe ich, dass Ihre Mutter sich geweigert hat, die Werkstatt ihres Vaters – also Ihres Großvaters – zu übernehmen. Dass sie ihr Elternhaus nach einem Konflikt für immer verlassen hat … und gleichzeitig geben *Sie* als Berufswunsch an: Kugelmacherin.«

»Ja. Und?«

»Sie werden bald die Allgemeine Hochschulreife haben, Cora. Viele Wege werden Ihnen offenstehen: eine akademische Karriere, ein Posten in der Wirtschaft ... Aber Sie wollen ausgerechnet *Kugelmacherin* werden? Bei allem Respekt für diese, äh, Tätigkeit – glauben Sie nicht, dass Sie damit ein wenig unter Ihren Möglichkeiten bleiben? Sind Sie sicher, dass es wirklich *Ihr* Wunsch ist, Cora? Oder« – sie beugt sich vor und lächelt ihr Essiglächeln – »könnte es sein, dass Sie das Gefühl haben, etwas wiedergutmachen zu müssen? Etwas, das Ihre Mutter vielleicht versäumt hat?«

»Nein. Wenn ich das Gefühl hätte, etwas wiedergutmachen zu müssen, würde ich Therapeutin werden wollen.«

Sie guckt pikiert und kratzt sich an ihrer Geiernase. »Cora, ich denke nicht, dass wir auf diese Weise ... Was haben Sie?«

Meine Kehle ist plötzlich wie zugeschnürt und ich ringe nach Luft. Gleichzeitig fangen mein Hals und mein Gesicht an zu jucken und zu brennen, als hätte man mich, Kopf voran, durch Nesseln geschleift. Ich weiß sofort, was Sache ist.

»Haben Sie hier etwa eine Katze?«, keuche ich.

»Ja. Puss-Puss!«, lockt sie und unter meinem Stuhl kriecht ein übergewichtiges Katzenvieh mit buschigem, rötlichem Fell hervor und schiebt sich in Zeitlupe auf sein Frauchen zu.

»Frage zweiundzwanzig«, japse ich. »Chronische Krankheiten und Allergien.«

Puss-Puss schnurrt genüsslich und leckt sich das Fell.

Immsen-Erkel blättert hektisch in den Selbstauskünften, liest und wird blass. »Oh ... Katzenhaarallergie – mit drei Ausrufezeichen. Das muss ich ... das tut mir leid ... ich verstehe nicht, wie ich das ...«

Ich springe auf und haste zur Tür, während sie völlig aufgelöst hinter mir herhüpft. »Es ist mir wirklich höchst unangenehm, dass ich ... Sie sind für heute natürlich entlassen. Wir holen die Sitzung nach – ohne Puss-Puss. Ich lasse Ihnen einen neuen Termin zukommen. Gute Besserung.«

Die Tür schlägt hinter mir zu.

Als ich japsend und keuchend das *Wasteland* betrete, mustert Moritz mich mit einem argwöhnischen Blick. »Ich sage es nicht gerne, aber du schwitzt wie ein Schwein, Schwester. Und ist dir klar, dass dein Hals und dein Gesicht voll roter Pickel sind? Du siehst aus wie aus einem Film über Geschlechtskrankheiten ... der Directors-Cut. Ist das etwa ansteckend?«

»Nein.« Ich lasse mich in den nächstbesten Sessel fallen. »Das ist nur Puss-Puss.«

»Klingt auch nicht schön. Kann ich dir was Gutes tun?«

»Ja, besorg mir eine Cola.«

»Groß oder klein?«

»Einen Eimer voll.«

Er kommt mit einem riesigen Glas von der Theke zurück, das ich mit zwei Zügen leere.

Ganz allmählich stellen meine Schweißdrüsen wieder auf Normalfunktion um. Nach einer Viertelstunde sind auch die meisten roten Flecken auf meiner Haut verschwunden und ich kann wieder einigermaßen normal atmen.

»Von mir aus können wir los.«

»Keine Woche mehr, dann ist hier alles schneebedeckt«, sagt Moritz und betrachtet kennerisch die schweren dunklen Wolken, die tief über dem Wald hängen.

Es ist empfindlich kalt geworden. Ich bin froh, dass ich den dicken roten Mantel von Mutter trage. Moritz müsste in seinem dünnen Jäckchen und den Leinenturnschuhen eigentlich frieren wie ein Nacktmulch, aber die Kälte scheint an ihm abzuprallen. Die kleine Militärtasche, die ihm als Schultornister dient, über der Schulter, hüpft er aufgedreht neben mir her und ergeht sich in diversen Theorien über den Ursprung der nächtlichen Blinksignale. In jeder dieser Theorien spielen Julian von Kladden und Laura Pohlmann die Hauptrollen.

Aber ich höre nur mit halbem Ohr hin. Ich habe nie zuvor so riesige Bäume gesehen ...

Nachdem wir an dem Wegweiser abgebogen sind, windet sich der enge Pfad zwischen Tannen hindurch – Tannen, so hoch, dass ihre sanft im Wind schwingenden Wipfel den dunklen Himmel zu berühren scheinen. Je näher wir dem See kommen, desto dichter stehen die Bäume. Ein grimmig schweigendes, erstarrtes Heer, das eine immergrüne Mauer gegen Eindringlinge bildet.

Moritz führt mich etwas abseits vom Weg, wir ducken uns unter ein paar tief hängenden Ästen hindurch und stehen unvermittelt am Ufer des Sees. Überrascht reiße ich die Augen auf. Es ist, als hätte ich eine Erscheinung. Das ist der See, von dem ich in meiner ersten Nacht in Rockenfeld geträumt habe! Der See, auf dem ich Schlittschuh gelaufen bin. Er ist nicht von glitzerndem Eis bedeckt wie in meinem Traum – sein Wasser sieht an diesem bitterkalten Herbsttag fast schwarz aus, und müde flache Wellen plätschern ans Ufer – aber ich erkenne sofort den gezackten hohen Felsen, der am gegenüberliegenden Ufer die bis dicht ans Wasser stehenden Tannen durchstößt, wie ein warnend erhobener knöcherner Zeigefinger.

»Idyllisches Plätzchen, was?«, reißt mich Moritz aus meinen Gedanken. »Sehen wir mal, ob wir irgendwelche Hinweise auf nächtliche Aktivitäten finden.«

Er wendet sich nach rechts und ich folge ihm, den Blick auf den Boden gerichtet. Man muss nicht großartig nach Spuren suchen. Das regennasse Ufer ist regelrecht mit Fußabdrücken übersät. Anscheinend gibt es hier jede Menge Aktivität. Nachdem wir etwa zehn Minuten am Wasser entlanggewandert sind, werden die Spuren rarer, bis es schließlich nur noch eine einzige gibt, der wir folgen.

Plötzlich fasst Moritz mich am Arm. »Da vorn!« Er lenkt meine Aufmerksamkeit auf etwas zwischen den Bäumen. Es sieht aus wie ein flaches längliches Grab, das jemand mit abgebrochenen Zweigen und Tannengrün bedeckt hat.

Aber es ist kein Grab.

Als wir die Zweige zur Seite räumen, kommt ein Kanu zum Vorschein, samt dazugehöriger Paddel.

Moritz betrachtet das Boot mit grüblerischem Blick.

»Irgendeine Idee, wem es gehört?«, frage ich.

Er schüttelt den Kopf. »Nicht direkt ... aber du solltest wissen, dass Julian und Laura in der Wassersport-AG sind.« Er richtet sich auf und späht zum gegenüberliegenden Ufer.

»Sieh mal«, sagt er nach einer Weile und deutet auf eine Stelle neben dem gezackten Felsen.

Zuerst erkenne ich gar nichts. Erst als ich die Augen zusammenkneife, sehe ich neben dem Felsen am anderen Ufer einen zweiten Haufen aus aufgeschichteten Tannenzweigen.

»Da liegt garantiert auch ein Boot versteckt«, kombiniert Moritz. »Was geht hier ab?« Behutsam bedeckt er unseren Fund wieder.

Langsam gehen wir zurück.

»Halt!«, ruft er da plötzlich. »Wenn du dein entzückend wohlgeformtes Füßchen mal kurz heben könntest, Schwester?«

Ich tue, was er sagt, und sehe, dass an meinem Stiefelabsatz ein durchsichtiges Plastiktütchen klebt.

Moritz zieht es ab und hält es mir vor die Augen. Ein winziges weißes Stäubchen ist an der Innenseite des Tütchens hängen geblieben.

»Ist es das, was ich glaube, was es ist?«, frage ich.

»Da bin ich mir ziemlich sicher. Es wäre mir auf jeden Fall neu, dass Mehl in so kleine Portionstütchen abgefüllt wird.« Er blickt zu dem versteckten Kanu, sieht zum anderen Ufer und betrachtet nachdenklich das Tütchen. Dann beginnt er auf und ab zu laufen, an seinen lackierten Nägeln zu knabbern und vor sich hin zu murmeln.

»Alles im grünen Bereich?«, frage ich.

»Psst! Nicht stören, Schwester. Ich betreibe intuitive Kriminalistik.« Er streicht mit dem Finger zwischen Kinn und

Adamsapfel hin und her und verfällt in eine attraktive Denkerpose, von der ich hundertprozentig sicher bin, dass er sie vor dem Spiegel geübt hat. Plötzlich fährt er auf dem Absatz herum und strahlt mich an.

»Ich bin ein Koksdealer.«

»Ist ja interessant. Und du willst mir eine Lebensbeichte ablegen?«

»Ausgesprochen witzig, Schwester. Das ist ernsthaftes Profiling. Bitte etwas mehr Respekt vor meiner Denkleistung! Also noch mal: Ich bin ein Koksdealer und ich wohne irgendwo in der Nähe, in einem der umliegenden Dörfer. Vielleicht in Schlemmerich, vielleicht in Erzbach, vielleicht in Biber, vielleicht unten in Dermersheim. Ich beliefere die nähere Umgebung, besonders gerne das Internat, wo ich mir einen treuen Kundenstamm aufgebaut habe. Alles Kinder stinkreicher Eltern. Die haben Asche bis zum Abwinken und zahlen ohne aufzumucken. Aber ich kann mein Spitzenprodukt schlecht im Sekretariat abgeben. Und den Deal im Dorf abzuwickeln wäre auch nicht klug. In Rockenfeld kennt jeder jeden. Ein fremdes Fahrzeug fällt sofort auf. Bevor ich einmal über die Hauptstraße wäre, hätten sich schon zehn früh verrentete Blockwarte mein Kennzeichen gemerkt. Dass bei mir zu Hause ständig Leute aus und ein gehen, will ich erst recht nicht. Das kommt irgendwann auch dem naivsten Nachbarn verdächtig vor. Also suche ich ein abgelegenes Plätzchen, das für meine Kunden genauso einfach zu erreichen ist wie für mich.« Er zeigt zu dem bewaldeten Hügel am anderen Ufer. »Hinter dem Wald verläuft die Landstraße von Dermersheim nach Schlemmerich. Von der geht ein Weg ab, der hinter dem Felsen auf einem kleinen Waldparkplatz endet. Ich kann ganz bequem hinfahren – zu einem vorher vereinbarten Zeitpunkt –, dann nehme ich meine Taschenlampe, gebe ein Blinkzeichen und mein Kunde an dieser Uferseite antwortet mit dem verabredeten Signal. Wir steigen in unsere

Kanus und die Übergabe findet mitten auf dem See statt. Viel abgelegener geht es nicht. Und falls mir doch mal jemand bei so einem Deal dazwischenkommt, kann ich die Ware blitzschnell im See verschwinden lassen. Na? Was sagst du?«

»Du bist wirklich –«

»Ein kriminalistisches Genie?«

»Ein unerträglicher Klugscheißer. Aber es hört sich ganz plausibel an. Nur die Sache mit den Taschenlampen … Das klingt wie aus einem Schmugglerroman von vorgestern. Warum benutzen sie nicht einfach ihre Smartphones?«

Er wirft mir einen mitleidigen Blick zu. »Schon mal was von Datenspeicherung und Handyortung gehört, Schwester? Wer heute was geheim zu halten hat, der gibt Zettelchen weiter oder schreibt mit Zaubertinte oder gräbt die gute alte Pfadfindertaschenlampe wieder aus.« Moritz lächelt glücklich. »Koksschniefende Millionärsnachkommenschaft und kanufahrende Dealer«, sinniert er verzückt. »Das ist der Stoff, aus dem Skandalbücher sind. Ich gehe jede Wette ein, dass die wilde Laura und ihr glatt gebügelter Freund in der Sache drinhängen.«

»Und was machen wir jetzt?«

»Wir behalten sie im Auge.«

Dazu bekommen wir schneller Gelegenheit, als uns lieb ist. Auf dem Rückweg vom See kommt uns der ganze Verein plötzlich entgegen. Julian von Kladden, Laura, Tobias Schallenberg und eine Handvoll ihrer Kumpel. Genau genommen ist es aber so, dass *sie uns* im Auge behalten.

Sie bleiben einfach stehen und wir müssen uns auf dem schmalen Pfad an ihnen vorbeischieben. Es ist offensichtlich, dass sie auf Krawall gebürstet sind.

Julian von Kladden zeigt sein schmierigstes Lächeln. »Sieh an! Unser neues Traumpaar. Einen romantischen Ausflug zum See gemacht? Du wirst doch nicht noch das Ufer wechseln, Grimm?«

Geh einfach weiter, Moritz!, bete ich im Stillen. Wir sind zwei und die sind acht. Geh einfach weiter, und vor allem: Erspare dir jeden Kommentar.

Für einen kurzen Moment glaube ich, dass mein Stoßgebet erhört wird. Moritz ist schon an von Kladden vorbei – als er sich umdreht und lächelnd fragt:»Und selbst? Kleinen Paddelausflug geplant?«

Julian baut sich vor ihm auf.»Was hast du gesagt?«

»Gesagt? Hab *ich* was gesagt?«, fragt Moritz mit unschuldigem Gesichtsausdruck.

»Hör mir gut zu, du kleine Tucke: Der See ist ab sofort für dich tabu und für deine neue Freundin auch.Verstanden? Verbotene Zone!«

Moritz macht eine tiefe Verbeugung und zieht einen imaginären Hut.»Verzeiht eurem unwürdigen Diener, ich ahnte nicht, dass Ihr der Herrscher über diese Wälder seid, König Gelhaar.«

Kladden tauscht einen kurzen Blick mit seinen Kumpeln und macht eine Kopfbewegung in Richtung Moritz. Angeführt von Toby Schallenberg stürzen sich drei der Kerle auf ihn, reißen die Tasche von seiner Schulter und schleudern sie ins Dickicht. Sie schubsen ihn zwischen sich hin und her, stoßen ihn zu Boden und beginnen, ihn mit Tritten und Schlägen zu traktieren. Tobys Faust trifft ihn mitten ins Gesicht. Ich will ihm zu Hilfe eilen, aber Laura Pohlmann springt auf meinen Rücken und drückt mich auf die Erde. Ihre scharfen Fingernägel bohren sich in meinen Oberarm.

Kladden stellt sich vor Moritz hin und tritt ihm mit aller Kraft in den Bauch. Ich höre ein ersticktes Stöhnen.

»Findest du das immer noch witzig, Grimm? Darf es ein bisschen mehr Spaß sein?«Von Kladden holt aus, als wollte er einen Elfmeter mit einem Gewaltschuss in die Maschen hauen. Im selben Moment bekommt er einen Stoß in den Rücken, fliegt vornüber und landet mit dem Gesicht im Dreck. Ich hebe den Kopf und blicke auf ein schwarzes Sweatshirt mit Vampirziegenkopf.

»Ist alles, was du kannst?« Breitbeinig steht Valentin Magomedov über Julian. In der rechten Hand hält er ein Holzbeil. »Vier Mann gegen eine? Willst du kämpfen? Kannst du kämpfen mit mir. Komm her!« Er schleudert das Beil in einen Baum, wo es zitternd stecken bleibt, und krempelt die Ärmel hoch. »Und du lässt arme Junge los!«, befiehlt er Toby Schallenberg. »Sofort! Wird bald?«

»Was glauben Sie eigentlich, wer Sie sind?«, winselt von Kladden und erhebt sich mühsam aus dem Dreck. »Wenn ich meinem Vater erzähle, dass –«

»Chau ab!« Valentin sieht ihn drohend an und hebt die Faust. »Chau ab und nimm deine feige Freunde mit. Sonst: Ich melde Gottwald. Mach schon. Chau ab!«

»Das werden Sie noch bereuen.« Von Kladdens Stimme zittert. Mit der resignierten Geste eines geschlagenen Feldherrn gibt er seiner Horde das Signal zum Rückzug.

»Chast du Schmerz?« Valentin kniet sich neben Moritz. Dessen Nase ist blau verfärbt und blutet. Valentin drückt mit dem Finger auf die Nasenspitze und Moritz macht ein Geräusch wie ein Wiesel, das in die Wäschemangel geraten ist. »Machst du nix Drama. Bist du Eishockeyspieler. Ist nix gebrochen, ist nur Nasenbluten. Chabt ihr gechabt Glück, dass ich war in Nähe.«

»Danke für die Hilfe«, sage ich und Moritz murmelt etwas Unverständliches, das vermutlich in eine ähnliche Richtung geht.

»Müsst ihr in Zukunft aufpassen für Arschloch von Kladden. Immer gut aufpassen!« Er zieht das Beil aus dem Baum, nickt uns noch einmal zu und spaziert mit riesigen Schritten davon, als wäre er Tom Bombadil persönlich.

Moritz lässt sich auf einen Stein sinken und befühlt sein lädiertes Riechorgan. Ich gehe in die Hocke, rutsche vorsichtig ein kleines Stück den Abhang hinunter und ziehe seine Schultasche aus dem Unterholz. Stifte, Hefte und ein Mathebuch liegen auf dem Waldboden verteilt. Als ich alles wieder zurückstopfen will, fällt mein Blick in die Tasche – und ich glaube meinen Augen nicht zu trauen ...

Langsam ziehe ich einen schwarz glänzenden Gegenstand aus der Schultasche. »Du schleppst eine Pistole mit dir rum? Bist du wahnsinnig?«

»Die ist nur für den Fall, dass mich mal paar Leute blöd anmachen. Zur Selbstverteidigung. Das ist nur ...«

»Und wenn dich einer blöd anmacht, dann *erschießt* du ihn?«

Mit einer theaterreifen Geste reißt Moritz seine Jacke auf und streckt die Brust raus. »Schieß auf mich! Na los! Schieß schon!«

»Spinnst du?«

Blitzschnell entwindet er mir die Waffe, zielt über meinen Kopf und drückt ab.

Es macht leise Plopp! und ein dünnes Plastikstäbchen fährt aus der Mündung der Pistole. Vor meinen Augen entrollt sich ein rosa Fähnchen mit lila Aufschrift:

Piff-Paff.
Sie sind Gefangener des Rosa Widerstandes.

»Täuschend echt, oder?« Moritz grinst. »Habe ich geschenkt bekommen. Hat ein enger Freund von mir gemacht. Ein verspielter Typ, der gern rumbastelt. Er ist ein ganz *unglaublich* begabter Bastler ...«

An der Weggabelung verabschieden wir uns. Moritz nimmt den Anstieg zum Internat in Angriff, während ich ins Tal hinabsteige. Von hier aus sind es keine fünf Minuten Fußweg bis zu Jacob. Werde ich Niklas bei ihm antreffen? Ich muss ihn fragen, denke ich. Ich muss wissen, ob Niklas tatsächlich derjenige war, der letzte Nacht unter dem Mauerbrückchen stand – was dort geschehen ist und ob er auch etwas Seltsames beobachtet hat. Werde ich Antworten bekommen? Oder wird er mir einfach wieder den Rücken zukehren, so tun, als ob ich nicht da wäre, und schweigend aus dem Fenster stieren? Je näher ich dem Haus komme, desto nervöser werde ich. Vor Jacobs Haustür bin ich kurz davor zu hyperventilieren.

Was dann dankenswerterweise doch nicht geschieht.

Niklas ist nicht da, wie ich mit einer seltsamen Mischung aus Erleichterung und Enttäuschung feststelle. Jacob sitzt allein in der Werkstatt und schraubt mit einem winzigen Schraubendreher an der defekten Spieluhr einer Kugel herum. Wie immer trägt er Hemd, Weste und Fliege. Jeden Tag eine andere, heute ist es eine blau gepunktete. Ich frage mich, wie viele von den Propellern er noch in seinem Kleiderschrank versteckt hält. Jacob begrüßt mich freudig und ist unübersehbar neugierig darauf, was ich zu berichten habe.

»Hast du meine Kollegen und Kolleginnen kennengelernt?«

»Ja. Bis auf Marlene Berber.«

»Und?« Ein feines Lächeln legt sich auf Großvaters Gesicht.

»Sie sind … sie sind irgendwie …«

»Ich weiß.« Jacob kichert. »Wir Rockenfelder Kugelmacher sind schon ein merkwürdiger Verein. Wie wäre es mit einer kleinen Stärkung vor der Arbeit?« Er deutet auf ein wackliges Tischchen vor dem bunten Fenster, auf dem ein Tablett mit Windbeuteln steht. »Die hat Melly vorhin vorbeigebracht. Schöne Grüße. Und du möchtest dich mal bei ihr melden … wegen eures Freundinnenabends.«

Nicht, wenn es sich irgendwie vermeiden lässt, denke ich, was mich aber nicht davon abhält, mir einen der appetitlich aussehenden Windbeutel einzuverleiben. Er schmeckt göttlich.

»Ist Niklas nicht da?«, sage ich, den Mund voller Sahne, und versuche die Frage so beiläufig wie möglich klingen zu lassen.

»Nein«, sagt Großvater knapp und schraubt unverdrossen weiter.

»Wo ist er denn?«

»Unterwegs.«

»Besucht er dich häufig?«

»Er kommt und geht.«

Der Informationsgehalt dieser Unterhaltung tendiert gegen null. Es ist offensichtlich, dass Großvater nicht daran interessiert ist, das Thema Niklas zu vertiefen. Aber so schnell gebe ich nicht auf.

»Woher kennst du ihn eigentlich?«

Jacob hebt den Kopf und lächelt mich an. »Meinst du nicht, du solltest deine Aufmerksamkeit den Schneekugeln widmen? Ich bin mir sicher, du hast noch einiges zu tun.« Damit beugt er sich über seine Arbeit und versinkt wieder in Schweigen.

Es fällt mir schwer, mich auf die Arbeit an der Kugel zu konzentrieren. Während ich aus dünnen Nylonfäden Äste für die Trauerweide knüpfe, sehe ich immer wieder zu Großvater hinüber.

Mir brennen tausend Fragen auf der Zunge, aber ich habe Elsa versprochen, Katharina Kilius nicht zu erwähnen, und bei allem anderen wüsste er sofort, dass ich ihn und Niklas belauscht habe. Außer einer Sache …

»Als ich bei dem Kardinal war, hat er von einer Kugel gesprochen«, sage ich. »Eine *unzerbrechliche* Kugel, die Leonard Dorneyser, laut einer Legende …«

»… vom Teufel persönlich geschenkt bekommen hat.« Jacob seufzt und lächelt gezwungen. »Genau die Art von Geschichte, die Josef Kardinal gefällt: Der Fürst der Finsternis steigt unter Blitz und Donner aus der Hölle auf und verehrt dem armen Glasmacher eine magische Kugel. Eine wunderbar schaurig-schöne Geschichte. Ich befürchte nur manchmal, dass Josef Kardinal ernsthaft daran glaubt. Der Mann ist ein übergeschnappter Verschwörungstheoretiker und er hört sich ausgesprochen gern reden. Ich denke, wir haben Wichtigeres zu tun, als uns mit seinen Hirngespinsten zu beschäftigen.«

Hirngespinste. Ist ja interessant, denke ich. Als Niklas dir gegenüber von der *Unzerbrechlichen* gesprochen hat, schien sie für dich alles andere als ein Hirngespinst zu sein – sondern etwas, das dir einen gewaltigen Schrecken eingejagt hat.

Er fährt fort, mit dem Schraubendreher im Inneren des Sockels herumzustochern, und ich zwinge mich dazu, meine Aufmerksamkeit der Schneekugel zuzuwenden.

Vier Stunden später drehe ich die Kugel vor meinen Augen und blicke kritisch auf mein Erstlingswerk. Die Trauerweide am Flussufer scheint einen tiefen, friedlichen Winterschlaf zu halten. Trauerweiden sind Mutters Lieblingsbäume gewesen.

Die Äste zu knüpfen war eine echte Geduldsprobe. Aber wenn alles so funktioniert, wie ich es mir vorstelle, werden sich die Zweige leicht hin und her bewegen, während der Schnee die Weide umweht. Zunächst aber muss die Kugel befüllt werden. Ich nehme eine kleine Menge künstlicher weißer Flocken, vermische sie mit destilliertem Wasser aus einem der Behälter und lasse die Mixtur durch einen dünnen Schlauch in das Innere der Kugel rinnen. Ganz langsam, so wie Jacob es mir gezeigt hat, und zwischendurch, wenn nötig, den Druck reguliere. Als die Kugel vollständig gefüllt ist, verschließe ich sie mit einem Kunststoffpfropfen und befestige sie auf einem Sockel.

Meine erste Schneekugel! Ich bin aufgeregter als eine Primaballerina vor der Schwanensee-Premiere. »Ich … ich bin fertig. Willst du sie sehen?«

Jacob legt das Glas, mit dem er beschäftigt ist, zur Seite und sieht mich erwartungsvoll an. »Ich bin gespannt.«

Ich umfasse die Kugel mit beiden Händen, schüttle kräftig und stelle sie vor Jacob auf den Tisch.

Seine Augen blicken lange auf das Glas. Seinem Gesicht ist nicht anzusehen, was er denkt.

»Ich habe zu viel Flitter genommen – das ist es, oder? Der Schnee schwebt zu lange, bevor er sich setzt. Und die Weidenäste bewegen sich zu stark. Ich hätte –«

»Nein, nein«, beschwichtigt er mich, hebt den Kopf und lächelt. »Sie ist ... sie ist ganz wunderbar.« Seine Augen glänzen. »Die erste Kugel sagt viel darüber aus, wohin der Weg des Kugelmachers gehen wird ... Sie hat ihre Mängel, kleine handwerkliche Fehler. Aber das ist zweitrangig. Entscheidend ist etwas anderes: Diese Kugel ist lebendig.« Er schüttelt sie, Schnee steigt auf und die Äste der Weide erzittern. »Sie vermittelt dem Betrachter ein ganz bestimmtes Gefühl. Und das kann sie nur, weil du dieses Gefühl in sie hineingegeben hast. Das ist mutig, denn du lässt jeden, der in diese Kugel sieht, auch in dein Herz sehen. Genau das macht eine gute Kugel aus. Dass etwas Echtes und Wahrhaftiges in ihr ist. Wer das nicht versteht, der wird vielleicht ein ganz passabler Schneekugelproduzent, aber niemals ein Kugelmacher! – *Du* bist eine Kugelmacherin.«

»Ich bin eine Dorneyser!«

»Ja«, sagt Jacob leise, senkt den Kopf und einen Moment lang sieht es so aus, als ob er etwas hinzufügen will, doch dann dreht er sich weg und bearbeitet wieder seine Schneekugel.

»Hast du hier schon mal nachts Lichter gesehen?«, schießt es plötzlich und ohne dass ich es verhindern kann aus mir heraus.

Der Schraubendreher rutscht mit einem kratzenden Geräusch vom Kugelsockel ab. Jacob wirkt, als wäre er einem Gespenst begegnet. »Lichter?«, wispert er so erschrocken, dass ich sofort bereue, ihn danach gefragt zu haben.

»Ja ... äh ... Taschenlampen«, stammle ich. »Oben ... am See.«

»Oh … Taschenlampen … nein, nein … habe ich nicht. Ich … ich habe einen festen Schlaf.« Er schiebt sich hastig eine seiner Herzkapseln in den Mund und zerbeißt sie. »Ich … ich fühle mich nicht so gut. Ich sollte mich hinlegen. Lass uns ein anderes Mal weitermachen.«

Vor der Haustür empfängt mich bittere Kälte. Über den Buchbach ziehen Nebelfetzen. Eiligen Schrittes mache mich auf den Weg nach Hause, drehe dabei immer wieder den Kopf und halte nach blauen Lichtern Ausschau – als mir siedend heiß einfällt, dass ich nicht nach Hause *kann*.

Elsas Herrenbesuch. Das Zweiundzwanzig-Uhr-Gesetz.

Es ist erst kurz vor acht, ich muss noch gute zwei Stunden totschlagen. Im Kopf gehe ich meine Optionen durch. Möglichkeit eins: Ich könnte bei Melly Asyl suchen. Ich bin sicher, bei ihr ist es mollig warm. Aber wahrscheinlich wird sie sofort einen gigantischen Berg Popcorn produzieren, mich in eine rosa Plüschcouch drücken und mich nötigen, *Sex and the City* zu sehen. Eine dauerredende Adelsexpertin und vier aufgeschickte Pseudoemanzen gleichzeitig verkrafte ich heute nicht mehr. Notgedrungen entscheide ich mich für Möglichkeit zwei: ein ausgedehnter Spaziergang durch das abendliche Herbstidyll. Was kann schöner sein, als zwei Stunden im Dunkeln durch die Schweinekälte zu rennen, bis einem die Gliedmaßen tiefgefroren vom Körper abfallen?

Kein Mensch, außer mir, ist bei diesem Wetter auf der Straße – aber als ich auf Höhe des Friedhofs bin, sehe ich, wie sich eine Gestalt zwischen den Gräbern hindurchbewegt. Ihre Umrisse sind so unverkennbar, dass ich sie selbst im schwachen Flackerlicht der Grabkerzen erkenne: Valentin Magomedov, unser Retter von heute Nachmittag.

Warum schleicht er in der Dunkelheit über den Friedhof?

Unweigerlich muss ich an *Luzifers böse Söhne* denken und ein paar ziemlich verstörende Bilder blitzen vor meinem inneren Auge auf. Aber Valentin wirkt nicht so, als hätte er vor, Totenschädel auszubuddeln oder satanische Rituale zu zelebrieren. Er tritt abwechselnd vom rechten auf den linken Fuß und pustet sich die Hände warm. Dann sind Schritte hinter der Kirche zu hören.

Hohe dünne Absätze.

Eine Frau.

Sie tritt durch eine schmale Pforte und geht auf Valentin zu. Die Kapuze eines langen dunklen Capes hat sie so weit über den Kopf gezogen, dass man ihr Gesicht nicht erkennen kann. Sie umarmt Valentin, dann sprechen sie im Flüsterton miteinander. Schließlich zieht sie ein kleines Päckchen aus der Manteltasche und drückt es Valentin in die Hand.

Ich frage mich, was für eine Art von Geschäft hier vonstattengeht, doch meine Aufmerksamkeit wird abgelenkt: Aus einem Busch am gegenüberliegenden Ufer des Buchbachs dringt ein halb unterdrücktes Niesen. Als ich genauer hinsehe, entdecke ich ein Nachtsichtglas, das aus den Zweigen des Busches hervorlugt. Irgendjemand hockt dort und beobachtet die Szene auf dem Friedhof. Was für ein kranker Spanner, denke ich – und muss mir im nächsten Moment zerknirscht eingestehen, dass sich mein Verhalten nicht sonderlich von seinem unterscheidet.

Die Frau mit der Kapuze hat den Nieser offensichtlich auch gehört. Sie blickt unruhig umher und hat es plötzlich eilig. Sie beugt sich vor und küsst Valentin zum Abschied rechts und links auf die Wangen.

Ich werfe einen kurzen Blick über den Bach: Das Nachtsichtglas ist nicht mehr zu sehen. Wer immer dort hinter dem Gebüsch gehockt hat, ist verschwunden.

Valentin stapft in Richtung Internat davon. Die Kapuzenfrau bewegt sich gemessenen Schrittes auf das Mauerbrückchen zu.

Wer bist du? Und welche zwielichtigen Geschäfte machst du mit
Valentin Magomedov?

Ich hefte mich an ihre Fersen.

Vor der bronzenen Dorneyser-Statue bleibt die Frau stehen
und zündet sich eine Zigarette an, bevor sie ihren Weg fort-
setzt. Am anderen Ufer angekommen, huscht sie in einen
schmalen Durchlass zwischen zwei Fachwerkhäusern.

Ich schleiche ihr durch die labyrinthischen Gassen hinterher.
Ich muss nur dem *Tack-Tack* ihrer Absätze folgen. Hinter dem
Schwarzen Glück biegt sie plötzlich in eine kleine Gasse ein
und das Geräusch der Schritte verstummt abrupt.

Ich stecke den Kopf um die Ecke und spähe in das düstere
Sträßchen. Eine flackernde Straßenlaterne, die ein leises Summen von sich gibt. Sonst nichts.

Wohin ist die Gestalt verschwunden?

Vorsichtig taste ich mich in das Halbdunkel der Gasse vor –
und stürze über ein ausgestrecktes Bein. Ich lande der Länge
nach auf dem Boden. Die Kapuzenfrau tritt aus dem Dunkel
eines Hauseingangs in das schwache Licht der Laterne.

»Guten Abend, Cora. Ich hoffe, du bist im Kugelmachen ge-
schickter als im Beschatten.« Sie schiebt die Kapuze zurück
und ich ahne, mit wem ich es zu tun habe …

Die Frau hat anbetungswürdig ausgeprägte Wangenknochen
und einen tiefrot geschminkten Mund. Ihr glänzendes schwarzes Haar ist zu einem Bob geschnitten. Der gerade Pony endet über schmalen dunklen Augenbrauen, die an eine unent-
schlüsselte, elegante Keilschrift erinnern.

Marlene Berber sieht schlichtweg umwerfend aus!

Sie reicht mir eine schwarzbehandschuhte Hand und hilft
mir auf die Beine, dann nimmt sie mein Kinn zwischen Daumen und Zeigefinger, dreht meinen Kopf zur Seite und betrachtet mich interessiert.

»Was für wunderbare Augen«, sagt sie mit einer heiser gurrenden Stimme. »Wie blaue Eisgletscher. Du bist eine Schönheit ... und du bist jung. Solltest du um diese Zeit nicht mit einem überglücklichen jungen Mann verabredet sein? Warum spionierst du stattdessen unbescholtenen Witwen hinterher?«

Von wegen *unbescholten*. Die Übergabe des Päckchens auf dem Friedhof war ja wohl mehr als subversiv, aber wahrscheinlich ist es klüger, das erst mal nicht zu erwähnen. Leider enthebt mich das auch der Möglichkeit, irgendetwas Plausibles zu meiner Verteidigung vorzubringen.

»Ich wollte nicht ... Entschuldigen Sie bitte, Frau Berber«, stammle ich.

»Marlene«, gurrt sie und streicht mir durch die Haare. »Nenn mich doch Marlene. Hast du es eilig? Oder kann ich dich zu einem aufregenden, alkoholhaltigen Getränk verführen ... bei mir zu Hause?« Sie lächelt auf eine undurchschaubare Weise, die alles Mögliche bedeuten kann. So muss die böse Hexe gelächelt haben, als sie Hänsel und Gretel ins Lebkuchenhaus gelockt hat. Ich bin mir nicht sicher, ob es eine gute Idee ist, ihre Einladung anzunehmen. Andererseits will ich unbedingt wissen, was das für eine Frau ist, die Kugeln mit leuchtenden Plastikherzen, Selbstmörderinnen im Cocktailkleid und am Galgen baumelnden Prozessoptimierern macht.

»Zufällig *habe* ich gerade ein bisschen Zeit.«

»Dann komm.« Sie legt mir die Hand auf den Rücken und führt mich aus der Gasse. Wenn man neben ihr herläuft, fühlt man sich unvermeidlich wie ein senk-, spreiz- und plattfüßiges Trampelmonster, denn Marlene Berber *geht* nicht einfach. Sie *schreitet dahin*.

»Ist dir eigentlich klar, dass du das Gesprächsthema Nummer eins im Dorf bist?«, fragt sie. »Die geheimnisvolle Enkelin, die aus dem Nichts aufgetaucht ist und deren Ausbildung Jacob so wichtig ist, dass er sogar seine Teilnahme am Schneekugelfest abgesagt hat ...«

»Hat er?«, frage ich überrascht.

»Sicher. Hat er nicht mit dir darüber gesprochen? Er hat Melly Boskop erzählt, deine Ausbildung hätte absoluten Vorrang und alles andere müsse erst mal zurückstehen.«

Schon sind wir bei *Marlenes wunderbare Kugeln* angelangt. Sie schließt die Ladentür auf und macht eine einladende Geste.

»Tritt ein ins Ungewisse.«

Genau *da* liegt das Problem. Wenn Marlene Berber einen anlächelt, sieht das ungeheuer charmant aus … und gleichzeitig so, als würde sie gerade darüber nachdenken, mit welchem ihrer Lieblingsmesser sie einen im Verlauf des Abends filetieren wird. Wer garantiert mir eigentlich, dass Zacharias Tigg nur ein durchgeknallter Spinner ist? Vielleicht ist sie genau die irre Mörderin, für die er sie hält. Höchste Zeit, ein paar Dinge zu klären.

»Warum treffen Sie sich in der Dunkelheit mit Valentin Magomedov auf dem Friedhof?«, frage ich. »Was war das für ein Päckchen, das Sie ihm gegeben haben? Ich habe Sie beobachtet … rein zufällig.«

Sie schüttelt den Kopf. »Dich.«

»Was?«

»Ich habe *dich* beobachtet … wir hatten uns doch auf Marlene geeinigt«, haucht sie und streicht mir über die Wange. Diese Frau schafft es, mich völlig aus dem Konzept zu bringen.

»Und was war das für ein Päckchen, das *du* ihm übergeben hast?«

»Ich muss mich vor niemandem rechtfertigen. Aber um dich zu beruhigen: Valentin ist ein Freund – ich habe ihm ein kleines Geschenk gemacht: einen iPod.«

»Und dazu musst du ihn auf dem Friedhof treffen?«

»Sagen wir, ich bin sehr günstig an den iPod gekommen. Vom Laster gefallen. Darum wollte ich ihn nicht unbedingt mitten auf dem Marktplatz übergeben. Ich hoffe, du glaubst nicht alle Schauergeschichten, die man sich über mich erzählt … es stimmen allerhöchstens zweiundneunzig Prozent davon. Sagen wir fünfundneunzig. Und jetzt sei ein kluges, neuen Erfahrungen gegenüber aufgeschlossenes Mädchen und komm rein!« Ich gebe mir einen Ruck und folge ihr in den Laden.

Während die Geschäfte der anderen Kugelmacher mit Schneegläsern vollgepfropft sind, bevorzugt Marlene Berber eine eher minimalistische Ladendekoration. Ich zähle genau zwölf Kugeln. Drei davon stehen auf schlanken weißen Säulen in der Mitte des Raums und werden von kleinen Spots angestrahlt.

In der linken Kugel ist eine Hochzeit auf einer verschneiten Waldlichtung zu sehen. Etwas verstörend dabei ist allerdings, dass die schwarz gekleidete Braut einen Katzenkopf hat und der Bräutigam einen Fischkopf. In seinen Glupschaugen steht blinde Panik. Im Hintergrund gibt es eine einsame Kirchenbank, in der ein weiterer Katzenkopf – vielleicht der Vater der Braut – in aller Seelenruhe eine Forelle abnagt.

Die Schneekugel in der Mitte zeigt eine merkwürdige Beerdigungsszene: Aufrecht gehende Feuersalamander tragen einen leeren, mit schwarz-gelbem Samt ausgeschlagenen Sarg. Sie werden von einem rothaarigen Mädchen beobachtet, das in einem zitronengelben Kleid auf dem dicken Ast einer Linde hockt.

»The Skating Accident«, steht auf dem Sockel der dritten Kugel, ganz rechts: ein Schlittschuh laufendes Paar auf einer runden Eisfläche. Ihre Köpfe sind abgetrennt. Er hält sein Haupt in der Hand, während ihr Kopf auf dem schimmernden, blutbesprenkelten Eis liegt. Drei Richter in roten Roben recken Bewertungskarten in die Luft.

»Gefallen sie dir?«, höre ich Marlene fragen. »Ich gehe davon aus, dass du die Höflichkeit besitzt, mir deine ehrliche Meinung zu sagen.«

»Wenn du wissen willst, ob ich sie schön oder hässlich finde ... Ich weiß es nicht. Ich kann die Kugeln nicht *einordnen*.

Sie sind … merkwürdig. Wenn man in sie hineinsieht, dann fühlt es sich an … als würde etwas in Unordnung geraten … als könnte man sich all dem, was man zu wissen glaubt, plötzlich nicht mehr sicher sein.«

Marlene Berber streicht mit dem Finger über die Schneegläser. »Die Welt *ist* in ständiger Unordnung und Veränderung. Es gibt nichts, dessen man sich sicher sein kann, und die meisten Menschen wissen das sehr genau … obwohl sie nicht gern darüber sprechen. Unordnung und Dinge, die man nicht einordnen kann, machen ihnen Angst. *Deshalb* lieben sie Schneekugeln. Die Kugeln vermitteln das Bild einer Welt, die sicher und geordnet und unveränderbar ist. Die perfekte Illusion einer heilen Welt. – Ich habe mich für einen anderen Weg entschieden: In meinen Kugeln zeige ich, was nicht in die Ordnung der Welt passt. Dinge, die merkwürdig sind oder absurd, schockierend, lächerlich, bizarr …« Sie schüttelt die Kugel mit den kopflosen Eisläufern. »Wenn man lange genug in diese Welten blickt, gelingt es einem vielleicht irgendwann, die Angst vor der Unordnung zu verlieren und ihre Schönheit zu erkennen.« Marlene stellt die Kugel zurück und lächelt. »Mir ist durchaus bewusst, dass ich mit diesem Ansatz in der Ära des Kontrollwahnsinns eine Spur avantgardistisch wirke.«

»Großvater hat mir erzählt, dass einige deiner Kugeln in Museen ausgestellt wurden.«

Marlene seufzt. »Ja, das war schön. Aber fünfzehn Minuten Ruhm und ein paar anerkennende Artikel im Feuilleton füllen einem nicht den Kühlschrank. Mein Umsatz ist sehr bescheiden. Es gibt nicht besonders viele Leute, die sich für Dinge begeistern, die man nicht einordnen kann. Melly Boskop verkauft zehnmal mehr Kugeln als ich. Aber ich schlage mich durch und mache nur Kugeln, in die ich selbst gern blicke.«

Sie öffnet die Tür zu einem angrenzenden Raum und bedeutet mir, ihr zu folgen. Ihre Werkstatt ähnelt der von Jacob.

Tische voller Werkzeug, Wasserkanister, Flitter. Fast beängstigend normal, denke ich – und dann sehe ich den Fuchs. Für einen Moment bleibt mir die Luft weg. Auf ein großes weißes Kissen gebettet liegt ein toter Fuchs. An seiner Schnauze klebt getrocknetes Blut. Plötzlich wirft er den Kopf herum und strampelt panisch mit den Läufen. Erschrocken mache ich einen Satz zurück und pralle gegen Marlene.

»Beeindruckend, nicht wahr?«, sagt sie, drückt einen roten Knopf auf einer Fernbedienung und der Fuchs liegt wieder reglos da. »Ein kleines mechanisches und elektronisches Meisterwerk. Eine Spezialanfertigung.« Sie fährt mit der Hand über das rote Fell. »Ich habe ihn für das Schneekugelfest anfertigen lassen, von einer Firma, die ansonsten mechanische Tiere für Filmaufnahmen baut. Wenn du mir versprichst, mit niemandem darüber zu reden, zeige ich dir, was ich vorhabe.«

Ich nicke nur matt. Der wiederbelebte Fuchs steckt mir noch in den Gliedern.

Marlene zündet sich eine Zigarette an und stößt Rauch aus der Nase. »Als die Jury das diesjährige Thema bekannt gegeben hat – *Weiß wie Schnee und rot wie Blut* –, hatte ich sofort ein Bild aus einem Märchen vor Augen. Meine Großmutter hat es mir immer vorgelesen, als ich ein kleines Mädchen war: *Das Märchen vom Fuchs, der Liebe und dem Tod.* Kennst du es?«

»Nein«, sage ich und begreife im gleichen Moment, dass das ein Fehler war: Jetzt werde ich nicht darum herumkommen, mir diese Geschichte anzuhören.

Marlene greift nach einem dünnen Einband, der an einem Gefäß mit Goldflitter lehnt.

Ich kann Märchen nicht ausstehen! Die Bösen sind immer so was von ausschließlich böse und die Guten immer dermaßen gut und so reinen Herzens. Es ist zum Kotzen. Dazu eine getragene Sprache voller Pathos, dass ich spätestens nach zwei Sätzen Gähnkrämpfe bekomme.

Doch Marlene setzt sich auf einen der Tische, schlägt die Beine übereinander und beginnt mit ihrer gurrenden Stimme vorzulesen.

»In den Bergen eines fernen Landes, in dem stets Winter herrschte, lebte einst eine Prinzessin, die von solcher Schönheit und Anmut war, dass ein jeder Edelmann um sie warb und darauf hoffte, ihre Gunst zu erlangen. Die verliebten Galane brachten ihr wertvolle Geschenke und schmeichelten ihr mit wohlgewählten Worten, aber es war keiner unter ihnen, dessen Worte ihr Herz erreichten.«

Ach du liebes bisschen. Schönheit und Anmut, Edelleute und Galane. Ich muss alle Kraft aufwenden, um nicht auf der Stelle in Tiefschlaf zu sinken. Ein herzhaftes Gähnen kann ich leider nicht verhindern. Marlene wirft mir über das Buch hinweg einen kurzen Blick zu, bevor sie weiterliest. *»Doch eines Tages kam ein Fremder von weit her an den Hof des Königs. Kaum blickte sie ihm in die Augen, war ihr, als würde sie in zwei Spiegel sehen, in denen sie ihr eigenes Sehnen und Wünschen und Begehren erkannte – und ihm erging es ebenso.«*

Es fühlt sich an, als würde ein Stromstoß in mich fahren – und von einer Sekunde auf die andere bin ich hellwach. *Augen wie zwei Spiegel. Ihr eigenes Sehnen und Wünschen und Begehren.* Das war es. Genauso hat es sich angefühlt, an dem Abend, an dem ich Niklas begegnet bin. Das Gefühl, ihn schon lange Zeit zu kennen. Dass er alles über mich weiß.

Zwei Spiegel. Zwei glitzernde …

»… blaue Spiegel«, sage ich und merke erst an Marlenes erstauntem Blick, dass ich es laut gesagt habe.

»Bitte sag es gleich, wenn dich die Geschichte nicht interessiert. Wenn ich eines unverzeihlich finde, dann ist es, andere Menschen zu langweilen.« Sie klappt das Buch zu.

»Nein, nein. Ich langweile mich nicht! Überhaupt nicht! Lies weiter. Bitte!«, rufe ich.

»Alles was zu deinem Vergnügen beiträgt, Liebes«, haucht Marlene und nimmt das schmale Buch wieder in die Hand.

»Der Fremde hielt um die Hand der Prinzessin an«, liest sie. »Und schon am nächsten Tag verbreiteten die Boten des Königs überall im Land die Nachricht von der bevorstehenden Vermählung. Die Liebenden ahnten nicht, dass ihrem Glück Gefahr drohte: Eine der Hofdamen, die seit jeher von heimlichem Neid und Missgunst gegenüber ihrer Herrin erfüllt gewesen war, begehrte den jungen Fremden ebenfalls. Ihre Mutter, eine Hexe, hatte sie in den dunklen Künsten unterrichtet und so wandte sie allerlei schwarze Liebeszauber an, um den Fremden für sich zu gewinnen. Aber seine Liebe zu der Prinzessin war wie ein undurchdringlicher Schutzschild, an dem jeder ihrer bösen Zauber abprallte. Da überfiel sie ohnmächtiger Zorn: Wenn er ihr nicht gehören konnte, dann sollte er auch keiner anderen gehören! In der Nacht vor der Hochzeit schlich sie in die Kammer des Fremden, verwandelte ihn in einen Fuchs, jagte ihn aus dem Schloss und verdammte ihn dazu, fortan fern seiner Geliebten einsam durch die verschneiten Wälder zu streifen. Am Tage ihrer Hochzeit wartete die Braut vergebens auf ihren Bräutigam.

Viele Jahre gingen ins Land … aber nie hörte die Prinzessin auf, den Fremden zu lieben. Nie verlor sie die Hoffnung, dass er eines Tages zurückkehren würde. Ihr Verlangen nach ihm war in jedem Atemzug, den sie tat, ihre Sehnsucht in jedem Wort, das ihre Lippen verließ, ihre Liebe pulsierte in jedem Tropfen Blut, der durch ihren Körper rann.

Eines Tages, als der Fuchs auf der Suche nach Beute durch den winterlichen Wald strich, drang plötzlich das Klingen von Schellen und das Schnauben von Rössern an sein Ohr. Bald näherte sich ein von Pferden gezogener weißer Schlitten, begleitet von einer Schar Reiter. In dem Schlitten saß eine wunderschöne Frau in vornehmer Haltung.

Ein umgestürzter Baum versperrte den Weg und zwang den Schlitten zu einem Halt. Während die Reiter damit begannen, den Baum aus dem Weg zu räumen, näherte sich der Fuchs neugierig dem Schlitten, und als ihm die Frau ihr Gesicht zuwandte, erkannte er die Prinzessin und sprang durch den Schnee auf sie zu. Ein Aufschrei entfuhr

ihrem Mund, denn sie hatte im Blick des Fuchses ebenfalls den er-
kannt, nach dem sie sich so sehnte. Sie lief ihm entgegen und er sprang
in ihre geöffneten Arme – da traf ihn ein Dolch in die Flanke. Einer
der Reiter, der seine Herrin in Gefahr glaubte, hatte die Waffe nach
ihm geschleudert. Der Fuchs stürzte tot in den Schnee.
Die Prinzessin sank neben ihm auf die Knie. Sie sah in seine er-
loschenen Augen und plötzlich fühlte sie ihr Blut durch die Adern
rauschen wie einen Fluss, der immer stärker anschwillt und sich in
rasendem Lauf dem Meer entgegenstürzt. Es war, als würde all ihre
Liebe nach dem toten Tier drängen. Da zog sie den Dolch aus seiner
Seite, schnitt damit tief in ihre Hand, tauchte die Waffe in das Blut
ihrer Liebe – und trieb die Klinge tief in sein Herz. Einen Moment
herrschte vollkommene Stille über dem Wald ... dann begann das
Herz des Fuchses zu pochen. Er erhob sich aus dem Schnee und der
Fluch fiel von ihm ab und er stand seiner Geliebten in seiner mensch-
lichen Gestalt gegenüber.

So hatte die Liebe selbst den Tod besiegt.

Sie kehrten zum Schloss zurück und die böse Hofdame wurde ge-
rädert und geviertelt und verbrannt und ihre Asche auf dem Felde
verstreut. Die Prinzessin und ihr Gemahl aber lebten fortan glücklich
bis an das Ende ihrer Tage ... Wunderschön, nicht wahr?«, sagt
Marlene und legt das Buch zur Seite.

»Na ja, am Ende ein bisschen viel Folter und Blut und so ...«

»Zum Schneekugelfest plane ich, die Szene mit dem Dolch
und dem Blut der Liebe aufzuführen«, vertraut Marlene Berber mir flüsternd an.

»Und wen spielst du? Die Prinzessin oder die Hexe?«

Sie lächelt ihr Hannibal-Lecter-Lächeln. »Natürlich beide.
Und nun komm, ich habe dir doch ein aufregendes Getränk
versprochen.«

Ich folge ihr zu einer schmalen Treppe. Auf halber Höhe ist
ein Treppenabsatz. Zu meiner Linken hängt ein dicker roter
Vorhang, der plötzlich von einem Luftzug aufgebauscht wird,

und ich erhasche einen kurzen Blick in einen dunklen Korridor.

»Da geht es nur in eine Kammer voller Schmutz«, sagt Marlene, schiebt mich weiter die Treppe hoch und öffnet die Tür zu ihren Privatgemächern.

Ich betrete einen großen Raum, der gleichzeitig als Wohn- und Schlafzimmer dient und eine eigenartige, aber sehr einladende Mischung aus Künstlergarderobe, Zirkuswagen und verruchtem Nachtklub ist, und versinke bis zu den Knöcheln in einem dicken roten Teppich. Vor das Fenster sind schwarze Samtvorhänge gezogen, in der Mitte des Raums steht ein zerschlissenes Sofa. Ein Kerzenleuchter verbreitet dämmeriges Licht und an den Wänden hängen übergroße Zirkusplakate und Werbeposter für Burlesqueshows. An der anderen Seite des Zimmers steht das breiteste Bett, das ich je zu Gesicht bekommen habe, daneben ein Paravent und ein großer Schminkspiegel. Im ganzen Zimmer verteilt liegen Schminkutensilien, Kleidungsstücke, Perücken, Hüte und Sonnenbrillen.

»Ich schlüpfe schnell in etwas Bequemeres«, sagt Marlene und verschwindet hinter dem Paravent. »Mach doch schon mal Musik.«

Ich hocke mich vor ihren Uraltplattenspieler, wühle mich durch einen Berg aus Schallplatten und lege schließlich ein Album der *Tiger Lillies* auf. Auf einem niedrigen Tisch, neben dem Plattenspieler, steht ein gerahmtes Foto. Das Hochzeitsfoto von Marlene Berber und ihrem verstorben Gatten, Bartholomäus Tigg.

Die Liebe geht seltsame Wege: Bartholomäus Tigg wirkt wie ein äußerst gutmütiger und netter, aber leider auch sehr langweiliger Verwaltungsbeamter, während seine Gattin aussieht, als käme sie gerade von einem aus dem Ruder gelaufenen Punkfestival. Auf dem Bild hat Marlene Berber einen Irokesenschnitt und jede Menge Metall im Gesicht. Sie trägt durchlöcherte Netzstrümpfe, spitze Schnallenschuhe, ein knappes Top mit der Aufschrift *NO REST FOR THE WICKED ONES* und einen noch knapperen Minirock mit Schottenmuster.

»Getränke kommen sofort«, sagt sie, schlüpft hinter dem Paravent hervor und mir wird klar, dass sie eine sehr spezielle Vorstellung von *bequemen Klamotten* hat: ein hautenges schwarzes Stretchkleid und Schnürstiefel mit Absätzen, auf denen sich jeder normale Mensch unweigerlich die Haxen brechen würde. Sie aber schwebt mit überirdischer Eleganz zu einer kleinen Hausbar, wo sie gestoßenes Eis in zwei Gläser gibt und eine purpurfarbene Flüssigkeit darübergießt.

Eines davon drückt sie mir in die Hand, während sie zu den *Tiger Lillies* mitsummt. Mit träumerischem Blick sieht sie zu der sich langsam drehenden Schallplatte. »Vinyl kann einfach alles!«, sagt sie.

»Das hat Mutter auch immer behauptet. Sie war der Meinung, wer digitale Musik hört, der lebt auch digital.«

»Deine Mutter war eine weise Frau.« Marlene sieht mir tief in die Augen und stößt mit mir an. »Auf Vinyl – und auf das analoge Leben!«

Mein lieber Herr Gesangverein! Das purpurfarbene Zeug schmeckt nach Veilchen und hat es in sich. Schon beim ersten Schluck fühlt es sich an, als ob eine kleine lila Wolke in meinem Kopf zerplatzt. Leicht benommen lasse ich mich auf dem Sofa nieder und beginne alberner zu kichern als eine Zwölfjährige, der man ein Treffen mit ihrer Lieblingsboyband versprochen hat.

Marlene betrachtet mich mit einem amüsierten Ausdruck in den Augen, dann schreitet sie zum Fenster und sieht durch einen schmalen Spalt zwischen den Vorhängen hindurch.

»Der gute Zacharias«, sagt sie. »Er muss doch entsetzlich frieren bei dieser Kälte.«

»Wie?« Ich erhebe mich schwerfällig, trete neben sie und spähe ebenfalls durch den Spalt. Tatsächlich: Da ist das Nachtsichtglas wieder, das ich bei der Kirche bemerkt habe. Und die Gestalt, die an dem Glas hängt, ist entweder ein sehr frühreifer Zehnjähriger oder aber – Zacharias Tigg.

»Engagement und Ausdauer müssen belohnt werden«, sagt Marlene.

Sie zieht die Vorhänge weit auf, beginnt mitzusingen und sich in dem langsamen Rhythmus der Musik zu winden.

Ich nehme noch einen Schluck von dem leckeren Purpurzeug und lasse mich wieder auf das Sofa sinken.

Sie hat es wirklich drauf, denke ich, während ich ihrem langsamen Tanz zusehe. Sie bewegt sich auf eine Art und Weise … Mannomann … Sogar mir wird irgendwie wuschig und ich bin mir nicht sicher, ob das an dem Purpurgesöff liegt oder an Marlenes beeindruckender Gelenkigkeit. Höchste Zeit, dass ich wieder eine klaren Kopf kriege.

Ich stelle das Glas zur Seite und drehe die Musik leise.

»Könntest du die Vorhänge vielleicht zuziehen, Marlene? Bei dir mag es ja anders sein, aber ich finde es nicht besonders prickelnd, von Zacharias Tigg beobachtet zu werden.«

Marlene beendet ihre Vorstellung, haucht noch einmal gegen das Fenster, schließt den Vorhang und nimmt neben mir Platz.

»Er hat dich schon vorhin auf dem Friedhof beobachtet«, sage ich.

Sie lächelt versonnen. »Ich weiß. Er ist besessen von mir. Sobald es dunkel wird, folgt er mir auf Schritt und Tritt. Was für ein Mann! So ein bizarrer, begieriger und romantischer Charakter.«

Das kann sie doch nicht ernst meinen! »Ich habe gehört, wie er über dich redet. Das klang nicht besonders romantisch. Eher nach … na ja … abgrundtiefem Hass.«

»Manchmal ist Hass nichts als die Maske der Begierde. Und die Begierde ist nichts als die Maske der Liebe«, seufzt sie. »Diese Wut und diese Besessenheit und diese Leidenschaft, die in ihm toben. Diese Energie …« Sie guckt geradezu verzückt. »Zacharias Tigg ist ein aufregender Mann!«

Dazu fällt mir erst mal nichts weiter ein. Entgegen meinem Vorsatz nehme ich doch noch einen Schluck von dem teuflischen Veilchenzeug.

Marlene lächelt spöttisch. »Und wie muss der Mann sein, der es bei dir prickeln lässt?«

Dass ich umgehend ein blau funkelndes Augenpaar vor mir sehe, kann ich nicht verhindern – aber das werde ich Marlene bestimmt nicht auf die Nase binden. »Vor allem sollte er kein Perverser sein, der mit einem Fernglas hinter mir herschleicht«, sage ich. »Einer ohne Vollmacke wäre schön …«

Marlene legt eine Hand auf mein Knie. »Ein guter Rat, Liebes, von Frau zu Frau: Lerne, die Macken der Männer zu lieben und in ihnen originelle, exzentrische Eigenheiten zu sehen … oder denk ernsthaft darüber nach, dich lieber deinem eigenen Geschlecht zuzuwenden. Männer ohne Macke gibt es nicht.« Mit einem traurigen Ausdruck in den Augen betrachtet sie das Bild, auf dem ihr verstorbener Gatte zu sehen ist. »Nicht in dieser Welt. – Du hast ja schon ausgetrunken. Noch einen?«

Zwei Stunden und drei aufregende alkoholhaltige Getränke später mache ich mich auf den Nachhauseweg.

»Ich hoffe, wir sehen uns bald wieder, Cora«, gurrt Marlene mir ins Ohr. »Ich habe deine Gesellschaft sehr genossen.«

Als ich auf der Straße stehe, merke ich, dass ich ganz schön Schlagseite habe. Selbst wenn mir eine Armada von blauen Lichtern folgen würde, in meinem Zustand würde ich wahrscheinlich nichts davon mitbekommen. In leichten Schlangenlinien bewege ich mich heimwärts.

Was ich von Marlene Berber halten soll, weiß ich immer

noch nicht. Sie ist wie ihre Schneekugeln: schön und verwirrend, anziehend und verstörend … und ein kleines bisschen gruselig. Ich bin mir hundertprozentig sicher, dass sie mich, was die Päckchenübergabe auf dem Friedhof angeht, dreist angelogen hat.

Vor Elsas Haustür atme ich tief ein, drücke den Rücken durch und versuche angestrengt so auszusehen, als ob ich *nicht* betrunken wäre. Ich möchte nicht, dass sie ihre neue Untermieterin für eine feiergeile Suffnudel hält. Ich trinke nur selten Alkohol. Wahrscheinlich vertrage ich deswegen nichts.

Ich halte mich krampfhaft gerade, während ich über die Schwelle trete – aber die Mühe hätte ich mir sparen können. Das Wohnzimmer ist leer. Dafür schallt aus dem oberen Stockwerk sehr enthusiastischer, sehr lauter und vor allem sehr falscher Gesang.

Elsas Gejaule klingt wie das sehnsuchtsvolle Heulen einer liebeskranken Seekuh. Aber dadurch lässt sie sich den Spaß nicht verderben, genauso wenig wie durch eine eher lückenhafte Textkenntnis.

»… *nobody came* … *aaah* … *lonely people* … *aaah* … *lonely people* …«

Ich stolpere die Stufen hoch und folge dem Schmettergesang. Die Tür zum Badezimmer ist nur angelehnt.

»… *aah* … *lonely people* …«

»Elsa?«

»Cora! Komm doch rein!« Sie klingt ausgesprochen aufgekratzt.

»Bist du allein, Elsa?«

»Komm rein, Schätzchen.«

Elsa liegt in der Wanne, ihr Kopf ragt aus einem riesigen Schaumgebirge heraus. Sie grinst übers ganze Gesicht. »Alles klar, Schätzchen?«

Ich nicke, setze mich auf den Badewannenrand und erzähle von meinem Besuch bei Marlene Berber – was nicht so einfach ist nach vier Gläsern Veilchengesöff. »Und bei dir? War es nett … mit deinem Besuch?«

Sie streckt den Kopf vor und flüstert:»Er ist noch hier.«

»Was? Wo?«

»Es war so nett … ich wollte ihn noch nicht gehen lassen. Hier isser. Ich mach euch mal bekannt.« Sie greift neben die Wanne und zieht eine Flasche hervor.»Cora Dorneyser – Mr Johnnie Walker.«

»*Das* ist dein Herrenbesuch?«

»Der Tag geht, Johnnie Walker … Du weißt schon. Einmal im Monat gönnen wir uns 'n romantischen Abend. Komm, nimm dir auch ein Schlückchen.«

»Ich glaube, Whisky ist im Moment gar nichts für mich, Elsa.« In meinem Kopf und Magen rumoren die Purpurcocktails auf Unheil verkündende Weise.

»Papperlapapp. Wir trinken jetzt Brüderschaft oder Schwesternschaft, oder was auch immer. Nimm dir deinen Zahnputzbecher und los geht's. Kein Widerspruch!«, befiehlt sie in dem energischen Ton, mit dem sie früher wahrscheinlich Horden von Waldarbeitern in Schach gehalten hat.

Jeder Widerstand ist zwecklos. Ich halte ihr den Zahnputzbecher hin und sie füllt ihn zu einem guten Viertel.

Wir stoßen an, ich schmecke etwas Torfiges auf der Zunge und einen Moment später fühlt es sich an, als wäre in meiner Kehle ein Buschbrand ausgebrochen. Ich schnappe nach Luft.

»Ja. Er ist ein heißer Kavalier«, befindet Elsa, lässt sich in ihr Schaumbad zurücksinken und stiert durch das kleine Fenster über der Wanne in den dunklen Nachthimmel.»Ich glaub es nicht!«, stößt sie plötzlich hervor.»Mach das Fenster auf! Schnell!«

Ich erhebe mich leicht schwankend, strecke mich über die Wanne, schiebe einen Riegel zur Seite und öffne die Luke.

Es schneit!

Dicke weiße Flocken trudeln durch das Fenster und finden ihr Ende im heißen Badewasser – falls sie nicht vorher von Elsa erwischt werden. Sie rutscht in der Wanne vor und zurück, streckt die Zunge raus und freut sich diebisch, wenn eine Flocke auf ihrer Zungenspitze landet und schmilzt.

»Der erste Schnee«, sagt sie und ihre Augen glänzen wie die einer Fünfjährigen bei der Bescherung. »Los, komm!«

Mit der Grazie einer Vulkaninsel, die plötzlich aus dem Meer aufsteigt, erhebt sie sich aus dem Wasser und steht in all ihrer Herrlichkeit vor mir. Ich verschlucke mich an meinem Whisky und muss husten.

»Was denn?«, sagt sie und sieht an sich runter. »Ist doch alles noch da, wo es sein soll.«

Elsa klettert aus der Wanne, trocknet sich flüchtig ab und wirft sich in einen Bademantel mit verblichenem Sonnenblumenmuster. »Mir nach!« Sie springt in ihre Stiefel, drückt sich den breiten Lederhut auf den Kopf und stürmt die Stiegen runter. Im Wohnzimmer angekommen, nimmt sie meine Hand und zieht mich mit sich durch die Hintertür in den Garten. Über den Salatbeeten liegt bereits eine dünne weiße Schicht. Elsa beobachtet den stillen Flockentanz mit großen Augen. »Was man sich beim ersten Schnee des Jahres wünscht, geht in Erfüllung«, sagt sie. »Wünschen wir uns was! Augen zu!«

Sie drückt meine Hand fester und kneift die Augen so angestrengt zusammen, dass es aussieht, als würde sie an einem schweren Fall akuter Verstopfung leiden.

Ich schließe ebenfalls die Augen.

Als ich meine Lider wieder aufschlage, steht Elsa immer noch mit ihrem Verstopfungsgesicht da. Dann dreht sie den Kopf, blickt mich fröhlich an und grinst. Aber nur kurz. Offenbar lässt die Wirkung des Whiskys nach.

»Ganz schön frisch hier«, fällt ihr plötzlich auf und sie marschiert zurück ins Haus.

Wir machen es uns auf dem Sofa gemütlich und Elsa gönnt sich noch einen kleinen Schluck von ihrem Hausfreund.

»Sag schon, was hast du dir gewünscht?«, fragt sie neugierig.

»Wenn man einen Wunsch verrät, geht er nicht in Erfüllung. Ist doch so, oder?«

»Ich glaub nicht, dass das 'ne allgemeingültige Regel ist«, murmelt sie. »Eher so was wie 'ne empfohlene Richtlinie. Ich bin sicher, der große Wunscherfüller sieht das nicht so eng. Also, erzähl schon.«

Sie wirkt nicht so, als würde sie bald Ruhe geben.

Na schön. »Ich habe mir gewünscht, dass … dass Mutter hier wäre. Bei mir.« Kaum habe ich es ausgesprochen, bemerke ich, dass eine Träne an meiner Nase entlangläuft.

Elsa sieht mich erschrocken an, stellt ihr Glas ab und nimmt mich in die Arme. »Ach, Schätzchen … ich wusste ja nicht … hätte ich geahnt, dass … Es tut mir so leid für dich … aber … dein Wunsch wird nicht in Erfüllung gehen. Man kann sich nur was wünschen, das sich auch erfüllen lässt. Es ist vergebens sich zu wünschen, dass sich die Erde nicht mehr dreht, dass sich die Zeit umkehrt … oder dass die Toten wieder lebendig werden. Tut mir leid. War eine blöde Idee von mir, das mit der Wünscherei.«

»Ist doch nicht deine Schuld. Und du hast recht. Man sollte sich nur Dinge wünschen, die auch in Erfüllung gehen können. War blöd von *mir*.« Ich wische mir die Träne von der Nasenspitze. »Und jetzt erzähl mir, was du dir gewünscht hast.«

Sie lässt sich tiefer in die Polster rutschen und bleckt die Zähne. »Ich hab mir gewünscht, Hans Hackl einen ganz unglaublichen Check zu verpassen und ihn der Länge nach aufs Eis zu schicken.«

Ich verstehe nur Bahnhof und mache wahrscheinlich ein dementsprechend dämliches Gesicht.

»Ich hab dir doch von den Eishockeyderbys erzählt, oben

am See«, beginnt Elsa zu erklären. »Meine rot-weißen Rentiere gegen die blau-weißen Schnösel. Wir haben sie jedes Jahr gedemütigt … bis auf das eine Mal. Das war 1973, am zweiten Weihnachtstag. Ein unglaublich hartes Spiel, es gab jede Menge Strafzeiten auf beiden Seiten. Kurz vor Schluss stand es vier zu vier. Alle rechneten schon mit einer Verlängerung. Aber ein paar Sekunden vor Spielende unterläuft einem der Blau-Weißen ein Stockfehler und der Puck landet genau vor meinen Füßen. Ich stürme alleine auf den Torhüter zu – Rolli Dierdorf, so ein großmäuliger Nichtskönner – und will den Puck an ihm vorbeischlenzen, als mir jemand mit dem Schläger die Beine wegzieht. Ich lege einen Sturzflug hin, krache mit dem Kopf aufs Eis und sehe erst mal nur Sterne. Dann taucht über mir das dreckig grinsende Gesicht von Hans Hackl auf. Er hat mich ganz klar gefoult, aber der Schiedsrichter war der totale Nasenbohrer und hat es nicht gesehen. Und das Schlimmste: Im Gegenzug machen die Blau-Weißen das fünf zu vier. Das einzige Mal, dass sie gegen uns gewonnen haben! Das dämliche Grinsen von Hans Hackl hab ich nie vergessen – und immer auf 'ne Gelegenheit gewartet, es ihm heimzuzahlen. Aber so ganz realistisch ist mein Wunsch wohl auch nicht: Er wohnt nicht mehr hier. Kurz nachdem seine erste Frau gestorben ist, ist er auf Kreuzfahrt gegangen und hat 'ne reiche amerikanische Witwe kennengelernt. Mit der ist er jetzt verheiratet und wohnt in Florida, dem *Sunshine State*.«

So wie sie das betont, klingt es wie *Kakerlakenmus.*

»Kommt nur alle Jubeljahre mal rübergeflogen, um seine Tochter und die Enkel zu besuchen, der dumme alte Sack. Na ja, was soll's?« Eine Weile brütet sie schweigend vor sich hin, dann schält sie sich schwerfällig aus den Polstern. »Also … ich weiß nicht, wie es dir geht, aber ich hab ganz unglaublichen Kohldampf. Jetzt ein Stückchen gebratene Blutwurst …«

Bei dem Wort Blutwurst schaltet mein alkoholgeschädigter Magen in den Schleudergang.

»Oder ein schönes Eisbein mit 'ner dicken Schwarte.«

Allerhöchste Schleuderstufe!

»Elsa, bitte ...«

Sie steuert auf die Küche zu. »Ich glaub, ich hab noch 'n paar Kutteln im Kühlschrank.«

Ich springe auf, presse die Hand vor den Mund und schieße die Treppe hoch. Fünf Sekunden später hänge ich mit dem Kopf über der Kloschüssel.

Der nächste Morgen ist das pure Grauen.

Mein Kopf fühlt sich an wie ein Versuchslabor für Pressluft-hämmer, mein Mund ist staubtrocken und mein Gesicht ... Bei einem Zombiefilm-Casting hätte ich bestimmt beste Aussichten auf eine tragende Rolle.

Elsa ist natürlich fit wie ein Turnschuh. Sie deckt den Frühstückstisch und pfeift dabei munter vor sich hin. Ihren Herrenbesuch hat sie entsorgt: Johnnie Walker muss mit der Gesellschaft eines leeren Sauerkirschglases in der Altglaskiste vorliebnehmen.

»Ach du dicker Borkenkäfer!«, entfährt es ihr, als ich die Treppe runterkomme. »So kannst du auf keinen Fall in der Schule auftauchen.« Sie greift zum Telefonhörer. »Ich ruf an und sage, du hättest Bauchschmerzen.« Elsa bedenkt mich mit einem strengen Blick. »Aber damit das klar ist, Schätzchen: Das ist das erste und einzige Mal, dass ich für dich lüge. Wer feiern kann, der kann auch arbeiten.«

Ich nicke dankbar, schleppe mich die Stufen hoch und falle wieder in mein Bett. Es ist, als würde ich in einer Schiffskoje liegen ... und zwar bei allerheftigstem Seegang. Ich schließe die Augen und gelobe feierlich, dem Dämon Alkohol für alle Zeiten abzuschwören.

Als ich wach werde, ist es schon später Nachmittag. Erfreulicherweise habe ich keinen Brummschädel mehr und nach einer ausgiebigen Dusche fühle ich mich fast wie neu. Noch immer schweben dicke Flocken vom Himmel. Der Wald sieht aus wie mit Puderzucker bestäubt. Elsa ist weg. Der rote VW-Bus auch. *Bin einkaufen*, steht in krakeliger Schrift auf einem Zettel, den sie auf dem Esstisch hinterlassen hat.

Ich beschließe im Rahmen meines Ausnüchterungsprogramms ein wenig Frischluft zu tanken, ziehe mir Mutters roten Mantel mit den Silberknöpfen über, wickle mich in einen dicken Schal und mache mich auf den Weg ins Dorf. Auf einer Wiese neben dem Buchbach baut eine Horde Kinder einen Schneemann. Auf dem Mauerbrückchen bombardieren zwei pickelige Teenager die hässliche Dorneyser-Statue mit Schneebällen.

Der Schnee lässt alle Stimmen und Geräusche merkwürdig gedämpft klingen, als wäre ganz Rockenfeld in einen feierlichen Flüsterton verfallen. Wie Zuckerwatte überzieht er die Straßen und Häuser und während ich durch die umhertanzenden Flocken spaziere, komme ich mir vor wie in einer überdimensionalen Schneekugel. In einer stillen, friedlichen Welt, aus der alles Böse und jede Gefahr verbannt sind.

Die rechte Manteltasche hat ein Loch, und plötzlich ertaste ich im Mantelfutter einen zusammengeknüllten Geldschein. Fünf Euro.

Was tun mit dem unverhofften Reichtum?, denke ich und bleibe vor dem *Schwarzen Glück* stehen. Es wäre bestimmt kein schlechter Gedanke, das Geld in eine kleine Aufmerksamkeit für Elsa zu investieren, um mich für ihre Gastfreundschaft zu bedanken.

Der Ladeninhaber, ein freundlicher und stark lispelnder dicker Mann, ist, wie sich ja nun herausgestellt hat, *nicht* Elsas Liebhaber, aber dennoch bestens vertraut mit ihren geheimen

Vorlieben. »Meine treueste Kundin«, schwärmt er und rät mir zum Kauf einer Tüte schokoladenüberzogener Salmiakbonbons. »Das sind Frau Uhlichs absolute Favoriten!«

Als ich aus der Ladentür trete, dringen zwei bekannte Stimmen an mein Ohr: Zacharias Tigg und Josef Kardinal stehen vor Tiggs Laden – der Kardinal in einem dicken Pelzmantel, Tigg auf eine Schneeschaufel gestützt – und sind so in ihr Gespräch vertieft, dass sie mich nicht bemerken. Ich drücke mich in einen Hauseingang und spitze die Lauscher, denn die beiden haben ein äußerst interessantes Gesprächsthema.

»Jeder weiß doch, dass Jacob es nicht mehr lange macht«, sagt der Kardinal mit seiner hohen Fistelstimme. »Tu doch nicht so, als hättest du nicht auch darauf spekuliert, dass er bald abtritt. Und ausgerechnet jetzt muss seine Enkelin auftauchen ...«

Zacharias Tigg seufzt. »Klar hätte ich das Geld gut gebrauchen können. Die Geschäfte gehen schlecht. Lokomotiven und Oldtimer sind aus der Mode gekommen. Die Leute kaufen heutzutage lieber so einen Blödsinn wie Mellys Hollywood-Kugeln. Aber bevor ich so einen Schwachsinn produziere, hacke ich mir beide Hände ab.«

Der Kardinal beugt sich zu Tigg hinunter und wispert: »Wo du gerade von ihr sprichst ... ich denke, wir sollten Melly im Auge behalten. Die ist nicht so harmlos, wie sie tut. Ständig rennt sie mit irgendwelchem Gebäck zu Dorneyser und versucht sich bei ihm lieb Kind zu machen und einzuschmeicheln. Die will uns kaltstellen.«

»Mumpitz!«, entgegnet Tigg. »So weit denkt Melly doch gar nicht. Sie ist nur ein dummes Mädchen. Die sucht nur jemanden, den sie mit ihrem Prominentengewäsch zuquatschen kann. Aber sie ... *sie* ...«, geifert er mit zornesrotem Gesicht und deutet mit dem Stiel der Schneeschaufel auf Marlenes Laden. »Die Berber-Hexe! *Die* versucht uns auszustechen. Sie ist das ganze letzte Jahr um Jacob rumscharwenzelt und hat ihm ihre Hupen vor die Nase gehalten. Und jetzt, wo diese

Cora aufgetaucht ist ... Ich weiß nicht genau, was die Berber vorhat, aber neulich war das Mädchen schon bei ihr zu Besuch.«

»Tatsächlich?« Der Kardinal zieht die Augenbrauen in die Höhe. »Woher weißt du das?«

Tiggs Gesicht beginnt zu leuchten wie eine Infrarotlampe. »Ich, äh, ich, ich ... Ich weiß es halt, kannst es mir ruhig glauben. Sie plant irgendwas. Erst hat sie Bartholomäus unter die Erde gebracht, mir will sie ebenfalls ans Leder, und jetzt versucht sie auch noch an das Dorneyser-Vermögen zu kommen.«

Josef Kardinal macht eine wegwerfende Handbewegung. »Das verdammte Geld interessiert mich nicht«, fistelt er. »Um sein Geld könnt ihr drei euch meinetwegen prügeln. Ich will die Kugel. Die Dorneyser-Kugel, die erste Kugel. Erst sie macht meine Sammlung vollkommen.«

»Ach, Josef, ich kann es nicht mehr hören. Eine Kugel aus unzerbrechlichem Glas, die der Teufel Leonard Dorneyser geschenkt hat? So eine Kugel gibt es so wenig wie den Weihnachtsmann.«

Die Augen des Kardinals blitzen böse. »Ich weiß, dass es diese Kugel gibt. Ich weiß sogar, wie sie aussieht.«

Tigg spuckt in den Schnee. »Ja sicher. Und was gibt es in der Kugel Spektakuläres zu sehen? Den Backenzahn von einem Marsmännchen? Oder einen Ring, sie alle zu knechten? Tut mir leid, dir das sagen zu müssen, Josef, aber du bist ein alter Spinner.«

»Das sagt gerade der Richtige«, fährt der Kardinal ihn an. »Du bist ein dermaßen engstirniger Ignorant! Und du irrst dich: Es gibt überhaupt nichts Spektakuläres zu sehen. Nur eine Bergkette, eine verschneite Bergkette. Das ist alles. Und natürlich ist die Geschichte mit dem Teufel und dem unzerbrechlichen Glas nur ein Märchen. Aber es ist die erste Kugel, die je geschaffen wurde, und das macht sie wertvoller als jede andere.«

Tigg rollt mit den Augen. »Selbst wenn es die Kugel gäbe – und ich sage dir, es gibt sie nicht –, selbst dann hättest du keine Chance, sie in die Hände zu bekommen. Alles, was Jacob gehört, wird nun seiner Enkelin zufallen.«

Der Kardinal zupft ein paar Schneeflocken aus seinem Bart. »Natürlich«, sagt er. »Wo du recht hast, hast du recht … es sei denn …«

»Es sei denn … was?«

»Es sei denn, dem Mädchen stößt etwas zu … Ein tragischer Unfall – oder sie verirrt sich im Wald und taucht nicht mehr auf. Sie wäre nicht das erste Mädchen, das spurlos aus Rockenfeld verschwindet.«

Einen Moment lang herrscht eisiges Schweigen. Dann nimmt Tigg die Schneeschaufel und klettert die Stufen zu seinem Laden hoch. Vor der Tür dreht er sich noch einmal um und flüstert: »Ich weiß nicht, was du damit sagen willst, Kardinal, und ich weiß nicht, wofür du mich hältst, aber dieses Gespräch nimmt einen Verlauf, der mir ganz und gar nicht gefällt. Ich habe das eben nicht gehört – und du solltest auch schnellstens vergessen, was du da gesagt hast. Schönen Tag noch.« Er schließt die Tür.

Der Kardinal steht belämmert da und guckt wie ein begossener Pudel, dann macht er auf dem Absatz kehrt und kommt in meine Richtung gewatschelt. Ich habe keine Chance, mich zu verstecken. Schnell laufe ich zum *Schwarzen Glück* zurück und tue so, als käme ich gerade aus dem Laden.

Als er mich sieht, entgleiten ihm für einen Moment die Gesichtszüge, aber dann fängt er sich und säuselt: »Sieh an, das Fräulein Dorneyser. Unsere zukünftige Kollegin. Wir freuen uns hier immer über talentierten Nachwuchs, musst du wissen. Da weiht der gute alte Jacob dich also in die Geheimnisse der Kugelmacherzunft ein. Das muss ihm ja einiges Bauchweh bereiten. Wo er doch ansonsten so gern Geheimnisse für sich behält …«

»Vor mir hat er keine Geheimnisse«, sage ich trotzig.
»So?« Der Kardinal lächelt und entblößt dabei eine unregelmäßige Reihe gelber Zähne. »Da wäre ich mir an deiner Stelle nicht zu sicher.«

Kämen nicht andauernd irgendwelche Gehässigkeiten und Gemeinheiten aus seinem Mund, würde Josef Kardinal die meisten Menschen wahrscheinlich an einen tapsigen und etwas verwirrten Bären erinnern, den man sich ohne Weiteres mit der Schnauze im Honigtopf vorstellen kann. Denkt *dieser* Mann ernsthaft darüber nach, mich auf irgendeine Weise aus dem Weg zu räumen? Um an eine Schneekugel zu gelangen, von der jedermann außer ihm behauptet, dass sie nicht existiert? Zieht er tatsächlich ein Verbrechen in Betracht, nur um seine Sammlung zu vervollständigen? Dieser Nikolausbart mit Fistelstimme? Ich schaffe es auch beim allerbesten Willen nicht, seine verklausulierten Drohungen ernst zu nehmen. Es ist weitaus wahrscheinlicher, dass sie völlig substanzloses Geschwätz sind und einfach zu seiner persönlichen Art von Maulheldentum und Wichtigtuerei gehören. Dennoch nehme ich mir vor, auf der Hut zu sein. Nur für den Fall der Fälle. Es ist nie klug, einem Bären den Rücken zuzudrehen – egal, wie tapsig er wirkt.

Viel mehr als seine Drohungen beschäftigt mich aber das, was er über Jacob und dessen Geheimnisse gesagt hat. Josef Kardinal hat den Finger auf eine wunde Stelle gelegt. Auch wenn ich ihm gegenüber natürlich sofort das Gegenteil behauptet habe – Jacob hat Geheimnisse! Und diese Geheimnisse stehen zwischen uns, denke ich, während ich durch den Schnee am Buchbach entlang in Richtung Waldrand marschiere. Unsichtbar wie eine Wand aus dünnem Glas. Niklas aber scheint er in diese Geheimnisse einzuweihen. Was verbindet die beiden? Das Gespräch zwischen Jacob und Niklas ist nach wie vor ein einziges Rätsel für mich. Ich habe nichts verstanden außer Niklas' düsterer Prophezeiung, dass ich in Gefahr schweben würde. Und diese Prophezeiung hat sich auf beängstigende Weise bestätigt. Meine Nackenhaare richten sich auf. Zuerst verfolgen mich blaue Fackeln und nun stößt ein Kugelmacher finstere Drohungen gegen mich aus …

Und die *Unzerbrechliche?* Niklas hat von ihr gesprochen. Ich habe es mit eigenen Ohren gehört.

Natürlich glaube ich genauso wenig wie der Kardinal, dass eine Kugel wirklich unzerbrechlich ist. Wahrscheinlich nennt man sie nur so, weil sie sehr alt ist und es sie schon lange Zeit gibt. So wie man Rom die *Ewige Stadt* nennt. Und der Teufel hat Leonard Dorneyser so wenig eine Kugel geschenkt, wie er den Schnaps gemacht hat. Das ist nur eine der gruseligen Geschichten, wie sie sich oft um alte Dinge ranken und eine Aura des Geheimnisvollen verleihen. Aber sie ist die erste Kugel, die je geschaffen wurde. Von Leonard Dorneyser. Unserem gemeinsamen Vorfahren.

Warum leugnet Jacob mir gegenüber, dass es diese Kugel gibt? Obwohl … genau genommen hat er das nicht getan, denke ich, während ich unser Gespräch über die Kugel rekapituliere. Er hat den Kardinal als Spinner bezeichnet und sich über seine Verschwörungstheorien lustig gemacht, aber er hat die Existenz der Kugel mit keinem Wort bestritten.

Als das Haus in Sicht kommt, bleibe ich einen Moment lang stehen, sehe zu dem bunten Fenster hinauf, und während sich der Schnee lautlos auf meine Schultern legt, fasse ich einen Entschluss: Ich werde in den sauren Apfel beißen und Jacob die unschöne Tatsache gestehen, dass ich ihn und Niklas belauscht habe. Das wird ihn enttäuschen – aber er wird meinen Fragen nicht mehr ausweichen können. Es wird Zeit, das Glas zwischen uns zu durchstoßen. Ich will Antworten!

In dem Moment, in dem ich die Tür öffne und in den Korridor trete, stürzen meine Vorsätze wie ein Kartenhaus in sich zusammen. Jacob kommt aus der Küche in den Flur gerollt. Er bietet einen erschreckenden Anblick. Seine Wangen sind eingefallen, die Augen liegen tief in den Höhlen und die Lippen sind dunkler verfärbt, als ich es je vorher gesehen habe. Jedes Wort scheint ihn große Anstrengung zu kosten.

»Ich fürchte, du musst heute auf meine Gesellschaft verzichten. Ich habe einen schlechten Tag. Ich muss mich hinlegen. Morgen geht es mir bestimmt besser«, sagt er mit schwacher Stimme und nimmt eine Kapsel aus seiner Pillendose.

»Soll ich nicht lieber einen Arzt holen?«

»Nein. Keinen Arzt. Nicht nötig. So schlimm ist es nicht«, wehrt er ab. »Eine Sache wäre da noch …« Er zieht einen Hunderteuroschein aus der Tasche und drückt ihn mir in die Hand.

»Was soll ich damit?«

»Du bist eine Kugelmacherin in der Ausbildung. Und Auszubildende werden bezahlt, oder?«

»Ich will nicht, dass du mich bezahlst.« Moritz hat mir erzählt, welche Unsummen das Internat als Schulgeld verlangt, und mir ist klar, dass meine Bildung Jacob ein kleines Vermögen kosten muss. Auf keinen Fall will ich, dass er mir noch zusätzlich Geld gibt.

»Keine Widerrede. Reg deinen alten Großvater nicht auf. Wenn du später gehst, zieh einfach die Tür zu. Mach dir keine Sorgen, mir geht es bald wieder besser.«

Er rollt in sein Schlafzimmer und ich steige die Stufen zur Werkstatt hoch. Ich erinnere mich daran, was Elsa mir über seine Herzprobleme erzählt hat, und frage mich beunruhigt, *wie* krank Jacob wirklich ist. Solange es ihm so schlecht geht, kann ich ihn unmöglich mit Fragen nach Niklas, Katharina Kilius oder der Dorneyser-Kugel konfrontieren. Ich setze mich an meinen Arbeitstisch, ziehe den Zeichenblock aus der Schublade und beginne an einer Skizze zu arbeiten, aber meine Gedanken schweifen immer wieder ab. Mein Blick wandert über die Schneekugeln in den Regalen, bis er an dem großen runden Fenster hängen bleibt. Zum ersten Mal nehme ich es genauer in Augenschein. Die Heldentaten von Leonard Dorneyser. »Heutzutage profilieren sich die Leute mit jedem Pups, den sie lassen, im Internet«, hat Jacob bei meinem ersten Besuch kichernd gesagt. »Leonard Dorneyser hätte das gefallen. Er war auf der einen Seite ein echtes Universaltalent – Glasmacher, Astrologe, Heiler, Alchemist und einer der ersten Unternehmer Europas –, aber auch ein ziemlich eitler Selbstdarsteller. Kann man leider nicht anders sagen. Und natürlich war ihm daran gelegen, dass seine Taten verewigt wurden. Das Fenster hat er selbst entworfen und angefertigt – ein Jahr vor seinem Tod. Damit man ihn noch Generationen später bewundern kann.«

Im Zentrum des großen Fensters ist ein lebensgroßes Abbild von Leonard Dorneyser zu erkennen, das ihn um einiges vorteilhafter aussehen lässt als die Bronzestatue: ein imposanter Mann mit ebenso imposantem Bart und etwas hochmütigem Blick. Um dieses Zentrum herum sind Begebenheiten aus seiner Biografie zu bewundern. Seine Geburt, sein Auszug in die Welt, seine Tätigkeiten als Astrologe und als Glasmacher, seine Teilnahme an einer Schlacht der Reformationskriege …

Doch es ist eine kleine Inschrift im unteren Teil des Fensters, die ich bisher nicht bemerkt habe, die nun meine Aufmerksamkeit fesselt.

In ein grausammen Waldt so wildt,
der Teüfell fremder gstalt gebildt In anficht.

Ich trete vor die Scheibe und hocke mich vor das Glas. Unter dem Schriftzug ist das bärtige Gesicht meines Vorfahren zu erkennen und ein ziemlich zauseliger Satan, der eher aussieht wie ein Yeti für Arme. Beim Anblick der Gestalt muss ich kichern – aber schon im nächsten Augenblick bleibt mir das Lachen im Hals stecken.

Die Gestalt überreicht Dorneyser eine Glaskugel.

In ihr ist nichts Spektakuläres zu sehen.

Nur eine verschneite Gebirgskette.

Langsam fährt mein Zeigefinger über das Fensterglas. Eine Kugel mit einer Gebirgskette. So wie der Kardinal sie beschrieben hat. Die Dorneyser-Kugel.

Ich drehe mich um und lasse den Blick langsam über die hohen Regale schweifen. Kann es sein … dass sie hier ist? Ist sie unter den Tausenden glitzernder Kugeln vor mir?

Jacob schläft. Ich habe den ganzen Abend. Notfalls die ganze Nacht.

Eine Nacht reicht nicht aus, wie ich nach ein paar Stunden vergeblicher Suche resigniert feststelle. Schon die schiere Menge an Schneekugeln ist ein Problem. Die Regale bedecken die gesamte Wandfläche der Werkstatt und reichen bis zur Decke. Jedes von ihnen hat zweiundzwanzig Regalbretter. In der vorderen Reihe stehen je nach Größe zwischen vierzig und fünfzig Kugeln, und dahinter wartet eine weitere Kugelkolonne von acht bis zehn Gläsern. Dazu kommt die Schwierigkeit, dass ich – selbst nachdem ich auf eine kleine Trittleiter gestiegen bin – blind mit den Armen über dem Kopf fuhrwerken muss, um an die Gläser auf den oberen Brettern zu gelangen. In ungefähr jeder siebten Kugel findet sich ein Gebirgsmotiv, aber keines von ihnen sieht der Bergkette, die auf dem Fensterglas dargestellt ist, auch nur entfernt ähnlich. Nachdem ich ein knappes Viertel der Regale durchforstet habe, bin ich dermaßen fertig, dass ich eine Pause einlegen muss. Ich habe irren Durst und mein Magen knurrt bedenklich. Für einen von Mellys Windbeuteln würde ich jetzt töten. Erschöpft lasse ich mich auf einem Arbeitstisch nieder, als mein Blick, wie schon bei meinem ersten Besuch, an der Kugel mit der Eistänzerin hängen bleibt. Schlagartig wird mir klar, *wer* in diesem Glas zu sehen ist. Ich springe auf und greife nach der Kugel. Als ich sie zum ersten Mal betrachtet habe, kannte ich das Foto von Katharina Kilius noch nicht – aber das *kann* nur sie sein: das blonde Haar, der rote Mantel, die roten Schlittschuhe.

Ich stelle die Kugel auf dem Tisch ab, betrachte sie eingehend und entdecke sogar einen winzigen silbernen Stern auf einem der roten Schuhe. Plötzlich spüre ich ein merkwürdiges Kribbeln im Nacken. Flitterteilchen steigen vom Boden der Kugel auf, dann höre ich Schritte, fahre herum – und blicke in zwei blaue Augen.

Niklas' Augen flackern, als würden Flammen darin tanzen. Und während ich wie hypnotisiert in dieses Flackern sehe, fühlt es sich wieder an, als ob …

»Ich wollte dich nicht erschrecken«, höre ich seine raue Stimme.

Ich reiße mich mit Gewalt von seinem Blick los und versuche, etwas halbwegs Intelligentes zu sagen, aber ich habe einen Frosch im Hals und meine Stimme klingt wie ein verunglücktes Krähenkrächzen.

»Jacob sagte, du wärst unterwegs. Seit wann bist du zurück?«

»Noch nicht lange.«

»Und … wo warst du?«

»Hier und dort.« Er tritt vor eines der Regale und blickt schweigend auf die Kugeln.

»Kann es sein, dass ich dich vor zwei Nächten im Dorf gesehen habe?«, frage ich leise und mein Mund fühlt sich mit einem Mal merkwürdig trocken an.

Niklas dreht mir den Kopf zu und lächelt. »Kann es sein, dass diese Unterhaltung gar keine Unterhaltung ist, sondern ein Verhör?«

Ich spüre, wie mein Gesicht rot anläuft. »Tut mir leid, ich –«

»Die Kugeln sind dir ein Trost, nicht wahr?«, sagt er unvermittelt und fährt mit den Fingern über die Gläser. »Sie halten die Angst fern. Das ist der Grund, warum du eine Kugelmacherin werden willst.«

Ich bin so baff, dass es mir die Sprache verschlägt. Ja, so hat es sich angefühlt, nach Mutters Tod, als ich allein in der Wohnung saß und in die Kugel geblickt habe, die Jacob mir geschenkt hat.

»Ja«, sage ich nach einer Weile und nicke. »Du hast recht. Wenn um einen herum schlimme Dinge geschehen, dann kann es trösten, in Welten zu sehen, in denen nichts Schlimmes geschieht.« Meine Hand greift nach der Kugel mit der Eistänzerin. »In Welten, die geschützt sind. Von einer Hülle aus Glas, durch die nichts Böses eindringen kann.«

Niklas nimmt mir die Kugel behutsam aus der Hand, schüttelt sie und sieht lange in das künstliche Schneetreiben. »Doch es ist eine merkwürdige Sache mit dem Glas …« Er greift nach dem Glas, in dem ein Wolf auf einem Felsen sitzt und mit zurückgelegtem Kopf den Mond anheult, stellt es direkt neben die Schneekugel mit der Eistänzerin und richtet seine blau schimmernden Augen auf mich. »Das Glas schützt diese Welten, aber es macht sie gleichzeitig auch zu Gefängnissen. Der Wolf und die Tänzerin … Sie sehen sich, sie können in die Welt des anderen blicken und dennoch werden sie sich nie begegnen. Das Glas trennt ihre Welten voneinander und wenn sie versuchen würden, es zu durchstoßen, würden sie dabei nur ihre Welten zerstören. Sie können nicht darauf hoffen, einander zu begegnen. Wer unter einer Kuppel aus Glas lebt, der kann nur darauf hoffen, dass in seltenen Momenten der Blick eines anderen in seine Welt fällt.« Für eine Sekunde scheinen die blauen Flammen in seinen Augen zu verlöschen.

Ich sitze da, starre ihn an und habe das merkwürdige Gefühl, mich nicht von der Stelle rühren zu können.

Niklas blickt auf und streicht sich die langen Haare aus der Stirn. »Ich fürchte, ich war bei unserer ersten Begegnung sehr unhöflich. Dafür möchte ich mich entschuldigen. Ich war überrascht, bei Jacob Besuch vorzufinden, und als ich dich gesehen habe … es ist nur … Du erinnerst mich an jemanden,

152

den ich kannte … früher …« Er lächelt traurig und wendet sich ab. »Es ist spät. Gute Nacht, Cora.«

Ich sehe ihm mit klopfendem Herzen hinterher, und als er an der Tür ist, schießt es aus mir heraus: »Was weißt du über die Kugel? Die Unzerbrechliche? Was hat es mit diesen blauen Flammen auf sich? Warum bin ich in Gefahr?«

Er fährt auf dem Absatz herum und es sieht aus, als würden winzige blaue Flammen über seine Augenbrauen züngeln.

»Ich habe gehört, wie du mit Jacob über die Unzerbrechliche gesprochen hast«, stoße ich hervor, springe auf – und fege dabei die Kugel mit dem heulenden Wolf vom Tisch. Niklas und ich machen gleichzeitig einen Satz vor, unsere Hände fahren durch die Luft, aber die Kugel zersplittert auf den Dielen.

Ich blicke entsetzt auf die Scherben. Dann drehe ich den Kopf und finde mich nur Zentimeter von Niklas' Gesicht entfernt.

Mir wird klar, dass ich seine Hand in meiner halte.

Sie ist kalt wie Eis!

Er zieht die Hand blitzschnell zurück und ist schon an der Tür. Täusche ich mich oder dringt ein blaues Licht aus den Tausenden von Kugeln ringsum und wirbelt Schnee durch alle Gläser?

»Was geschieht hier, Niklas? Wer bist du?«

»Sag Jacob nicht, dass du uns belauscht hast. Und sprich mit niemandem über mich, Cora. Vergiss, dass es mich gibt. Das ist das Beste für alle!«

Er stürzt zur Tür hinaus.

Wer bist du, Niklas?, ist der Gedanke, der auch am nächsten Morgen noch durch meinen Kopf schwirrt – nach einer Nacht, in der ich wieder kaum Schlaf gefunden habe.

Moritz fängt mich auf dem Pausenhof ab. Er macht ein Gesicht wie ein frisch kastrierter Pudel.

»Wo warst du gestern?«, fragt er in vorwurfsvollem Ton.

»Ich, äh, ich war krank. Bauchschmerzen. Was ist denn los?«

»Komm mit ins *Wasteland*.«

»Aber ich habe jetzt Mathegrundkurs bei Doktor Wieschmann.«

»Man muss Prioritäten setzen, Schwester. Komm schon!« Er nimmt meine Hand und zieht mich hinter sich her.

Zu dieser frühen Stunde sind wir die einzigen Besucher des Cafés. Moritz steuert auf einen Tisch in einer dunklen Ecke zu.

»Interessante Neuigkeiten«, sagt er und knibbelt sich Nagellack von den Fingern. »An diesem Internat gehen jede Menge merkwürdiger Dinge vor sich. Schlimmer als bei Hanni und Nanni und nicht ganz so jugendfrei … Ich war neugierig, ob Laura und von Kladden was mit den Aktionen am See zu tun haben, und habe eine kleine Observierung gestartet. Vorletzte Nacht bin ich rüber in den Mädchentrakt geschlichen. Ich habe mich im Gang auf die Lauer gelegt und gewartet, was so passiert.«

»Und?«

»Erst mal ist gar nichts passiert. War eine ziemlich öde Angelegenheit. Ich wollte mich schon wieder von dannen machen, als ich durch das Fenster zwei Gestalten gesehen habe, die sich am Waldrand getroffen haben, neben der Hausmeisterwerkstatt: Valentin – und Doktor Wieschmann.«

»Der Mathe-Wieschmann?«

»Ja, unser spuckender Toupet-Torero. Valentin hat ihm ein Päckchen gegeben und Wieschmann hat ihm im Gegenzug ein paar Geldscheine in die Hand gedrückt.«

»Das gibt es doch nicht!« Ich berichte Moritz von der Begegnung zwischen Valentin und Marlene Berber, die ich am selben Abend, aber ein paar Stunden vorher, beobachtet habe.

»Und da fällt mir ein: Vor ein paar Tagen ist Valentin Elsa und mir im Dorf begegnet. Da hatte er auch ein Päckchen dabei. Angeblich wollte er damit zur Post, obwohl die schon lange geschlossen hatte.«

»Keine Ahnung, was da vor sich geht«, sagt Moritz. »Aber ich würde mal stark vermuten, dass es irgendwas Illegales ist. Doch das ist noch lange nicht alles, Schwester. Kaum waren die beiden verschwunden, habe ich gehört, wie jemand über den Gang geschlichen ist. Und siehe da, es war unser kleines Koksnäschen. Mit einer Taschenlampe in der Hand. Sie hat ein Fenster geöffnet, ist rausgeklettert und zum Wald rübergelaufen. Ich wollte gerade hinterher, als plötzlich die Immsen-Erkel vor mir aufgetaucht ist. Wie aus dem Nichts. Ich hatte keinen Schimmer, dass sie nachts durch die Gänge patrouilliert. Die Frau stirbt noch mal an ihrer Neugierde. Sie hat mich total zur Schnecke gemacht: Verstoß gegen die Schulordnung, inakzeptables Verhalten … die ganze Liste. Gestern Morgen musste ich in aller Frühe bei Gottwald antanzen. Jetzt darf ich zwei Extrasitzungen bei Immsen-Erkel einschieben – um *mein Verhalten zu reflektieren*. Außerdem muss ich bis zu den Weihnachtsferien jeden Morgen um sechs Uhr zum ehrenamtlichen Schneeschippen antreten. Und nach dem Unterricht darf ich jeden Tag genauso ehrenamtlich in der Schulbibliothek aushelfen. Und Laura ist völlig ungeschoren davongekommen. Entweder hat die Immsen sie nicht gesehen … oder sie *wollte* sie nicht sehen.«

Dass Moritz Schnee schippen muss, hat sich rumgesprochen. Laura, Julian und ihre Clique lungern auf dem Gang vor dem Geschichtskursraum herum und als wir näher kommen, stellt sich uns Toby Schallenberg in den Weg.

»Na, Grimm, das morgendliche Fitnessprogramm schon absolviert? Kleiner Tipp: Du brauchst gar keine Schaufel. Stell dich doch einfach mitten auf den Schulhof. Ich wette, da wird es so warm, dass sämtlicher Schnee im Umkreis von hundert Metern schmilzt.«

Der versammelte Idiotenverein lacht sich schlapp über seinen schwachköpfigen Spruch und Laura Pohlmann, die anscheinend schon das erste Näschen des Tages hatte, jault vor Begeisterung wie ein grenzdebiler Kojote.

Ernesto Gottwald referiert in der folgenden Stunde ausführlich über den NATO-Doppelbeschluss, aber ich bin nicht wirklich interessiert.

»Kannst du mir einen Gefallen tun?«, flüstere ich Moritz zu.

»Wenn es kein Gefallen ist, der dazu führt, dass ich demnächst auch noch sämtliche Schulklos schrubben muss.«

»Keine Sorge. Da du, im Gegensatz zu mir, über den Vorzug eines Internetzugangs verfügst: Kannst du für mich ein paar Dinge recherchieren?«

»Sicher, Schwester. Neben dir sitzt der einzig legitime Nachfolger von Woodward und Bernstein. Worum geht's?«

»Hier in Rockenfeld ist 1991 ein Mädchen spurlos verschwunden. Ihr Name ist Katharina Kilius. Versuch so viel wie möglich über sie und die Umstände ihres Verschwindens herauszufinden. Außerdem brauche ich alle Informationen, die du über Leonard Dorneyser bekommen kannst.«

»Den verunstalteten Mittelalterknilch, der auf dem Mauerbrückchen steht? Auch Verwandtschaft von dir, nehme ich mal an.«

»Ja. Mich interessiert im Besonderen alles in Zusammenhang mit einer Kugel, die er vom Teufel — autsch!« Ich habe die Kreide nicht kommen sehen. Sie trifft mich genau zwischen den Augen.

»Habe ich Ihre Aufmerksamkeit, Cora?«, ertönt Gottwalds Samtstimme.

»Natürlich, Herr Gottwald.«

»Das ist erfreulich. Und um die Freude noch zu steigern, überraschen Sie mich und alle Kursteilnehmer in der nächsten Stunde doch mit einem schwungvoll vorgetragenen Referat über Glasnost, Perestroika und den Beginn des politischen Tauwetters zwischen den Großmächten. Wir sehen Ihren Ausführungen gespannt entgegen.«

»Katharina Kilius – Leonard Dorneyser – erste Schneekugel«, repetiert Moritz, als wir uns nach dem Unterricht verabschieden. »Ich sehe, was ich rausfinden kann, Schwester. Kann aber eine Weile dauern, ich habe schließlich so einiges an ehrenamtlichem Engagement vor mir.«

Der Weg durch den verschneiten Wald ins Dorf hinab ist eine einzige Rutschpartie. Der reinste Knochenbrecherparcours. Ich rudere wild mit den Armen, schlittere um eine Wegbiegung – und rausche volles Rohr in Julian von Kladden hinein. Er hat sein eingefrorenes Haifischlächeln aufgelegt und macht sich so breit, dass ich nicht an ihm vorbeikann.

»Hallo, Cora. Ich habe auf dich gewartet. Ich dachte, wir unterhalten uns mal … nur wir beide.«

»Ich wüsste nicht, worüber wir uns unterhalten sollten.«

Er zündet sich eine Zigarette an, legt den Kopf zurück und stößt auf eine unsagbar affige Weise Rauch aus der Nase. »Unglücklicherweise hatten wir einen schlechten Start. Ich würde es sehr bedauern, wenn bei dir der Eindruck entstanden ist, dass ich dich nicht mag. Im Gegenteil. Ich finde dich ausgesprochen attraktiv. Ein wenig spröde, vielleicht … aber das bist du ja nur, weil du Angst hast, irgendjemand könnte mitbekommen, dass du in Wahrheit ein wildes Mädchen bist. Ich habe ein Auge für so was. Ich wette, du weißt gar nicht, *wie* geil du bist.«

»Ich bin gespannt, was deine Freundin mit dir veranstaltet, wenn sie von dieser Unterhaltung erfährt.«

Er lächelt süffisant. »Zwischen Laura und mir gibt es derzeit ein paar *atmosphärische Störungen* … Aber sprechen wir doch über dich … über uns. Ich würde dir gern die Gelegenheit geben, mich näher kennenzulernen. Du solltest nicht alles glauben, was dein kleiner tuckiger Freund erzählt. Weißt du nicht, dass er ein krankhafter Lügner ist?«

Als ob ich Moritz brauchte, um zu erkennen, dass du ein unerträglicher Schwachkopf bist.

»Die Sache ist die …«, näselt er. »Am einundzwanzigsten Dezember beginnen die Weihnachtsferien, und der Großteil der Schüler wird über die Ferien nach Hause fahren. Laura übrigens auch. Aber ich und ein paar meiner Freunde werden hierbleiben. An Silvester haben wir eine Hütte gemietet, in den Hügeln hinter Erzbach. Unsere Partys sind immer sehr ausgelassen … Ich bin mir sicher, du würdest es mögen …« Er lächelt und legt seine Hand auf meine Hüfte.

Ich lächle auch – und ramme ihm mein Knie in den Unterleib. Er schnappt nach Luft und taumelt rückwärts gegen einen Baum, der daraufhin einen großen Teil seiner Schneelast auf ihn entlädt, was mein Lächeln noch breiter werden lässt.

»Ich wette, du weißt gar nicht, *wie* scheiße du bist.«

<hr />

Jacob geht es auch in der folgenden Zeit so schlecht, dass er nur sporadisch in der Werkstatt auftaucht, um meine Fortschritte zu begutachten, bevor er sich wieder in sein Schlafzimmer zurückzieht.

An einem Abend Mitte November findet meine Suche nach der unzerbrechlichen Kugel ihr vorläufiges Ende. Ich habe mich durch alle Regale durchgearbeitet. Ohne Erfolg. Sie ist nicht hier.

Jedes Mal, wenn ich die Werkstatt betrete, schlägt mir das Herz bis zum Hals, weil ich damit rechne, auf Niklas zu treffen, aber der November vergeht, ohne dass ich ihn noch einmal zu Gesicht bekomme.

Am ersten Dezember wird auf dem Platz in der Dorfmitte ein großer Weihnachtsbaum aufgestellt. Von überallher weht einen plötzlich der Duft von Bratäpfeln und Plätzchen an, an jeder Haustür hängt ein Weihnachtskranz und von jedem Türsturz ein Mistelzweig. In den Fenstern blinken bunte Lichterketten, der Kirchenchor probt beinah täglich und im Schreibwarenladen wird das Geschenkpapier knapp.

Das Weihnachtsfieber grassiert in Rockenfeld – und Elsa ist der *Patient Zero*.

Als ich am Morgen des ersten Advents verschlafen die Treppe herunterstolpere, dringt aus der Küche dichter schwarzer Qualm. Die Küchentür fliegt auf und Elsa kommt mit einem Blech voll verkohlter Vanillekipferl an mir vorbeigeschossen. Sie entsorgt die Plätzchen im Ascheimer, strahlt mich an und macht eine weit ausholende Geste.

»Was sagst du dazu? Ich war die ganze Nacht auf und hab dekoriert.«

Keine Ahnung. Was sagt man, wenn man morgens erwacht und feststellt, dass sich das sowieso schon leicht überdekorierte Heim über Nacht auch noch in die Weltzentrale des Weihnachtskitsches verwandelt hat?

Überall ist Tannengrün verteilt, unter der Decke hängt ein wagenradgroßer Adventskranz mit roten Schleifen und in der Ecke neben dem Bücherregal steht der kunterbunteste Weihnachtsbaum, den ich je gesehen habe: Er bricht beinah zusammen unter einer Last aus Kugeln, Kerzen, Sternchen, Glöckchen und geschätzten fünf Kilogramm Lametta. Aus jeder Ecke des Zimmers funkelt, schimmert und glitzert es einem weihnachtlich entgegen. Auf zwei großen Tellern stapeln sich Süßigkeiten: Baumkuchen, Lebkuchen, Rumkugeln, Marzipanbrote, Dominosteine, Eierlikörpralinen ... man wird schon vom bloßen Hinsehen adipös. Auf dem Kaminsims stehen Schneekugeln mit Weihnachtsmotiven, bewacht von einem kleinen Regiment Nussknackersoldaten, und auf

dem Rentierkopf sitzt kein Helm mehr, sondern eine knall-
rote Nikolausmütze. Außerdem hängt ihm ein Kranz um den
Hals, in dem rote und grüne Lämpchen funkeln. Ein einziges
Weihnachtsmärchen.

»Ist spitzenmäßig geworden, oder, Schätzchen?«

»Och ja … es ist irgendwie ganz …«

»Ist einfach die schönste Zeit des Jahres«, schwärmt Elsa.
»Erinnert mich immer daran, wie es war, als ich noch ein Kind
war. Wie die Welt immer ganz geheimnisvoll und anders wurde in der Weihnachtszeit. Das Gefühl darf man sich nicht nehmen lassen! Weihnachten muss man zelebrieren – und bei mir
geht Weihnachten vom ersten Advent bis zum Dreikönigstag.
Jetzt machen wir es uns erst mal schön gemütlich …«

Ich befürchte Schlimmes – und behalte recht: Zwar gelingt
es mir, den Eierpunsch abzulehnen, den sie mir schon am frühen Vormittag offeriert, aber was ihre selbst gebackenen Plätzchen angeht, kennt Elsa keine Gnade. Vor ihren Augen muss
ich alle Sorten durchprobieren.

Geschmacklich unterscheiden sie sich nicht besonders voneinander, die Unterschiede liegen eher in der Konsistenz. Die
bewegt sich zwischen steinhart und betonhart. »Mmmmh«,
mache ich, während mir ein Nussmakrönchen beinah die
Zähne aus dem Oberkiefer zieht.

Elsa ist selig. Sie lässt sich auf der Couch nieder, zermalmt
ein Stück Krokantgebäck zwischen ihren imposanten Hauern
und drückt auf die Nase einer Weihnachtsmannfigur, die sie
auf dem Couchtisch platziert hat. Der Weihnachtsmann wa-
ckelt daraufhin zu der Melodie von *Jingle Bells* mit dem Hintern und lässt zum krönenden Abschluss ein tiefes »Ho, ho,
ho!« hören.

Ho, ho, ho. Ich bin gefangen in der Weihnachtshölle.

Die ersten Stunden stehe ich unter schwerstem Kultur-
schock. Bei Mutter und mir hat so was wie Weihnachten im
engeren Sinne nie stattgefunden. Sie hatte das Ganze als per-

fide Variante des allgegenwärtigen Konsumterrors entlarvt und sich dem Fest weitestgehend verweigert. Unsere Weihnachtsdekoration bestand in der Regel aus einem dürren Adventskranz und ein paar mickrigen Strohsternchen. Da muss man Elsas Überdosis Vorweihnachtsfreude erst mal verkraften.

Aber schon am Abend ertappe ich mich dabei, wie ich mir Marzipankartoffeln in den Mund stopfe, festlich gestimmt auf den erleuchteten Baum blicke und leise zu *God rest ye merry, gentlemen* mitsumme. Das Rockenfelder Weihnachtsfieber erweist sich als in hohem Maße ansteckend.

Die folgenden Abende verbringe ich mit Elsa auf der Couch, wo wir uns »Die Geister, die ich rief« und die »Muppets-Weihnachtsgeschichte« zu Gemüte führen, während wir Bratäpfel mit Vanillesoße in uns reinstopfen.

Nach einer Woche erscheint mir ein Leben ohne Spekulatius, Tannenduft und Tölzer Knabenchor nicht mehr lebenswert.

Jacob behauptet, dass es ihm wieder besser geht, aber sein abgezehrtes Gesicht sagt das Gegenteil. Seine Stimme klingt müde, seine Bewegungen wirken kraftlos und ich sehe ihn immer häufiger eine seiner Kapseln zerbeißen.

Einmal traue ich mich dann doch, ihn nach Niklas zu fragen, aber Jacob weicht meinem Blick aus und murmelt nur ein undeutliches »Ist auf Reisen«.

Man kann sehen, dass er Schmerzen hat, aber er versucht sich nichts anmerken zu lassen. Er ist nun wieder häufiger in der Werkstatt, um mir die Feinheiten des Kugelmacherhandwerks näherzubringen. Unter seiner geduldigen Anleitung mache ich kontinuierlich Fortschritte.

Auf einem anderen Gebiet erweise ich mich hingegen als vollkommene Niete.

In den ersten Dezembertagen hat sich eine dünne Eisschicht auf dem See gebildet; am Nikolaustag ist das Eis so fest, dass der

See für die Allgemeinheit freigegeben wird. Das bedeutet auch, dass sich die Eissport-AG ab sofort zweimal in der Woche trifft. Wer keine eigenen Schlittschuhe besitzt, hat die Möglichkeit ein Paar von der Schule auszuleihen.

»Die Dinger sind eine Katastrophe«, warnt Moritz. »Du solltest schnellstens sehen, dass du eigene Schuhe bekommst.« Entweder er hat recht und es liegt tatsächlich an den Schuhen – oder ich bin die unbegabteste Eisläuferin aller Zeiten. Als ich das spiegelnde Eis betrete, erinnere ich mich für einen Moment an das Gefühl des Gleitens, das ich in meinem Traum hatte. Die Realität setzt dem ein schnelles Ende: Ich schaffe es einfach nicht, die Balance zu halten. Ständig reißt es mich nach vorn oder nach hinten, meine Arme fahren wie wild gewordene Windmühlenflügel durch die Luft und es gelingt mir nicht länger als dreißig Sekunden am Stück, auf den Beinen zu bleiben. Ich bin die mit Abstand Schlechteste in meiner Anfängergruppe.

Als ich zum wiederholten Mal unelegant auf dem Hintern lande, höre ich Laura Pohlmann laut auflachen. Sie läuft in einer der Fortgeschrittenengruppen und hüpft locker flockig über das Eis, während sie eine verächtliche Geste in meine Richtung macht.

Carola Overbeck, die resolute Sportlehrerin, die die Eissport-AG leitet, beobachtet mich mit einem Blick, der irgendwo zwischen Mitleid und Fassungslosigkeit angesiedelt ist. »Herr Grimm!«, ruft sie und winkt Moritz, der ebenfalls in der Fortgeschrittenengruppe trainiert, zu sich. »Bitte geben Sie Cora ein bisschen, äh … Geleit. Ich befürchte, dass sie sich ansonsten ernsthaft verletzen könnte.«

Das mit dem Geleit ist eine Spitzenidee. Jedes Mal, wenn ich ins Stolpern gerate, klammere ich mich nun an Moritz fest und reiße ihn mit mir auf das Eis. Beim ersten Mal lacht er noch, aber nachdem er ein gutes Dutzend Mal zu Boden gegangen ist, japst er nur noch erschöpft.

»Legen Sie mal eine Pause ein, Moritz«, sagt Carola Overbeck. »Und Sie versuchen am besten, sich in dieser Zeit nicht
zu bewegen, Cora …«

»Ich bin die totale Katastrophe«, keuche ich, die Hände auf
die Knie gestützt. »Wieso habe ich mir von dir nur einre-
den lassen, ich könnte eislaufen lernen? Ich kann es Laura
Pohlmann noch nicht mal verdenken, wenn sie mich auslacht.
Wenn ich mir zusehen müsste, würde ich auch lauthals lachen.«
Er sieht mich wütend an. »Gibst du immer so schnell auf?
Du musst es nur wollen und hart trainieren, dann klappt es ir-
gendwann. Am Anfang legen sich alle auf die Schnauze. Das
gehört dazu. – Ein bisschen mehr Kampfgeist, Schwester!«
Seine Ansprache zeigt tatsächlich Wirkung.

Bis zum Ende der Trainingsstunde meistere ich immerhin
die Kunst des Bremsens und schaffe es dadurch, dass nicht
mehr alle panisch das Weite suchen, wenn ich auf sie zuschlit-
tere. Zur Feier des Tages lade ich Moritz ins *Wasteland* ein.

»Interessiert zu erfahren, was ich bisher über Katharina Kilius und Dorneyser und seine Kugel herausgefunden habe?«,
fragt er.

»Lass hören!«

Moritz schlürft das Sahnehäubchen von seinem Kakao.

»Zu Katharina Kilius habe ich nicht viel mehr gefunden als
das, was du mir schon erzählt hast. Sie hat ein paar Eiskunst-
lauf-Juniorenmeisterschaften gewonnen. Galt als zukünftiger
Stern am Eislaufhimmel, der Stolz ihrer Eltern, die Hoffnung
der ganzen Region und so weiter … Ich bin auf ein paar
wenige Artikel aus Regionalzeitungen gestoßen, die ihr Verschwinden zum Thema haben. War aber nicht besonders er-
giebig. Einfach deswegen, weil niemand etwas weiß. Sie ist
von einem Moment auf den anderen verschwunden … ohne
jede Spur. Es gab mehrere groß angelegte Suchaktionen. Alle
ohne das geringste Ergebnis. – Kommen wir zu Leonard Dorneyser«, sagt er und seufzt. »Über den gibt es *so viel* Material …

das dauert Jahre, bis ich alles durchgeackert habe. Er war eine ziemlich illustre Persönlichkeit. Er war Alchemist, hat eine Druckerei gegründet, hat die Urinferndiagnose erfunden, war Leiter einer Glashütte und ist durch Europa gezogen, um den Adel mit bunten Glasfiguren zu versorgen – was ihm beträchtlichen Wohlstand eingebracht hat. Mit Mitte fünfzig hat er sich in Rockenfeld niedergelassen, eine Familie gegründet und die Schneekugel erfunden, was seinen Reichtum noch größer werden ließ. Er scheint ein ziemlich cleverer Geschäftsmann gewesen zu sein. Würde mich nicht wundern, wenn er diese Geschichte, nach der ihm der Teufel höchstpersönlich die erste Schneekugel gegeben haben soll, selbst in die Welt gesetzt hat – als so eine Art gruseligen PR-Gag. Aber die Sache hat ihn ganz schön in Schwierigkeiten gebracht.«

»Welcher Art?«

»Ein gewisser Franziskus Joel, ein Mediziner und Pharmakologe, hat ihn der Zauberei und des Bündnisses mit dem Teufel beschuldigt. Die Sache ist aktenkundig. Dorneyser hat es aber irgendwie geschafft, sich herauszuwinden und einer offiziellen Anklage zu entgehen.«

»Was genau hat dieser Joel ihm denn vorgeworfen? Soll er in der Walpurgisnacht nackt ums Feuer gehüpft sein?«

»Nein.« Moritz macht eine ausgedehnte Kunstpause und nippt an seinem Kakao. »Er hat Dorneyser beschuldigt, dieser würde – ich zitiere: ›... *den Teufel im Glase mit sich führen.*‹ Schon komisch, oder?«

In Renate Immsen-Erkels Turmzimmer herrschen wie immer subtropische Temperaturen. Nach fünf Minuten habe ich das Verlangen, mir sämtliche Klamotten vom Leib zu reißen. Ich tue es nur nicht, weil es mit Sicherheit nicht das klügste Verhalten ist, wenn einem eine Therapeutin gegenübersitzt. Vor allem dann nicht, wenn die Therapeutin trotz dieser Affenhitze fröstelt, einen dicken kratzigen Wollpullover und fingerlose Handschuhe trägt.

Renate Immsen-Erkel hat ganz eindeutig eine Vollmeise – aber das ist natürlich nur meine persönliche, laienhafte Meinung. *Sie* ist die Expertin und sie scheint felsenfest davon überzeugt zu sein, dass *ich* diejenige bin, die Hilfe braucht. Wenigstens hat sie Puss-Puss in ihre Privaträume gesperrt. Gelegentlich hört man das Katzenvieh an der Tür kratzen und beleidigt maunzen.

Ich schwitze und schweige … während sie unaufhörlich mit ihrer nervtötenden Zwitscherstimme auf mich einredet.

Auf Svenjas letzter Geburtstagsfete hat mich eine ihrer Therapeutenfreundinnen den ganzen Abend lang zugetextet. Das meiste habe ich an mir vorbeischwirren lassen, aber eine Sache habe ich mir gemerkt, weil sie so einleuchtend klang. Um es mal stark vereinfacht zu sagen: Einer der Tricks bei einer Therapie ist der, dass sich der Therapeut darauf beschränkt zuzuhören und gelegentlich Fragen zu stellen, die den Klienten in die Situation bringen, bestimmte Sachverhalte in Worte fassen zu müssen. Und indem der Klient das tut und die Worte ausspricht, wird er sich tatsächlich über diesen Sachverhalt bewusst, beispielsweise darüber, dass er ein ziemlich problematisches Verhalten an den Tag legt. Und wenn er sich dieser Sache bewusst ist, kann er sie auch ändern. *Ganz, ganz stark vereinfacht* ausgedrückt – aber auf jeden Fall kein dummer Gedanke.

Da wo Renate Immsen-Erkel studiert hat, verfolgt man offenbar den gegenteiligen Ansatz. Sie redet ohne Punkt und Komma vorzugsweise über das, was sie die *Stellvertretertheorie* nennt und nach der ich nur Kugelmacherin werden will, weil ich mich verpflichtet fühle, diese Aufgabe stellvertretend für meine Mutter zu übernehmen.

Ich lasse ihr ihre ausgeklügelte Theorie.

Auf dem Tisch steht ein Wecker. Ein Beratungsgespräch dauert fünfundvierzig Minuten. Nach zwanzig Minuten bin ich in Schweiß gebadet. Ich schalte innerlich ab und lasse Immsen-Erkels Vogelkonzert an meinen Ohren vorbeirauschen. Die letzten Sekunden zähle ich im Geiste mit. Fünf, vier, drei, zwei, eins – der Wecker klingelt. Geschafft! Ich wische mir Schweiß von der Stirn und greife nach meiner Tasche. »Wiedersehen«, sage ich. »Schöne Festtage.«

»Ihnen auch, Cora. Wir sehen uns das nächste Mal am neunundzwanzigsten Dezember. Vierzehn Uhr!«

»Aber das ist mitten in den Ferien ...« Mein Protest geht unter, denn von draußen hört man plötzlich zwei laute streitende Stimmen. Laura Pohlmann und von Kladden. Unverkennbar.

Renate Immsen-Erkel hüpft zum Fenster und reckt ihr Köpfchen vor. Ihr Gesicht wird noch eine Spur faltiger und verkniffener, als es ohnehin schon ist.

»Der Termin liegt mitten in den Ferien«, beschwere ich mich noch einmal.

»Das bedeutet nur, dass kein Schulunterricht stattfindet. Unsere Termine sind davon unabhängig.« Sie produziert eines ihrer erleuchteten Lächeln. »Cora, Ihre Seele kennt keine Ferien.«

Als ich schon fast aus dem Zimmer bin, flattert sie plötzlich an mir vorbei und versperrt mir den Weg.

»Auf ein Wort«, trillert sie und drückt an einem Pickel auf ihrem Kinn herum.

Auf dem Schulhof ist immer noch Schreierei.

»Cora, ich befürchte, dass einige Ihrer Mitschüler in großen Schwierigkeiten sind.« Sie wirft einen kurzen besorgten Blick zum Fenster. »Ich mache mir große Sorgen um diese Schüler. Daher wäre es wichtig für mich zu erfahren, was sie tun ... wen sie kennen ... worüber sie reden ...«

Ich fasse es nicht. »Sie wollen, dass ich meine Mitschüler bespitzle?«

»Nein, natürlich nicht. Ich möchte nur, dass Sie Informationen sammeln … und diese an mich weitergeben.«

»Wenn ich mich nicht täusche, ist genau das die Definition von Spitzelei.« Ich schiebe sie zur Seite und gehe.

»Ich mache mir doch nur Sorgen!«, tiriliert sie hinter mir her.

»Ich mache mir doch nur Sorgen!«

Draußen stehen Laura und von Kladden immer noch unter dem Vordach der Turnhalle und werfen sich Beleidigungen an den Kopf. Er hält ihre Arme fest, sie funkelt ihn wütend an, holt aus und tritt ihm vors Schienbein. Während Julian mit schmerzverzerrtem Gesicht auf einem Bein umherhüpft, stiefelt sie hocherhobenen Hauptes davon.

Ich blicke hoch zum Turmfenster und sehe, wie sich das Faltengesicht von Renate Immsen-Erkel gegen die Scheibe presst.

In der zweiten Adventswoche verhängen die Rockenfelder Kugelmacher ihre Schaufenster, um sie für das Schneekugelfest vorzubereiten. Horden von Kindern drücken sich die Nasen an den Scheiben platt und hoffen darauf, einen Blick auf die geheimnisvollen Geschehnisse hinter den Vorhängen zu erhaschen.

Jacob hat sich trotz meines Protestes nicht davon abbringen lassen, mir eine regelmäßige Ausbildungsvergütung zu zahlen, was mich nun in die glückliche Lage versetzt, Weihnachtsgeschenke kaufen zu können. Die Auswahl in Rockenfeld ist nicht gerade weltbewegend, aber bei *Hilde Hecker: Hüte / Herrenmoden / Haustierkost* finde ich eine rot-weiß gepunktete Fliege für Jacob und erstehe einen langen schwarzen Schal für Moritz. Für Elsa gibt es die Deluxekollektion aus dem *Schwarzen Glück*. Eine Box mit dreißig verschiedenen Lakritzsorten.

»Eine sinnliche Entdeckungsreise durch unser Gesamtsortiment. Damit können Sie bei Frau Uhlich nichts verkehrt machen«, lispelt der Verkäufer fröhlich, schlägt die Schachtel in goldfarbenes Papier ein und verziert sie mit einer roten Schleife.

Auf dem Rückweg durch das verschneite Dorf komme ich bei *Marlenes wunderbare Kugeln* vorbei. Marlene Berber steht vor der Tür und raucht eine Zigarette. Sie trägt einen alten Pulli, Turnschuhe, eine Jeans mit Farbflecken ... und sieht fantastisch aus. An ihr würde sogar ein Kartoffelsack wie Haute Couture wirken.

»Willst du sehen, wie weit ich bin?«, fragt sie und zieht mich am Ärmel in den Laden.

Noch ist nicht viel zu erkennen. Der Boden des Schaufensters ist mit Kunstschnee bedeckt, in der Mitte steht ein alter Pferdeschlitten, dem Marlene mittels eines Eimers weißer Lackfarbe neuen Glanz verschafft.

Ich bleibe nur eine halbe Stunde, dann mache ich mich wieder auf den Weg, denn ich bin mit Moritz zu einer privaten Nachhilfestunde im Eislaufen verabredet.

Eine Schlittschuhballerina werde ich in diesem Leben nicht mehr. Nach ein paar zusätzlichen Trainingseinheiten werden meine Stürze zwar seltener, aber mein wackliges Kufen-Geeier ist noch immer meilenweit entfernt von dem gleichmäßigen sanften Gleiten, das ich in meinem Traum erlebt habe.

»Du gehst die Sache zu ängstlich an«, nörgelt Moritz. »Das Eis ist dein Freund. Vertrau dem Eis, vertrau dir – dann geht es wie von selbst. Du wirst sehen, Schwester!«

»Alles klar. Hab's kapiert. Das Eis ist mein Freund.« Ich mache drei staksige Schritte und lande auf dem Hintern.

Moritz seufzt tief und lässt den Kopf in die Hände sinken.

Blamiere ich mich gerade mal nicht auf dem Eis, arbeite ich mit Jacob in der Werkstatt oder huldige – zwischen Eierpunsch

und Spritzgebäck – gemeinsam mit Elsa der vorweihnacht-
lichen Folklore: Kugeln, Kekse, Christbaumschmuck.

Wenn ich abends vor dem Kamin sitze, während draußen
die Schneeflocken tanzen, oder kurz nach Einbruch der Dunkelheit durch die schneebedeckten Straßen spaziere, vorbei an
den bunten Lichtern der kleinen Geschäfte, kommt es mir vor,
als befände ich mich in einem lebendig gewordenen Weih-
nachtskartenmotiv, einem glitzernden Winteridyll, in dem
nichts den weihnachtlichen Frieden stören kann.

Bis zu dem Abend, an dem sich alles verändert …

Jacob hat eine kleine Lupe ins Auge geklemmt und bemalt eine
winzige barocke Landkirche mit wasserfester Farbe, während
ich fieberhaft an einem Weihnachtsgeschenk für Elsa arbeite.

Die Frau hat ein bewundernswertes Timing. Eine Stunde
nachdem ich das kostspielige Lakritzsortiment für sie erwor-
ben und unter meinen dicken Pullovern im Kleiderschrank
versteckt hatte, hat sie mir mit leuchtenden Augen eröffnet:
»Ich will nicht zu viel verraten, Schätzchen … aber du kriegst
an Weihnachten was Selbstgebasteltes. Selbst gebastelte Geschenke sind doch die schönsten. Was kaufen kann jeder. Aber
nur wenn man ein selbst gebasteltes Geschenk kriegt, weiß
man, dass man dem anderen auch wirklich am Herzen liegt.«

Ich habe schleunigst die Arbeit aufgenommen. Natürlich
muss es für Elsa eine spezielle Kugel sein: Hinter dem Glas
stiert mir Gunnar entgegen, das Schlittschuh laufende Eisho-
ckey-Rentier im rot-weißen Trikot. Sogar sein beknacktes
Grinsen habe ich ganz gut hinbekommen. Die Kugel muss nur
noch mit Wasser und Flitter gefüllt werden – mit Flitter in den
Vereinsfarben versteht sich. So weit mein Plan, aber leider …

»So ein Mist!«

»Was ist?«, fragt Großvater.

»Wir haben keinen roten Flitter mehr.« Ich deute auf das
leere Glasgefäß.

Jacob lächelt. »Keine Sorge. Mein Vorrat an Flitter reicht für die nächsten hundert Jahre.« Er reicht mir einen Schlüssel. »Einmal durch die Küche und dann die Tür neben der Spüle.« Wenn ich bei Jacob bin, halte ich mich fast nur in der Werkstatt auf, im Erdgeschoss so gut wie nie. In der Küche habe ich nur einmal gesessen und damals habe ich vermutet, dass die Tür neben der Spüle in eine Besenkammer oder einen kleinen Vorratsraum führt.

Weit gefehlt.

Als ich die Tür öffne, schlägt mir ein erdiger, muffiger Geruch entgegen. In den Stein geschlagene, unregelmäßige Stufen führen abwärts in einen engen, gewölbten Felsengang, der nur von ein paar schwach leuchtenden, nackten Glühbirnen erhellt wird. An den Wänden schimmert Feuchtigkeit. Nach ein paar Metern macht der Gang eine Biegung nach rechts und ich bleibe wie angewurzelt stehen: Vor mir öffnet sich eine riesige Höhle. Mir wird klar, dass ich mich im Inneren des Felsens befinden muss, der sich hinter dem Haus erhebt. Staunend blicke ich zu der hohen Decke empor. Diese große steinerne Halle ist der größte Sperrmüllabladeplatz der Welt.

Es sieht aus, als hätte Jacob alles, was er jemals in seinem Leben ausrangiert hat, hier abgeladen. Seine Wohnung und die Werkstatt sind immer penibel aufgeräumt, aber hier unten regiert das Chaos: holzwurmzerfressene Regale, zu Bruch gegangene Schränke, Tische und Sessel, ein Liegestuhl, drei große Weinfässer, Autoreifen, ein antiker Fernseher, unzählige Truhen, Kisten, Körbe und Paletten. Dazwischen eine Bergsteigerausrüstung, ein Paar zerbrochene Skier, ein Schlitten, sogar ein altes Motorrad ...

Die Glasbehälter mit dem Flitter erspähe ich auf einem grünspanbefallenen Regal am anderen Ende der Höhle. Vorsichtig bahne ich mir eine Schneise durch das Gerümpelgebirge und räume ein paar alte Bilderrahmen aus dem Weg. Dabei stoße ich auf eine Stelle, die aussieht, als hätte sich hier jemand eingerichtet. Auf einer Matratze liegen ein Kissen und ein Stapel alter Armeedecken. In einem Kandelaber stecken sechs dicke Kerzen, daneben stehen ein Sessel mit aufgeplatztem Bezug und ein kleiner runder Tisch. Auf dem Tisch sind Buntstifte verstreut, und dazwischen ruht – eine Schneekugel. Ich steige über ein paar Kartons und beuge mich über den Tisch. In der Kugel kniet eine Gestalt mit langen Haaren, Mantel und Lederstiefeln im Schnee. Niklas! Vor ihm steht ein Wesen, das in einem blauen Feuer zu brennen scheint. Ich spüre, wie sich die Haare auf meinen Armen aufstellen. Die Frau hält einen gezackten Splitter aus Eis in der erhobenen Hand. Blaue Flammen zucken aus ihren Haaren, ihren Augen und ihrem Mund. Hat Jacob diese Kugel gemacht? Und, wenn ja, wie hat er den merkwürdigen Flammeneffekt zustande gebracht? Wer ist diese Frau? Was hat Niklas mit ihr zu tun?

»Sie ist erwacht, Jacob … und sie ist stärker als zuvor … sie wird zurückkehren.«

Mit zitternder Hand stelle ich die Kugel zurück. Gerade will ich mich abwenden, da fällt mein Blick auf eine ledergebundene Kladde, die halb von einem Kissen verdeckt ist. Vorsichtig ziehe ich sie hervor, schlage sie auf. Das Erste, was ich sehe, ist die Zeichnung einer schroffen Gebirgskette. Das Gebirge aus der Dorneyser-Kugel! Auf den folgenden Seiten ist immer wieder die Flammengestalt mit der gezackten Klinge zu erkennen, dazwischen Bilder von blauen Lichtern am Nachthimmel, einmal Jacob in seiner Werkstatt und – auf der letzten Seite der Kladde – ein Bild von Niklas und mir! Mit angehaltenem Atem betrachte ich die Zeichnung. Wir stehen uns gegenüber und blicken uns an, doch jeder ist unter einer gläsernen Kuppel gefangen. Um seinen Körper züngeln blassblaue Flammen, während um mich herum leuchtend rotes Feuer zuckt.

Ich sitze ewig da und starre auf die Zeichnung. Irgendwann fällt mir ein, dass Jacob sich fragen wird, was ich so lange hier unten mache. Hastig stecke ich die Kladde zurück und springe von der Matratze auf. Ich kämpfe mich an einer alten Trockenhaube und einer Wäscheschleuder vorbei und gelange endlich zu dem Regal mit dem Flitter. Doch er ist so weit oben gelagert, dass ich ohne Leiter nicht an ihn herankomme.

Unglücklicherweise gehört eine Leiter zu den wenigen Dingen, die es hier unten nicht zu geben scheint ... Kurzerhand schiebe ich einen kleinen Holztisch vor das Regal, ziehe aus einem Stapel hölzerner Kisten eine, die halbwegs stabil erscheint, heraus, packe sie auf den Tisch, atme einmal tief durch und erklimme das wackelige Konstrukt. Endlich kriege ich das Glasgefäß mit den Fingerspitzen zu fassen und ziehe es langsam zu mir heran. Da bricht der Tisch unter mir mit einem lauten Krachen zusammen.

Alles geschieht so schnell, dass ich mich nicht mal erschrecken kann. Aber ich habe Glück und lande halbwegs weich auf ein paar muffigen Teppichrollen ... während sich kiloweise roter Flitter über mich ergießt. »Nichts passiert«, sage ich mit zittriger Stimme zu mir selbst. »Nichts passiert.« Vorsichtig erhebe ich mich. Flitter rieselt mir aus Ohren, Nase und Haaren.

Der Tisch ist nur noch ein Haufen Feuerholz. Die Kiste, die daraufstand, ist aufgesprungen. Papierfetzen sind aus ihr herausgeflattert und haben sich auf der Erde verteilt. Zeitungsartikel. Alle sind fein säuberlich ausgeschnitten und alle haben das gleiche Thema: »*17-jährige aus Rockenfeld spurlos verschwunden*«, »*Fiel 17-jähriges Mädchen Gewaltverbrechen zum Opfer?*«, »*Wo ist Eisprinzessin Katharina (17)?*«, »*Noch immer keine Spur von Katharina K.*«, »*Polizei stellt Suche nach vermisstem Teenager offiziell ein*«.

Ich habe das Gefühl, keine Luft mehr zu bekommen. Ganz langsam beuge ich mich vor und blicke in die Kiste.

Vor mir liegt ein Paar roter Schlittschuhe.

In den Schaft eines Schuhs ist ein silberner Stern eingeprägt.

Die Schlittschuhe von Katharina Kilius.

Versteckt in einer Kiste in Jacobs Felsenkeller ...

Wie betäubt hocke ich da. Es kommt mir vor wie eine Ewigkeit, bis ich nach den Schlittschuhen greife, mich aufrichte und langsam zurück durch den Felsengang gehe. Mit schleppenden Schritten durchquere ich die Küche und steige die Stufen zur Werkstatt hoch.

»Ich habe mich schon gefragt, wo du bleibst. Alles in Ordnung?«, fragt Jacob, als ich in der Tür stehen bleibe.

Langsam ziehe ich die Schlittschuhe hinter meinem Rücken hervor. »Elsa hat mir von Katharina Kilius erzählt. Und ich habe ein Foto von ihr gesehen. Das sind ihre Schuhe.«

Jacobs Gesicht wird leichenblass, ein kurzer, wimmernder Ton entweicht seinem Mund und er lässt das Kinn auf die Brust sinken. Ein paar Sekunden lang herrscht beklemmende Stille, bis er leise sagt: »Ich bin nicht für ihr Verschwinden verantwortlich. Du musst mir glauben, Cora.«

»Ist sie tot?«

Er hebt den Kopf und nickt. Seine Lippen zittern. »Ich bin nicht für ihren Tod verantwortlich ... aber ich weiß, was mit ihr geschehen ist. Wenn ich es dir sagen würde, würdest du es mir nicht glauben ... oder mich für verrückt halten. Das sind Dinge, von denen du ... nichts wissen solltest. Nicht jetzt.«

Er sieht mich mit einem flehentlichen Blick an. »Gib mir nur noch ein paar Tage«, flüstert er. »Bis Niklas zurück ist. Er kann bezeugen, dass ... Ich habe nichts Unrechtes getan.« Er greift mit zitternden Händen nach seiner Pillendose. »Du musst mir glauben, Cora!«

Ich möchte nichts mehr als das. Er wirkt so schwach und verzweifelt. Aber da sind auch die Schlittschuhe, die Zeitungsausschnitte ... Unfähig einen klaren Gedanken zu fassen, renne ich die Treppe hinunter und stürze ins Freie. Erst als ich vor Elsas Haustür stehe, fällt mir auf, dass ich ohne Mantel durch die Kälte gelaufen bin.

Katharinas Schuhe halte ich noch immer in der Hand.

Elsa ist auf der Couch eingedöst und fährt erschrocken auf, als ich hereinstürme.

»Herrgott, Schätzchen! Was ist passiert? Du siehst aus, als wärst du einem Geist begegnet.«

Ich strecke den Arm aus und lasse die Schuhe vor ihrer Nase baumeln. Ihr Blick fällt auf den silbernen Stern … und ich kann in ihrem Gesicht sehen, wie der Groschen fällt. »Heilige Mutter Gottes!«, stößt sie hervor und sinkt in die Couch zurück. »Wo hast du die her?«

»Gefunden. In Jacobs Felsenkeller. Zusammen mit Zeitungsartikeln über Katharinas Verschwinden.« Ich muss dreimal ansetzen und gerate immer wieder ins Stocken, während ich versuche, ihr verständlich zu machen, was geschehen ist. »Er hat gesagt, er wird es mir erklären – aber erst … erst in ein paar Tagen.«

Elsa sitzt reglos da und grübelt vor sich hin. Dann erhebt sie sich und beginnt vor dem Weihnachtsbaum auf und ab zu marschieren, fixiert mich mit festem Blick und sagt: »Das klingt schlimm, aber ich glaube ihm. Jacob Dorneyser lügt nicht! Gib ihm die Zeit, um die er gebeten hat. Dann kannst du immer noch … zur Polizei gehen … oder tun, was du glaubst, tun zu müssen. Heute Nacht können wir nichts mehr ausrichten, Schätzchen. Lass uns schlafen gehen. Morgen früh sehen die Dinge vielleicht wieder anders aus.«

Elsa kann tatsächlich schlafen. Ich höre sie schnarchen, während ich mich ruhelos im Bett hin und her werfe. Das Gedankenkarussell in meinem Kopf kommt nicht zum Stillstand: Was ist mit Katharina Kilius geschehen? Warum will Jacob erst mit mir sprechen, wenn Niklas wieder da ist?

»Er kann bezeugen, dass ich nichts Unrechtes getan habe.«

Irgendetwas an dem, was er gesagt hat, ist merkwürdig, denke ich. Irgendetwas daran stimmt nicht.

Und dann, ganz langsam, dämmert es mir …

Katharina Kilius ist vor vierundzwanzig Jahren verschwunden. Selbst wenn Niklas ein paar Jahre älter ist, als ich ihn geschätzt habe – er muss damals noch ein Kind gewesen sein. Was kann er gesehen haben? Er kann höchstens …

Auf einmal höre ich ein Knistern wie bei einer elektrischen Entladung. In der Schneekugel auf dem Nachttisch flammt ein blaues Licht auf. Ich fahre hoch und sitze senkrecht im Bett. Entgeistert beobachte ich, wie der Schnee in der Kugel auffährt und die winzigen Häuser umkreist, bis sich die Flocken wie von einer unsichtbaren Kraft gesteuert zu sammeln beginnen und über dem Modelldorf zwei Worte formen:

HILF JACOB

Einen Moment sitze ich da wie gelähmt, unfähig zu glauben, was ich vor mir sehe. Dann lösen sich die Worte wieder auf und der Schnee schwebt zu Boden. Ich springe aus dem Bett und stürme in Elsas Zimmer. Sie richtet sich verschlafen auf.

»Wassn los, Schätzchen?«

»Jacob braucht Hilfe! Wir müssen zu ihm. Sofort!«

»Aber woher weißt du –?«

»Er braucht Hilfe. Schnell!«

Völlig außer Atem erreichen wir zehn Minuten später das Haus.

»In der Werkstatt ist Licht«, keucht Elsa.

Ich öffne und wir stürmen die Treppe hoch. Vor der Werkstatt zögere ich einen Moment. Ich habe plötzlich schreckliche Angst vor dem, was mich erwarten könnte.

Zuerst entdecke ich die über den Boden verteilten Herzkapseln, dann den umgestürzten Rollstuhl, dann Jacobs verkrümmten Körper, halb verdeckt, hinter einem der Arbeitstische. Ich mache zwei schnelle Schritte auf ihn zu und knie mich neben ihn.

»Spürst du einen Puls?«, fragt Elsa.

»Ja, aber nur ganz schwach.«

»Ich rufe Doktor Kutscher. Wo ist das *verdammte* Telefon?« Sie rennt ins Erdgeschoss.

Plötzlich schlägt Jacob die Augen auf und blickt mich flehend an. Mit zitternden Fingern zieht er einen kleinen Gegenstand aus der Westentasche und lässt ihn in meine Hand gleiten. Einen winzigen Schlüssel, an dessen Ende ein dünnes Metallplättchen angebracht ist.

»Cora … vertrau Niklas … die Kugel … sie darf sie nicht bekommen … die Kugel … vor aller Augen … Leonard Dorneyser …« Er schnappt nach Luft. »Nimm die Hand …«, keucht er, und ich nehme seine Hand in meine und drücke sie fest. Für einen Moment scheint er zu lächeln, dann trübt sich sein Blick und sein Kopf fällt zur Seite. Noch immer liegt seine Hand in meiner. Aber er spürt ihre Berührung nicht mehr.

Jacob Dorneyser, der größte aller Kugelmacher, ist tot.

Es ist die gleiche Art von Betäubung, die ich gefühlt habe, als Mutter gestorben ist: eine bleierne Schwere, die keinen klaren Gedanken zulässt und jede Bewegung unendlich mühsam erscheinen lässt. Nichts, was um mich herum geschieht, scheint etwas mit mir zu tun haben. Es ist, als würde ein Film vor meinen Augen ablaufen.

Gottwald hat mich bis nach der Beerdigung vom Unterricht freigestellt. Die meiste Zeit über tue ich nichts, als auf meinem Bett zu sitzen und in das Schneegestöber vor dem Fenster zu starren. Dazwischen betrachte ich immer wieder den merkwürdigen Schlüssel, den Jacob mir gegeben hat: ein dünner Inbusschlüssel. An einem Ende sitzt ein feines Metallblättchen. Es hat die Form eines Eiskristalls.

Auf welches Schloss passt du?

Immer wieder höre ich Jacobs letzte Worte in meinem Kopf. Wie eine Schallplatte, die hängen geblieben ist: ... *vertrau Niklas ... die Kugel ... sie darf sie nicht bekommen ... die Kugel ... vor aller Augen ... Leonard Dorneyser ...* Es kann nur *die* Kugel sein, von der er gesprochen hat. *Die Unzerbrechliche.* Die Dorneyser-Kugel. Wollte er mir im letzten Moment seines Lebens sagen, dass diese Kugel existiert? Aber wenn es sie wirklich gibt ... wo ist sie versteckt?

Sie darf sie nicht bekommen ... Vertrau Niklas.

Aber Niklas ist nicht da.

Draußen wird es Tag ... es wird Nacht ... wieder Tag und wieder Nacht, aber mir kommt es vor, als würde all das in einer anderen Welt stattfinden. Selbst das Aufleuchten einer Taschenlampe am Waldsee in der zweiten Nacht nach Jacobs Tod lässt mich kalt. Ich nehme es genauso gleichgültig hin, wie ich den Wechsel von Hell und Dunkel hinnehme, so wie ich den unaufhörlichen Tanz der Schneeflocken vor dem Fenster hinnehme. Ich bin zu keiner Handlung imstande. Nach Mutters Tod hat Svenja mir alles abgenommen. Dieses Mal ist es Elsa, die sich um das Notwendige kümmert. Ich hoffe, ich kann ihr irgendwann sagen, wie dankbar ich ihr dafür bin. Irgendwann ... wenn dieses schreckliche lähmende Gefühl wieder von mir abfällt.

Am Abend vor dem Begräbnis klopft es an meine Tür.

»Kann ich reinkommen, Schätzchen?« Elsa lässt sich auf dem Bett nieder. In den Händen hält sie ein dünnes, in schwarzes Leder gebundenes Buch, das sie auf meinen Nachttisch legt.

Dr. Martin Papenberg
Die Wilde Jagd
Der Mythos der Raunacht

»Hatte dir doch versprochen, danach zu suchen. Dachte, das könnte dich vielleicht 'n bisschen ablenken.«

Ein paar Minuten lang sitzen wir nur schweigend da. Dann höre ich mich mit einer ganz fremd klingenden Stimme sagen: »Es ist meine Schuld. Hätte ich die Schlittschuhe doch nie gefunden, dann hätte er sich nicht aufgeregt und ...«

»Hör sofort damit auf!«, sagt Elsa streng und nimmt mich in den Arm. »Jacob ist an einem Infarkt gestorben und der hätte ihn jederzeit treffen können. Er war ein schwer kranker Mann. Er wollte nicht, dass du erfährst, *wie* krank er war, aber ... letztes Jahr habe ich ihn zu einem Spezialisten gefahren und der hat ihm eröffnet, dass jeder Tag sein letzter sein könnte. Ich musste mitansehen, wie es ihm von Woche zu Woche schlechter ging. Bis er erfahren hat, dass es dich gibt. Bis *du* hierhergekommen bist. Du hast ihm neue Kraft verliehen. Nichts hat ihn so gefreut wie dein Entschluss, eine Kugelmacherin zu werden. Also hör sofort mit diesen albernen Selbstvorwürfen auf!«

Ich hebe den Kopf und sehe ihr in die Augen. »Kurz bevor er gestorben ist, hat er versucht, mir etwas zu sagen. Und ich bin sicher, es ging um die Kugel, die Dorneyser-Kugel. Ich weiß, du hältst das nur für ein Märchen, aber ...« Ich berichte ihr von der seltsamen Abbildung auf dem Fenster und dem, was Moritz über Leonard Dorneyser und die Kugel herausgefunden hat. »All das gehört irgendwie zusammen«, sage ich.

»Leonard Dorneyser ... die Kugel ... Katharina Kilius ...«

»Tut mir leid, Schätzchen, da kann ich dir nicht weiterhelfen. Aber darf ich dich mal was fragen? In der Nacht, in der Jacob gestorben ist ... woher wusstest du, dass er Hilfe brauchte?«

Ich sehe zu der Kugel auf meinem Nachttisch.

»Es ... es war eine plötzliche Ahnung«, stammle ich.

»So, so«, sagt sie und erhebt sich vom Bett.

»Elsa, du wusstest, dass Jacob sehr krank war, und du hast es mir nicht gesagt. Gibt es noch irgendetwas, über das du bisher nicht gesprochen hast? Etwas, was du über ihn weißt?«

Sie verschränkt die Arme vor der Brust. »Es gibt zwei Dinge, die ich mit Sicherheit über ihn weiß: Jacob Dorneyser hätte niemals willentlich einem anderen Menschen geschadet und ...«

»Und?«, frage ich.

»Er war ein Mensch, der Geheimnisse hatte.« Sie blickt zu der Kugel. »So wie du.«

Als ich wenig später unter die Bettdecke schlüpfe, greife ich nach Doktor Papenbergs Buch über die Wilde Jagd, in der Hoffnung, dass mir spätestens über Seite drei die Augen zufallen.

Der Mythos der Raunacht
Im europäischen Kulturkreis kennt man einen Zeitraum, den man »die Zeit zwischen den Jahren« nennt oder auch »Raunacht«, »Raunächte« und »die Zwölf«.

Augenblicklich bin ich hellwach!

Die Zwölf!

Darüber hat Niklas mit Jacob gesprochen. *»Die Zeit wird knapp. Ich muss es wissen, bevor die Zwölf beginnen.«*

Ich kann plötzlich mein Herz schlagen hören – und meine Augen fliegen über die folgenden Textzeilen.

Ihren Ursprung haben die Raunächte in der Differenz von Mond- und Sonnenkalender. Um in Übereinstimmung mit letzterem zu bleiben, werden dem Mondkalenderjahr elf Tage bzw. zwölf Nächte »eingeschoben«, sogenannte tote Tage. Die genaue Datierung der Raunacht ist regional verschieden. Mitunter wird vom vierundzwanzigsten Dezember bis zum sechsten Januar gezählt, in anderen Gegenden beginnen die Zwölf in der Thomasnacht, der Nacht zum einundzwanzigsten Dezember, und dauern bis zum zweiten Januar an.

In vielen Regionen Europas glaubt man, dass in dieser Zeit die Gesetze der Natur außer Kraft träten und sie besonders geeignet für die Ausübung magischer Rituale und Praktiken sei. Man nimmt an, dass sich in dieser Zeit die Tore zur Welt der Geister und Verstorbenen öffneten, Dämonen und Geisterwesen die Menschen bedrohten und das Böse in die Welt dränge. Als die gefährlichste dieser Dämonenversammlungen gilt die Wilde Jagd, auch wildes Heer oder Totenheer genannt. Dieser Mythos ist heidnischen Ursprungs und wurde durch christliche Symbolik angereichert. Zahlreiche Aufzeichnungen berichten von sogenannten Luftstimmen und Erscheinungen am Nachthimmel während der zwölf Raunächte.

Bekannte Figuren der Wilden Jagd sind der Riese Abfalter, der Baumwercher, das Moosweib, die Vorpercht, die Habergeiß, der Rabe und der Jäger (auch Helljäger). Anführerin des Totenheers ist die mythische Figur der Holle, ein böses, übernatürliches, unsterbliches Wesen, das über magische Kräfte und Waffen verfügt. Einer Legende zufolge wurde sie mithilfe einer magischen Waffe, der Kalten Klinge, aus einem Eisblock erschaffen.

Ihr Schöpfer war ein Wesen mit Namen Firnis, der Letzte eines uralten Volkes, das sich die Dendrit nannte. Die Dendrit verfügten über geheimes Wissen und unvorstellbare magische Fähigkeiten. Als das Zeitalter der Menschen anbrach, war dieses Volk schon alt, zog sich weit in den Norden zurück und verschloss mittels magischer Rituale seine Welt vor der der Menschen. Nur eine schmale Tür ließen sie bestehen: eine Zeit von zwölf Tagen, während der die Grenze zwischen beiden Welten durchlässig war.

Firnis, der Letzte der Dendrit, lebte einsam im ewigen Eis und bewachte die magischen Heiligtümer einer vergessenen Zeit: eine Kugel aus unzerbrechlichem Glas, mit der er in die Welt der Menschen blicken konnte, und eine Klinge aus Eis, die toten Dingen Leben verlieh. Je öfter Firnis die Menschen durch seine Kugel betrachtete, desto schmerzlicher fühlte er seine eigene Einsamkeit. So nahm er eines Nachts die Kalte Klinge und erschuf sich aus einem Eisblock eine Gefährtin. Ohne es zu wollen, gebar er so das böseste Wesen, das die Welt je erblickt hat: die Holle.

Ein Wesen aus Eis, das nur von einem Gefühl am Leben gehalten

wurde: kaltem Hass! Hass auf ihren Schöpfer, der sie in diese Welt ge-
stoßen hatte, Hass auf die Menschen, Hass auf deren Glück. Doch die
Holle war klug und verschlagen und versteckte ihren Hass vor Firnis
bis zu dem Tag, an dem er sie alles über Magie gelehrt hatte, was er
wusste. Als Firnis schlief, legte sie einen magischen Bann über ihn und
fesselte ihn für alle Zeiten an eine Wand aus Eis. Die Kugel und die
Klinge aber nahm sie mit und in ihrer Hand verwandelten sie sich in
mächtige Waffen des Hasses.

In den Raunächten dringt die Holle in die Welt der Menschen ein.
Spürt sie bei einem Menschen Hinterlist, Bosheit oder Zorn, dann
treibt sie die Kalte Klinge in sein Herz und beendet seine menschliche
Existenz. Ein winziger Splitter der Klinge bleibt in seinem Herzen
zurück und verbindet sein Schicksal auf immer mit dem ihren. Fort-
an gehört er zu ihrem Totenheer, der Wilden Jagd, und muss in den
Raunächten mit ihr als flackernde kalte Flamme über den Himmel
ziehen.

Trifft sie aber auf einen Menschen, den das Strahlen des Glücks
umgibt, zwingt sie ihn, in die unzerbrechliche Kugel zu sehen. Wer
in diese Kugel schaut, der erblickt darin seine größte Angst, den ver-
lässt jedes Glück und jede Hoffnung, und er lebt sein Leben von dieser
Stunde an nur noch wie ein blasser Schatten, niedergedrückt von einer
bleiernen Traurigkeit und Angst.

Die Holle nährt sich von dieser Angst und saugt sie in sich hinein,
wie Menschen Luft in ihre Lunge saugen …

Ich klappe das Buch zu und starre aus dem Fenster, während
es in meinem Kopf unaufhörlich rattert.

Sie kehrt zurück. Sie muss vernichtet werden.

Jacob und Niklas haben über die Holle gesprochen. *Die*
Zwölf, die Holle, die Kalte Klinge, die unzerbrechliche Kugel …
Plötzlich scheint alles, was ich gehört und gesehen habe, einen
Sinn zu haben, auch wenn ich im Moment noch nicht im Ge-
ringsten verstehe, *wie* all diese Dinge miteinander in Zusam-
menhang stehen.

Und gleichzeitig ergibt all das überhaupt keinen Sinn. Unsterbliche Wesen aus Eis und tote Heere sind nicht real. Es gibt sie nicht. Sie sind in etwa so wahrscheinlich wie …

… blaue Flammenwesen, die einen angreifen. Schneeflocken, die in einer Schneekugel die Worte **Hilf Jacob** bilden? Wie ein Junge, dessen Hand kalt wie Eis ist?, flüstert eine leise spöttische Stimme in meinem Hinterkopf.

Und dann denke ich an den Splitter, der angeblich im Herzen desjenigen zurückbleibt, den die Holle in ihr Gefolge aufnimmt – und ich höre Niklas zu Jacob sagen: *»Es ist der Splitter, Dorneyser. Er bewegt sich, es ist, als hätte er begonnen zu wandern.«*

Mir wird flau im Magen, mein Atem geht plötzlich flach und schnell, und meine Lippen zittern. Bis jetzt habe ich in einer Welt gelebt, die *wirklich* war, in der es *wirkliche Dinge* und *wirkliche Menschen* gab: Adventskränze, Lakritze, zerdeppertes Geschirr, whiskytrinkende Waldarbeiterinnen und faltige Therapeutinnen. Aber irgendetwas hat diese Welt kräftig durchgeschüttelt und nun, da sich der Schnee wieder senkt, ist sie eine völlig andere geworden. Eine Welt, in der kalte Lichter über den Himmel jagen, in der Eissplitter in Herzen gestoßen werden, eine Welt, in der die Unzerbrechliche *existiert.*

Ich nehme die Schneekugel vom Nachttisch und presse das Glas gegen meine heiße Stirn.

»Hilf mir, Niklas! Komm zurück! Komm schnell!«

Auch in dieser Nacht finde ich keinen Schlaf. In meinem Kopf herrscht heilloses Durcheinander. Bei der Beerdigung am nächsten Tag habe ich Mühe, mich auf die Worte des Pfarrers zu konzentrieren.

Daunengroße Flocken fallen aus den tief hängenden schwarzen Wolken. Ich muss daran denken, was für eine kleine Trauergemeinde wir bei Mutters Beerdigung waren: nur Svenja, Iggy, Magdalene und ich.

Zu Großvaters Begräbnis ist fast das ganze Dorf gekommen. Der Friedhof ist voller Menschen. Immer wieder lasse ich den Blick über die Trauergäste wandern in der heimlichen Hoffnung, irgendwo zwischen ihnen Niklas zu entdecken – vergebens.

Die meisten kenne ich nicht, doch ich sehe auch ein paar vertraute Gesichter: Der Wirt aus dem *Torkelnden Hirsch* und der Besitzer des *Schwarzen Glücks* sind da; Ernesto Gottwald und seine Frau sind erschienen, ebenso wie Doktor Wieschmann und einige andere Lehrer von *Burg Rockenfeld*. Ich erblicke die Geiernase von Renate Immsen-Erkel; ein Stück hinter ihr stehen Moritz und Valentin Magomedov.

Die Rockenfelder Kugelmachergilde ist vollzählig angetreten: Der Kardinal trägt eine rote Fellmütze, eine dicke Steppjacke und Moonboots und beobachtet mich während der gesamten Zeremonie aus schmalen, hinterlistigen Augen. Melly Boskop schluchzt unaufhörlich in ein großes weißes Taschentuch. Auf ihrem Kopf sitzt ein Ungetüm von Hut, das selbst in Westminster Abbey reichlich übertrieben wäre. Neben ihr tritt Zacharias Tigg frierend von einem Fuß auf den anderen. Er steckt in einem schäbigen Anzug, der aussieht, als hätte er darin schon seine Konfirmation gefeiert. Er sieht düster drein; immer wieder wirft er verstohlene Blicke auf Marlene Berber – wie fast alle männlichen Trauergäste.

Sie trägt hochhackige Stiefel, einen schwarzen Knautschlackmantel und einen kleinen Hut mit einem winzigen Schleier, der ihre Augen verdeckt.

Am Grab stehend muss ich Beileidsbekundungen entgegennehmen und unzählige Hände schütteln, bis die Gesellschaft zum Beerdigungskaffee in den *Torkelnden Hirsch* zieht.

»Kommst du, Schätzchen?«

»Ich … ich möchte noch einen Moment hierbleiben.«

»Verstehe.« Elsa klopft mir auf die Schulter, dann wendet sie sich ab und folgt den anderen.

Ich bin allein. Innerhalb von ein paar Wochen habe ich meine Mutter und meinen Großvater beerdigt.

Lautlos schweben die weißen Flocken herab und legen sich auf das dunkle Holz des Sarges in der Erdgrube vor mir. Ich drehe den Schlüssel mit dem Eiskristall zwischen den Fingern.

Was wolltest du mir sagen, Jacob? Wo ist sie? Wo ist die Dorneyser-Kugel?

Plötzlich bemerke ich ein helles blaues Flackern vor den Haselnusssträuchern am Rand des Gräberfeldes. Einen Moment lang steht es still in der Luft, dann schießt es zwischen den Gräbern hindurch auf die Friedhofsmauer zu ... und ist verschwunden. Als hätte es sich von jetzt auf gleich in Luft aufgelöst.

Ich stehe reglos da und warte mit klopfendem Herzen darauf, dass es wieder auftaucht, aber vergebens. Nur eine einsame schwarze Krähe hüpft über die Mauer, bevor sie ihre Flügel ausbreitet und sich in den düsteren Himmel emporschraubt.

Nachdenklich mache ich mich am Ufer des Buchbachs entlang auf den Weg ins Dorf. Das Knacken eines Astes reißt mich aus meinen Gedanken und im nächsten Augenblick springt jemand hinter einem der Bäume hervor und stellt sich mir in den Weg: Josef Kardinal!

»Was wollen Sie?«

»Nur meine Hilfe anbieten«, sagt er mit seiner hohen Fistelstimme. »Ist ja keine einfache Situation für dich, jetzt wo der gute Jacob – Gott sei seiner Seele gnädig – von uns gegangen ist. Der Name Dorneyser verpflichtet zu hoher Qualität und du hast gerade erst begonnen zu lernen. Selbst wenn du talentiert bist – was ich natürlich nicht bezweifele –, wird es Jahre dauern, bis du auch nur annähernd Jacobs Niveau erreichst. Es wäre sicher klüger, das Geschäft jemandem anzuvertrauen, der Erfahrung hat. Ich möchte dir ein Angebot machen: Ich kaufe dir die Werkstatt, den Laden und alles, was dazugehört, ab, und ein Teil der Kugeln, die ich produziere, geht weiter als *Original Dorneyser-Kugeln* in den Handel. Ich helfe, wo ich kann – und ich wäre bereit, dir einen sehr guten Preis zu machen. Ich dachte an …« Er nennt eine astronomisch hohe Summe.

»Ich habe nicht die Absicht zu verkaufen.«

Unvermittelt schnellt die rechte Hand des Kardinals vor und seine kräftigen Finger schließen sich wie ein Schraubstock um meinen Oberarm. »Darüber solltest du noch mal eingehend nachdenken.« Er bleckt seine schiefen gelben Zähne.

»Entweder Sie lassen mich sofort los und gehen mir aus dem Weg oder ich schreie das ganze Dorf zusammen.«

»Das wird dir noch leidtun, Cora Dorneyser!« Er stapft wütend davon und ich atme erleichtert auf. Aber dies soll nicht meine einzige unangenehme Begegnung mit einem Kugelmacher bleiben …

Der kleine Saal hinter der Gaststube des *Torkelnden Hirsches* ist von einem Gewirr aus Stimmen erfüllt. Kaffeeduft liegt in der Luft. Unmengen von Streuselkuchen werden verputzt und als der Kuchen alle ist, werden die ersten Schnäpse geordert.

Immer wieder kommen Unbekannte auf mich zu, erzählen mir, wie sehr sie Jacob geschätzt haben, und sprechen mir ihr Beileid aus. Wahrscheinlich ist das nett gemeint, aber irgendwann kann ich einfach nicht mehr. Ich brauche einen Moment Ruhe und stehle mich aus dem Saal nach vorn in die leere Gaststube, wo nur Waldemar, der Wirt, hinter dem Tresen steht und Gläser spült.

»Einen Schnaps aufs Haus, Mädchen? Ich glaube, du könntest einen vertragen.«

Ebenfalls nett gemeint, aber …

»Ich vertrage keinen Schnaps. Danke.«

»Lieber was anderes? Ein Wasser oder eine Cola?«

»Eine Cola nehme ich gern.«

Er stellt ein gefülltes Glas vor mich hin. Kaum habe ich den ersten Schluck genommen, als Zacharias Tigg aus dem Saal gehuscht kommt. Er steuert zielbewusst auf mich zu, klettert auf den Hocker neben mir und versucht sich an einem Lächeln, das wohl einnehmend wirken soll, ihm aber tatsächlich das Aussehen einer gruseligen Bauchrednerpuppe verleiht.

»Ich würde dir gerne helfen«, beginnt er und dann folgt ein ähnlicher Vortrag, wie ich ihn schon von Josef Kardinal gehört habe, inklusive Angebot für Werkstatt und Laden.

»Ihr Freund, der Kardinal, hat mir ungefähr das Fünffache geboten, und ich sage Ihnen, was ich ihm auch schon gesagt habe: Ich verkaufe nicht. Nicht an ihn, nicht an Sie.«

»Aber wahrscheinlich an die Berber, diese Schlange«, presst er zwischen zusammengekniffenen Lippen hervor. »Du scheinst ja ihre neue Busenfreundin zu sein. Ich wäre an deiner Stelle sehr, sehr vorsichtig. Sie ist die Königin der Hinterlist!«, zischt er. »Die fleischgewordene Boshaftigkeit! Die Mätresse des Bösen! Die Hure des Teufels! Die –«

»Ein bunter Strauß an Komplimenten … und das am frühen Nachmittag«, ertönt eine gurrende Stimme hinter uns. »Ich fühle mich geschmeichelt, Zacharias.«

Tigg fährt herum und starrt Marlene Berber mit glasigem Blick an. Er schluckt, seine Birne wird knallrot, er grummelt etwas Unverständliches, rutscht ungelenk von seinem Hocker und flüchtet zurück in den Saal.

Marlene sieht mir tief in die Augen. »Ich möchte dir gern helfen, Cora.«

Nicht schon wieder!

»Ich verkaufe nicht, Marlene.«

»Ich habe auch nicht das geringste Interesse, dir etwas abzukaufen. Aber vielleicht könnte ich dir noch die ein oder andere Sache über Schneekugeln beibringen. Ich habe bei Weitem nicht die Kenntnisse und Fertigkeiten, die Jacob Dorneyser besaß, aber ich bin sicher, du könntest auch von mir noch ein paar Dinge lernen …« Sie lächelt und streicht mir mit dem Finger über die Wange.

»Hoppala. Entschuldigung, darf ich mal durch, bitte?« Melly Boskop drängt sich zwischen uns. »Kommst du mal, Cora? Ich müsste dringend mit dir sprechen. Alleine!«

Sie greift meine Hand und zieht mich nach draußen vor die Tür.

»Ich wollte dich von dieser schrecklichen Frau loseisen«, sagt sie schwer atmend. »Ich habe doch gesehen, wie *unangenehm* dir dieses Gespräch war. Sie ist so aufdringlich und so *furchtbar* ordinär, findest du nicht?« Mellys Wangen beginnen rot zu leuchten. »Cora, ich möchte dir gern helfen!«

Ein atemlos vorgetragener, zehnminütiger Wortschwall ergießt sich über mich. Melly will mir nichts verkaufen, sie bietet auch nicht an, mir etwas über das Kugelmachen beizubringen, aber sie ist sich sicher, dass ich nun dringend Gesellschaft und Aufmunterung brauche – und wer wäre dazu besser geeignet als meine *allerallerbeste Freundin*? Erst nachdem ich versprochen habe, mich in den nächsten Tagen mit ihr zum gemeinsamen Zimtwaffelnbacken zu treffen, lässt sie von mir ab und entschwindet wieder in die Gaststube.

»Küsschen, Cora. Küsschen.«

Für heute reicht es mir an Hilfe. Ich lasse den Beerdigungskaffee Beerdigungskaffee sein und trete den Weg nach Hause an.

Ich werfe mich aufs Sofa und schalte den Fernseher an, um mich abzulenken, aber es gelingt mir nicht mal ansatzweise, das Programm zu verfolgen.

Zu viele Bilder geistern durch meinen Kopf. Es gibt so viele lose Fäden, die ich nicht miteinander verknüpfen kann: Niklas, die Wilde Jagd, die Holle, die Kalte Klinge und die unzerbrechliche Kugel, Katharina Kilius, die roten Schlittschuhe, Jacobs mysteriöse letzte Worte ...

Gedankenverloren blicke ich auf die tanzenden Schneeflocken vor Elsas Wohnzimmerfenster.

Die Kugel ... sie darf sie nicht bekommen ... vertrau Niklas ...

Plötzlich wird der Schnee von einem Windstoß durcheinandergewirbelt – und dann geschieht genau das, was ein paar Nächte zuvor in meiner Schneekugel geschehen ist: Die weißen Flocken vor dem Fenster formieren sich und ich lese die Worte

JACOBS WERKSTATT
KOMM ALLEIN

Eine Sekunde später ist die Schrift wieder verschwunden. Ich starre mit offenem Mund aus dem Fenster, dann fahre ich auf dem Absatz herum, greife nach meinem Mantel und stürme los.

Der Schnee verschluckt das Geräusch meiner Schritte, während ich am Buchbach entlang zu Jacobs Haus laufe. Mit zitternden Händen öffne ich die Tür, steige die Treppe hoch und trete in die Werkstatt.

In jeder einzelnen der Schneekugeln auf den Regalen blinkt ein sanftes blaues Licht auf. Der schwere Lehnsessel ist zum Fenster gedreht. In ihm sitzt eine Gestalt und blickt auf das bunte Glas.

»Niklas?«

Die Gestalt erhebt sich aus dem Sessel.

Niklas' Körper ist von dem gleichen bläulichen Licht umgeben, das die Schneekugeln erleuchtet. Er hebt den Kopf und ich sehe blaue Flammen aus seinen Haaren, um seinen Mund und aus seinen Fingerspitzen zucken! In seinen Augen steht ein metallisches blaues Glitzern.

Das ist der Moment, in dem ich panisch aufschreien sollte. Oder vor Schreck zu Boden sinken. Oder wenigstens laut um Hilfe rufen. Die leuchtende Gestalt vor mir sollte mich in Todesangst versetzen. Aber das tut sie nicht. Wie gebannt starre ich in Niklas' Augen.

Zwei blaue Spiegel …

»Du warst das Licht, das ich auf dem Friedhof gesehen habe – und du warst auch das Licht, das die Fackeln im Dorf vertrieben hat«, flüstere ich und mache zwei zögernde Schritte auf ihn zu. »Jacob hat gesagt, ich kann dir vertrauen. Was geschieht hier, Niklas? All diese Dinge … wie hängt das zusammen? Wer bist du? Und warum … warum bin ich in Gefahr?«

»Weil du eine Dorneyser bist.« Er deutet mit der Hand auf den Sessel. »Bitte setz dich.«

Ich hocke mich auf die Vorderkante des Sessels und sehe ihn gespannt an.

»Jacob war mein Freund – und mein Mitstreiter«, sagt er mit traurig klingender Stimme. »Ich wünschte, *er* hätte dieses Gespräch mit dir geführt. Aber er wollte nicht, dass du so früh von all dem erfährst. Er glaubte, dich dadurch beschützen zu können. Doch sein Tod hat alles verändert: Du bist eine Dorneyser und rückst an seine Stelle. Das, was du gleich erfahren wirst, wurde in deiner Familie von einer Generation zur nächsten weitergegeben.« Niklas dreht sich zum Fenster, seine Stimme klingt heiser: »Ich werde dir von etwas erzählen, das die Menschen die *Wilde Jagd* nennen.«

»Das Totenheer! Ich habe darüber gelesen: die Holle, der Jäger, das Mooosweib, Firnis, die Kugel, die Klinge …« Es sprudelt nur so aus mir heraus.

Niklas blickt mich überrascht an. »Du kennst die Geschichte der Jagd? Gut. Das erspart uns Zeit. Und wir haben nicht viel Zeit. Ich muss noch heute Nacht zurück in den Norden.« Er fährt sich mit der Hand durch die Haare. Es knistert wie bei einer elektrischen Entladung. »Die Wilde Jagd ist kein Mythos, Cora. Sie existiert – und ich habe vor langer Zeit zu ihr gehört.« Er tritt einen Schritt zurück und das blaue Licht um ihn herum flackert hell auf.»Mein Name ist Niklas. Ich wurde vor mehr als siebenhundert Jahren geboren und hörte an meinem zweiundzwanzigsten Geburtstag auf, ein Mensch zu sein.«

Einen Moment lang ist es so still, das man eine Schneeflocke fallen hören könnte.

Verhört! Du hast dich verhört. Du musst dich verhört haben, versucht mir meine Vernunft fortwährend einzureden, aber als ich in Niklas' traurig schimmernde Augen blicke, weiß ich, dass er genau das gesagt hat, was ich gehört habe. Und dass es die Wahrheit ist!»Was … was ist geschehen?«, frage ich und rücke ein Stück näher zu ihm.

»Ich bin in einem kleinen Dorf aufgewachsen«, beginnt er mit stockender Stimme zu erzählen.»Ein paar Hütten, eine Mühle, eine primitive Holzkirche – das war meine Welt. Mit meinen Eltern und meiner Schwester, Elisabeth.« Sein Blick scheint plötzlich in eine unsichtbare Ferne gerichtet, er lächelt und ein blaues Flimmern zieht über sein Gesicht.»Wir hätten nicht unterschiedlicher sein können: Ich sah in Dingen immer zuerst das Schlechte, sie das Gute. Ich grübelte lange nach, während sie einfach handelte. In meiner Welt war es Herbst, in ihrer herrschte immer Frühling. Und dennoch waren wir uns nah. So nah, dass wir uns nur ansehen mussten, um zu wissen, was der andere dachte. So nah, dass wir jederzeit das fühlen konnten, was der andere fühlte.«

»Sie ist diejenige … diejenige, an die ich dich erinnere.« Ich schaue ihn fragend an.

Niklas hebt den Kopf, blickt mir lange in die Augen und nickt. Zögernd streckt er die Hand aus, so als wolle er mir über die Wange streichen, doch dann weicht er, wie über sich selbst erschrocken, zurück.»Du bist wie sie«, sagt er leise.»So unglaublich … lebendig.« Seine Stimme klingt brüchig und ich würde am liebsten aufstehen und ihn in die Arme schließen, aber ich traue mich nicht.

»Sie ist gestorben ... nicht wahr?«, frage ich stattdessen.

»Ja.« Er wendet sich ab und schaut auf die Schneekugeln, durch die kleine Flitterteilchen tanzen. »Nicht einmal die Ältesten im Dorf konnten sich an einen Winter erinnern, der so hart und frostig gewesen war wie der, in dem ich zweiundzwanzig Jahre alt wurde. Die Tiere in den Wäldern litten verzweifelten Hunger und die Suche nach Nahrung trieb einige von ihnen in die Nähe menschlicher Ansiedlungen. Am Morgen meines Geburtstags – ich flickte gerade ein Gatter, während Elisabeth unterwegs war, um Brennholz zu sammeln – hatte ich plötzlich das Gefühl, etwas würde mir die Kehle zusammenschnüren. Mir wurde übel, ich erbrach mich – und in diesem Augenblick hörte ich entsetzte Schreie. Ich wusste sofort, dass etwas Schreckliches geschehen war. Ich lief zum Waldrand, wo ich auf eine Gruppe weinender und schreiender Menschen traf. »Ein Bär! Es war ein riesiger Bär!«, kreischte eine Frau. Ich schob die Menschen zur Seite und blickte auf den entsetzlich zugerichteten Körper meiner toten Schwester.« Niklas fährt sich mit den Händen durchs Gesicht, blaue Funken sprühen aus seinen Augen und aus seinen Haaren flackern wütende Flammen. »Niemals vorher hatte ich einen solchen Zorn in mir gespürt wie in diesem Moment!«, presst er hervor. »Ein Zorn, der jedes andere Gefühl in mir auslöschte. Nur mit einem Beil bewaffnet, stürmte ich in den Wald. Ich folgte der Fährte des Bären. Seine Spur zeichnete sich deutlich im Schnee ab, doch am Rand einer Senke endete sie plötzlich, so als hätte sich das Tier in Luft aufgelöst. Ich stand regungslos da, lauschte und blickte suchend in die Bäume, als mich ein Schneeball am Hinterkopf traf. Ich fuhr herum und sah in den Ästen einer großen Eiche drei Gestalten sitzen. Ich wusste sofort, dass sie nicht von dieser Welt sein konnten.«

»Die Jagd! Sie gehörten zur Wilden Jagd«, entfährt es mir. Meine Hand streckt sich aus, legt sich auf Niklas' Arm – und er lässt es zu. Ein kurzes bitteres Lächeln, dann legt sich ein Schatten auf sein Gesicht.

»Jede Einzelheit dieser Begegnung hat sich für immer in meine Erinnerung eingebrannt«, sagt er und ich spüre, wie sein Atem schneller geht. »Die Körper dieser Wesen waren von einem flackernden blauen Licht umgeben und sie schwebten durch die Luft auf mich zu. Ein riesiger Mann mit einem narbenzerfurchten Gesicht, eine Frau mit langem verfilztem Haar und ein lächerlich aufgeputztes Männlein mit einem Ziegenbart, das in einen dünnen Gehrock gekleidet neben ihnen hersprang.

›Was für ein entschlossener, zorniger junger Mann‹, hörte ich die Frau sagen und das Männlein keckerte: ›Ich finde ihn ein bisschen gewöhnlich, dabei hat sie doch ansonsten einen so exquisiten Geschmack.‹

›Keinen Schritt weiter! Was wollt ihr?‹, schrie ich.

Der Riese mit dem Narbengesicht lachte dröhnend. ›Dich! Die Holle will dich!‹

Die Frau machte einen gewaltigen Satz auf mich zu, reckte den Kopf vor und flüsterte: ›Dein Zorn … wie er duftet … wie kaltes Eisen. Kein Wunder, dass sie dich haben will. Dein Zorn ist unwiderstehlich!‹

›Verschwindet oder ihr sterbt!‹, brüllte ich und schwang das Beil über meinem Kopf.

Das kleine Männlein kicherte. Es klang wie das Krächzen einer verwundeten Krähe. ›Armer ahnungsloser Schmutzfink. Du bist der, dessen Leben heute enden wird!‹

Im nächsten Moment waren die drei verschwunden, als hätten sie sich in Luft aufgelöst.

Vor mir flackerte es blau auf – und mir stand ein Wesen gegenüber, das nur aus Flammen zu bestehen schien.«

Niklas' Lippen beginnen zu zittern.

»Die Flammen schossen aus ihren Händen, aus ihren Haaren und aus ihren Augen, doch ihr Blick ließ mich zu Eis gefrieren«, stößt er mit gequältem Gesichtsausdruck hervor. »Meine Zähne schlugen aufeinander, ich wurde von Schüttelfrost ergriffen, ein Strahl aus blauem Licht schoss aus ihrem Mund, traf mich wie ein gewaltiger Stoß und warf mich zu Boden.

›Du glaubst, ich bin dein Tod, mein schöner, zorniger Jäger‹, sagte sie mit einer Stimme wie Raureif. ›Aber du irrst dich. Ich bin die, die dich dem Tod stiehlt. Ich schenke dir die Ewigkeit. **Ich bin die Holle!**‹

Sie kniete plötzlich über mir, in ihrer Hand eine scharf gezackte Klinge aus blau schimmerndem Eis. Sie setzte die Spitze des Eissplitters auf meine Brust und eine unendliche Kälte breitete sich in meinem Körper aus. Ich schloss die Augen, rief mir zum letzten Mal das Gesicht meiner Schwester vor Augen und fühlte, wie die Klinge in mein Herz eindrang. Ich hörte auf, Niklas zu sein. Ich wurde der Jäger.« Niklas wendet den Blick ab, sieht in den wirbelnden Schnee und mit einem Mal habe ich das gleiche Gefühl wie damals, als ich den einsamen Baum in Jacobs Schneekugel gesehen habe.

Meine Finger krallen sich in den Stoff seines Mantels. »Sie hat dich zu einem von ihnen gemacht?«

Er nickt und senkt den Kopf. »Ich wurde ein Soldat des Toten Heeres. Ich zog mit der Wilden Jagd durch die Raunächte und musste mitansehen, was sie den Menschen antat. Was geschah, wenn die Holle die Menschen zwang, in die unzerbrechliche Kugel zu blicken. Wie jedes Glück sie verließ und nichts in ihnen blieb als Angst.« Niklas schweigt einen Moment, bevor er leise weiterspricht: »Aus einem Grund, den ich nie verstanden habe, hat die Holle mich allen anderen vorgezogen. Sie hat mir mehr über Magie beigebracht als jedem anderen. Die meisten Soldaten des Toten Heeres sind in ihrem Leben böse, hinterlistige Menschen gewesen. Abfalter, der Riese mit dem Narbengesicht, war ein Kindsmörder. Das Männlein mit der krächzenden Stimme, *die Habergeiß* genannt, war ein Giftmischer, der Dutzende von Menschen getötet hat, und das Moosweib, die Frau mit dem verfilzten Haar, hat im Blutrausch ihre ganze Familie ausgelöscht. Doch seltsamerweise erkor die Holle mich zu ihrem Liebling.« Niklas' Blick schnellt über die Schneekugeln, seine Augen glitzern.»Aber ich war anders als die übrigen Soldaten. In dem Moment, in dem die Kalte Klinge in mein Herz drang, hatte ich mir das Gesicht meiner Schwester vor Augen gerufen. Dieses Bild nahm ich mit. Dieses Bild war es, das in mir einen Funken Menschlichkeit überleben und mich Mitleid empfinden ließ. Der Funke ist nie erloschen. Er gab mir den Mut, mich der Holle zu widersetzen. Ich beging einen Verrat, der so groß war, dass nicht einmal die Holle ihn für möglich gehalten hatte.« Aus Niklas' Fingern zucken blaue Flammen hervor und seine Stimme klingt heiser.»Der einzige Grund, warum die Menschen heute glauben, die Jagd wäre nur ein Mythos, der einzige Grund, warum sich heute niemand mehr vor der Holle fürchten muss, ist der, dass ihr die Unzerbrechliche gestohlen – und einem Menschen geschenkt wurde!«

»Leonard Dorneyser«, höre ich mich sagen.

Niklas streicht mit einer Hand über das Glas der Fensterscheibe und tritt einen Schritt zurück.»Ich möchte, dass du dir etwas ansiehst. Aber dazu ist es nötig, dass du … dass du meine Hand hältst. Erschrick nicht, sie ist –«

»Kalt. Ich weiß«, sage ich, nehme seine Linke und umschließe sie mit meinen Händen.

Ein kurzes blaues Flackern in seinen Mundwinkeln – dann blicke ich staunend auf das Fenster. Es erstrahlt plötzlich in hellblauem Licht. Das Blau eines Frühlingshimmels, das übergangslos in ein dunkles Tintenblau wechselt, bis sich ganz allmählich ein Bild formt.

Ich sehe durch das Fenster in ein Zimmer!

In das Zimmer, in dem ich gerade Niklas' Hand halte …
und doch in ein völlig anderes.

Der Raum wird von Kerzenlicht erhellt. Es gibt Regale an den Wänden, aber in den Regalen stehen keine Schneekugeln, sondern Tausende hauchdünner Figuren aus buntem Glas. Auch auf einem Tisch in der Mitte des Zimmers sehe ich gläserne Tierfiguren: ein Hirsch mit einem glitzernden Geweih, eine dunkelgrüne Echse, ein rot schimmernder Fuchs, ein Keiler mit gläsernen Hauern, fein wie Nadelspitzen.

Über den Tisch gebeugt sitzt ein Mann mit einem dichten grauen Bart: Leonard Dorneyser! Er trägt Kleidung aus edlem Samt, die aber an vielen Stellen abgewetzt, gestopft und geflickt ist.

Dorneyser hat keinen Blick für das Funkeln der Glasfiguren. Er kritzelt mit einer Feder endlose Zahlenkolonnen auf ein Stück Papier. Dann legt er das Schreibgerät zur Seite und sieht mit ausdruckslosem Blick ins Leere – bis er plötzlich aufspringt und die Glasfiguren mit einem wütenden Aufschrei vom Tisch fegt.

Auf der Treppe sind eilige Schritte zu hören, die Tür öffnet sich und eine Frau tritt ein.

»Was, in Gottes Namen, tust du, Leonard? Was ist das für ein Lärm? Du wirst noch die Kinder aufwecken.«

Dorneysers Frau hat ein hübsches, ebenmäßiges Gesicht, das von braunen Locken umrahmt wird, und ist um viele Jahre jünger als ihr Mann. Sie nimmt das Blatt Papier vom Tisch und blickt verständnislos auf die Zahlenreihen. »Was ist das?«, fragt sie.

»Eine Auflistung unserer Schulden«, sagt Dorneyser, ohne aufzublicken.

Sie schlägt die Hand vor den Mund. »Aber … das verstehe ich nicht, Leonard. Du bist der berühmteste Glasmacher Europas. Deine Figuren sind an allen Höfen begehrt.«

Leonard Dorneyser schüttelt den Kopf. »Die letzte Figur habe ich vor zwei Jahren verkauft. Glasfiguren sind aus der Mode gekommen, ich bin aus der Mode gekommen. Die Herrschaften verlangen nach neuen Reizen, nach neuen, ungewöhnlichen Spielzeugen, neuen glä-sernen Kuriositäten …« Er lächelt traurig. »*Tag und Nacht zerbreche ich mir den Kopf darüber, wie so ein neuartiges Spielzeug beschaffen sein müsste, um ihr Interesse zu erregen, aber wenn mir der Himmel nicht bald eine Erleuchtung zuteil werden lässt, dann … Die Gläu-biger werden sich nicht mehr lange hinhalten lassen. Wir werden das Haus verlieren.«*

»*Aber wir haben doch Ersparnisse …*«

Dorneyser stöhnt auf. »*Wir haben keine Ersparnisse. Ich … ich habe unverantwortlich gehandelt. In windige Geschäfte investiert, die mir nur Verluste eingebracht haben; Geld verprasst für die edels-te Kleidung, das beste Essen, die teuersten Weine … Ich war ein eitler, selbstsüchtiger Narr.« Er senkt den Kopf.* »*Ich bin ein schlech-ter Ehemann, ein schlechter, verantwortungsloser Vater … ich bin ein schlechter Mensch.«*

Seine Frau blickt ihn lange an, dann tritt sie vor und legt die Arme um ihn. »*Als ich dich geheiratet habe, Leonard, da kannte ich all dei-ne Schwächen und deine Eitelkeiten. Aber in meinem Herzen wusste ich, dass du ein guter Mensch bist … trotz deiner Fehler.« Sie deutet auf die bunt schimmernden Glasfiguren.* »*Wer so schöne Dinge er-schafft, kann kein schlechter Mensch sein. Ich liebe dich, Leonard, und ich bin zuversichtlich, dass dir etwas einfallen wird, das uns aus die-ser schwierigen Lage befreit. Bisher ist es immer gelungen. Und nun grüble nicht mehr und komm zu Bett. Bald ist es Mitternacht und die Zwölfe beginnen. Niemand sollte in diesen Nächten wachen.«*

Dorneyser nimmt die Hände seiner Frau und küsst sie auf die Stirn. »*Ich verspreche, dass ich alles tun werde, um dein Vertrauen nicht zu enttäuschen, Margarete. Geh schon vor, ich will noch die Unordnung hier beseitigen und komme dann nach. Gute Nacht, Liebes.«*

Ich höre, wie die Frau die Treppe hinuntersteigt. Dorneyser nimmt einen Besen und beginnt, die bunten Scherben zusammenzukehren, während in der Ferne die Glocke eines Kirchturms den neuen Tag einläutet.

Plötzlich ist ein leises Knistern zu vernehmen; ein blaues Flim-

mern erscheint vor den Regalen. Beim zwölften Glockenschlag fährt eine blaue Flamme in die Höhe – mitten im Zimmer steht ein Mann!

Die langen Haare hängen Niklas wirr in die Stirn, sein Gesichtsausdruck ist gehetzt. Aus seinen Fingerspitzen und Augenbrauen zucken blaue Flammen.

Dorneyser stößt einen erstickten Schrei aus, macht einen Satz rückwärts und bekreuzigt sich. »Der Leibhaftige! Herr, steh mir bei!«

»Du irrst dich, Leonard«, höre ich Niklas sagen. »In mir ist nicht mehr von einem Teufel als in jedem anderen. Du musst mich nicht fürchten. Ich bin hier, weil ich deine Hilfe brauche.«

Dorneyser entschließt sich trotzdem zur Flucht. Mit zwei hastigen Schritten versucht er zur Tür zu gelangen, doch Niklas macht einen Satz nach vorn und drückt den Glasmacher auf einen Stuhl.

»Eure Hände …«, wispert Dorneyser. »Kalt wie Eis! Was wollt Ihr von mir? Wer seid Ihr?«

»Die meisten nennen mich den Jäger.« Niklas' Augen leuchten auf. »Ich kenne dich gut, Leonard. Ich beobachte dich schon lange und ich bin zu dem Entschluss gekommen, dass du der richtige Mann bist, um zu tun, was getan werden muss. Ich brauche die Hilfe eines Menschen. Heute Nacht.«

»Hilfe … wozu … und warum ich?«, stammelt Dorneyser.

»Weil kein anderer Mensch so viel über Glas weiß wie du und weil kein anderer das Glas so versteht wie du.«

Niklas zieht eine Kugel aus der Tasche seines Mantels. Um das Glas herum züngeln winzige blaue Flammen. Vor den Augen meines entsetzten Urahns legt er sie auf dem Tisch ab. Ich sehe, wie im Inneren der Kugel Schneeflocken über die Gipfel einer zerklüfteten Gebirgskette wirbeln.

Das blaue Leuchten um Niklas' Körper wird stärker, als er sich zu Dorneyser vorbeugt und flüstert: »Hör mir gut zu, Glasmacher. Wir haben keine Zeit zu verlieren. Die Holle hat den Diebstahl der Kugel bereits entdeckt. Ich kann ihre Wut fühlen, sie ist wie eine kalte spitze Nadel, die sich in meinen Kopf bohrt. Nicht mehr lange und die Wilde Jagd wird hier sein. Vielleicht eine Stunde, vielleicht weniger.«

»Die Holle ... Diebstahl ... Wilde Jagd ...?«, stottert Dorneyser fassungslos. »Ein Untoter!« Er bekreuzigt sich erneut. »Ihr seid ein verfluchter Untoter!«

»Du hast recht, Dorneyser. In meinen Adern fließt kein Blut und mein Herz schlägt nicht mehr. Und ja – ich bin verflucht. Verflucht, mit der Holle und ihrem Heer durch die Raunächte zu ziehen. Verflucht, das Glück der Menschen sterben zu sehen. Ich bin ein Teil der Wilden Jagd, Dorneyser. Lange Zeit habe ich auf den richtigen Augenblick gewartet. Heute Nacht ist er gekommen. Ich habe die Kugel, die Unzerbrechliche, gestohlen. Aber allein kann ich dem Schrecken kein Ende bereiten. Du musst mir helfen, Leonard!«

Dorneyser ringt um Fassung. »Nein ... Ihr seid kein Untoter ... Ihr seid nur ... ein Gaukler ... ein Gaukler, der mich mit Taschenspielereien und Hokuspokus in Angst versetzen will ... Ich ... ich glaube Euch kein Wort. Ich bin ein Mann der neuen Zeit. Ein Mann des Verstandes.«

Niklas sieht ihn herausfordernd an, beugt sich über den Tisch, pustet in die Kerzen und im nächsten Moment färben sich ihre orangeroten Flammen tiefblau. Dann schließt er die Augen, bewegt lautlos die Lippen und ich sehe, wie Schnee von der Decke der Werkstatt zu Boden schwebt. Dorneysers Mund steht weit offen.

»Benötigt dein Verstand noch mehr Beweise?« Niklas greift nach der blau schimmernden Kugel und schleudert sie mit aller Kraft gegen die Wand – wo sie geräuschlos abprallt und wie an der Schnur gezogen in seine ausgestreckte Hand zurückschnellt. »Das Glas dieser Kugel bricht nicht. Ich sage die Wahrheit, Glasmacher!«

Dorneyser starrt ihn stumm an.

Auf einmal schrillt ein furchterregendes Kreischen durch die Nacht. »Was ist das?«, wimmert er und kauert sich in seinem Sessel zusammen.

»Sie kommen«, flüstert Niklas. »Die Wilde Jagd! Wenn sie die Kugel zurückerlangen, wird diese Welt zu einem elenden Ort werden. Nur du kannst es verhindern, Leonard!« Er packt Dorneyser bei den Schultern, blaue Funken stieben aus seinen Augen. »Ich bin einer von

ihnen, ob ich will oder nicht. Ich bin durch den Eissplitter in meinem Herzen mit der Holle verbunden. Solange ich die Kugel bei mir trage, leuchtet sie für die Augen dieser Wesen wie eine Fackel in der Dunkelheit. Aber wenn ein Mensch die Kugel in Besitz nimmt, erlischt die Spur und die Kugel ist für die Holle verloren. Sie wird niemandem mehr Leid zufügen können. Und wem, wenn nicht dem größten aller Glasmacher, könnte ich dieses Glas anvertrauen?«

Auf Dorneysers Oberlippe treten Schweißperlen. »Ich bin kein Held«, stößt er keuchend hervor.

»Helden werden zu Helden, wenn sie Heldenhaftes tun, Dorneyser. Entscheide dich! Jetzt!«

Niklas deutet aus dem Fenster. Am dunklen Nachthimmel sind unzählige blaue Lichter, die sich dem Haus in rasender Geschwindigkeit nähern. Bald sind sie so nah, dass man Gestalten erkennt. Ihre Gesichter sind wutverzerrt, in ihren Augen flackern blaue Flammen. Das Pfeifen wird zu einem so schrillen Kreischen, dass man glaubt, die Trommelfelle würden einem platzen.

»Tu es, Glasmacher!«, brüllt Niklas über das Kreischen hinweg.

Dorneyser sieht voller Angst zu den Flammengestalten − zu Niklas − erneut zu den Flammenwesen − dann schnellt seine rechte Hand vor und greift nach der Kugel.

»Und nun? Was muss ich tun?«

»Sag, dass die Kugel dein ist.«

»Das ist alles?«

»Sag es!«

»Die ... die Kugel ist mein!«

Kaum hat Dorneyser die Worte ausgesprochen, als das bläuliche Licht, das von der Kugel ausging, erlischt. Die Flammen vor dem Fenster verharren plötzlich reglos, als wären sie gegen ein unsichtbares Hindernis gestoßen. Einen Moment lang stehen sie wie erstarrte, kalte Flammensäulen in der dunklen Nacht. Von weit her ist ein hoher Schrei zu hören.

Eine nach der anderen wenden sie sich ab und das Heer der Wilden Jagd schwebt langsam über die Bäume davon.

*»Versteck die Kugel gut, Dorneyser – aber verrate niemandem, wo!
Auch mir nicht! Vor allem nicht mir!«, flüstert Niklas eindringlich.*

»Aber was …?«

*»Wir sehen uns wieder, Glasmacher. Zu gegebener Zeit.«
Schon verhallen Niklas' Schritte auf der Treppe, einen Moment lang
hängt noch ein blaues Flimmern in der Luft – dann ist auch das verschwunden.*

*Leonard Dorneyser sitzt am Tisch und blickt mit ungläubiger Mie-
ne auf die Kugel. »Dieses funkelnde Ding soll es vermögen, so viel
Unheil in die Welt zu bringen?«, murmelt er. »Dabei ist es wunderschön. Eine Kugel, in der es schneit … Was für ein wundervolles kleines Zauberwerk.« Plötzlich springt er auf. »Das ist es! Das ist das,
wonach ich die ganze Zeit gesucht habe.« Er schüttelt das Glas in
seiner Hand, sieht versonnen in das Schneegestöber und seine Lippen
formen ein Lächeln. »Ein gläsernes Spielzeug, das jedermann lieben
wird. Eine … Schneekugel!«*

Während der Schnee durch das Glas wirbelt, verschwim-
men Leonard Dorneysers Konturen und das Bild des kerzen-
erleuchteten Zimmers löst sich vor meinen Augen auf.

Es ist, als würde ich aus einem Traum auftauchen.

»Du … du kannst meine Hand jetzt wieder loslassen, Cora.«

»Hmm«, sage ich leise, blicke zu Niklas auf – und verschrän-
ke meine Finger in seine.

Er blickt hastig weg und seine Wangen verfärben sich. »Der
Bund, den Leonard Dorneyser und ich geschlossen haben, hatte durch alle Generationen deiner Familie hindurch Bestand.
Die Dorneysers versteckten die Kugel vor der Holle und meine ganze Aufmerksamkeit galt ihrer Sicherheit. Wo immer ich
war. Was immer ich tat.«

»Wo immer du warst? Wo warst du? Und was hast du … getan?«

»Ich war an Orten, die so kalt sind, dass die Zeit an ihnen
stillsteht. Ich habe … gelernt. Ich habe gelernt, wie man den

Schnee tanzen lässt, ich habe gelernt, Glas aus dem Nichts entstehen zu lassen, ich habe gelernt, Eissplitter durch Gedankenkraft zu lenken. Ich habe mich vorbereitet … Doch zurück zu den Dorneysers: Leonard Dorneyser, der nicht nur mutig, sondern auch ausgesprochen geschäftstüchtig war, begann, inspiriert von der *Unzerbrechlichen*, Schneekugeln herzustellen. Er erlangte schnell große Kunstfertigkeit darin; die Schneekugeln beendeten seine finanzielle Misere und brachten deiner Familie neuen Wohlstand. Außerdem hatte Leonard Dorneyser einen klugen Gedanken: Wenn du etwas verstecken willst, dann versteck es inmitten von Dingen, die ihm gleich oder ähnlich sind. Er verbarg die Unzerbrechliche hier in seiner Werkstatt, inmitten Tausender zerbrechlicher Gläser. Und seine Erben behielten dieses Versteck bei.«

»Aber woher weißt du …? Du hast Dorneyser gesagt, er darf dir das Versteck nicht verraten.«

Niklas streicht sich die Haare aus dem Gesicht. »Der Eissplitter in meinem Herzen verbindet mich auf immer mit der Holle. Ich habe gelernt, meine Gedanken vor ihr zu verschleiern, aber ich kann sie nicht vollständig vor ihr verbergen. Ich darf das Versteck der Kugel nicht kennen. Und weder Leonard Dorneyser noch seine Nachfahren haben mir das Versteck je verraten.« Langsam löst er seine Hand aus meiner und tritt vor das Fenster. »Dass die Kugel hier in der Werkstatt versteckt war, das habe ich erst vor vierundzwanzig Jahren erfahren.«

»Das Jahr, in dem Katharina Kilius verschwunden ist«, entfährt es mir.

Er nickt und lässt seine Finger über die Fensterscheibe gleiten. Dann dreht er sich um und lächelt. »Die meisten aus der Familie Dorneyser waren wie Jacob: Sie erwähnten die Kugel niemandem gegenüber. Mit keinem Wort. Andere hatten ihre kleinen Schwächen … Leonard Dorneyser hörte sich gern reden und neigte zur Prahlerei. Er hat niemandem erzählt, was wirklich geschehen ist, aber er hat Andeutungen gemacht, Dinge verdreht und Sachen dazuerfunden … So kamen die Gerüchte in die Welt, nach der ihm der Teufel die erste Schneekugel geschenkt haben soll. Und obwohl ihm diese Geschichte beinah eine Anklage wegen Hexerei eingebracht hätte, war er eitel genug, sie auch noch auf diesem Fenster zu verewigen. Deine Vorfahrin Clara Dorneyser hatte eine unglückselige Vorliebe für Gin, der sie immer ausgesprochen geschwätzig werden ließ, und dein Ururururgroßvater Wilhelm Dorneyser neigte zur Redseligkeit, wenn er in den Armen schöner Frauen lag. So kam es, dass immer wieder Gerüchte um die unzerbrechliche Kugel kursierten. Ich war auf der Hut, denn ich befürchtete, diese Gerüchte könnten irgendwann auch die Ohren der Holle erreichen. Aber nichts geschah. Bis Josef Kardinal die Bühne betrat …«

»Der Kardinal? Was hat er damit zu tun?«

»Für die meisten Menschen ist die Unzerbrechliche nur ein Märchen. Niemand vorher hat so fest an ihre Existenz geglaubt, wie der Kardinal es tut. Niemand vorher ist so gierig danach gewesen, sie zu besitzen. Niemand hat mit solcher Hartnäckigkeit nach ihr geforscht. Josef Kardinal ist viel gereist, er hat recherchiert, er traf Leute, er stellte Fragen, viele Ohren hörten, was er sagte. Und so kam es, dass die Holle vor vierundzwanzig Jahren auf die Spur der Kugel stieß. Und dass ein Mädchen sterben musste.«

»Was ist mit Katharina geschehen?«, flüstere ich.

»Alle, die zur Wilden Jagd gehören, alle Soldaten des Toten Heeres waren einmal Menschen – sie haben einen Körper besessen. Außerhalb der Raunächte erscheinen sie in der Welt der Menschen nur als blaue Lichter, aber –«

»Wie die, die mich im Dorf verfolgt haben?«

»Ja. Aber das war nur Mummenschanz. Sie haben versucht, dir Angst zu machen. Bevor die Raunächte beginnen, können sie nicht gefährlich werden. Doch in den Raunächten, wenn sich die Tore zwischen den Welten öffnen, erlangen sie ihre

Körper zurück. Körper zwar, die von blauem Feuer umgeben sind, doch es sind ihre Körper.«

»Aber noch haben die Raunächte nicht begonnen, und du … du hast einen Körper …«, sage ich und ertappe mich dabei, dass meine Hand über seinen Arm streicht.

»Seit ich die Kugel gestohlen habe, gehöre ich zu niemandem mehr. Nicht zu den Menschen und nicht zur Wilden Jagd. Seitdem bewege ich mich im Körper eines Toten durch die Welt der Menschen. Und manchmal als ein Licht. Mitten unter ihnen, aber dennoch für immer von ihnen getrennt.«

Er klingt unsagbar traurig.

Mein Mund fühlt sich plötzlich ganz trocken an und ich bemerke, dass meine Hand schon wieder auf seinem Arm liegt. Hastig ziehe ich sie zurück, aber Niklas ergreift sie und verschränkt seine Finger in meine.

»Mit der Holle verhält es sich jedoch besonders«, fährt er mit heiserer Stimme fort. »Sie ist nie ein Mensch gewesen, sie hat nie einen menschlichen Körper besessen. Sie wurde aus Eis erschaffen und besteht nur aus kaltem blauem Feuer. Um sich in den zwölf Nächten in der Welt der Menschen zu bewegen und sie in die Kugel blicken zu lassen, braucht die Holle einen Körper. Dazu muss sie einen Menschen töten. Und sie tötet ihn nicht nur. Im Moment seines Todes saugt sie sein ganzes Leben in sich hinein: all seine Erinnerungen, seine Gedanken, seine Sprache, seine Art, sich zu bewegen. Sie *wird* zu diesem Menschen und niemand – egal wie gut er ihn kannte – käme auf den Gedanken, das Wesen ihm gegenüber wäre nicht mehr dieser Mensch. Ich werde dir nun zeigen, was Katharina Kilius zugestoßen ist.«

Ich drücke seine Hand fester und blicke in das Fenster, das erneut blau aufleuchtet, bevor weiße Flocken durch das Blau wirbeln, langsam davonschweben und den Blick auf ein verschneites Rockenfeld freigeben …

Dicht gedrängt steht eine Menschenmenge vor einem Laden und blickt wie gebannt in das gewölbte Fenster. »Dorneyser Kugeln« steht in goldglänzender Schrift über der Tür. Ich erkenne den Kardinal, auch damals schon mit Rauschebart und roter Mütze, aber weitaus schlanker, als ich ihn kennengelernt habe. Ganz vorn, direkt vor dem Fenster, steht Elsa. In ihrem schwarzen Zopf sind erste graue Strähnen. Ein Stück hinter ihr stemmt Bartholomäus Tigg seinen Bruder Zacharias in die Höhe, damit dieser etwas sehen kann.

Wow, wow, wow, wow, wow – unbelievable …

Die Stimme von Kate Bush schraubt sich immer höher, während sich Katharina Kilius hinter dem Glas des Fensters in einer nicht enden wollenden Pirouette dreht. Plötzlich bricht die Musik ab. Katharina sinkt auf das Eis.

Den Leuten steht der Mund offen. Es herrscht vollkommene Stille.

Dann erhebt sich Katharina wieder und Jacob tritt zu ihr ins Fenster. Ein Jacob mit braunem Haar, der auf zwei gesunden Beinen steht. Sie verbeugen sich und frenetischer Applaus bricht los. Nur Josef Kardinal macht ein Gesicht, als hätte er am Jaucheeimer genippt.

In wichtigem Tonfall verkündet eine Stimme: »Das war das letzte Fenster für heute. Die Jury wird sich beraten und in etwa zwei Stunden den Gewinner der besten lebendigen Kugel 1991 verkünden. Auf in den Torkelnden Hirsch*!«*

Die Menge vor dem Schaufenster löst sich auf, kurz darauf geht das Licht im Laden aus. Jacob und Katharina treten auf das schneebedeckte Pflaster hinaus.

»Gute Nacht, Jacob«, sagt sie, während er die Ladentür abschließt.

»Kommst du nicht mit in den Torkelnden Hirsch*?«*

»Ich würde gern. Aber meine Mathelehrerin hatte die originelle Idee, am letzten Tag vor den Weihnachtsferien eine Klassenarbeit anzusetzen. Ich muss lernen.«

Jacob drückt ihre Hand. »Das war eine wunderbare Darbietung von dir heute Abend. Vielen Dank, Katharina!«

Sie lacht und umarmt ihn. »Nein, ich danke dir, Jacob. Dafür, dass ich bei deinem Fenster dabei sein durfte.«

»Soll ich dich nach Hause bringen?«, fragt er.

Katharina schüttelt den Kopf. »Ach was … sind ja nur ein paar Meter. Geh du in den Torkelnden Hirsch. Sie können gar nicht anders, als dir den Preis zu geben. Das ist dein Abend, Jacob. Viel Spaß!« Im Weggehen winkt sie ihm noch einmal zu. »Ich komme an Heiligabend kurz bei dir vorbei.«

Jacob hebt die Hand zum Abschied, zieht seinen Mantelkragen hoch und lenkt seine Schritte auf das Wirtshaus, während Katharina – die roten Schlittschuhe über der Schulter – in eine kleine Gasse biegt.

Hinter ihr fällt ein blauer Schatten auf den Schnee.

Wieder wirbeln Schneeflocken durch das Fenster. Das Bild des Dorfes verschwindet, stattdessen blicke ich nun in Jacobs Werkstatt. Auf einem der Arbeitstische steht ein kleiner, mit bunten gläsernen Kugeln geschmückter Baum, ein Kofferradio spielt weihnachtliche Chormusik. Jacob sitzt in einem Sessel und betrachtet ein Foto, auf dem meine Mutter als Kind zu sehen ist.

Die Tür öffnet sich, ein blaues Flackern – dann steht Niklas hinter Jacob. Er wirft einen kurzen Blick auf die Fotografie und legt meinem Großvater die Hand auf die Schulter. »Du wünschst, sie wäre hier …«

Jacob nickt traurig. »Noch drei Monate, bis sie aus England zurückkommt. Ich wusste, dass es an Weihnachten besonders schlimm werden würde.«

»Tut mir leid, Jacob. Ich wünsche dir trotzdem ein frohes Weihnachtsfest.«

»Dir auch, Niklas. Ein frohes Fest!« Jacob lächelt tapfer, dann nimmt er eine Flasche Wein und zwei Gläser aus einem Schrank, schenkt ein und die beiden Männer stoßen an.

»Dein wievieltes Weihnachten ist das?«

»Ich habe aufgehört zu zählen, Jacob.«

Die Haustürklingel unterbricht ihr Gespräch.

»Oh, das wird Katharina sein. Sie wollte kurz vorbeikommen«, sagt Jacob. »Würdest du, äh …?«

»Sicher. Ich warte in der Höhle.«

Gemeinsam gehen sie die Treppe hinunter. Einen Fahrstuhl gibt es noch nicht und auch keine Gegensprechanlage. Jacob wartet, bis Niklas den Zugang zur Höhle hinter sich geschlossen hat, dann öffnet er die Haustür.

Katharina Kilius lächelt ihn an. »Ich war oben am See und habe ein paar Trainingsrunden gedreht und dachte, ich schaue auf dem Rückweg mal eben bei dir vorbei. Kann ich reinkommen?«

»Gern.« Jacob führt sie in die Werkstatt.

Sie legt ihre Schlittschuhe neben der Tür ab, dann fällt ihr Blick auf die beiden Weingläser und sie stutzt. »Oh, du … hast bereits Besuch?«

»Nein, nein, nein, das ist nur … Ein Glas war schmutzig und da habe ich mir ein anderes …«

»Frohe Weihnachten, Jacob!« Sie zieht ein flaches Päckchen aus ihrer Manteltasche und drückt es ihm in die Hand.

Er öffnet das Geschenkpapier und ein Lächeln zieht über sein Gesicht. »Eine Fliege. Grün gestreift. Eine grün gestreifte habe ich noch nicht in meiner Sammlung. Vielen Dank! Wie peinlich, ich habe überhaupt nicht … also, ich habe jetzt gar kein Geschenk für dich. Weißt du was?« Er deutet auf die Regale. »Such dir eine Schneekugel aus.«

Sie winkt ab. »Du musst mir nichts schenken – wobei … da gäbe es vielleicht doch etwas …«

»Immer raus mit der Sprache«, sagt Jacob und sieht sie gespannt an.

Katharina fährt mit dem Finger über den Rand eines der Weingläser, dann hebt sie den Kopf, sieht ihn fragend an und zieht einen Schmollmund. »Lässt du sie mich sehen?«

»Ich verstehe nicht …«

»Die Kugel. Die Kugel, von der Josef Kardinal immer spricht. Die erste Schneekugel. Die Dorneyser-Kugel. Oh, bitte, Jacob. Bitte, bitte, bitte, bitte, bitte. Ich möchte sie so gern sehen.«

»Tut mir leid, Katharina. Der Kardinal erzählt Lügenmärchen. Eine solche Kugel gibt es nicht.«

»Jacob, ich dachte, wir wären Freunde. Freunde sagen sich doch die Wahrheit.« Katharina legt eine Hand auf seinen Unterarm.

Jacob weicht zurück. »*Diese Kugel gibt es nicht. Vielen Dank für deinen Besuch, Katharina, aber du solltest jetzt besser gehen. Deine Eltern warten sicher schon mit der Bescherung und …*«
»*SIE GEHÖRT MIR!*«
Eine Stimme wie ein Gewitter, dessen furchtbares, donnerndes Echo von den Wänden des Hauses widerhallt.

Die schreckliche Stimme kommt aus dem Mund von Katharina Kilius. Ihr ganzer Körper scheint plötzlich nur noch aus blauem Feuer zu bestehen. In ihren Augen lodern Flammen auf. Unvermittelt erhebt sie sich in die Luft und schwebt, einen Meter über dem Boden, auf Jacob zu.
»*GIB MIR MEINE KUGEL, GLASMACHER!*«
Eine blaue Stichflamme fährt aus ihrem Mund. Jacob kann gerade noch den Kopf einziehen und stolpert über einen Stuhl, der krachend zu Bruch geht.

»*Niklas!*«, *brüllt er. Schon fliegt die Tür auf und etwas blau Flackerndes springt mit einem gewaltigen Satz auf einen der Tische. Niklas macht eine entschlossene Bewegung mit der Hand und leuchtende Klingen schießen auf Katharina Kilius zu. Es sieht aus, als würde er die Klingen mit einer einzigen schnellen Bewegung aus der Luft schneiden und dem Flammenwesen entgegenschleudern. Die Frau weicht den schimmernden Eisklingen aus, fährt mit einem wütenden Aufschrei herum und schickt eine Flamme in seine Richtung. Draußen vor dem Fenster zucken blaue Blitze auf.*

»*Noch mehr von denen!*«, *schreit Jacob, der sich unter einem Tisch verkrochen hat.*

»*Raus hier, Dorneyser! Schnell!*« *Niklas' Stimme überschlägt sich.*

»*Warte!*« *Jacob krabbelt unter dem Tisch hervor, rennt geduckt zu einem der Schneekugelregale und greift eine Kugel aus der hintersten Reihe, während rings um ihn her kalte Flammen über den Boden züngeln und eine Schicht aus Eis auf den Dielen hinterlassen.*

»*Auf meinen Rücken, Dorneyser!*« *Niklas zieht Jacob hoch in die Luft. Der klammert sich ängstlich an ihn. Seine rechte Hand umfasst krampfhaft die Kugel. Er schreit panisch auf, als Niklas durch die blauen Flammen springt, einen kurzen Anlauf nimmt – und sich kopfüber aus dem Fenster stürzt. Glassplitter spritzen durch die Gegend. Niklas trudelt, mit dem schreienden Jacob auf dem Rücken, zu Boden. Im letzten Moment fängt er den Sturz ab, steigt in die Höhe und jagt als blaues Licht mit atemberaubender Geschwindigkeit auf den Wald zu.*

Sofort nehmen die Flammengestalten die Verfolgung auf. In rasendem Tempo geht es zwischen den Bäumen entlang. Als Jacob und Niklas den See erreichen, taucht ihnen gegenüber eine zweite Gruppe blauer Gestalten auf, die direkt auf sie zuhält. Niklas weicht ihren eisigen Klingen im Zickzackflug aus, macht eine ruckartige Bewegung – und Jacob verliert den Halt. Mit einem lauten Schrei stürzt er zur Erde und kracht mit dem Rücken auf das Eis, wo er bewegungslos liegen bleibt, die Kugel noch immer in der Hand.

Niklas schießt blitzartig zu Boden und stellt sich schützend vor ihn, während sich die Flammenwesen auf das Eis sinken lassen, einen Kreis um ihn bilden und bedrohliche Laute ausstoßen.

»WARTET!« Katharina Kilius – oder das, was früher einmal Katharina Kilius war – schwebt auf das Eis herab und gebietet dem Toten Heer mit einer Handbewegung Einhalt. Auf ihrer Brust schimmert eine Klinge aus Eis. Die Kalte Klinge. Die Waffe, mit der sie ihr Gefolge zu einem ewigen Leben in ihrer Welt verdammt hat.

Langsam und bedrohlich gleitet sie durch die Luft auf Niklas zu. »Heute kehrt die Kugel zurück, Jäger. Zurück in die Hand, die allein würdig ist, sie zu berühren. Dein Kampf ist zu Ende und ...«, sie wirft einen verächtlichen Blick auf Jacob, »der des kleinen Glasmachers auch.«

»Noch hast du sie nicht!«

»Wer soll mich daran hindern, sie mir zu nehmen, Jäger? Du?«

»Du warst es, die mich Magie gelehrt hat. Ich lernte schnell, weißt du noch? Wer sagt dir, dass ich seit unserem letzten Zusammentreffen nicht sehr viel mehr gelernt habe? Wer sagt dir, dass ich nicht stärker und schneller geworden bin? Stärker und schneller als du?«

Einen Moment lang herrscht vollkommene Stille. Dann lacht die blaue Flammengestalt laut auf. Es ist ein schreckliches, klirrend kaltes Lachen, das wie ein böser blauer Sprühnebel durch die Luft schwirrt. »Armer, kleiner, zorniger Jäger. Du bist nichts als das, zu dem ich dich gemacht habe. Wie willst du mich aufhalten?«

»Du wirst es herausfinden. Zur Not kämpfe ich gegen deine ganze verrottete Jagdgesellschaft.«

Ein dumpfes Murren dringt aus den Reihen der Wilden Jagd, aber die Holle bringt ihre Gefolgschaft mit einem leichten Kopfnicken zum Schweigen. »Das wird nicht nötig sein, Jäger.« Ihre Augen leuchten wie böse kalte Scheinwerfer. »Es wird mein Vergnügen sein, dich zu demütigen. Zu demütigen – und zu vernichten. Du hast durch mich existiert und nun werde ich den Splitter aus deinem Herzen ziehen und deine Existenz beenden. Und während du dich zu einem blauen Rinnsal verflüchtigst, kannst du zusehen, wie dein Glasmacherfreund ebenfalls sein Leben aushaucht. Du hättest an meiner Seite sein kön- nen, du hättest mit mir in den Raunächten herrschen können, aber du warst schwach. Du bist eine Enttäuschung. Ich werde dich VER- NICHTEN!«

Sie schießt hoch in die Luft und schleudert einen blauen Kugelblitz auf Niklas. Er reißt die Hand in die Höhe, lenkt den Blitz ab, dass er krachend in eine Tanne am Seeufer fährt, und setzt seiner Gegnerin nach. Das Zischen der Eisklingen erfüllt die Luft. Die beiden Gestal- ten schrauben sich immer höher in den Himmel, zwei blaue Feuerbäl- le, die sich in der Dunkelheit verfolgen. Plötzlich vollzieht einer eine Drehung und rast auf den zweiten Ball zu.

Ein Aufschrei geht durch das Heer der Wilden Jagd.

Die Feuerbälle schießen in irrwitziger Geschwindigkeit aufeinander zu. Dann erhellt ein greller Lichtblitz den See – zwei blaue Fackeln trudeln zur Erde und schlagen auf das Eis.

Beide springen gleichzeitig auf und stehen sich – nur ein Dutzend Schritte voneinander entfernt – gegenüber. Auge in Auge, mit weit nach vorn gereckten Armen, die Handflächen nach außen gerichtet. Ein stummer Kampf, ohne sichtbare Kampfhandlung – bis ich im Ge- sicht der Holle eine winzige Regung bemerke: ein kurzer ungläubiger

Blick. Dann sieht es aus, als würde ihr Körper von einer unsichtbaren Kraft ganz langsam in die Knie gezwungen und auf das Eis gedrückt. »Was ist das?«, kreischt sie, während Niklas auf sie zugeht und unverständliche Worte in einer fremden Sprache murmelt. Aus dem Nichts erscheinen unzählige glitzernde Glasscherben, die einen Moment durch die Luft schwirren, bis sie beginnen sich anzuordnen, zusammenzufügen und die Holle unter einer Kuppel einzuschließen. In Sekundenschnelle fügen sich die schmalen Risse und das Glas wird fest und undurchlässig: eine Schneekugel, mitten auf dem See. Ein gläsernes Gefängnis für ein Wesen aus Eis.

»DU KANNST MICH NICHT TÖTEN!« Die Hände der Holle trommeln gegen die Innenwand der Kuppel. Das Gesicht gleichermaßen von Wut und Entsetzen verzerrt, schlägt sie immer wieder den Kopf gegen das Glas.

Kleine Flammen zucken um Niklas' Lippen, während er die immer gleichen Worte wiederholt. Das Glas scheint flüssig zu werden, ein silberner Strom, der um den Körper der Holle fließt und sich enger und enger um sie schließt.

Ein letzter Schrei entringt sich ihrem Mund, ein letztes blaues Flackern auf ihrem Gesicht – dann umhüllt das Glas sie so eng wie ein kalter, durchscheinender Kokon.

Niklas stößt einen langen hohen Schrei aus. Das Eis bricht auf und der Glaskokon sinkt in die Tiefen des Sees. Einen Wimpernschlag später hat sich die Eisdecke bereits wieder geschlossen.

Schwer atmend dreht sich Niklas zu dem Toten Heer, das vor Entsetzen verstummt ist. »Wer will noch gegen mich kämpfen? Habergeiß? Abfalter? Bärentreiber? Oder du vielleicht, Vorpercht?« Er blickt herausfordernd zu einem verschlagen aussehenden Mann, der ängstlich zurückweicht.

»Verräter!«, schreit eine hohe Stimme hinter dem Jäger und die Frau mit dem verfilzten Haar stürzt durch die Luft auf ihn zu. Er fährt herum, jagt ihr einen blau glühenden Splitter mitten in die Stirn und sie schlägt hart aufs Eis. Das ist der Moment, in dem die Jagd aus ihrer Entsetzensstarre erwacht und in wildem Durcheinander die

*Flucht ergreift. Die Frau mit den schmutzigen Haaren erhebt sich be-
nommen, betastet den Splitter, der aus ihrer Stirn ragt, blickt ungläubig zu Niklas und taumelt über das Eis davon. Wie ein flügellahmer
Vogel erhebt sie sich in die Luft und folgt den anderen blauen Lichtern,
die bereits in alle Himmelsrichtungen davonsprengen.*

*Niklas kniet sich neben Jacob, der noch immer die Kugel umklam-
mert.*

»Katharina …«, stößt mein Großvater hervor.

*»Das war nicht Katharina«, sagt Niklas mit trauriger Stimme.
»Katharina Kilius war schon tot, bevor sie heute Abend an deine Tür
klopfte. Was ist mit dir? Bist du verletzt?«*

*»Ich … ich kann meine Beine nicht bewegen. Bring mich nach
Hause. Bring mich fort von hier.«*

Behutsam hebt Niklas Jacob vom Eis.

*Als er das Haus erreicht, schraubt er sich, meinen Großvater in den
Armen, in die Luft und springt scheinbar schwerelos durch das zerstörte Fenster. Ein kaum wahrnehmbares Nicken mit dem Kopf, ein
kurzer Blick und die umherliegenden Scherben steigen in die Luft
und fügen sich wieder zu dem Fenster zusammen.*

*Jacob stöhnt leise auf, als Niklas ihn am Fuß der Treppe im Korri-
dor absetzt.*

»Ich hole Hilfe, Dorneyser.«

»Die Nummer von Doktor Kutscher … über dem Telefon.«

*Das Surren der Wählscheibe, dann Niklas' raue Stimme. »Ja-
cob Dorneyser hatte einen Unfall. Er ist … auf der Treppe gestürzt.
Nein … mein Name spielt keine Rolle. Kommen Sie schnell!«*

Er beugt sich über Jacob und hält seine Hand.

*»Die Holle … hast du … hast du sie getötet?«, keucht Großvater.
Niklas schüttelt den Kopf. »Niemand kann sie töten, aber vorerst
müssen wir sie nicht mehr fürchten.«*

»Die Kugel … brauche … neues Versteck …«

»Jetzt nicht, Jacob. Streng dich nicht an. Hilfe ist auf dem Weg.«

*Ein Vorhang aus Schnee legt sich vor das Bild der beiden Männer
im Korridor, die Glasscheibe verliert ihr blaues Leuchten …*

Ich wende die Augen von dem Fenster ab. Eine Träne läuft mir über die Wange. Niklas zögert kurz, dann beugt er sich vor und wischt die Träne mit einer sanften Bewegung fort. Auf der Spitze seines kleinen Fingers gefriert sie zu einem winzigen schimmernden Stückchen Eis.

»Und Katharina ... die Holle ... sie ist noch immer dort unten ... auf dem Grund des Sees?«, stammle ich.

»Ja, aber sie kehrt bald zurück. Sie ist erwacht und wird mit jeder Stunde stärker. Ich fühle es.« Er legt die Hand auf sein Herz. »Der Splitter bewegt sich. Sie will die Kugel und sie will Rache. Rache an den Dorneysers und Rache an mir. Sie will dich und mich!«

»Was ... was können wir tun?«

Niklas hebt den Kopf und das blaue Licht in seinen Augen flackert. »Vielleicht ... vielleicht gibt es einen Weg, sie zu vernichten.«

»Aber sie kann nicht getötet werden. Du hast es selbst zu Jacob gesagt.«

»Weil ich es damals geglaubt habe. Die Holle hat es immer behauptet und niemand hat ihre Behauptung je in Zweifel gezogen. Aber nach der Nacht auf dem See begann ich, vieles infrage zu stellen. Selbst ihre Unsterblichkeit. Ich verstand, dass ich mehr über den Ursprung ihrer Existenz erfahren musste, wenn ich einen Weg finden wollte, ihr ein Ende zu setzen. Und dass es nur ein Wesen gibt, das diesen Ursprung kennt. Ihr Schöpfer.«

»Firnis!«, stoße ich hervor.

Niklas nickt. »Ich habe viele Jahre nach ihm gesucht. Erst vor ein paar Monaten habe ich ihn gefunden. Er ist nur noch der Schatten jenes Wesens, das er einmal war, ein blauer Schemen, gefangen in einem gewaltigen Block aus Eis. Aber er lebt. Und er hat mit mir gesprochen ...«

»Und hat er ...?«

»Das Problem ist, dass ich für ihn eines ihrer Kinder bin. Ihre *kalten Kinder* — so nennt er die Wilde Jagd. Als ich ihm gesagt habe, dass ich nicht mehr an ihre Unsterblichkeit glaube, hat er gekichert und gezischt: ›*Kluges kaltes Kind!*‹ Ich weiß, er kennt einen Weg, sie zu vernichten. Aber er fragt sich, wie weit er mir vertrauen kann. Ob ich die Wahrheit sage oder ob ich ihm das Geheimnis nur entlocken will, um selbst zum Anführer der Jagd zu werden. Das letzte Mal war er kurz davor, es mir anzuvertrauen — aber genau in diesem Moment schoss mir ein Bild von Jacob durch den Kopf, wie er hier auf dem Boden vor seinem Rollstuhl lag. Ich bin sofort aufgebrochen, auch wenn ich Jacob nicht mehr retten konnte. Ich musste dich warnen.« An Niklas' Stiefeln und an seinem Mantel züngeln Flammen empor. »Nun weißt du alles. Bevor die Raunacht anbricht, muss Firnis mir sagen, wie man die Holle vernichtet. Denn dann kehrt sie zweifellos zurück. Ich muss gleich wieder in den Norden. Noch heute Nacht.« Er senkt den Blick und flüstert: »Wenn ich aus irgendeinem Grund nicht zurückkommen sollte … Halte dich fern vom See. Und denk immer daran, dass die Holle sich im Körper eines Menschen verstecken wird. Vielleicht im Körper eines Menschen, den du kennst. Traue niemandem, sobald die Raunacht beginnt! — Was … was tust du?«

Ich trete vor ihn hin und lege eine Hand auf seine Brust. Er sieht mich erschrocken an.

»Ich kann ihn fühlen«, sage ich. »Den Splitter. Er bewegt sich. Ganz leicht.« Dann beuge ich mich vor und meine Lippen berühren fast seine Lippen — aber Niklas weicht zurück.

Er atmet schwer und um ihm herum zuckt ein Kranz aus blauem Feuer.

»Wir dürfen das nicht!«, stößt er hervor. »Wir … wir kommen aus verschiedenen Welten.«

»Und du glaubst, dass wir diese Welten zerstören, wenn wir ihre Grenzen durchbrechen?«

Er nickt.

»Du hast doch auch geglaubt, die Holle sei unsterblich. Und du hast dich geirrt.« Ich fahre mit der Hand durch seine Haare, meine Lippen treffen auf seine – und diesmal lässt er es geschehen.

Das war der kälteste Kuss meines Lebens. Und der aufregendste. Außerdem der einzige, bei dem ich beinah an einem Paar Lippen festgefroren wäre.

Niklas ist in den Norden aufgebrochen. Ich müsste mich zu Tode fürchten, nach all dem, was ich heute Abend erfahren habe, aber über dem Wissen um all jene schrecklichen Dinge schwebt die Erinnerung an diesen einen Moment.

An einen Kuss aus Eis.

Vielleicht liegt es am Mondlicht, aber auf dem Rückweg sind die Bäume am Bachufer nicht mehr die Bäume, die sie waren, als ich mich auf den Weg zur Werkstatt gemacht habe. Auf dem Hinweg lag der Schnee wie eine schwere stumpfe Last auf ihren Ästen. Eine Last, deren Gewicht sie geduckt und mit einem stummen Widerwillen zu tragen schienen.

Als ich nun nach Hause laufe, sieht es aus, als hätten sie sich aufgerichtet, um sich dem Nachthimmel entgegenzurecken. Das Weiß auf ihren Zweigen blinkt und schimmert wie diamantener Schmuck und wirft ein Funkeln durch die Nacht.

Die Welt hat sich verändert.

Sie glitzert.

Bis zu dem Moment, in dem ich auf eine fuchsteufelswilde Elsa treffe.

Mit zornesrotem Kopf springt sie vom Sofa auf. »Na endlich!«

»Hab ich … hab ich was verbrochen?«

»Weißt du, was ich mir für Sorgen gemacht hab? Ich komme vom Beerdigungskaffee nach Hause: keine Spur von Cora, keine Nachricht auf dem Esstisch, kein Zettel am Küchenschrank, kein –«

»Oh, Mist … tut mir leid, Elsa. Tut mir ehrlich leid. Ich wollte dich nicht in Angst versetzen. Ich … ich habe einfach nicht daran gedacht. Nach der Beerdigung … nach all den Leuten, musste ich eine Weile raus und allein sein.«

»Na ja«, brummt sie leicht besänftigt. »Vergessen kann jeder mal was. Aber wenn du das nächste Mal das Bedürfnis nach Einsamkeit hast, dann denk bitte dran und hinterlass eine klitzekleine Nachricht, sonst bringst du eine alte Frau um ihre dringend benötigte Nachtruhe.« Sie schiebt sich eine Rumkugel in den Mund. »Und?«, fragt sie versöhnlich. »Geht's dir denn jetzt besser, Schätzchen?«

Wahrscheinlich würde Elsa es nicht als Zeichen emotionaler Ausgeglichenheit betrachten, wenn ich ihr erzählen würde, dass ich gerade jemanden geküsst habe, der vor siebenhundert Jahren gestorben ist.

Also produziere ich das unschuldigste Lächeln, das ich unter diesen Umständen hinbekomme.

»Viel besser! Gute Nacht, Elsa.«

———— *H* ————

»Ein Brief meiner Mutter«, sagt Moritz, seufzt tief und zieht einen zerknitterten Umschlag aus seiner Schultasche. »Ich werde über die Ferien im Internat bleiben. Es tue ihr unendlich leid, schreibt sie, aber mein Stiefvater sei nicht bereit, die Feiertage mit mir unter einem Dach zu verbringen, und daher müsse sie sich schweren Herzens entscheiden, blablabla … War ja von vornherein klar. Ich konnte mir auch nur schwer vorstellen, dass mein Stiefvater geläutert vor dem Christbaum steht und frohlockt: ›Ich danke dir, Stiefsohn, für die Weisheit, die du in mich hineingeprügelt hast. Dafür, dass du mich durch den Schmerz zum Licht der Erkenntnis führtest. Dafür, dass du mich Demut und Ehrlichkeit und einen respektvollen Umgang mit deiner Mutter lehrtest und mein Leben zum Besseren verändertest.‹ So besoffen kann der gar nicht werden. – Hallo? Hörst du mir zu?«

»Äh … nicht so richtig. Tut mir leid«, sage ich. Je näher die Raunacht rückt, umso weniger gelingt es mir, meine Aufmerksamkeit auf irgendetwas anderes zu richten. Ungeduldig erwarte ich Niklas' Rückkehr, und mit jeder Minute steigert sich diese Unruhe. Nicht einmal mehr zwölf Stunden …

»Betrachten wir es mal positiv, Schwester: Zwei Wochen in diesen Gemäuern, mit reichlich Tagesfreizeit, bieten jede Menge Raum für meine Recherche im Fall des geheimnisvollen Koksdeals.«

»Dabei wirst du nette Gesellschaft haben«, offenbare ich ihm. »Julian von Kladden und Tobias Schallenberg verbringen ihre Ferien auch hier.«

Als ich Moritz von meiner unangenehmen Begegnung mit Julian berichte und dabei die schmierige Silvestereinladung erwähne, lacht er laut los.

»Er lässt wirklich keine Gelegenheit aus, sich zum Vollidioten zu machen. – Oh Gott, zwei Wochen Ferien … hier … mit diesem Hirnakrobaten …« Er sieht zu einem großen Tisch in der Nähe der Tür hinüber, an dem Laura Pohlmann, von Kladden und ein Pulk ihrer Freunde sitzen und äußerst bemüht sind, so zu tun, als würden sie sich gerade unglaublich amüsieren.

Es ist der zwanzigste Dezember, kurz vor halb eins. Die letzte Unterrichtsstunde hat um zwölf Uhr geendet und wir haben offiziell Ferien, aber das *Wasteland* ist bis auf den letzten Platz besetzt. Schüler, Lehrer … sogar Renate Immsen-Erkel, die sich an einem Tisch in der Ecke hinter einer Kanne Kamillentee versteckt, während sie versucht, alles mitzukriegen, was am Tisch von Laura Pohlmann geschieht.

Niemand ist so waghalsig, bei Ferienbeginn abzureisen – es

sei denn, er möchte es sich auf immer und ewig mit seinem Schulleiter verscherzen. Es gibt ein ungeschriebenes Gesetz auf *Burg Rockenfeld*: Jeder Schüler, jeder Lehrer und jeder Angestellte der Schule besucht am Abend des zwanzigsten Dezember das Schneekugelfest. Nichts fördert Verbundenheit und gegenseitiges Verständnis von Schule und Einheimischen mehr als die Teilnahme an dörflichen Feierlichkeiten, lautet das unumstößliche Credo von Ernesto Gottwald.

Aber egal, was er sagt … ich werde nicht gehen. Mir ist nicht nach Feiern zumute.

»Ist doch totaler Blödsinn, sich so einzuigeln«, befindet Moritz. »Komm heute Abend mit zum Fest. Gib dir einen Ruck, Schwester!«

»Ich habe keine Lust«, sage ich ausweichend. »Außerdem finde ich es falsch, so kurz nach Jacobs Tod …«

»So ein Quatsch. Dein Großvater war der berühmteste Schneekugelmacher der Welt. Und das Schneekugelfest gibt es nur einmal im Jahr. Glaubst du, er hätte gewollt, dass du an dem Tag zu Hause sitzt? Mach schon. Ich höre sowieso nicht auf zu nerven, bis du zustimmst.«

Vielleicht hat er recht, denke ich. Besser, als herumzusitzen und die Sekunden zu zählen, bis Niklas wiederkommt. »Na schön.« Ich strecke die Waffen. »Hol mich ab. Um halb sechs.«

»Bei, äh, bei Elsa Uhlich?«

»Jaaaa … ist das ein Problem?«

»Ich hoffe nicht«, sagt Moritz mit einem ängstlichen Kieksen in der Stimme. »Ich hoffe nicht …«

Am Nachmittag unterbreitet Elsa mir die schlechte Botschaft. Nicht schlecht für mich persönlich, aber für die Rockenfelder Gastronomie und Andenkenindustrie. Ein Schneerutsch macht die Landstraße unpassierbar – auch für die Reisebusse, die für gewöhnlich an diesem Tag ein paar Hundert Besucher ins Dorf bringen.

Elsa ist ob der Nachricht nicht wirklich betrübt. »Klar, ist blöd gelaufen für die Geschäftsleute. Aber wenn du mich fragst, so ist es viel schöner. Ohne die ganzen Kaugummi kauenden Fotoapparatschwenker von außerhalb.«

Um fünf nach halb sechs – ich nehme letzte Korrekturen an meinem Äußeren vor, während Elsa sich eine Portion Leberkäse mit Spiegelei und Bratkartoffeln einverleibt – klingelt es. »Ist für mich. Ein Freund aus der Schule.« Ich laufe zur Tür, öffne und stehe einem wüst aufgepimpten Weihnachtsengel gegenüber: An Moritz' rechtem Ohr baumelt eine rote Christbaumkugel, links eine grüne. Er hat dunkel geschminkte Lippen, goldfarbene Wimpern und jede Menge Goldflitter im Gesicht. In sein Haar sind Lametta und kleine goldene Glöckchen geknotet.

»Was genau stellst du dar?«

»Ich bin der Geist der Weihnacht, Schwester.«

»Eher ein *Nightmare before Christmas*, würde ich sagen.«

»Große Festlichkeiten fordern große Auftritte«, erwidert er in der ihm ganz eigenen liebenswerten Art von Großkotzigkeit und tritt an mir vorbei ins Wohnzimmer.

Als ich ihn Elsa vorstelle, ist es mit der Großkotzigkeit schlagartig vorbei: Moritz sieht verlegen zu Boden und betrachtet schweigend und sehr konzentriert seine Schuhspitzen. »*Moritz Grimm*«, murmelt Elsa. »Mir ist, als hätte ich den Namen schon mal gehört.« Sie sieht von ihrem Leberkäse auf und stutzt. »Und dein Gesicht hab ich auch schon mal gesehen.«

»Ich war auf der Beerdigung von Herrn Dorneyser.«

»Nein, nein, da war es nicht«, sagt sie nach kurzem Überlegen. »Ich kenn dich woandersher. Warte mal … *du* hast letzten Sommer bei mir Klingelmännchen gespielt.«

»Ich habe kein Klingelmännchen gespielt, ich –«

»Klar! Als ich die Tür aufgemacht hab, bist du abgehauen.«

»Sie hatten eine laufende Kettensäge in der Hand!«

»Ja und? Ich … ah, verstehe … Verstehe, könnte 'n bisschen befremdlich gewirkt haben.«

»Ich wollte damals nur ein Autogramm von Ihnen. Sie sind die Größte für mich, Frau Uhlich. Die beste Eishockeyspielerin aller Zeiten. Ich bin ihr ergebenster Jünger. Ich spiele selbst auch. Im Tor.«

Elsa schnippt mit den Fingern und reckt triumphierend den Kopf. »Jetzt weiß ich, woher ich deinen Namen kenne: Du bist der Torwart aus der Mannschaft vom Internat.« Sie mustert ihn eingehend. »Man hört 'ne Menge Gutes über dich, junger Mann.«

»Ich versuche nur, das wenige Talent, mit dem ich gesegnet bin, durch fleißige Arbeit zur Entfaltung zu bringen. Aber mein Talent verhält sich zu Ihrem wie die Erde zur Sonne.«

»Schon klar. Auf jeden Fall weißt du, wie man 'ne alte Frau um den Finger wickelt«, sagt sie und ihre Augen bekommen einen fürsorglichen Omi-Blick. »Eine Portion Leberkäse … mit Kartoffeln … und Spiegelei?«

Moritz nimmt umgehend Platz, krempelt die Ärmel hoch und greift nach dem Besteck. »Liebe Frau Uhlich, Sie kennen meine tiefsten Wünsche.«

Die unappetitliche Art, mit der Moritz unter lautem Schnaufen und Schmatzen eine große Portion totes Tier in sich hineinschlingt, lässt ihn trotz goldener Wimpern ganz schön hetero aussehen. Elsa bekommt beinah feuchte Augen, als er sich bereitwillig einen Nachschlag aufdrängen lässt.

»Das ist Futtern wie bei Muttern«, stößt er zwischen zwei Bissen hervor. »Und die Bratkartoffeln … so was von knusprig. Ich wusste, dass Sie ein Genie auf dem Eis waren, Frau Uhlich, aber niemand hat mir gesagt, dass Sie eine Göttin in der Küche sind.«

Elsa wird rot, winkt ab und kichert wie eine überdrehte Zwölfjährige beim Sexualkundeunterricht.

»Ich müsste dann nur noch mal kurz für kleine Engelchen«, verkündet Moritz, während er sich mit einer Serviette das Fett vom Mund wischt. »Die Treppe hoch und dann die letzte Tür rechts. Immer schön den Kopf einziehen, Schätzchen. Und gepinkelt wird im Sitzen!«

Kaum ist er außer Sicht, schürzt Elsa die Lippen und reckt den Daumen in die Höhe. »Schnuckeliges Kerlchen. Läuft da was zwischen euch?«

»Elsa, ist dir aufgefallen, dass er Goldflitter in den Haaren trägt und lange goldene Wimpern hat? Wie viele heterosexuelle Männer kennst du, die als goldbehangene Weihnachtsengel durch die Straßen schweben? Er ist schwul, Elsa. Stockschwul.«

Sie nickt bedächtig und flüstert: »Zugegeben: So 'nen ganz leisen Verdacht in die Richtung hatte ich auch schon. Na ja, Hauptsache ...« Sie zeigt mit strahlenden Augen auf den geleerten Teller. »Hauptsache, er ist kein Vegetarier!«

Rockenfeld hat sich zum Schneekugelfest in allerschönstem vorweihnachtlichem Glanz herausgeputzt. Großzügig verteilte Weihnachtsbeleuchtung taucht die Fachwerkhäuser und kleinen Gassen in buntes Licht; sogar das Eis auf dem Buchbach schimmert rot und grün. Rings um den Weihnachtsbaum in der Dorfmitte stehen Buden, an denen so ziemlich alles von Fischbrötchen und Bratwürstchen über Bienenwachskerzen und Blechspielzeug bis hin zu Glühwein und Christbaumschmuck angeboten wird. Vor allem aber gibt es Stände mit Schneekugeln, Schneekugeln und noch mehr Schneekugeln.

In der Mitte des Platzes dreht sich ein Kinderkarussell, der Männergesangsverein erfreut die Menge mit weihnachtlichem Liedgut und die Kirchengemeinde veranstaltet eine Tombola für den guten Zweck. Über dem Platz schwebt der Duft von Zuckerwatte und gerösteten Mandeln.

Ganz Rockenfeld drängt sich in den engen Straßen: Ernesto Gottwald ist mit Frau und Kindern gekommen; ich sehe auch Doktor Wieschmann samt Familie und Carola Overbeck, die Sportlehrerin, die sich ein Stück Christstollen einverleibt. Valentin Magomedov lehnt mit stoischer Miene am Glühweinstand und lässt einen Vortrag von Renate Immsen-Erkel über sich ergehen. Wahrscheinlich klagt sie ihm ihr Leid mit der Heizung.

Dummerweise kommen wir nicht umhin, einige unserer Mitschüler zu treffen, auf deren Anwesenheit ich gut hätte verzichten können: Laura, Julian, Tobias Schallenberg und ihr üblicher Fanklub stehen wie Falschgeld inmitten des Treibens und machen durch einen betont gelangweilten Gesichtsausdruck klar, dass diese Form der Volksbelustigung weit unter ihrem Niveau liegt.

Eine Trompetenfanfare schallt über den verschneiten Dorfplatz und ein Mann mit einer riesigen Warze auf der Stirn steigt schwer schnaufend auf ein Podium.

»Der Reinhard«, klärt mich Elsa auf. »Unser Ortsvorsteher. Reinhard mit Vornamen und mit Nachnamen.«

»Liebe Rockenfelder«, hebt Reinhard Reinhard an, »ich freue mich, euch so zahlreich versammelt zu sehen. Leider haben wir heute keine Gäste von außerhalb, aber das soll uns nicht davon abhalten, ein wunderschönes Fest zu feiern. Wir sind gespannt zu erfahren, was unsere Kugelmacher zu dem diesjährigen Motto *Weiß wie Schnee und rot wie Blut* gestaltet haben. Ich erkläre das Schneekugelfest 2015 für eröffnet! Ein dreifaches Hoch auf Rockenfeld, das Dorf der Kugeln!«

Es gibt laute Hochrufe und Applaus, dann bittet Reinhard Reinhard die Jury auf die Bühne: drei gemütlich aussehende ältere Herren mit ansehnlichen Bierbäuchen und eine hagere Frau mit einem verkniffenen Gesichtsausdruck, der sogar dem von Immsen-Erkel Konkurrenz macht. Sie tritt ans Mikrofon und erklärt schmallippig:»Das erste Fenster, das in diesem Jahr bewertet wird, ist das Fenster von Zacharias Tigg.«

Die Menge setzt sich umgehend in Bewegung. Es wir gerannt, gedrängelt und geschubst wie beim Schlussverkauf. Jeder will den besten Platz ergattern.

Direkt vor dem Fenster sind fünf Klappstühle für den Ortsvorsteher und die Jury reserviert. Dahinter drängt sich das gemeine Volk auf den billigen Stehplätzen – Moritz und ich mittendrin. Elsa haben wir in dem Gewühl aus den Augen verloren. Aus den Lautsprechern über Tiggs Fenster ertönt Violinenmusik.

»Vivaldi«, merkt Moritz oberschlau an und klimpert allerliebst mit seinen falschen Wimpern.»Die Vier Jahreszeiten. Der Winter. Das Allegro non molto.«

In diesem Moment fällt der Vorhang und künstlicher Schnee wirbelt durch Tiggs Schaufenster. Die Flocken schwirren um eine Miniaturachterbahn, die das ganze Fenster einnimmt. Ein Gewirr aus knallroten Schienen, aus Loopings und Spiralen, steilen Anstiegen und halsbrecherischen Abfahrten.

Inmitten des Schienenwirrwarrs befindet sich ein winziges Podest, auf dem sich Zacharias Tigg in einer roten Uniform aufgepflanzt hat. Seine Haare stehen wirr in alle Richtungen, in der rechten Hand hält er einen Taktstock. Er hebt den Stock und zahllose kleine, rot metallic glänzende Wagen auf der Achterbahn setzen sich zu der Streichermelodie in Bewegung.

Tigg dirigiert mit weit ausholenden Bewegungen, die Augen geschlossen, die Zähne fest aufeinandergepresst. Die Musik schwebt in höchste Höhen empor, wird leichter, wird schneller und schneller und schneller – ebenso wie die Wagen auf der Achterbahn, die bald in einem irrwitzigen Tempo durch die Loopings sausen. Manchmal sieht es aus, als würden die Wagen genau aufeinander zurasen, doch jedes Mal verfehlen sie sich im letzten Moment um Haaresbreite.

Die ganze Geschichte ist natürlich computergesteuert. Tiggs rothaariger Gehilfe hockt weiter hinten im Laden vor einem Laptop und überwacht den Ablauf.

Zacharias Tigg fuchtelt wild mit den Armen, während die rot lackierten Wagen immer schneller um ihn herumrasen. Dann brüllt er seiner Aushilfe etwas zu und ich kann das Wort »schneller« von seinen Lippen ablesen.

Hektisch gibt der Junge einen Befehl ein.

»Noch schneller! Los! Schneller!«, brüllt Tigg.

Der rothaarige Junge guckt ängstlich, tut aber, was ihm befohlen wird, und steigert das Tempo noch weiter. Die Wagen schießen so schnell über die Bahn, dass Funken sprühen.

Dann springt das erste Gefährt aus den Schienen!

Jeder sieht das Unglück kommen. Jeder außer Zacharias Tigg, der mit geschlossenen Augen und vollem Körpereinsatz dirigiert.

Der kleine Modellwagen kracht gegen seine Schläfe. Er reißt die Augen auf und gerät ins Taumeln, während immer mehr Wagen durch das Fenster fliegen wie ein wild gewordener Hornissenschwarm. Ein rot glänzender Wagen erwischt ihn mit vollem Karacho am Hinterkopf und gibt Tigg den Rest. Er kippt von seinem Podest, knallt mit der Nase gegen die Fensterscheibe – das Knacken kann man sogar draußen auf dem Bürgersteig hören –, dann rutscht er ganz langsam mit dem Gesicht an der Scheibe zu Boden und hinterlässt dabei eine beachtliche Blutspur.

»Supersache, Tigg!«, johlt eine Gruppe Jugendlicher und klatscht höhnisch Beifall.

Die Tür fliegt auf, Tiggs rothaarige Aushilfe kommt mit panischem Blick aus dem Laden gerannt und flüchtet in die Dunkelheit.

»Vielen Dank, Zacharias Tigg«, sagt Reinhard Reinhard. »Vielen Dank für eine sehr, äh, ungewöhnliche Darbietung. Ist Doktor Kutscher vielleicht anwesend? Äh … könnten Sie mal eben nach Herrn Tigg sehen? Für alle anderen: Weiter geht es beim Laden der Familie Boskop.«

Moritz kriegt sich nicht mehr ein vor Lachen. »Ich muss schon sagen! Zuerst dachte ich, er hätte das Thema glatt verfehlt. Aber wie er in letzter Sekunde den dramaturgischen Schwenk zum Blut geschafft hat ... Das war ganz große Oper!«

Die Royals bleiben heute im Schrank. Melly hat sich zur Feier des Tages auf die gute alte Märchenthematik besonnen. Und was fällt ihr als Erstes zu *Weiß wie Schnee und rot wie Blut* ein? Genau: Schneewittchen.

»Das stämmigste Schneewittchen, das je durchs Märchenland getrampelt ist«, bemerkt Moritz. »Wenn die Zwerge sie durch die Gegend schleppen müssen, kommt keiner von denen ohne Bandscheibenschaden davon.«

Melly Boskop liegt, angetan mit schwarzer Kunsthaarperücke und einem blau-gelben Schneewittchenkostüm, das ihr mindestens zwei Nummern zu klein ist, dramatisch hingestreckt in einem gläsernen Sarg, inmitten des künstlichen Schneegestöbers. Die Zwerge sind sieben Kindergartenkinder in roten Strumpfhosen, mit roten Zipfelmützen und angeklebten Bärten, die, mit Laterne, Schaufel und Spitzhacke bewaffnet, um das dralle Schneewittchen herumtanzen und das übliche *Heidi-heido* singen. Ganz, ganz allerliebst.

Eine Gruppe stolzer Muttis hat die Handys gezückt und filmt das bewegende Schauspiel. »Ist das nicht niedlich? Ach, wie süß!«, seufzt es überall um mich herum.

Den Ausgang des ergreifenden Schneekugeldramoletts werde ich nie erfahren, denn Moritz zupft mich plötzlich am Ärmel. »Sieh mal, unsere spezielle Freundin! Scheint keinen gesteigerten Wert darauf zu legen, dass ihr jemand folgt.«

Damit liegt er nicht falsch. Laura Pohlmann sieht sich immer wieder nervös um, während sie über den Platz davonschleicht und in eine der Seitengassen huscht.

»Hinterher!« Moritz zieht mich aus der Zuschauermenge und wir folgen ihr in einigem Abstand. Plötzlich wird mir klar, wohin Laura will. Sie hält stramm Kurs auf die alte Telefonzelle. Dort angekommen, reißt sie die gläserne Tür des Häuschens auf und wirft mit zitternden Händen Geld in den Münzschlitz.

Wir schleichen uns noch ein Stück näher heran und hocken uns hinter die Hecke eines Vorgartens. Laura ist keine fünf Meter von uns entfernt und das Glück ist auf unserer Seite: Sie zündet sich eine Zigarette an und öffnet die Tür der Telefonzelle, damit der Rauch abziehen kann.

Ich kann jedes Wort verstehen.

»Komm schon«, stößt sie ungeduldig hervor, während offenbar ein Freizeichen aus dem Hörer ertönt. »Komm endlich. Nimm ab! Mach schon.«

Man kann die Erleichterung auf ihrem Gesicht sehen, als sich am anderen Ende der Leitung jemand meldet.

»Bobby? Ich bin es, Laura. Hör zu: Du musst kommen. Nein … nein … das ist dein Problem, ist mir scheißegal. Heute Nacht noch oder du kannst mich von deiner Kundenliste streichen. Was? Ach, komm schon, bitte. Das war nicht so gemeint. Bitte, Bobby … ich fahre morgen für zwei Wochen zu meinen Eltern, das stehe ich nicht durch ohne … Natürlich habe ich das Geld. Ja, wie immer. Was? Ja … du mich auch!«

Sie hängt ein, wirft die halb gerauchte Zigarette in den Schnee, sieht sich noch einmal um und geht in Richtung Mauerbrückchen davon.

»Interessant: Klang, als würde Laura-Schatzi sich Schnee zu Weihnachten wünschen«, sagt Moritz. »Und so wie es aussieht, kommt der Schneemann noch heute Nacht. Könnte das zentrale Kapitel im kleinen Buch der großen Skandale werden. Eine Herausforderung für den investigativen Journalismus, ein Fall für Moritz Grimm! Ich werde sie im Auge behalten und …«

»Psst!«, mache ich, denn ich bin mir sicher, ein Stück hinter uns ein Geräusch gehört zu haben. Ich robbe ein Stück durch den Schnee, blicke auf ... und sehe eine schattenhafte Gestalt davonlaufen. Wir springen auf die Beine und folgen ihr. Vom Laden des Kardinals schallt Applaus zu uns herüber. Die Gestalt, von der ich nicht sagen kann, ob sie ein Mann oder eine Frau ist, beschleunigt ihre Schritte und verschwindet hinter der nächsten Straßenecke. Als Moritz und ich um die Ecke biegen, stoßen wir mit der Menschenmenge zusammen, die sich vom Geschäft des Kardinals zu *Marlenes wunderbare Kugeln* bewegt. Ganz vorneweg marschiert Elsa.

»Da seid ihr ja, hab euch schon gesucht. Man kann über Josef Kardinal, diese alte Fledermaus, sagen, was man will ... aber das war wirklich ein gelungenes Fenster. Findet ihr nicht?«

»Auf jeden Fall«, beteuert Moritz und klimpert treuherzig mit den goldenen Wimpern.

»Ja, war super«, murmle ich abwesend, während ich meinen Blick über die feiernden Menschen wandern lasse. Wer immer die Person war, die uns und Laura Pohlmann gefolgt ist – er oder sie ist in der Menge untergetaucht.

Es könnte jeder und jede sein.

Vor allem Elsas skrupellosem Ellenbogeneinsatz ist es zu verdanken, dass wir die besten Plätze vor *Marlenes wunderbare Kugeln* bekommen: direkt hinter den Stühlen der Jury.

Das Kugelfenster ist mit einem Vorhang aus rotem Samt verhangen. Alle warten gespannt. Die traurige Melodie eines Cellos erklingt. Der Vorhang hebt sich und gibt den Blick auf eine Winterszenerie frei, die nur von einem einzigen Scheinwerfer erhellt wird: Der Kunstschnee, der den Boden bedeckt, schimmert genauso schön wie die federleichten weißen Flocken, die sich langsam auf Büsche, moosbedeckte Baumstümpfe und kleine Fichten senken. Alles wirkt vollkommen echt. Kleine Vögel hüpfen durch das Astwerk der Sträucher; ich entdecke sogar ein Eichhörnchen, das munter durch die Zweige der Fichten springt. Man hat nicht den Eindruck, in ein Fenster hinein, sondern aus einem Fenster hinaus in einen wirklichen Wald zu blicken. Im Zentrum der Szenerie steht der alte Pferdeschlitten, den Marlene in ein glitzerndes Märchengefährt verwandelt hat. Aber es ist nicht das Eichhörnchen und es ist auch nicht der Schlitten, der den Mund der Zuschauer weit offen stehen lässt …

Marlene sitzt mit dem Ausdruck einer gerade zur Herrscherin über ein Weltreich gesalbten Pharaonin in dem märchenhaften Schlitten. Sie ist in ein enges, hauchdünnes Nichts aus weißer Spitze gehüllt, auf das funkelnde Perlen und – an den entscheidenden Stellen – weiße Federn genäht sind. Auch in ihren Haaren sitzt ein Schmuck aus Perlen und langen weißen Federn. Das Scheinwerferlicht lässt ihre Augen düster funkeln und ihre dunkelrot geschminkten Lippen verheißungsvoll glänzen.

Es wäre übertrieben zu behaupten, dass sich in der ersten Minute dieser Vorführung so etwas wie eine Handlung entfaltet. Das ist auch nicht nötig, denn es findet ein Ereignis statt – und das heißt: Marlene Berber!

Sie sitzt nur still im Schlitten und richtet den Blick in eine imaginäre Ferne, aber der Effekt ist verblüffend. Hundertundein Prozent der männlichen Zuschauer starren in das Fenster, als hätte sie eine plötzliche Gesichtslähmung befallen. Die Herren der Jury rutschen unruhig auf ihren Stühlen hin und her. Ihre Glatzen leuchten tiefrot. Jede Schneeflocke würde darauf verzischen, wie auf einer überhitzten Herdplatte.

Ihre Kollegin – die Preisrichterin mit dem verkniffenen Blick – presst die Lippen zusammen und guckt, als würde sie Marlene am liebsten den Hals umdrehen. Nicht anders die meisten der umstehenden Frauen.

Dann geschieht doch noch was.

Die Schnauze dicht über dem Boden kommt ein Fuchs

zwischen den Fichten hervorspaziert. Seine Bewegungen wirken täuschend natürlich – nicht zu glauben, dass er nur ein mechanisches Gebilde ist. Unter vielen »Aahs« und »Oohs« der Kinder tapst er durch den Schnee, hebt den Kopf, nimmt Witterung auf und sieht zu Marlene.

Mit einer eleganten, fließenden Bewegung steigt sie aus dem Schlitten, nähert sich dem Tier. Im Rhythmus des Cellos umkreisen sich Frau und Fuchs, ziehen ihre Kreise immer enger, und dann wirft sich Marlene mit ausgebreiteten Armen dem Fuchs entgegen. Das Tier springt auf sie zu, der Scheinwerfer flackert für den Bruchteil einer Sekunde und etwas silbrig Schimmerndes zischt durch die Dunkelheit.

Im nächsten Moment liegt der Fuchs im Schnee, einen Dolch in der Seite. Verzweifelt wirft er den Kopf hin und her und strampelt im Todeskampf wild mit den Läufen.

Ich habe noch nie so viele Kinder auf einen Schlag loskreischen und weinen hören. Entsetzte Müttergesichter fliegen an mir vorbei und reißen den heulenden Nachwuchs vom Fenster weg.

Der Fuchs zuckt noch einmal mit dem Kopf, dann liegt er ganz still. Marlene kniet sich neben ihn in den Schnee und streicht mit der Hand über sein rotes Fell. Plötzlich und unerwartet zieht sie den Dolch aus der Wunde, streckt ihre linke Hand in Richtung der Zuschauer und fährt mit der Klinge über die Handfläche. Kunstblut rinnt zwischen ihren Fingern hindurch in den Schnee.

Diesmal kreischen auch Erwachsene.

Marlene stößt einen Schrei aus, wirft sich über den Fuchs, treibt die Klinge mit aller Kraft in sein Herz, reißt sie mit einer ruckartigen Bewegung wieder heraus ... und eine Fontäne aus Blut schießt aus dem Fuchs zur Decke empor.

Man kann Marlene wahrlich nicht vorwerfen, dass sie an den Special Effects gespart hätte. Es hört überhaupt nicht mehr auf. Es klatscht in dicken Tropfen gegen die Scheibe und geht als roter Regen über der Winterlandschaft nieder. Blut spritzt über die Sträucher, Blut spritzt über den Schlitten und über das Eichhörnchen, Blut tropft in den Schnee, der sich tiefrot färbt, genauso wie Marlenes weißer Federschmuck, ihre Hände und ihr Gesicht. Sie sieht aus, als hätte sie in Blut gebadet.

Weiß wie Schnee und rot wie Blut trifft es nicht ganz. Das hier ist eher so was wie *Im Schlachthof, kurz vor Feierabend.*

Schließlich versiegt die Blutfontäne dann doch noch. Den Fuchs durchläuft ein Zittern, er erhebt sich aus dem Schnee, schüttelt sich, läuft auf Marlene zu … und sie schließt ihn in ihre Arme. Dann tritt sie in die Mitte des Fensters, verbeugt sich und lächelt ihr verführerischstes Lächeln. Der Vorhang fällt.

Leider sehen nicht mehr allzu viele dieses Happy End; die meisten Rockenfelder haben längst die Flucht ergriffen. Ein paar stehen abseits vom Fenster und pressen die Hand vor den Mund, andere ringen nach Atem oder nach Fassung oder nach beidem.

»Ach du Scheiße«, stammelt Moritz, der unter seinem Goldflitter ziemlich blass geworden ist. »Das sah aber alles *verdammt* echt aus. Ich brauche dringend einen Eierpunsch.«

»Ich fand's Spitzenklasse«, befindet Elsa, während sie auf einem Stück Hartlakritze kaut. »Alles wie echt. Hat mich an 'nen Arbeitsunfall mit 'ner Motorsäge erinnert, den ich mal gesehen hab …«

Die Luft im *Torkelnden Hirsch* ist zum Schneiden dick. Der Gastraum ist genauso überfüllt wie der kleine Saal. Getränke gibt es heute nur an der Theke und ich muss eine Viertelstunde anstehen, bis ich für Moritz und mich zwei Flaschen Cola erstehen kann. Es ist so laut, dass man kaum sein eigenes Wort versteht. Klar ist nur: Marlene Berber ist das Thema Nummer eins.

Alle Gespräche enden abrupt, als eine Fanfare die Ankunft der Kugelmacher ankündigt. Traditionell erscheinen sie als Letzte zur Preisverleihung und die gleiche Tradition verpflichtet sie dazu, geschlossen zu dieser Veranstaltung zu erscheinen. Angeführt wird ihr Zug von Zacharias Tigg. Seine Nase ist eingegipst und er guckt, als würde er sich in die Wade des Erstbesten verbeißen, der es wagt, diesen unglücklichen Umstand zu erwähnen. Ihm hinterher watschelt Josef Kardinal. Er lächelt jovial und winkt den Feiernden huldvoll zu. Ein Händeschütteln hier, ein Schulterklopfen da, ein »Was macht die Frau, Wilfried?« dort.

»Irgendeiner muss den Mann stoppen«, flüstert Moritz. »Sonst kommt er noch auf die Idee, dem Volk blühende Landschaften zu versprechen.«

Ich glaube, man könnte den Rockenfeldern heute versprechen, was man wollte. Das Einzige, was sie wirklich interessiert, betritt in diesem Moment den Saal: Marlene Berber ist ganz in Leder gehüllt. Sie trägt Ohrringe, die aussehen wie winzige Schrumpfköpfe. Um ihre Lippen spielt ein fein gesponnenes Lächeln. Sie bewegt sich wie jemand, dem bewusst ist, dass ihn jedes Augenpaar im Saal anstarrt – und den diese Tatsache völlig unbeeindruckt lässt.

Den Abschluss des Zuges bildet Melly Boskop, die noch immer Märchenkostüm und Perücke trägt. Als mich das aufgekratzte Schneewittchen entdeckt, winkt es mir zu und nimmt mich sofort in Beschlag.

»Ich bin so was von aufgeregt, Cora. Aber ich *liebe* diese Aufregung. Und … wie fandest du mein Fenster?«

»Also, das war wirklich sehr …«

Nur die knarzige Stimme der verkniffenen Preisrichterin bewahrt mich davor, gegen das achte Gebot zu verstoßen. »Meine Damen und Herren, darf ich um Ruhe bitten? Die Jury ist zu einem Ergebnis gekommen. Der diesjährige Preis für die schönste lebendige Kugel geht an …« – umständ-

lich öffnet sie einen Umschlag und entfaltet ein Blatt Papier –
»Melly Boskop!«

Das nennt man dann wohl eine konservative Entscheidung.
Melly flippt vor Freude vollkommen aus. »Ich? Ich?«, kreischt
sie in den Applaus hinein und hüpft wie ein Gummiball auf
und ab. »Damit hätte ich nie gerechnet. Nie im Leben. Niemals!« Sie fällt mir um den Hals und drückt mir einen feuchten
Kuss auf die Wange. Halb ohnmächtig vor Glück taumelt sie
zur Bühne, nimmt den Preis entgegen und tritt ans Mikrofon.

Dafür, dass dieser Triumph völlig überraschend für sie
kommt, ist Melly erstaunlich gut vorbereitet. Sie zieht einen
Zettel aus der Tasche, reißt die Augen dramatisch weit auf und
hebt zu ein paar geschluchzten Dankesworten an.

»Ich danke den Mitgliedern der Akade…, äh, der Jury, die
in diesem Jahr sicher eine ausgesprochen schwierige Entscheidung zu treffen hatte. Ich danke meinen Kollegen, den Rockenfelder Kugelmachern, deren fantastische Leistungen mich
dazu anspornen, mich stetig zu verbessern. Und ich wäre nichts
ohne meine Eltern, die immer an meine Vision von royalen
Kugeln geglaubt und mich unterstützt haben, wo sie konnten.«

Eine Träne, die eine Spur zu gut getimt ist, um echt zu sein,
rinnt über ihre Wange. »Ganz besonders danken möchte ich
einem Mann, der mir immer ein kluger und umsichtiger Rat-
geber war, aber leider nicht mehr unter uns weilt. Danke, Jacob
Dorneyser.« Sie wischt die Träne weg und ist wieder ganz das
Strahleschneewittchen. »Und natürlich möchte ich mich auch
bei all meinen vielen Freunden und Freundinnen bedanken,
die so zahlreich sind, dass die Zeit nicht ausreicht, um sie alle
namentlich zu nennen. Stellvertretend für alle möchte ich eine
hervorheben. Meine allerallerbeste Freundin: Cora Dorneyser!
Danke! Danke an alle! Danke vielmals!«

Aufs Höchste gerührt von ihren eigenen Worten und über-
mannt von der Anerkennung, die ihr an diesem Abend zuteil wird, wirft Melly sich an die Brust des erschrocken drein-

blickenden Reinhard Reinhard und lässt ihren Glückstränen freien Lauf.

Im Anschluss an die Preisverleihung werden die Gewinnerlose der Tombola bekannt gegeben. Moritz und ich haben nur Nieten, während Elsa einen der Hauptpreise abstaubt. Leider aber nicht das erhoffte Wochenende am Matterhorn, sondern eine Schneekugel aus dem Hause Tigg, die Reinhard Reinhard ihr mit breitem Lächeln überreicht. Elsa sah schon mal vergnügter aus.

Ihre Laune bessert sich allerdings schlagartig, als das beginnt, was sie *den fetzigen Teil des Abends* nennt: Die Band legt los! Bereits seit Tagen fiebert Elsa deren Auftritt entgegen.

Ich habe irgendeine schlimm posende Coverband erwartet, aber zu meiner Überraschung handelt es sich um eine Indiekapelle, die aus vier bildhübschen Mädels besteht und eine Mischung aus Punk und Polka spielt, dass es einem die Schuhe auszieht.

»Geht steil nach vorne weg, was?«, schreit Moritz mir ins Ohr und zieht mich auf die Tanzfläche vor der Bühne.

Nach drei Stücken kocht der Saal. Keiner sitzt mehr, die Tanzfläche ist gerammelt voll und wir springen vor der Bühne wild auf und ab. Moritz brüllt jeden Refrain mit – und ich brülle noch lauter als er. Alles ist in diesem Moment vergessen. Alles ist leicht. Alles ist Spaß.

Man muss nur zusehen, beim Tanzen nicht in Elsas Reichweite zu geraten. Sie dreht sich wie ein außer Kontrolle geratener Brummkreisel, die Arme weit ausgestreckt. Kommt man ihr zu nahe, kann man den Kopf auch gleich in den Rotor eines Hubschraubers halten.

Nach einer Stunde legt die Band eine Pause ein. Moritz und ich werfen uns erschöpft auf eine Bank und schütten literweise Cola in uns hinein.

Marlene, die vorhin für sich allein mit geschlossenen Augen getanzt hat, steht vor der Bühne und unterhält sich mit dem Verkäufer aus dem *Schwarzen Glück* – argwöhnisch beobachtet von Zacharias Tigg. Julian von Kladden und Toby Schallenberg lehnen an der Theke und werfen verächtliche Blicke auf das gemeine Volk; Laura Pohlmann ist nicht zu sehen. Valentin wird schon wieder von Renate Immsen-Erkel belagert. Er wirkt nicht ganz so ruhig wie vorhin. Eher so, als müsste er seine Hände im Zaum halten, damit sie sich nicht um den Hals des gackernden Hühnchens ihm gegenüber schließen.

»Ich glaube, ich sollte ihm mal einen ausgeben«, sagt Moritz. »Als kleines Dankeschön für seine Rettungsaktion neulich. Außerdem muss ihn jemand von der Immsen erlösen, bevor er morgen als Amokläufer in der Zeitung steht.« Gemächlich schlendert er zu den beiden hinüber.

Erst nach sieben Zugaben werden die Polka-Punk-Mädels von der Bühne gelassen.

Ich bin klitschnass und völlig außer Puste.

»Zeit aufzubrechen«, beschließt Elsa. »In einer halben Stunde sind nur noch die ernsthaften Säufer hier. Das muss man sich nicht antun, Schätzchen.«

Ich winke Melly Boskop aus sicherer Entfernung zum Abschied, sage Moritz und Valentin »Gute Nacht« und spaziere, Elsa untergehakt, in den Schnee hinaus. Sie ist noch ziemlich aufgedreht und grölt auf dem Weg nach Hause inbrünstig das Lied vom betrunkenen Seemann. Ein Rollladen geht hoch und eine Frauenstimme brüllt: »Macht, dass ihr wegkommt, ihr besoffenes Pack!«

Da ist sie bei Elsa an der richtigen Adresse.

»Musst du grade sagen, Christel. Wer lädt sich denn den Einkaufskorb immer bis oben hin voll mit Edelkirschlikör?«, schreit sie zurück. Blitzschnell bückt sie sich, formt einen Schneeball und wirft ihn Richtung Fenster.

Es klirrt und die Frau jault laut auf.

»Oh, tut mir leid. War keine Absicht. Schick mir einfach die Rechnung, Christel. Gute Nacht!« Elsa strahlt mich allerbester Laune an. »Das war der fetzigste Abend seit Langem, Schätzchen!«

Als wir das Haus betreten, zeigt die Uhr auf dem Kaminsims halb zwölf.

Noch eine halbe Stunde! Wo bist du, Niklas?, denke ich. Wo bleibst du? Ich beziehe Position am Fenster und blicke unruhig in den Nachthimmel.

Elsa schaltet die Weihnachtsbeleuchtung ein. »Bin viel zu aufgedreht, um gleich schlafen zu gehen«, verkündet sie fröhlich. »Komm, setz dich, Schätzchen. Bevor es in die Heia geht, schlürfen wir beide noch einen leckeren Kakao vor dem Christbaum.«

Kurz darauf sitzen wir auf der Couch und nippen an unserer heißen Schokolade, während ich immer wieder verstohlene Blicke auf die Uhr werfe. Elsa schaut in einer Art vorweihnachtlicher Meditation schweigend auf die glänzenden Christbaumkugeln, in denen sich das Kerzenlicht spiegelt. Dann sagt sie unvermittelt: »Wenn du mich fragst, Melly hat den Preis nicht verdient. Das Fenster von Marlene Berber war eindeutig das beste. Das ganze Blut … Mann! Mann! Mann! Ich hab da auch so 'n paar Ideen … Ich sollte mal mit ihr reden. Vielleicht kann ich nächstes Jahr mit ihr zusammenarbeiten. Das könnte was werden. Wir brauchten nur ein Thema, das uns beide gleich anspricht, beispielsweise …«

»Beispielsweise *Weihnachtliches Kettensägenmassaker?*«

»Ja. So was in der Richtung«, sagt Elsa vollkommen ernst, schüttelt die Schneekugel, die sie bei der Tombola gewonnen hat, und verputzt noch ein Stück Baumkuchen, denn – »Man gönnt sich ja sonst nichts, Schätzchen.«

Fünf Minuten vor zwölf.

»So langsam sollte ich dann doch mal.« Elsa schält sich aus dem Sofa – als der erste Glockenschlag der Kirchturmuhr ertönt. Augenblicklich sitze ich stocksteif da und halte den Atem an.

»Alles in Ordnung mit dir, Schätzchen? Du hast doch hoffentlich nichts am Reibekuchenstand gegessen. Das Fett roch ziemlich ranzig und ... Was zum Teufel ist das?«, fragt sie plötzlich und starrt ungläubig auf die Kugel in ihrer Hand. Das Wasser im Inneren gefriert, wird zu Eis und dehnt sich aus – bis das Glas mit einem lauten Knall zerplatzt.

»Das war ich nicht!«, schreit Elsa. Im selben Moment ist die Luft erfüllt von einem bedrohlichen Zischen und Fauchen. Ein Blitz – und das Zimmer wird in blaues Licht getaucht.

»Was ist das?«, brüllt Elsa.

Ich springe auf, stürze aus der Haustür und blicke mit klopfendem Herzen in die Nacht. Unzählige blaue Flammen stehen am Himmel und bilden einen Ring um Rockenfeld. Ein ohrenbetäubendes Kreischen ist zu hören. Aus dem Dorf kommen entsetzte Schreie. Dann erscheint ein weiteres blaues Licht am Himmel, heller als alle anderen. Zuerst ist es nur ein winziger Funke in der Ferne, aber er bewegt sich in rasender Geschwindigkeit auf das Dorf zu und wird stetig größer. Das helle Licht kommt über die Hügel geschossen, hält auf Rockenfeld zu und vollführt unerwartete und waghalsige Flugmanöver, um den Ring zu durchbrechen – vergeblich. Der Flammenring ist so eng geschlossen, dass nichts ihn durchdringen kann. Zischende Eisklingen schnellen durch die Luft auf das helle Leuchten zu. Schließlich ergreift es die Flucht, verfolgt von der Armee aus flackernden Lichtern, die sofort hinter ihm herjagt.

»Niklas ...«, flüstere ich.

Vom See her ertönt ein gewaltiges, explosionsartiges Krachen. Im nächsten Augenblick schießt ein tiefblauer Lichtstrahl hoch in den Himmel, gefolgt vom ohrenbetäubenden

Splittern von Glas. Es klingt, als würden alle Fenster einer riesigen Kathedrale im selben Moment bersten.

Dann herrscht vollkommene Stille.

Elsa ist totenblass.

Langsam dreht sie sich um und flüstert, so leise, dass ich sie kaum verstehen kann: »Es ist wie damals … es geschieht wieder!«

ZWEITER TEIL

Raunacht

Überall im Dorf bellen und jaulen die Hunde. Über ihr Heulen legt sich ein durchdringender Chor schriller Pieptöne und Alarmsirenen. Sämtliche Rauchmelder und Sicherheitsalarme plärren in einem kollektiven Fehlalarm gleichzeitig los. In allen Häusern geht das Licht an, Haustüren fliegen auf, verängstigte Menschen laufen auf die Straße und rennen ziellos durcheinander.

Als Elsa und ich das Mauerbrückchen erreichen, blicken wir in Dutzende furchterfüllte Gesichter. »Was waren das für Lichter?«, schreit eine hysterische Frauenstimme.

»Das war ein Kometenschwarm!«

»Blödsinn! Bestimmt Weltraumschrott!«

»Nein. Es hat blau geblinkt. Das war ein riesiges Ufo, Leute. Glaubt mir!«

»Ufo … So ein Quatsch! Das waren Leuchtraketen!«

»Es ist die Jagd! Das Heer der Toten!«, kreischt eine nur mit Morgenmantel und Pantoffeln bekleidete zahnlose Alte mit hoher Stimme, und weil genau in diesem Moment sämtliche Alarmanlagen schlagartig verstummen, wenden sich ihr alle Blicke zu. Sie sinkt neben der bronzenen Dorneyser-Statue auf die Knie und ringt die Hände in die Höhe. »Die Wilde Jagd. Sie wird uns alle holen! Heilige Mutter Gottes, steh uns bei!«

»Ach, halt die Klappe, Hilde! Hör auf, hier so 'ne Welle zu machen!«, blafft Elsa sie an. »Und ihr anderen auch: **Klappe halten!**«, befiehlt sie.

Augenblicklich ist es still.

»Statt hier sinnlos rumzuschreien und abergläubischen Humbug zu verbreiten, sollten wir lieber einen Stoßtrupp bilden, der nachsieht, was oben am See passiert ist. Also?«

Es finden sich etwa zwanzig Freiwillige, unter ihnen auch Marlene, Melly Boskop und Zacharias Tigg.

»Ich nehme an, du als Ortsvorsteher möchtest auch mitkommen, Reinhard«, sagt Elsa.

Reinhard Reinhard sieht ganz und gar nicht so aus, als ob er das möchte … aber dummerweise steht ein Haufen potenzieller Wähler um ihn herum. »Ich, äh, natürlich, sicher«, murmelt er notgedrungen.

»Na dann los!«, kommandiert Elsa und setzt sich an die Spitze des Trupps. Im Laufschritt geht es an der Kirche und am Friedhof vorbei und dann über einen steilen Pfad in den Wald hinauf. Elsa erklimmt den Hang trittsicher und unangestrengt wie eine Gämse, während ich schnaufend neben ihr herstolpere.

»Wovon hast du vorhin gesprochen?«, keuche ich. »*Was* ist wie *damals*? *Was* geschieht *wieder*?«

Sie blickt über die Schulter, um sich zu vergewissern, dass niemand sie hören kann, und flüstert: »Ich hab nie mit jemandem darüber gesprochen. Wollte nicht, dass einer denkt, ich wäre reif für die Klapse, aber … ich hab schon einmal blaue Lichter in Rockenfeld gesehen. Vor vierundzwanzig Jahren. In der Nacht, in der Katharina Kilius verschwunden ist.«

An der Gabelung mit dem Wegweiser treffen wir auf einen mit Taschenlampen und Laternen bewaffneten Trupp, der uns von *Burg Rockenfeld* her entgegenkommt, wo man die blauen Lichter auch gesehen hat. Die Gruppe aus Schülern und Lehrern wird von Ernesto Gottwald angeführt.

Er und Elsa beraten sich kurz, dann bewegt sich unser Zug weiter zwischen den hohen, verschneiten Tannen hindurch in Richtung des Sees. Je näher wir unserem Ziel kommen, desto weniger wird gesprochen, desto leiser werden die Stimmen. Als wir das Ufer erreichen und auf den See hinausblicken, erstirbt auch das letzte Flüstern.

In der Mitte des Sees ist das Eis aufgeplatzt. Ein gezacktes Loch klafft wie eine schwarze Wunde in der glitzernden Oberfläche. Eine Wunde, um deren Ränder große, scharfkantige Eisstücke liegen. Als wäre etwas aus der Tiefe des Sees mit ungeheurer Schnelligkeit zur Oberfläche emporgeschossen und hätte das Eis gesprengt.

Zwischen den Eisstücken liegt ein lebloser, seltsam funkelnder Körper auf dem See.

»Wir müssen nachsehen, wer das ist«, sagt Gottwald mit belegter Stimme. »Kommst du, Reinhard?«

»Natürlich, aber … Bist du sicher, dass das Eis hält, Ernesto? Ich habe in letzter Zeit ziemlich zugelegt und …«

Elsa schiebt den Ortsvorsteher zur Seite. »Ich komme mit, Ernesto.«

Später werde ich mich an diesen Moment nur als eine Abfolge einzelner Bilder erinnern: Elsa und Gottwald, die sich vorsichtig über das Eis bewegen, der tote, glitzernde Körper auf dem See, die blau gefrorene Nasenspitze von Renate Immsen-Erkel, das schief sitzende Haarteil von Doktor Wieschmann. Ich registriere Julian von Kladdens zitternde Unterlippe, Marlenes kühl blickende Augen, Tiggs Gipsnase und Mellys weit offen stehenden Mund.

Dann fällt mein Blick auf Josef Kardinal. Er drückt sich hinter dem breiten Rücken von Reinhard Reinhard herum. Als er bemerkt, dass ich ihn beobachte, versucht er seine rechte Hand in der Manteltasche zu verstecken – aber ich habe das blutdurchtränkte Taschentuch, das er um die Hand geschlungen hat, bereits gesehen.

Ein nervöses Zucken läuft über sein Gesicht.

Er ist nicht mit uns zum See hinaufgekommen. Die Erkenntnis trifft mich wie ein Blitz: Er muss schon hier gewesen sein! Vor allen anderen!

Josef Kardinal sieht aus, als stünde er kurz vor einem Kollaps. Sein Gesicht ist kreideweiß, er zittert am ganzen Körper, und plötzlich verstehe ich, was mit ihm los ist: Der Mann hat ganz unglaubliche Angst!

Elsa und Gottwald beugen sich über den Körper auf dem Eis. Elsa dreht ihn vorsichtig herum. Ernesto Gottwald schlägt die Hand vor den Mund. Sie sprechen leise miteinander, dann kommen sie mit gesenktem Kopf zum Ufer zurück.

»Reinhard«, sagt Elsa und zieht den Ortsvorsteher zur Seite, »hast du ein Handy dabei? Ruf die Polizei. Das Mädchen ist getötet worden. Jemand hat ihr ... die Kehle durchgeschnitten.« Gottwald winkt Renate Immsen-Erkel zu sich heran. »Renate, du solltest dich um Julian von Kladden kümmern«, flüstert er, gerade so laut, dass ich es verstehen kann. Er schluckt und sieht auf den See. »Es ist Laura. Laura Pohlmann.«

Es gibt Momente, in denen einem sogar ein Arschloch leidtun kann. Während Renate Immsen-Erkel mit ihm spricht, verzieht sich Julian von Kladdens Gesicht zu einer entsetzlichen Grimasse, dann stößt er einen Laut aus, der an ein verwundetes Tier erinnert, und beginnt wie von Sinnen, ziellos um sich zu schlagen. Tobias Schallenberg gelingt es schließlich, ihn von den anderen wegzuziehen. Begleitet von Renate Immsen-Erkel führt er den schluchzenden Julian zum Internat zurück.

Ich stehe immer noch unter Schock. »Warum glitzert Laura so?«, frage ich Elsa. »Als hätte jemand Flitter auf ihr verteilt ...«

»Kein Flitter«, entgegnet sie. »Es ist Glas. Sie ist über und über mit winzigen Glassplittern bedeckt. Herrgott! Welcher kranke Spinner macht so was? Was in aller Welt hat das arme Mädchen geritten, mitten in der Nacht allein zum See zu gehen?«

»Ich glaube, ich weiß, was sie hier wollte ...« Ich erzähle Elsa die ganze Kokaingeschichte, angefangen von meiner ersten Begegnung mit Laura Pohlmann über die Entdeckung der Kanus am Seeufer bis zu dem Telefongespräch, das ich am Abend belauscht habe. »Sie war hier mit diesem Kerl verabredet. Heute Nacht. Und natürlich konnten sie nicht die Kanus benutzen, weil der See zugefroren ist. Deshalb war Laura auf Schlittschuhen unterwegs. Sie wollte sich auf dem See mit dem Typen treffen. Er heißt ...« Angestrengt versuche ich mich an den Namen des Mannes zu erinnern, mit dem sie sich verabredet hat. War es *Benny? Barney* ... *Billy* ... *Boris* ... *Bobby* ... »Bobby! Das ist sein Name.«

»Und du meinst, dieser Drogenhändler hat sie umgebracht? Aber was ist mit dem blauen Licht? Dem Loch im Eis? Und dem Glas? Das passt doch alles nicht zusammen ...«

Nein, denke ich. Das passt nicht zusammen. Hier ist etwas ganz anderes geschehen. Meine Augen suchen den Himmel ab.

Niklas, warum bist du nicht hier?

Ich blicke auf Lauras glitzernden Leichnam und plötzlich zuckt mir ein Gedanke durch den Kopf, der mich wie versteinert dastehen lässt: Moritz ... Ist er ihr gefolgt, so wie er es vorhatte? War er etwa bei ihr, als sie getötet wurde? Und wo ist er jetzt? Mein Magen krampft sich zusammen.

Wo ist er?

Ich leihe mir Reinhards Handy aus und gebe hektisch Moritz' Nummer ein, als ich mit einem Mal sehe, wie er aus dem Tannendickicht heraustritt und am Ufer entlang auf mich zukommt.

Für die Art von Bewegungsablauf, in der er das tut, gibt es keine Bezeichnung. Wahrscheinlich trifft der Begriff *unrundes Torkeln* es noch am besten. Als er vor mir steht, bemerke ich, dass seine Haare voller Sägemehl sind.

»Wo warst du?«, fahre ich ihn an. »Weißt du, was du mir für einen Schrecken eingejagt hast? Ich dachte, dir wäre was passiert. Und ... wie siehst du überhaupt aus?«

Er zieht sich ein paar Sägespäne aus den Haaren. »Hab schon gehört … Laura Pohlmann …«, sagt er und mir schlägt eine Fahne entgegen, bei deren bloßem Einatmen man stockbetrunken wird.

»Wo warst du? Du wolltest ihr doch hinterher. *Ein Fall für Moritz Grimm.* Erinnerst du dich?«

»Tut mir leid, Schwester, daraus ist nichts geworden – zu meinem Glück, wie es aussieht. Und den vorwurfsvollen Unterton kannst du dir sparen. Vielleicht erinnerst du dich, dass ich Valentin ein Bier ausgegeben habe. Dann hat er mir eins ausgegeben und ich habe mich revanchiert und er hat sich mit dem nächsten Bier bedankt und so weiter … Die Immsen-Erkel hat sich dankenswerterweise schnell verabschiedet. Wir haben uns dann über Eishockey unterhalten und es ist ziemlich spät geworden. Irgendwann sind wir zusammen hoch zum Internat und ich wollte eigentlich ins Bett, aber Valentin war immer noch ganz feierfreudig … *›Kannst du nicht gehen, ohne zu chören Diamanten aus meine Sammlung von Trash-Metal!‹* Also bin ich noch mit ihm in die Werkstatt, und da hat er mir den übelsten Metalsound um die Ohren gehauen und lauthals mitgegrölt, und dann hat er noch eine Flasche Wodka aufgetrieben und angefangen zu tanzen, und dann ist er irgendwann mit dem Kopf auf der Lautsprecherbox eingeschlafen. Und mir ist jetzt irgendwie ganz schlecht.«

Eine knappe Stunde später ist das Geräusch von Rotoren in der Luft zu hören. Kurz darauf landen zwei Hubschrauber auf dem Fußballfeld des Internats und nach wenigen Minuten wimmelt es am See von Polizei. Starke Scheinwerfer werden aufgestellt und ausgerichtet, und Männer und Frauen in weißen Overalls beginnen, Spuren zu sichern.

Zwei Beamte nehmen die Daten all derer auf, die sich am Seeufer versammelt haben. Die Polizisten teilen mit, dass sie ihr provisorisches Hauptquartier im *Torkelnden Hirsch* aufschlagen werden, und legen allen Rockenfeldern nah, dort morgen ab zehn Uhr zu erscheinen, um *Informationsgespräche* mit den Ermittlern zu führen.

Dann werden wir aufgefordert, uns vom Tatort zu entfernen und nach Hause zu gehen.

Schweigend steigen Elsa und ich ins Tal hinab. Suchend wandert mein Blick über den Himmel, aber nicht das kleinste Flackern ist zu sehen.

Er hat es nicht geschafft, denke ich und merke, dass ich zittere. Niklas hat es nicht geschafft. Die Holle ist zurück! Aber wenn sie einen Menschen tötet, um sich in seinem Körper zu bewegen – warum liegt der Körper von Laura Pohlmann dann dort oben auf dem Eis?

Traue niemandem!

Lauras Leiche wird obduziert. Man hat sie noch in der vergangenen Nacht weggebracht. Der Großteil des Polizeiaufgebots hat Rockenfeld bereits am frühen Morgen wieder verlassen. Zurück bleiben nur ein paar Beamte der Spurensicherung und vier Ermittler, die Befragungen durchführen sollen. Zwei von ihnen sitzen im *Torkelnden Hirsch*, die beiden anderen sprechen oben auf Burg Rockenfeld mit Lehrern und Schülern. Abreisen darf vorerst niemand, was aber ohnehin nicht möglich ist, denn der Schneerutsch macht die Landstraße weiterhin unpassierbar.

Ich bin mir sicher, dass Ernesto Gottwald seit letzter Nacht ununterbrochen damit beschäftigt ist, höchst unangenehme Telefonate zu führen und verängstigte oder wütende Eltern zu beruhigen.

Als Elsa und ich gegen halb elf in den *Torkelnden Hirsch* kommen, ist die Gaststube proppenvoll: Leute, die darauf warten, ihre Aussage zu machen, aber auch diejenigen, die das Gespräch schon hinter sich haben und – wo sie schon mal hier sind – die Gelegenheit zu einem ausgedehnten Frühschoppen nutzen. Alle möglichen Gerüchte machen die Runde. Plötzlich hat jeder etwas gesehen, etwas gehört, zumindest jedoch etwas geahnt.

Nur einer beteiligt sich nicht daran, die Gerüchteküche aufzuheizen, und zwar ausgerechnet der, von dem man solche Zurückhaltung am wenigsten erwartet hätte: Josef Kardinal sitzt, halb verdeckt von dem Garderobenständer, auf einem Hocker und blickt angestrengt zu Boden. Jedes Mal, wenn sich die Tür öffnet, schreckt er zusammen und fährt von seinem Sitz auf. Um die rechte Hand trägt er einen frischen weißen Verband.

Die Befragungen im Saal des Gasthauses ziehen sich ewig hin. Auch nach zwei Stunden Wartezeit sieht es nicht so aus, als ob Elsa oder ich bald an die Reihe kämen. Ich statte dem Sanitärbereich einen kurzen Besuch ab, und während ich mir die Hände wasche, höre ich zwei Stimmen auf dem Hinterhof des Gasthauses. Neugierig sehe ich aus dem Fenster.

Es sind die beiden Polizisten, die sich eine Zigarettenpause gönnen. Ein Schnauzbartträger mit Bluthochdruckgesicht und sein jüngerer Kollege, der *so* jung aussieht, als dürfe er noch nicht allein in die Abendvorstellung.

»Ich hasse meinen Job«, stöhnt der mit dem Bluthochdruck und nimmt einen tiefen Lungenzug. »Wenn ich noch eines dieser versoffenen Landeier was von Ufos oder blauen Lichtern oder fliegenden Eiszapfen erzählen höre, raste ich aus.«

»Aber merkwürdig ist es schon, dass sie alle von diesen blauen Lichtern berichten«, sagt der andere schüchtern. »Die können sich doch unmöglich alle abgesprochen haben.«

Der Schnauzbart winkt mürrisch ab. »Gestern Abend war hier ein Fest. Weißt du, wie auf dem Land gesoffen wird? Hast du eine Ahnung, was dann alles weggekippt wird? Die waren doch alle hackebesoffen. Oder irgendein Scherzkeks hat ihnen was ins Bier gekippt. Was weiß ich? Alles Spinner hier … und erst diese alten dementen Schachteln …«

»Ich weiß, was du meinst«, stöhnt der Jüngere. »Drei von den Omis haben mir die Ohren vollgejammert und von Luftgeistern und Dämonen geschwafelt. So eine Art Apokalypse für Arme. Eine von ihnen hat im Dorf den Messias gesehen, er hatte lange Haare und einen blauen Heiligenschein um den Kopf …«

»Die Nerven, die einen so was kostet, kann einem keiner bezahlen!« Der Ältere seufzt. »Noch drei Jahre, dann bin ich endlich aus dem Scheißladen raus.« Er nimmt einen letzten Zug und wirft den Zigarettenstummel in den Schnee.

»Nehmen wir uns den nächsten Spinner vor.«

Der nächste Spinner ist Josef Kardinal.

Elsa hat mittlerweile zwei Sitzplätze an einem Tisch direkt neben der Schiebetür zum Saal ergattert.

Kaum ist der Kardinal zur Befragung angetreten, zieht sie die Tür einen kleinen Spalt weit auf, lugt in den Saal und spitzt die Ohren. »Glaubst du, ich hätte nicht bemerkt, wie seltsam er sich benimmt?«, flüstert sie. »Ich will wissen, was er denen erzählt.«

Aber viel hat der Kardinal nicht zu erzählen.

Laura Pohlmann hat er nur vom Sehen gekannt, ja, blaue Lichter hat er gesehen und ein Klirren hat er auch gehört, gibt er zu Protokoll. »Und dann bin ich mit den anderen zum See hochgelaufen.«

»Er lügt«, wispere ich und Elsa nickt.

»Wie haben Sie sich denn diese Verletzung an der Hand zugezogen?«, fragt der junge Beamte.

Josef Kardinal hebt die bandagierte Hand und lächelt nervös. »Ich bin Kugelmacher. Ich arbeite mit Glas. Da bleibt so was nicht aus … Kann ich jetzt gehen?«

Ohne noch mit jemandem ein Wort zu wechseln, hastet er aus dem *Torkelnden Hirsch*. Kein flotter Spruch, kein Schulterklopfen, kein Händeschütteln. Ich sehe ihm durch das Fenster nach, wie er über den schneebedeckten Dorfplatz eilig in Richtung seines Ladens davonwatschelt.

Als Nächster wird Zacharias Tigg befragt. Auch er erzählt ausführlich von blauen Lichtern und ich sehe an den Gesichtern der Polizisten, wie sie innerlich abschalten – bis Tigg mit einer sensationellen Aussage aufwartet.

»Ich weiß, wer das Mädchen umgebracht hat!«

»Sie wissen, wer sie ermordet hat?«, fragt der junge Beamte verblüfft.

»*Sie* **war es!**«, brüllt Tigg so laut, dass man es noch draußen auf der Straße hören kann. »Marlene Berber! Sie hat meinen Bruder auf dem Gewissen und jetzt hat sie dieses arme unschuldige Ding umgebracht. Sie ist eine geistesgestörte Killerin. Eine gemeingefährliche Psychopathin. Eine durchgeknallte Wahnsinnige! Gestern Abend hat sie einen Fuchs erstochen und in seinem Blut gebadet!«

»Verstehe«, sagt der von der Kinderpolizei und wirft seinem Kollegen einen Hilfe suchenden Blick zu. »Haben Sie denn auch irgendwelche Beweise für Ihre, äh, Vermutungen?«

»Beweise? Natürlich nicht. Und gerade das beweist ja, dass sie es war. Niemand außer ihr ist so gewieft, dass es ihm gelingt, keinen einzigen Beweis zu hinterlassen.«

»Sicher. Vielen Dank für Ihre Bemühungen, Herr Tigg. Wir melden uns, falls wir noch Fragen an Sie haben. *Wir* melden *uns* bei *Ihnen!*«

»Und was gedenken Sie zu unternehmen?«, kreischt Tigg. »Sie in eine Zelle stecken? Ins Zuchthaus, bei Wasser und Brot, wo sie hingehört?«

»Ich denke eher nicht, Herr Tigg … Vielen Dank. Auf Wiedersehen.«

»Wozu bezahlt man die Polizei, wenn sie nichts unternimmt, um den Bürger zu schützen?«, protestiert Tigg aufgebracht, als ihn der ältere Polizist aus dem Raum schiebt. »Ich bezahle Sie mit meinen Steuergeldern und ich verlange, dass – aaah! Aua! Was soll das?«

Elsa hat sein Ohr gepackt und zieht ihn am Ohrläppchen über den Tisch.

»Anscheinend reicht dir 'ne eingegipste Nase noch nicht, Zacharias. Du schreist ja regelrecht nach 'nem Vollkörpergips.« Sie versetzt ihm einen leichten Schlag auf den Hinterkopf und beginnt leise zu singen: »*Wer steht nach der Revolte als Erster an der Wand? – Der Denunziant! Der Denunziant! Der Denunziant!*«

»Weg von mir, du alte Schneeschabracke!«, schreit Tigg und reißt sich los. »Ich komme nur meiner staatsbürgerlichen Pflicht nach. Ich bin der Einzige, der …«

Er verstummt, denn Marlene Berber schwebt quer durch den Raum auf uns zu, mit einem Lächeln wie die Sünde persönlich.

»Na, Zacharias, hast du der Polizei erzählt, dass ich ein böses Mädchen bin?« Sie streicht über sein borstiges Haar. »Welche unausgelebten Wünsche und Sehnsüchte bringen dich nur dazu, so garstige Sachen zu behaupten? War es die Vorstellung, mich in Handschellen zu sehen? Gefesselt an die Tür eines Streifenwagens?«

Tigg stampft mit dem Fuß auf. »Schluss damit! Ich falle nicht auf deine Masche rein, Marlene. Mir ist egal, was für einen makellosen Körper du hast und wie unglaublich lang deine Beine sind und wie groß deine … Merk dir eines: Es wird dir nicht gelingen, mich um den Ficker zu wingeln.« Er stutzt und wird knallrot. »Äh, um den Finger zu wickeln, meine ich natürlich … zu wickeln, um den, also um den Finger … ich … Wiedersehen.« Mit rot leuchtendem Glühbirnenkopf stürmt er aus der Tür.

»Einen aufregenden Tag noch, Zacharias«, haucht Marlene ihm hinterher.

»Frau Berber, bitte!«, ruft einer der Polizisten.

Sie tritt durch die Schiebetür in den Saal. Den beiden Beamten fallen beinah die Augen aus dem Kopf und im Bruchteil einer Sekunde verwandeln sie sich in sabbernde Primaten. Beide springen von ihren Stühlen auf und der Ältere versucht erfolglos seinen Bauch einzuziehen.

»Ich bitte Sie, behalten Sie doch Platz!« Marlene setzt sich, lächelt die Beamten an, schlägt die Beine übereinander und gurrt: »Sagen Sie mir, was ich für Sie tun kann, meine Herren.«

Die *Herren* überschlagen sich vor Höflichkeit und Zuvorkommenheit. Der Jüngere besorgt ihr einen Kaffee, der Schnauzbart organisiert einen Aschenbecher und gibt ihr mit zitternden Fingern Feuer. »Natürlich können Sie hier drin rauchen, Frau Berber. Kein Problem. Da drückt die Polizei mal beide Augen zu. Hahahahaha.«

Wüsste man nicht, dass hier gerade in einem Mordfall ermittelt wird, man könnte glauben, man wäre beim Tanztee.

Die Stimmung ist allerbestens. Es wird gescherzt, gejuxt, gebaggert und geflirtet. Immer wieder ertönt Marlenes glockenklares Lachen, dazwischen das Hyänengelächter der Polizisten. Wahrscheinlich wird jeden Moment ein Fläschchen Champagner kredenzt, denke ich, als ich Marlene sagen höre: »Dürfte ich dann gehen oder gibt es noch mehr, was Sie von mir erfahren möchten?«

»Äh, nein, nein, das war es leider schon«, sagt der Kinderpolizist betrübt.

Marlene erhebt sich. »Es war mir ein Vergnügen, meine Herren. Muss ich mich – wie sagt man in solchen Fällen? – ständig zu Ihrer Verfügung halten?«

»Das wäre wunderbar«, murmelt der mit dem Bluthochdruck.

Kaum hat Marlene den Saal verlassen, kommt er ihr hinterhergehechelt und reicht ihr seine Visitenkarte. »Nur für den Fall, dass Sie mal … Hilfe brauchen.«

»Das ist ja *so lieb* von Ihnen. Aber meistens helfe ich mir selbst …«

Als Elsa und ich endlich befragt werden, haben die Beamten noch immer einen ganz verzückten, abwesenden Blick.

»Sie haben blaue Lichter im Dorf bemerkt, ein Klirren gehört, ein blaues Leuchten im Wald gesehen und dann sind Sie mit einer Gruppe Freiwilliger hoch zum See, wo das tote Mädchen auf dem Eis lag«, fasst der junge Polizist meine Aussage zusammen, ohne von seinem Laptop aufzublicken. »Haben Sie uns eventuell noch etwas mitzuteilen, was für die Aufklärung dieser Straftat von Belang sein könnte?«, fragt er gelangweilt.

»Ja. Laura Pohlmann hat Kokain genommen und sie war in dieser Nacht mit ihrem Dealer verabredet. Am See.«

Das bringt ihn doch noch dazu, aufzublicken. »Woher wissen Sie das?«

Ich erzähle ihm die ganze Geschichte, und je mehr ich erzähle, umso interessierter wird er. »Kokain … Drogenhandel … Endlich mal ein konkreter Ermittlungsansatz. Gibt es jemanden, der Ihre Aussage bestätigen kann?«

»Moritz Grimm. Er ist Schüler auf *Burg Rockenfeld*. Ich nehme an, dass er es Ihren Kollegen bereits erzählt hat.«

Der Bluthochdruckpolizist wendet sich an Elsa. »Sie haben ebenfalls blaue Lichter im Dorf gesehen und ein blaues Licht am See. Richtig? Und Sie haben während des Dorffestes Alkohol konsumiert, aber weil es so, äh, *fetzig* war, können Sie nicht mehr genau sagen, in welcher Menge.«

»Genau«, sagt Elsa. »Und da ist noch was. Bis gestern hab ich es keinem erzählt, aber … das Licht hab ich schon mal gesehen. An Heiligabend 1991. Damals ist ein Mädchen aus dem Dorf verschwunden.«

»Und damals hatten Sie auch was getrunken, nehme ich an.«
»Na ja, es war Weihnachten, da trinkt man mal ein oder zwei
Flaschen Rotwein. Aber ich war nicht betrunken, wenn Sie
das meinen.«
»Natürlich nicht … Würden Sie Ihre Aussage bitte gegen-
lesen und links unten unterschreiben?«
Der junge Polizist starrt plötzlich auf seinen Laptop. »Da
kommt gerade was rein«, sagt er und blickt nervös zu seinem Kollegen. »Sie haben … noch eine Leiche gefunden …
in einem Gestrüpp am Seeufer. Im Anhang sind Bilder.« Er
öffnet die Dateien und wird blass. »Noch ein junges Mädchen!«
»Schöne Scheiße«, sagt der Ältere. »Ruf Hahnemann an. Er
soll die Vermisstenmeldungen überprüfen und – hallo, geht es
noch?« Er drückt Elsa zur Seite, die sich weit über den Tisch
gebeugt hat und ebenfalls auf den Monitor stiert.
»Schon mal was von Datenschutz gehört? Hier findet eine
polizeiliche Ermittlung statt, gute Frau! – Und schlag Hahnemann vor, die Bilder im Netz zu veröffentlichen«, instruiert er
den Jüngeren. »Vielleicht gelingt es uns, sie auf diese Weise zu
identifizieren.«
»Die Arbeit können Sie sich sparen«, sagt Elsa und lässt sich
auf ihren Stuhl fallen. »Ich kenne das Mädchen. Sie *wird* vermisst … und zwar seit vierundzwanzig Jahren. Sie sieht genauso aus wie an dem Tag, an dem sie verschwunden ist. Ihr Name
ist Katharina Kilius!«

Elsa ergeht sich in einem weitschweifigen Bericht über die
Umstände von Katharinas Verschwinden. Ich bemerke, wie
sich die Polizisten genervte *»Kann uns denn keiner die verrückte
Alte vom Hals schaffen?«*-Blicke zuwerfen.
»Gute Frau«, sagt der mit dem Schnäuzer, »denken Sie doch

mal nach. Wenn diese, äh, Katharina vor vierundzwanzig Jahren verschwunden ist, dann gibt es zwei Möglichkeiten: Entweder sie lebt noch, dann ist sie heute Anfang vierzig, oder sie ist schon lange tot. Und dann würde sie bestimmt nicht so aussehen wie der Leichnam, den wir gefunden haben. Sie kann es nicht sein!«

»Ist sie aber wohl!«, kontert Elsa und reckt kampfeslustig den Kopf.

Der Polizist verdreht die Augen und fragt seinen Kollegen: »Was wissen wir über die Todesursache?«

Der junge Beamte schielt auf den Monitor. »Todesursache steht noch nicht fest. Es sind keine äußeren Verletzungen erkennbar.«

»Und der Todeszeitpunkt?«

»Genauer Todeszeitpunkt wird noch bestimmt, aber sie ist auf jeden Fall nicht länger als vierundzwanzig Stunden tot.«

»Sehen Sie?«, sagt der Schnauzbart und fügt begütigend hinzu: »Die ganze Aufregung war sicher etwas zu viel für Sie. Sie sollten nach Hause gehen und versuchen, ein paar Stunden zu schlafen.«

»Die Tote ist Katharina Kilius«, beharrt Elsa und deutet mit dem Finger auf den jüngeren Beamten. »Du kommst jetzt mit zu mir nach Hause, Schätzchen. Da zeige ich dir ein Foto von ihr. Oder …«, sie verschränkt die Arme und lehnt sich zurück, »ich rühre mich hier nicht vom Fleck, bis ich mit dem Vorgesetzten von euch beiden Streifenhörnchen gesprochen habe.«

»Na schön«, seufzt der Schnauzbart resigniert und nickt dem Jüngeren zu. »Geh mit ihr und hol dieses verdammte Foto – die gibt vorher keine Ruhe.«

Der junge Polizist wirkt etwas verloren, als er schüchtern lächelnd in Elsas Wohnzimmer steht und verstört auf das Lamettaparadies und den bemützten Rentierkopf blickt.

»Hier ist es«, sagt Elsa und drückt ihm das Foto von Katharina in die Hand.

Er runzelt die Stirn. »Die Ähnlichkeit mit dem toten Mädchen ist wirklich verblüffend ...«

»Die Ähnlichkeit ist verblüffend, weil es dasselbe Mädchen ist, junger Freund. Frag jeden im Dorf, der alt genug ist, sich an Katharina zu erinnern. Die Leute werden dir das Gleiche sagen wie ich. Also? Worauf wartest du noch? Frisch ans Werk, Schätzchen! Aber nimm dir noch ein Lebkuchenherz, bevor du gehst.«

Glücklich kauend verabschiedet er sich. Nachdem die Tür hinter ihm ins Schloss gefallen ist, lässt Elsa sich auf das Sofa plumpsen. »Mann, Mann, Mann. Ich kann der Polizei nicht verdenken, wenn sie glaubt, ich wär ballaballa. Ich kapier es ja selbst nicht. Blaue Lichter, das tote Mädchen aus dem Internat und jetzt auch noch Katharina Kilius! Was geht hier vor, Cora?« Nachdenklich starrt sie vor sich hin, dann schüttelt sie ratlos den Kopf und erhebt sich schwerfällig von der Couch.

»Ich muss mich jetzt irgendwie beschäftigen, Schätzchen. Vielleicht sollte ich noch 'ne Ladung Kekse in den Ofen schieben«, sagt sie und schlurft in die Küche.

»Ich ... muss noch mal raus, Elsa!«, rufe ich ihr hinterher.

Sie steckt den Kopf aus der Küche. »Raus? Warum?«

»Weil ich ... weil ich ... dein Geschenk ist noch in Jacobs Werkstatt.«

»In einer Stunde wird es dunkel und da draußen läuft ein gewalttätiger Irrer rum, der es auf junge Mädchen abgesehen hat.«

»Bis es dunkel ist, bin ich längst zurück. Bitte, Elsa! Ich muss dahin. Dein Geschenk ist noch nicht ganz fertig ...«

»Du meinst ... es ist was Selbstgebasteltes?« Das freudige Aufblitzen in ihren Augen ist nicht zu übersehen.

Ich nicke eifrig.

»Also gut«, sagt sie nach kurzem Zögern. »Aber du bist spätestens in einer Stunde zurück!«

Ich renne so schnell durch den pulvrigen Schnee, dass meine Füße kleine Wolken aus weiß glänzenden Kristallen aufwirbeln. Obwohl es erst später Nachmittag ist, begegne ich keinem einzigen Menschen.

Vor Jacobs Haustür verharre ich einen Moment und atme einmal tief durch, dann drehe ich den Schlüssel im Schloss – und bleibe wie angewurzelt im Korridor stehen.

Die Treppenstufen glitzern. Sie sind übersät mit winzigen Glassplittern, die unter meinen Füßen knirschen, während ich langsam die Stufen hinaufsteige.

»Niklas?«

Keine Antwort.

Ich wünschte, ich hätte irgendetwas, um mich zu verteidigen, selbst wenn es nur die Scherzpistole von Moritz wäre. So leise wie möglich öffne ich die Tür zur Werkstatt. Meine Hand tastet nach dem Lichtschalter.

Ich weiß nicht, wie lange ich in den flitterglänzenden Wasserpfützen stehe und auf den Schneekugelfriedhof zu meinen Füßen starre. Tränen laufen mir übers Gesicht. Jacob Dorneysers Winterwelten sind nur noch ein Haufen Scherben. Alles ist zerstört. Nicht eine Kugel ist ihrem Ende entgangen. Es fühlt sich an, als wäre Jacob zum zweiten Mal gestorben.

Wer tut so etwas?, frage ich mich. Plötzlich gellt das Schrillen der Türklingel durch das Haus. Ich fahre zusammen und schnappe erschrocken nach Luft.

An der Haustür läutet es Sturm. Auf dem Monitor über der Sprechanlage sehe ich das Gesicht von Melly Boskop. Sie ist in heller Aufregung.

»Cora – Gott sei Dank!«, keucht sie, als ich mich melde.»Ist alles in Ordnung mit dir? Herrgott, ich habe so einen Schrecken bekommen – das ganze Blut!«

»Blut? Welches Blut?«

»Na, das Blut am Fenster!«, kreischt sie.»Ist wirklich alles in Ordnung bei dir, Cora? Drück auf, ich komme hoch!« Ich werfe einen schnellen Blick auf das Chaos in der Werkstatt.»Nein! Ich … ich komme runter, Melly.«

»Cooooora!«, schluchzt Melly völlig aufgelöst und fällt mir um den Hals, als ich aus dem Haus trete.»Ist dir wirklich nichts passiert? Bist du verletzt?« Sie packt mich an den Schultern und schüttelt mich durch, als wäre ich eine Stoffpuppe. Ein Schnellverfahren der medizinischen Diagnostik, das mir bis heute unbekannt war, aber das Ergebnis scheint Melly zu beruhigen.»Alles in Ordnung. Gott sei Dank!« Ihre Stimme wird ganz heulsusig.»Nicht auszudenken, wenn … Ich weiß nicht, was ich getan hätte, wenn meine allerallerbeste Freundin …«

»Komm mal wieder runter, Melly! Alles ist bestens. Was machst du hier?«

»Ich war bei Elsa, ich wollte dich besuchen und dir Zimtwaffeln vorbeibringen«, japst sie.»Sie hat mir gesagt, dass du hier bist. Und das Erste, was ich sehe, ist das zerschlagene Fenster. Und das Blut! Ich habe vor lauter Schreck die Waffeln fallen lassen.«

»Wovon redest du, Melly?«

»Komm!« Sie zieht mich an der Hand um die Hausecke.

In Jacobs Badezimmerfenster klafft ein Loch! Jemand hat die Scheibe eingeschlagen. Besonders clever hat sich dieser Jemand allerdings nicht angestellt. An den scharfen Splittern, die noch aus dem Rahmen hervorstehen, klebt Blut und auch im Schnee unter dem Fenster sind Blutspuren zu erkennen.

»Meinst du … meinst du, der Einbrecher ist noch im Haus?«, fragt Melly ängstlich.

»Nein. Im Haus ist niemand. Und das Blut sieht aus, als wäre es schon älter.«

»Fehlt denn irgendwas? Ist drinnen alles in Ordnung, Cora?«

Gar nichts ist *in Ordnung* – aber das muss Melly nicht wissen. »Es fehlt nichts. Da drin ist alles, wie es sein soll.«

»Trotzdem … du musst es der Polizei melden.«

»Natürlich«, sage ich abwesend und blicke auf das blutverschmierte Fensterglas. Es erinnert mich an etwas. An etwas, das ich erst vor Kurzem gesehen habe. Was war es … und wo? Ich habe das Gefühl, als müsste es mir jeden Moment einfallen, aber ich komme einfach nicht drauf. Erst als Melly ein Taschentuch auseinanderfaltet und sich lautstark schnäuzt, fällt es mir wie Schuppen von den Augen: Taschentuch … Blut … das blutdurchtränkte Tuch um die Hand des Kardinals, oben am See … seine verletzte Hand, die er versucht hat, vor mir zu verstecken. Ich bin mir plötzlich sehr sicher, *wessen* Blut hier in den Schnee getropft ist.

»Du siehst ja ganz verstört aus«, befindet Melly. »Kein Wunder nach dem, was letzte Nacht geschehen ist. Und jetzt auch noch ein Einbruch! Ich weiß, was du brauchst: eine allerallerbeste Freundin, die sich um dich kümmert und dich mal so richtig verwöhnt. Weißt du was? Heute Nacht schläfst du bei mir. Das wird *so toll*, Cora. Eine Pyjamaparty – nur wir beide. Ein gemütlicher Freundinnenabend. Ich *liebe* Freundinnenabende!«

»Melly, ich …«

»Nein, nein, nein! Keine Ausrede. Du kommst mit. Du brauchst jetzt eine große Portion Melly-Liebe!« Sie beginnt, die Zimtwaffeln aus dem Schnee aufzulesen.

»Aber Elsa wird sich Sorgen machen«, greife ich nach dem letzten Strohhalm.

»Kein Problem«, sagt Melly und zieht ein pinkes Smartphone aus ihrer Manteltasche. »Elsa? Hier spricht Melly Boskop. Nur damit du es weißt: Cora will heute unbedingt bei mir schlafen … Wie? … Natürlich *ernsthaft* … Ja, schon gut. Ich gebe sie dir.« Sie verzieht das Gesicht und reicht mir das Handy. »Elsa will mit dir *persönlich* sprechen. Argwöhnische alte Schachtel.«

»Alles klar bei dir?«, dringt Elsas Stimme aus dem Hörer.

»Ja. Ich bin nur …«

»Gefangen in Mellys Spinnennetz?« Sie kichert. »Wen sie erst mal zu ihrer besten Freundin auserkoren hat, der kommt so schnell nicht aus der Nummer raus. Na dann, alles Gute! Pass auf, dass sie dich nicht mit einem Kronprinzen verkuppelt.«

»Ich werde mein Möglichstes tun. Gute Nacht, Elsa.«

»Dann wollen wir mal!«, jubiliert Melly und kassiert das Smartphone wieder ein.

»Ja.« Ich sehe noch einmal hoch zu dem runden Fenster. »Dann wollen wir mal.«

Ein Fremder, der an diesem Abend durch die Straßen von Rockenfeld ginge, würde wahrscheinlich ein verschneites dörfliches Weihnachtsidyll sehen: Fachwerkhäuser mit rauchenden Schornsteinen, einen großen geschmückten Baum auf dem Dorfplatz, die Kerzen, die weihnachtlich beleuchteten Vorgärten. Ein Fremder, der nichts wüsste von einem toten Mädchen auf dem Eis, würde die Stille, die über dem Ort liegt, vielleicht als andächtige, vorweihnachtliche Ruhe missverstehen.

Aber jeder, der hier lebt, jeder, der die blauen Lichter gesehen hat, spürt, dass hinter dieser Stille die Angst lauert. Die Angst davor, was als Nächstes geschehen könnte. Jeder außer Melly Boskop, die auf dem Weg durchs Dorf gewohnt kurzatmig und unaufhörlich plappernd neben mir herhechelt. Die wenigen Menschen, denen wir begegnen, haben es eilig nach Hause zu kommen, und wenn sie doch einmal miteinander reden, dann senken sie dabei den Blick und sprechen im Flüsterton.

Melly lebt in einer kleinen Dachgeschosswohnung im Haus

Sie schluckt, sieht mich erwartungsvoll an und rutscht auf dem Sofa hin und her.

»Nein«, sage ich und rücke ein Stück von ihr weg. »Hat er nicht.«

Melly lacht gekünstelt. »Habe ich mir eigentlich auch schon gedacht«, sagt sie hastig und tätschelt mein Knie. »Ist einfach ein alter Spinner, der Kardinal. – Und jetzt gibt es eine spannende Partie *Mensch ärgere dich nicht*!«

Ich muss diese und auch noch eine weitere Runde überstehen, bevor Melly endlich die nötige Bettschwere hat.

Das Angebot, neben ihr in ihrem rosa Himmelbett zu übernachten, lehne ich dankend ab und nehme mit der Couch vorlieb.

»Küsschen, Cora.« Sie herzt mich noch einmal und verschwindet nach nebenan ins Schlafzimmer.

Unruhig werfe ich mich auf der durchgelegenen Couch hin und her. Unaufhörlich tauchen Bilder vor meinem inneren Auge auf wie bei einer außer Kontrolle geratenen Diashow: die zerstörten Kugeln in Jacobs Werkstatt, der glitzernde tote Körper von Laura Pohlmann, das Loch im Eis, der blaue Flammenring – und Niklas. Vor allem sein Gesicht ist es, das sich immer wieder über alle anderen Bilder legt und mich nicht schlafen lässt. *Wo bist du?*

Ich gebe den Versuch einzuschlafen fürs Erste auf und schiebe die Decke zur Seite. Auf Zehenspitzen gehe ich zum Fenster und sehe in das nächtliche Schneetreiben. In der Wohnung des Kardinals ist ein schwaches Licht! Es kommt aus seiner Küche, genauer gesagt aus dem geöffneten Kühlschrank in seiner Küche.

Josef Kardinal hockt vor dem Gerät und stopft mit den hektischen Bewegungen eines ausgehungerten Eichhörnchens Käse, Bockwürstchen und Gewürzgurken in sich hinein. Er nimmt eine Flasche Bier aus der Kühlung, leert sie in zwei

Zügen, rülpst und wirft einen hastigen Blick aus dem Fenster – genau in meine Richtung. Sofort fliegt die Kühlschranktür zu und die Küche liegt wieder im Dunkeln.

Schneller als man *Schneekugelmacherwerkstatt* sagen kann, bin ich in meinen Klamotten, springe die Treppe hinunter, renne über die Straße und bollere gegen die Ladentür des Kardinals.

»Ich bin es, Cora Dorneyser. Machen Sie auf! Ich weiß, dass Sie da sind.«

»Hör mit dem Lärm auf!«, zischt es von drinnen. »Du weckst die ganze Nachbarschaft auf. Ich komme ja schon. Bist du allein?« Der Kardinal öffnet die Tür einen Spalt weit und späht misstrauisch auf die Straße, bevor er mich einlässt und in das Hinterzimmer führt, in dem er seine Sammlung historischer Kugeln aufbewahrt. In der Hand hält er eine schwach leuchtende, winzige Leselampe.

»Reichlich duster hier. Hätten Sie was dagegen, das Licht einzuschalten?«

»Nein, kein Licht!«, wispert er und zieht mich vom Fenster weg. »Was willst du?«

Ich packe seine verbundene Hand und drücke kräftig zu.

»Au, ah!«, schreit er. »Bist du wahnsinnig geworden? Das tut weh!«

»Das soll es auch!« Ich drücke noch mal zu. Doppelt hält besser. »Sie sind bei Jacob eingebrochen! Sie haben seine Schneekugeln zerstört! Ist das Ihre Rache dafür, dass ich nicht verkauft habe?«

»Kugeln? Zerstört?« Der Kardinal wird blass und seine Lippen beginnen zu zittern. »Nein, nein, nein … Das war ich nicht!« Schwer atmend lässt er sich auf einen Stuhl fallen. »Ich bin Kugelmacher. Ich liebe Schneekugeln! Niemals, niemals würde ich eine Kugel zerstören.« Er zieht seine rote Mütze vom Kopf, blickt zu Boden und ist nur noch ein wimmerndes Häuflein Elend. »Ich liebe Schneekugeln«, beteuert er noch einmal. »Vielleicht liebe ich sie sogar zu sehr. Ich habe Jacobs Kugeln nicht angerührt. Aber was den Einbruch betrifft … du hast recht: Ich habe versucht, ins Haus zu gelangen. Ich wollte die Kugel. Die Dorneyser-Kugel! Ich weiß schon seit Langem, dass sie tatsächlich existiert …« Er erhebt sich schwerfällig, schlurft zu einem Regal und zieht ein Buch mit ausgeblichenem Lederrücken hervor. Es ist das Buch, das er bei meinem ersten Besuch so hastig zusammengeklappt und weggeschoben hat.

Karwendels Kabinett der kuriosen Dinge steht in goldgeprägten Lettern auf dem Einband. Er schlägt es auf und deutet mit dem Zeigefinger auf eine Seite. Tatsächlich findet sich − zwischen Doppelkinnstützkragen und Dosenkäse − ein Abschnitt über die Dorneyser-Kugel: die übliche Geschichte, nach der Leonard Dorneyser die Kugel vom Teufel persönlich bekommen hat, und auch ein Hinweis darauf, dass er der Hexerei beschuldigt wurde, weil er *den Teufel im Glase* mit sich geführt haben soll.

»Das ist nur eine der vielen Spuren, denen ich gefolgt bin«, sagt Josef Kardinal. »Über die Jahrhunderte gab es immer wieder Gerüchte über diese Kugel. Und dann das Fensterbild, auf dem Leonard Dorneyser die Kugel überreicht bekommt. Die Teufelsgeschichte habe ich natürlich nicht ernst genommen, das ist nur gruseliges Dekor, aber die Existenz der Kugel habe ich nie angezweifelt. Die erste Schneekugel überhaupt. Kannst du dir vorstellen, welchen Wert sie haben muss?« Der Kardinal sieht beschämt zu Boden. »Ich war wie besessen von dem Gedanken, sie endlich zu besitzen. Sie wäre die Krone meiner Sammlung gewesen. Es tut mir leid, Cora. Ich … ich war nicht mehr ich selbst.« Er scharrt mit einem Fuß über die Dielen. »Ich war mir sicher, dass Jacob sie irgendwo im Haus versteckt hatte, und nachdem er tot war, sah ich die Gelegenheit gekommen. Ich habe mich davongestohlen, als das Schneekugelfest in vollem Gange war. Ich habe geglaubt, dass das in

dem ganzen Trubel keinem Menschen auffallen würde. Aber ...
ich habe es gar nicht erst geschafft, *ins* Haus zu kommen.«Ich
sehe ihn fragend an und er seufzt. »Na ja, ich breche nicht jeden Tag irgendwo ein. Als ich das Fenster eingeschlagen habe,
habe ich mich an der Hand verletzt. Und während ich noch
dastehe und mein Blut in den Schnee tropft, dasehe ich sie
auf einmal ...« Die Augen des Kardinals weiten sich, er packt
mich an den Schultern und fistelt panisch:»Alles ist wahr! Die
ganze Geschichte mit dem Teufel! Ich habe ihn gesehen. Und
nicht nur einen Teufel – viele, viele Teufel. Blaue Teufel. Sie
kamen wie aus dem Nichts. Sie sind durch die Luft *geflogen* ...
Ihre Gesichter ... Fratzen, um die blaue Flammen zuckten ...«
Seine Stimme überschlägt sich und er kreischt:»Ich habe nur
noch gemacht, dass ich wegkam, ich bin in Panik in den Wald
gelaufen – und gerade, als ich oben am See ankam, war da ein
gewaltiger blauer Lichtblitz! Und dann habe ich gesehen ...
ich habe gesehen, wie ...«

Plötzlich ist ein durchdringender hoher Pfeifton zu hören.
Der Kardinal wird totenblass.

»Sie kommen!«, wispert er und reißt mich mit sich zu Boden. Gerade noch rechtzeitig. Die Fensterscheibe zerbirst. Blau
leuchtende, scharfe Eissplitter zischen wie Wurfmesser durch
das Zimmer und schlagen in die Tür des Schranks ein, in dem
er seine Kugelsammlung aufbewahrt.

»Raus hier!«, brüllt er, reißt die Hintertür auf und stolpert
mit mir ins Freie.

Wir hasten durch den Schnee und rennen im Zickzack
an den kahlen Obstbäumen vorbei, während von allen Seiten blaue Lichter aufblitzen. Sie verändern ihre Positionen so
schnell, dass man unmöglich sagen kann, wie viele es sind. Blau
schimmernde Klingen zischen haarscharf an meinem Kopf
vorbei, wirbeln Schnee auf und bohren sich in das Holz der
Bäume. Ich werfe einen schnellen Blick hinter mich und bleibe
vor Schreck wie angewurzelt stehen. Eine Gruppe von Flam-

menwesen rast auf uns zu, angeführt von dem Hünen mit vernarbtem Gesicht. Mit weit aufgerissenen Augen sehe ich die Flammengestalten näher kommen, dann werfe ich mich herum und folge Josef Kardinal. Sie treiben uns wie Jagdvieh durch den Garten vor sich her, bis zum Buchbach. Wir springen auf das Eis des Flusses, der Kardinal verliert das Gleichgewicht, landet auf dem Bauch und schlittert mehrere Meter über das Eis. Die Wilde Jagd bildet in der Luft einen Kreis um uns und steht für einen Moment ganz still. Dann richten die Flammenwesen die Hände zur Erde und ein Hagelsturm aus blauen Klingen geht auf uns nieder. Eis trifft auf Eis und ich sehe voll Schrecken, wie sich in Blitzesschnelle Risse unter meinen Füßen bilden, durch die das schwarze Wasser des Buchbachs schwappt.

Ein gewaltiges Knirschen … die Eisdecke reißt auf und wir stürzen ins Wasser. Der Kardinal schlägt wild mit den Armen um sich, während ich mich mit aller Kraft an eine Eisscholle klammere.

»Ich kann nicht schwimmen!«, schreit er und versucht verzweifelt, den Kopf über Wasser zu halten. »Cora, ich habe gesehen, wie … Nimm dich in Acht vor −« Ein schimmernder Eissplitter bohrt sich in seine Stirn, sein Kopf gerät unter Wasser, ein gurgelndes Geräusch − und der Kardinal ist verschwunden.

Ich will schreien, doch die Kälte lähmt meine Muskeln. Ich bin zu keiner einzigen Bewegung fähig. Direkt vor mir taucht das wütende Gesicht einer Frau mit verfilzten Haaren auf. Flammen zucken um ihre Gestalt. Sie schwebt waagerecht in der Luft, keine zehn Zentimeter über dem Wasser, und lacht höhnisch − als ein blauer Eissplitter durch die Luft schießt und sie an der Schulter trifft. Der Aufprall wirft sie herum und sie heult wütend auf. Dann fliegen Hunderte blau leuchtender Klingen durch die Nacht auf meine Verfolger zu. Kreischend fahren sie auseinander, schießen hoch in die Luft −

und verschwinden genauso unvermittelt, wie sie gekommen sind.

Meine Brust ist wie zugeschnürt. Alle Kraft verlässt mich. Meine Hände lösen sich von der Eisscholle und ich versinke im schwarzen Wasser. Wie im Traum spüre ich den Griff zweier Arme, die sich um meinen Oberkörper schließen. Dann wird es dunkel um mich herum.

Klappert man mit den Zähnen, wenn man tot ist? Fühlt sich die Stirn an wie ein glühender Hochofen? Hat man im Jenseits ganz unglaublichen Durst? Äußerst unwahrscheinlich. Es sieht nicht so aus, als wäre ich tot. Aber wirklich lebendig fühle ich mich auch nicht. Schon der Versuch, einen Finger zu krümmen, bringt mich an den Rand der Erschöpfung.

Meine Lider sind zentnerschwer und es dauert eine gefühlte Ewigkeit, bis ich es schaffe, die Augen wenigstens einen Spalt weit zu öffnen. Ich blicke in einen schwarzen Himmel voll blauer Sterne. Ganz langsam dämmert mir, dass dieser Himmel aus Fels besteht. Eine steinerne Decke, in der unzählige Kristalle in hellem Blau schimmern.

Ich bin in Jacobs Höhle.

Ein blaues Flackern – dann beugt sich ein Gesicht über mich. »Schlaf«, sagt eine raue Stimme. »Du musst dich ausruhen. Heute Nacht bist du sicher.« Eine Hand legt sich auf meine glühend heiße Stirn.

Wie wunderbar kühl, denke ich. Dann fallen mir die Augen wieder zu.

Als ich zum zweiten Mal erwache, fühle ich mich vollkommen gerädert. Als hätte ich gestern Abend zehn von Marlenes purpurfarbenen Hammerdrinks genossen. Benommen setze ich mich auf. Das Erste, was ich sehe, sind Kleidungsstücke, die –

offenbar gewaschen und getrocknet – ordentlich aufgestapelt in einem Korbsessel liegen. Meine Kleidung, wie ich nach einem kurzen Blick unter die Decke konstatieren muss. Ich bin splitterfasernackt!

Auf den Boden neben der Matratze hat jemand eine Tasse Kaffee gestellt. Eiskalt. Egal. Ich habe einen solchen Wahnsinnsdurst, dass ich sogar einen Kanister Motoröl gierig in mich hineinkippen würde. Ich nehme einen Schluck – und gehe in die Senkrechte. Himmel! Das Zeug weckt Tote auf.

Mit einem Schlag bin ich hellwach und sofort ist die Erinnerung an das, was vor wenigen Stunden geschehen ist, wieder da: die blauen Eisklingen, ihr Zischen in der kalten Luft, der Kardinal, das brechende Eis …

Wie bin ich hierhergekommen?

»Niklas …?«, flüstere ich und lasse meinen Blick durch die schummrige Höhle wandern. Ich schlage die Wolldecken zur Seite, greife nach meinen Kleidern und ziehe mich an. Langsam durchquere ich die Höhle und steige die in den Stein geschlagene Treppe zum Haus hinauf. Die Tür zur Küche steht weit offen. 07:26 zeigt die digitale Anzeige an Jacobs Mikrowelle. Draußen ist es noch dunkel.

Vorsichtig stoße ich die Tür zur Werkstatt auf.

Niklas steht in sich gekehrt vor dem großen Fenster. Er ist so in Gedanken versunken, dass er mich nicht bemerkt.

Auf seiner Wange sehe ich eine frische, silbrig blau schimmernde Narbe, ein trauriger Zug liegt um seinen Mund.

»Niklas!« Mit dem merkwürdigen Gefühl, als würde ich mir selbst dabei zusehen, laufe ich auf ihn zu. Er hebt den Kopf. In seinen Augen flackert es blau.

So fühlt es sich an! Die Erkenntnis trifft mich mit der Wucht eines Vorschlaghammers. So fühlt es sich an, wenn man etwas findet, nach dem man an jedem Tag seines Lebens gesucht hat – ohne zu wissen, was es war.

»Cora, du bist noch zu schwach, du darfst nicht –«

Ich nehme seine Hand und presse die kalten Fingerspitzen gegen meine Wange.

Niklas' Lippen zittern. »Sie ist zurück. Sie tötet wieder – und um ein Haar hätte sie auch dich getötet. Weil ich zu spät gekommen bin!«

»Du konntest nichts tun ... die Lichter um das Dorf ... es waren zu viele. Ich hatte Angst, sie würden ...«

Ich fahre mit dem Zeigefinger über die glitzernde Narbe auf seiner Wange.

»Nur ein Kratzer«, sagt er. »Ein Andenken an die Wilde Jagd. Ein Eissplitter der Habergeiß hat mich gestreift. Ich habe lange gebraucht, um das Heer von meiner Spur abzubringen. Ich musste über Schleichwege nach Rockenfeld zurück und bin erst letzte Nacht wieder in Dorf gelangt. Gerade als ...«

HAAATSCHAU!, entfährt mir der gewaltigste Nieser meines Lebens. Noch einer, noch einer und dann eine ganze Kanonade. Keine vornehmen Etepetete-Nieser, sondern solche, die klingen wie übergeschnappte Free-Jazz-Trompeten. Das Wasser läuft mir aus der Nase und wahrscheinlich färben sich meine Augen karnickelrot. Genau die Zutaten, die man sich wünscht, um einer Begegnung die angemessene Romantik zu verleihen.

Niklas zieht ein Tuch aus der Tasche. Das Ding besteht fast nur aus Löchern.

»Oh, tut mir leid«, sagt er. »Ist schon etwas ... älter.«

»Macht nichts, ich – *HAAATSCHAU!*« Ein weiterer heftiger Nieser und ich schnäuze mich ausgiebig und wenig ladylike in das zerfetzte Tuch. Ich wette, meine Nase sieht aus wie eine Leuchtboje.

Niklas führt mich zu dem Sessel und legt die Hand auf meine Stirn. »Du hast noch immer Fieber«, sagt er. »Aber das wird vorübergehen. Es hätte viel schlimmer kommen können ... Du hättest sterben können. Es war knapp.«

Ich erinnere mich an den Griff seiner Arme, die mich aus dem kalten Wasser gezogen haben, an die umhertreibenden Eisschollen – und dann habe ich die letzten Worte des Kardinals wieder in den Ohren. »*Cora, nimm dich in Acht vor* –« Vor wem? Vor wem hatte er mich warnen wollen?

»Was ist mit Josef Kardinal?«, frage ich.

Niklas schüttelt den Kopf. »Als ich ihn aus dem Wasser gezogen habe, hatte sein Herz bereits aufgehört zu schlagen.« Einen Moment lang blickt er zu dem bunten Fenster, bevor er mit leiser Stimme weiterspricht: »Josef Kardinal hat seine Jagd nach der Kugel mit dem Leben bezahlt. Diese Kugel bringt nur Böses in die Welt. In den Händen eines jeden Menschen ist sie nichts als eine gewöhnliche Kugel. Ein hübsch anzusehendes Schüttelglas. Aber in *ihren* Händen ist sie eine schreckliche Waffe. Und sie wird alles tun, um sie zurückzuerlangen.«

»Sie haben … sie haben Katharina Kilius gefunden.«

Er nickt wissend. »Die Holle konnte nicht im Körper eines Mädchens zurückkehren, das vor vierundzwanzig Jahren verschwunden ist. Der Körper von Katharina ist für sie nutzlos geworden. Sie hat ihn weggeworfen wie ein altes, abgetragenes Kleidungsstück.«

»Einer der Polizisten hat gesagt, Katharina wäre noch keine vierundzwanzig Stunden tot«, werfe ich ein.

»Nimmt sie sich einen Körper, dann altert er nicht und zeigt keine Zeichen von Verfall, bis sie ihn ablegt.«

»Aber da ist etwas sehr Seltsames …«, sage ich. »Wenn die Holle getötet hat, um in den Besitz eines neuen Körpers zu kommen … Laura Pohlmann … ich habe gesehen, wie sie tot auf dem Eis lag … ihr Körper … man hat sie weggebracht, um sie zu obduzieren …« Verwirrt blicke ich Niklas an.

Er schweigt und sieht aus dem Fenster. Dann dreht er mir langsam den Kopf zu. »Es war auch nicht *ihr* Körper, den sie sich genommen hat. Es muss noch jemand dort gewesen sein.

Jemand war in dieser Nacht *mit* Laura auf dem See. Das Mädchen ist der Holle in die Quere gekommen, eine unliebsame Zeugin, die sie beseitigen musste. Deshalb ist Laura mit durchschnittener Kehle auf dem Eis geendet. Nicht nur sie ist in dieser Nacht gestorben, sondern auch der Mensch, der auf dem See bei Laura war. Er ist es, in dessen Körper sich die Holle nun in dieser Welt bewegt! Es könnte jeder und jede in Rockenfeld sein.«

Seine kalten Hände umfassen meine und seltsamerweise wird mir dabei ganz heiß.»Sie will die Kugel mit aller Macht und sie wird glauben, dass du das Versteck kennst. Weil du eine Dorneyser bist.«

»Aber ich habe keine Ahnung, wo …«

»Ich weiß«, sagt er.»In der Nacht, als die Zwölf begonnen haben, als der blaue Lichtblitz am See erschienen ist … War da jemand bei dir in diesem Moment?«

»Elsa.«

»Gut. Dann hast du von ihr nichts zu befürchten. Aber traue keinem anderen Menschen, egal wie sehr du ihn magst oder wie gut du ihn zu kennen glaubst. Niemandem! Sie wird auch dich täuschen. Vielleicht warst du ihr schon nah, ohne es zu ahnen. Der Kardinal muss gesehen haben, was in dieser Nacht am See geschehen ist. Er wusste, wessen Körper sie sich genommen hat. Aus diesem Grund musste er sterben.«

Ich muss schlucken.»Und es gibt nichts … nichts, woran ich die Holle erkennen kann?«

»Die Kalte Klinge«, flüstert er.»Sie trennt sich auch in ihrer menschlichen Gestalt niemals von der Klinge. Aber … das ist kompliziert. Sie trägt sie unter ihrer Kleidung verborgen. Vielleicht an einer Kette um den Hals, vielleicht irgendwo am Körper versteckt.«

Ich verstehe, was er mit *kompliziert* meint. Ich kann schlecht jeden, der mir begegnet, bitten, sich erst mal auszuziehen.

In Niklas' Augen blitzen blaue Funken auf.»Es gibt einen

Grund, warum sie sich niemals von der Klinge trennt. Die Kalte Klinge ist die Waffe –«

»Die Waffe, die sie töten kann«, beende ich seinen Satz.

»Ja. Firnis hat sich mir schließlich anvertraut. Er hat es mir gesagt: ›*Nur das, was sie geboren hat, kann sie vernichten.*‹ Die Kalte Klinge beendet ihre Existenz, und die –«

»Cora!«, dröhnt ein durchdringendes Organ von draußen. »Cora, bist du hier?«

Durch das Fenster sehe ich Elsa auf das Haus zueilen. Neben ihr läuft der schnauzbärtige Bluthochdruckpolizist. Mit gezogener Waffe!

Niklas zieht mich vom Fenster weg. »Geh! Schnell! Sie dürfen nicht ins Haus! Denk immer daran: Traue niemandem!«

»Ich komme zurück, sobald es geht.« Als ich an der Tür bin, drehe ich mich noch einmal zu ihm um, laufe zurück, presse meinen Mund auf seinen und renne dann die Stufen hinunter.

⁓

»Hab ich dir *irgendwas* getan? Kannst du mir *einen* Grund nennen, warum du mir das schon *wieder* antust? Ist das ein Experiment: *Wie oft kann ich verschwinden und Elsa in Angst und Schrecken versetzen, bevor sie den finalen Herzkasper kriegt?* Willst du mich mit aller Gewalt ins Grab bringen?« Elsa ist auf hundertachtzig und fuhrwerkt wütend mit den Armen in der Luft herum. Gut, dass kein Geschirr in der Nähe ist, sonst wäre hier aber Polterabend.

»Ich habe doch nur …«

Elsa schmettert meinen Rechtfertigungsversuch lautstark ab. »Weißt du, was im Dorf los ist?«, bellt sie. »Heute Morgen ist der Kardinal gefunden worden! Tot! Am Buchbach! Und dann stellte sich raus, dass *du* spurlos verschwunden warst. Als Melly heute Morgen aufgewacht ist, konnte sie dich nirgendwo finden. Sie ist total hysterisch geworden. Sie war sich sicher, dass dir irgendwas zugestoßen sein musste, und ist sofort zur Polizei gerannt. Und dann ist *er* hier«, sie deutet mit dem Daumen auf den Polizisten, der ob ihres Wutausbruchs wie ein verängstigtes Meerschweinchen guckt,»bei mir aufgetaucht und wollte wissen, wo du bist. Ich bin aus allen Wolken gefallen, als ich erfahren hab, dass du verschwunden bist. Kannst du dir im Geringsten vorstellen, wie ich mich gefühlt habe?« Die Flüche, die sich ihrer Schimpftirade anschließen, lassen sogar den Polizisten rot werden, noch roter, als er ohnehin schon ist. Dann hat sie ihre Munition endlich verfeuert. Sie kriegt sich langsam ein, schiebt ihren Hut zurück und pustet tief durch. »Mann. Mann. Mann. Mir ist vielleicht die Muffe gegangen. Aber dann kam mir der Gedanke, dass du vielleicht hier sein könntest, und Gott sei Dank … ach, auf den Schreck brauch ich erst mal was Herzhaftes.« Sie wirft sich ein Dutzend kleine Lakritzhütchen ein.

»Ich bin früh wach geworden und wollte … ich wollte an deinem Weihnachtsgeschenk weiterarbeiten«, schwindle ich.»Melly hat noch geschlafen, ich wollte sie nicht wecken. Ich hätte ihr natürlich eine Nachricht hinterlassen sollen, aber ich konnte ja nicht ahnen, dass es so eine Aufregung gibt. Ich wusste nichts von Josef Kardinal … davon, dass er tot ist.« Gleich mehrere faustdicke Lügen gleichzeitig. Und das, ohne das geringste Stottern. Klingt auch alles ganz plausibel.

Aber Elsa riecht den Braten.»So, so«, knurrt sie und mustert mich mit einem Blick, der unmissverständlich sagt: *Ich glaub dir kein Wort, Schätzchen.*

»Da oben war was«, sagt der Polizist in diesem Moment. Er tritt einen Schritt zurück, legt den Kopf in den Nacken und blickt zu dem runden Fenster im Obergeschoss. Seine morgendliche Rasur ist anscheinend nicht reibungslos verlaufen. An fünf Stellen an seinem Hals kleben kleine, blutdurchtränkte Toilettenpapierfetzen.

Du kannst niemandem trauen!, schießt es mir durch den Kopf.

Aber ihm schon, wird mir klar. Ihm und seinen Kollegen auch. Sie sind erst *nach* Lauras Tod in Rockenfeld eingetroffen. Keiner von ihnen kann in der Nacht bei Laura auf dem See gewesen sein. Außerdem – wenn ich eine unsterbliche Eisdämonin wäre, würde ich mir keinen übergewichtigen, kurzatmigen Polizisten mit Bluthochdruck als menschliche Hülle aussuchen.

»Jetzt ist er weg«, höre ich ihn sagen. »Aber gerade eben stand da jemand am Fenster.«

»Da ist niemand«, beteuere ich eine Spur zu schnell, um wirklich glaubhaft zu klingen. Hinter dem Rücken des Mannes mache ich Elsa verzweifelt Zeichen und sehe sie flehentlich an.

Sie versteht und nickt kaum merklich mit dem Kopf.

»Wir sollten uns mal auf den Rückweg machen«, sagt sie in beiläufigem Ton und wendet sich ab.

»Erst nachdem ich das Objekt überprüft habe«, entgegnet der Arm des Gesetzes in amtlichem Wichtigkeitston. »Geben Sie mir den Schlüssel.«

»Wenn Cora sagt, da ist niemand, dann ist da niemand. Oder wirkt das Mädchen auf Sie, als würde sie unter Wahrnehmungsstörungen leiden?«

»Gute Frau, ich habe gesehen, was ich gesehen habe. Ich gehe jetzt da rein.«

»Tun Sie nicht, *guter Mann*! Dazu brauchten Sie erst mal einen Durchsuchungsbeschluss. Das weiß ich aus dem Fernsehen. Und von Gefahr in Verzug kann ja wohl keine Rede sein, schließlich steht Cora hier unversehrt und am Stück vor uns. Und außerdem …«, sie tippt energisch mit dem Zeigefinger gegen seine Brust, »außerdem haben Sie doch wohl genug zu tun. Haben Sie im Fall der toten Mädchen auch nur die geringsten Fortschritte gemacht? Haben Sie irgendwelche Ergebnisse vorzuweisen? Ja, dachte ich mir schon. Haben Sie wenigstens die Sache mit Katharina Kilius geprüft?«

»Darüber kann ich Ihnen keine Auskunft geben.«

»*Darüber können Sie mir keine Auskunft geben?* Jetzt mal Klartext, mein Bester: Ohne mich würdest du immer noch dasitzen und Vermisstenmeldungen überprüfen. Also raus mit der Sprache: Was habt ihr rausgefunden?«

Er blickt sich ängstlich um, so als könnte jeden Moment ein Sondereinsatzkommando zwischen den Büschen hervorspringen und ihn wegen Geheimnisverrats einbuchten. »Sie hatten recht. Das zweite Mädchen, das wir gefunden haben, wurde von mehreren Personen eindeutig als Katharina Kilius identifiziert«, flüstert er leise. »Und gleichzeitig hat sich die erste Einschätzung des Rechtsmediziners bestätigt: Sie war erst wenige Stunden tot, als man sie gefunden hat. Ich … ich verstehe das nicht … es ergibt überhaupt keinen Sinn. Ich habe keine Ahnung, was hier vor sich geht …«

»Also, dass ihr Jungs nicht grade die Fixesten im Kopf seid, war mir schon immer klar, aber …« Elsa verstummt irritiert. Der Freund und Helfer steht plötzlich mit gesenktem Kopf und zuckenden Schultern da und gibt schniefende Geräusche von sich – er weint!

»Ich hasse meinen Job!«, schluchzt er. »Ich hasse dieses bescheuerte Schneekugelkaff und all diese Irren mit ihren durchgeknallten Geschichten. Und diesen gottverdammten Schnee. Und dann kommen Sie noch mit Ihrer herablassenden Art und diesen verletzenden Bemerkungen!« Er blickt Elsa aus verweinten Augen an. »Wissen Sie, was bei mir zu Hause los ist? Meine Frau hat sich nach dreiundzwanzig Jahren scheiden lassen und turnt jetzt mit einem Pizzabäcker durch die Betten, mein Sohn hat die Schule abgebrochen, meine siebzehnjährige Tochter ist schwanger von einem Käppchenträger mit Vorstrafe, und letzte Woche musste ich meinen Cockerspaniel einschläfern lassen. Und dann kommen Sie und sind auch noch so … *gemein!*« Mit zitternden Fingern und noch immer schluchzend schiebt er die Pistole zurück ins Holster.

Elsa legt den Kopf schief, dann zieht sie den Mann an sich heran, drückt ihn an ihre Brust und tätschelt seinen Kopf. »Na, na, na – das wird schon wieder. Da bin ich wohl ein bisschen übers Ziel hinausgeschossen. Tut mir leid. Und das mit Ihrer Frau auch … Hier, Schätzchen, nehmen Sie die!« Sie zieht eine Schokoladenprinte aus der Manteltasche und nickt ihm aufmunternd zu. »Wird schon wieder. Vielleicht wollen Sie jetzt ein bisschen allein sein?«

»Mmmh«, macht er, wischt sich die Tränen weg und trottet durch den Schnee davon, während er hingebungsvoll an der Printe nuckelt.

Elsa und ich sehen ihm nach, bis er hinter der nächsten Biegung verschwunden ist.

»Ein weinender Polizist! Jetzt habe ich alles gesehen«, versuche ich das Gespräch auf unvermintes Gebiet zu lenken – aber nicht mit Elsa!

»Wer ist da im Haus?«, fragt sie streng, sobald der Gesetzeshüter außer Hörweite ist. »Und keine erfundenen Geschichten!«

Ich blicke zu Boden und stochere mit der Schuhspitze im Schnee. »Ich … ich kann es dir nicht sagen, Elsa. Bitte …«

Sie sieht mich lange an, so als würde sie in meinem Gesicht nach etwas suchen, dann blickt sie zu dem bunten Fenster hoch und sagt leise: »Es ist mit dir wie mit Jacob. Er war mein bester Freund, kein Mensch kannte ihn so gut wie ich. Trotzdem hab ich geahnt, dass es da mehr gab … dass es etwas in seinem Leben gab, über das er selbst mit mir nicht sprechen wollte – oder konnte. Und ich hab gespürt, wie ihn dieses Geheimnis bedrückt hat. Jacob war so liebenswert und höflich und mitfühlend, aber hinter allem, was er tat, lag immer etwas Trauriges. Er war ein trauriger Mensch. Weil es einen Teil in seinem Leben gab, in dem er völlig einsam war. Und ich möchte nicht, dass du ein trauriger, einsamer Mensch wirst.«

Sie räuspert sich. »Na ja … lange Rede, kurzer Sinn: Wenn du vielleicht doch noch mal das Bedürfnis verspüren solltest zu reden … bei mir sind deine Geheimnisse gut aufgehoben.«

»Elsa, ich wünschte, ich – *HATSCHAU! HATSCHAU! HATSCHAU!*« Die nächste Serie von Niesern schüttelt mich durch, gefolgt von einem Husten, der sich anhört wie das Röhren eines verendenden Hirsches. Elsa fühlt meine Stirn. »Mann. Mann. Mann. Du glühst ja. Du hast Fieber. Abmarsch ins Bett! Und da bleibst du auch fürs Erste! Sonst hast du an Heiligabend noch 'ne Lungenentzündung. Und das würde mir das Weihnachtsfest echt versauen.«

Mit jedem Schritt geht es mir schlechter. Bei Elsa angekommen habe ich das Gefühl, einen Tagesmarsch hinter mir zu haben. Den Arm um ihre Schultern gelegt, schleppe ich mich die Treppe hoch und lasse mich von ihr ins Bett verfrachten.

Als ich endlich unter der Decke liege, ist mir abwechselnd glühend heiß oder eiskalt. Alles um mich herum verschwimmt in einem Nebel …

Die nächsten zwei Tage verbringe ich in einem unwirklichen, fiebrigen Zustand zwischen Traum und Wachen.

»Traue niemandem. Traue niemandem«, wiederholt eine Stimme in meinen Träumen unaufhörlich, bis sich eine zweite leise Stimme darunterschiebt … Jacobs Stimme, die letzten Worte vor seinem Tod: »Die Kugel … vor aller Augen … Leonard Dorneyser … nimm meine Hand.« Ich träume von blauem Licht auf dem Eis, ich höre, wie ein Schlüssel in einem Schloss einrastet, ich blicke in eine Kugel, in der roter Schnee fällt, und lausche dem dumpfen Doppelschlag einer großen Trommel …

Jedes Mal, wenn ich aus meinen Fieberträumen aufschrecke

und die Augen öffne, sitzt Elsa an meinem Bett. Sie macht mir kalte und warme Umschläge, bringt mir Wärmflaschen und Kühlkissen, Tee und Wasser, Brei und Püree und füttert mich literweise mit Gemüsesuppe.

»Ich persönlich denke zwar, dass 'ne ordentliche fette Hühnerbrühe mehr bringen würde, Schätzchen, aber, na ja ...«

Auch ohne Hühnerbrühe – ihre Dauerpflege zeigt Wirkung: An Heiligabend, rechtzeitig zur Bescherung, geht es mir zumindest so gut, dass ich es schaffe zu duschen und mich anzuziehen, ohne dabei sofort in Schweiß auszubrechen.

Anschließend setze ich mich aufs Bett und warte, denn ich darf das Wohnzimmer nicht betreten, bevor *das Christkind nicht mit dem Glöckchen geläutet hat.*

Endlich ertönt ein leises Bimmeln.

Unten empfängt mich feierliche Weihnachtsmusik. Am Baum brennen Unmengen von Wunderkerzen und über dem Rentiergeweih hängt büschelweise Goldlametta. Es duftet nach Lebkuchen, Anisplätzchen, Mandeln und Spekulatius – und ein ganz klein wenig nach Mottenkugeln.

»Frohe Weihnachten, Schätzchen!«

Elsa thront inmitten der feiertäglichen Pracht und prostet mir mit einer Tasse Eierpunsch zu. Sie trägt ein etwas aus den Nähten gegangenes goldfarbenes Abendkleid und ich ahne, woher der Mottenkugelgeruch kommt. Ihr langes graues Haar fällt offen über ihre Schultern, um ihren Hals funkelt eine Perlenkette. Die feierliche Erscheinung wird nur minimal durch den Umstand geschmälert, dass sie dazu ausgetretene Cowboystiefel kombiniert.

»Dir auch, Elsa. Frohe Weihnachten!«

Wir umarmen uns, dann nötigt sie mich, gemeinsam mit ihr *Leise rieselt der Schnee* zu singen, denn: »Vor der Bescherung wird gesungen, Schätzchen. Das gehört sich einfach so.«

»Hier, für dich«, sagt sie, überreicht mir ein Päckchen und macht mich zur glücklichen Besitzerin einer roten Strickmütze, roter Handschuhe und etwas zu groß geratener roter Ohrwärmer.

»Alles selbst gestrickt«, verkündet sie stolz. Ich muss kleinlaut eingestehen, dass es mit meinem selbst gebastelten Geschenk nicht mehr rechtzeitig geklappt hat. Aber ich muss mir keine Sorgen machen: Als sie ihr Geschenk aufreißt und die Lakritzkollektion sieht, gerät sie in helle Verzückung.

»Lakritze im Schokomantel, salzige Seesterne, schwedische Hartlakritze … Schätzchen, du sollst dich wegen mir nicht in Unkosten stürzen. Wäre doch nicht nötig gewesen.« Sie drückt mir einen Kuss auf die Wange und eine Tasse in die Hand. »Wir gönnen uns jetzt einen schönen Eierpunsch und dann geht's für dich wieder ab in die Heia. Morgen musst du fit sein«, sagt sie und fügt geheimnisvoll hinzu: »Wir kriegen Besuch.«

Elsas Nacht ist kurz – und meine auch. Schon am frühen Morgen werde ich wach, weil aus dem Erdgeschoss das Klappern von Töpfen und Pfannen dringt, dazwischen das gelegentliche Splittern von Glas und – wahrscheinlich mit Rücksicht auf die weihnachtliche Besinnlichkeit – nur leise ausgestoßene Flüche.

Als ich runterkomme, fegt Elsa wie ein Derwisch durch die Küche. Brettchen, Löffel, Kellen, Schneidemesser, Töpfe, Bräter, überall köchelt, blubbert und brutzelt irgendwas. Sie schält Rosenkohl und Kartoffeln, formt Knödel, rührt dazwischen in einer Suppe, zaubert nebenbei noch eine Soße und wirft immer wieder kritische Blicke in den Ofen, wo die größte Gans gart, die je auf Erden gewatschelt ist.

Ich frage mich, ob sie ihr gesamtes altes Eishockeyteam zum Essen eingeladen hat, und gucke entsprechend verwundert, als sie mir nur drei Bestecke in die Hand drückt. »Deck doch schon mal, Schätzchen.«

Ich verteile Teller, Gläser, Messer, Gabeln und Warmhalteplatten auf dem Tisch. Dann klingelt es.

Ich tippe auf einen bulligen, zahnlosen Eishockeycrack, aber als ich öffne, steht mir Moritz gegenüber.

»Frohe Weihnachten, Schätzchen!« Elsa kommt aus der Küche gerannt, umarmt ihn und klopft ihm auf den Rücken.

»Frohe Weihnachten, Frau Uhlich. Danke für die Einladung. Frohe Weihnachten, Cora«, sagt er ernst und seine Miene sieht ganz und gar nicht nach Feiertag aus.

»Stimmt was nicht, Schätzchen?«

»Valentin ist verhaftet worden!«

»Was?«, entfährt es Elsa und mir gleichzeitig.

»Sie haben ihn weggebracht. Mit einem Hubschrauber. Er sitzt in Untersuchungshaft.«

»Aber … warum?«

»Die Polizei hat einen anonymen Hinweis darauf bekommen, dass in seiner Werkstatt Kokain zu finden wäre. Sie haben die Werkstatt durchsucht und tatsächlich ein paar Gramm gefunden – in einer Lautsprecherbox versteckt.«

»Das ist ihm doch untergejubelt worden! Das war Julian von Kladden oder einer seine Kumpel.«

»Sehe ich auch so, Schwester. In die Werkstatt konnte jeder rein. Der Schlüssel hing immer neben der Tür. Aber das ist noch nicht alles. Die Bullen wollen ihm auch den Mord an Laura Pohlmann anhängen. Sie glauben, dass er sie mit Koks versorgt hat und dass sie beim letzten Geschäft in Streit geraten sind und er sie umgebracht hat. Aber damit kommen sie nicht durch. Schließlich war ich in der Nacht die ganze Zeit bei ihm, bis er eingeschlafen ist. Ich bin sein Alibi.«

Ja, denke ich. Du bist Valentins Alibi. Aber … wer ist eigentlich dein Alibi? Valentin nicht – er hat ja geschlafen. Wer sagt mir, dass du wirklich die ganze Zeit bei ihm warst?

Traue niemandem! Es könnte jeder sein.

Für einen Moment scheinen Moritz' Augen aufzuleuchten, aber vielleicht ist es auch nur die Reflexion einer blauen Weihnachtskugel.

»Hab ich ein Brett an die Stirn getackert?«, fragt er und mir wird klar, dass ich ihn die ganze Zeit angestarrt habe.

»Ich … nein, ich … entschuldige«, nuschle ich.

»Valentin und Drogen? Pah! Das können die doch nicht ernsthaft glauben«, empört sich Elsa lautstark. »Die Bullen sind ein Haufen Idioten mit Dienstmarke. Wird sich alles im Handumdrehen aufklären. Valentin ist bestimmt bald wieder auf freiem Fuß. Lassen wir uns Weihnachten nicht von ein paar Beamten verderben. Setzt euch! Jetzt gibt es ein Safransüppchen, das zieht euch die Schuhe aus.«

Sie hat nicht übertrieben. Während wir die heiße, aromatische Suppe von den Löffeln schlürfen, beobachte ich Moritz aus dem Augenwinkel.

Traue keinem. Es könnte jeder und jede in Rockenfeld sein. Du erkennst sie an der Klinge. Sie trägt sie immer bei sich. Am Körper verborgen.

»Hilfst du mir mit dem Hauptgang, Cora?«, fragt Elsa und räumt die Suppenteller ab.

Die monströse Gans kommt in die Mitte des Tisches, um sie herum platzieren wir Schüsseln mit Rotkohl, Klößen und Kartoffeln. Für mich gibt es Rosenkohlauflauf in einer kleinen Steingutform.

»Dann mal los!« Elsa greift nach dem Tranchiermesser, als ihr auffällt, dass sie die Soße vergessen hat.

»Bleib sitzen, ich mache das schon.« Ich flitze in die Küche, nehme die bis zum Rand gefüllte Sauciere und plötzlich kommt mir eine Idee …

Auf dem Weg zum Tisch lege ich einen gekonnten Stolperer ein, die Sauciere fliegt mir in hohem Bogen aus den Händen – und ihr gesamter Inhalt ergießt sich über Moritz. Braune fette Bratensoße tropft aus seinen Haaren auf Pullover und Hose.

Er springt auf. »Nee! Das ist jetzt nicht wahr, oder?«

»Tut mir leid, ich bin gestolpert.«

»Ist doch kein Problem«, sagt Elsa. »Ich hab noch mehr Soße in der Küche. Du nimmst 'ne Dusche und solange ich deine Klamotten wasche und trockne, kannst du dich in meinen Morgenmantel wickeln. Der hängt oben im Bad.«

Während Moritz reichlich angesäuert die Treppe hochstapft, blickt sie sorgenvoll zu mir und dann zu der zerbrochenen Sauciere. »Ich hoffe, das ist nicht mein schlechter Einfluss. Na, ja … solange er duscht, zerteile ich schon mal den Vogel. Wo ist denn das Tranchiermesser, lag doch eben noch hier? Oder hab ich es in der Küche liegen lassen? Herrgott, ich werde alt.«

Sie schlurft aus dem Zimmer. Als ich sie in den Schubladen wühlen höre, ziehe ich das Tranchiermesser, das ich in meinen Händen unter dem Tisch verborgen habe, langsam hervor. Dann schleiche ich die Treppe hoch und lausche an der Tür zum Badezimmer.

Die Dusche läuft.

Leise öffne ich die Tür, das Messer in der erhobenen Hand.

Moritz' Silhouette zeichnet sich hinter dem Duschvorhang ab.

Ich springe vor und reiße den Vorhang auf. Die Klinge blitzt in der Luft.

»Aaaaaah!«, schreit Moritz. Ein Seifenstück knallt in die Duschwanne, er springt zurück und schlägt die Hände vors Gemächt.

Aber ich habe schon alles gesehen, was ich sehen musste.

»Alles in Ordnung mit dir. Kein Grund zur Aufregung«, sage ich, lasse das Messer sinken und ziehe den Vorhang zu. Sofort fliegt er wieder auf. Moritz' Kopf ist knallrot.

»Alles in Ordnung mit *mir*? Die Frage ist doch wohl eher, ob mit dir noch alles in Ordnung ist, *Mrs Bates*!«

»Tut mir leid, ich wollte dir keinen Schreck einjagen.«

»Da warst du aber mächtig erfolgreich. Mein Herz pumpt wie das von einem Erdmännchen auf Ecstasy. Was war das denn für eine Aktion?«

»Ich erkläre es dir. Später. Irgendwann mal. Versprochen.«
In der Tür drehe ich mich noch einmal um. »Übrigens: toller Hintern!«

»Du solltest ausschließlich florale Muster tragen«, empfehle ich, als er in Elsas Bademantel gehüllt die Treppe herunterkommt. »Betont dein sonniges Wesen.«

»Ungemein witzig, Schwester.« Moritz zieht seinen Stuhl so weit wie möglich von meinem weg und wirft mir einen Blick zu, der wohl drohend aussehen soll. Aber es ist nahezu unmöglich, in einem Sonnenblumenbademantel bedrohlich auszusehen.

Sein Hunger hat unter der Messerattacke offensichtlich nicht gelitten: Moritz stopft Klöße, Rotkohl und zwei riesige Gänsekeulen in sich hinein wie nichts. Der Junge muss eine ganz unglaubliche Verbrennung haben.

Als Elsa in der Küche ist, um den Nachtisch zuzubereiten, beugt er sich über den Tisch und flüstert: »Würdest du mir jetzt gütigerweise verraten, was das eben sollte?«

»Ich musste dich nackt sehen, um zu wissen, ob ich dir vertrauen kann.«

»Interessant. Und – kannst du?«

»Ja. Voll und ganz.«

»Da bin ich aber erleichtert. Wobei mich schon interessieren würde, welches Körperteil mich so vertrauenswürdig für junge Frauen macht.«

»Kannst du jetzt mal eine Zickenpause einlegen? Wir haben Wichtigeres zu besprechen. Hör zu: Wir müssen Valentin helfen. Ich habe auch schon eine Idee. Aber dazu müssen wir aus dem Haus. Und Elsa wird mich heute nicht mehr rauslassen. Es gab da in letzter Zeit ein paar … *Irritationen.* Also müssen wir dafür sorgen, dass sie schnell müde wird.«

»Mir schwant Böses, Schwester. Was hast du vor?«

Ich nehme eine Flasche Cognac von dem Servierwagen, auf

dem Elsas Spirituosenvorrat aufgebaut ist.»Du lenkst sie ab und ich setze sie unter Drogen: Sie nimmt gern einen Schuss Cognac in den Kaffee. Du verwickelst sie in ein Gespräch über Eishockey und immer, wenn sie wegsieht, erhöhe ich die Dosis ein bisschen. Sobald sie eingeschlafen ist, schleichen wir uns raus.«

»Toller Plan. Auch moralisch so absolut einwandfrei.«

»Tu einfach, was ich dir sage.«

»Jawoll. Noch weitere Befehle?«

»Nein, nur ein kleiner Ratschlag unter Freunden: Wenn dir deine Zähne lieb sind, halt dich fern von Elsas Spritzgebäck.«

»Kinder, ist das gemütlich!«, seufzt Elsa, während sie ihren Nachtisch – Schokoladenpudding mit Eierlikörsahne – löffelt.

Nach dem Essen zündet sie das Feuer im Kamin an, danach folgt der Bescherung zweiter Teil: Moritz bekommt von Elsa ein Paar Fäustlinge geschenkt und ich verehre ihm den schwarzen Schal, den ich im Dorf für ihn erstanden habe. Moritz revanchiert sich bei Elsa mit einer Eishockeysammelkarte, die offenbar so selten ist, dass sie einen überraschten Schrei ausstößt, von der Couch aufspringt und ihm einen Schmatzer auf die Stirn verpasst. Mir überreicht er mit breitem Grinsen ein *Eislauf-Safety-Kit*, bestehend aus einem Helm, Knie- und Ellenbogenschonern, einer Rolle Pflaster – und einem Paar Schwimmflügeln. »Damit bist du für alle Fälle gewappnet, Schwester.«

Anschließend wird es so unsagbar behaglich, dass es kaum auszuhalten ist: Wir sehen uns die Weihnachtsepisode von Pippi Langstrumpf an, hören die Wiener Sängerknaben, kauen auf Marzipankugeln und Baumkuchen herum und trinken Kaffee.

Mein Plan funktioniert einwandfrei. Moritz – mittlerweile wieder in seinen eigenen Klamotten – verwickelt Elsa in ausufernde Gespräche über Eishockey und lenkt ihr Interesse auf die Mannschaftsfotos an der Wand, während ich den Cognac-pegel in ihrem Kaffee kontinuierlich erhöhe.

»Bin irgendwie ganz schläfrig«, gähnt sie nach einiger Zeit, begibt sich zur Couch und legt die Beine hoch. »Bestimmt das fette Essen. Muss mal die Augen zumachen. Nur für 'n Moment. Nur für …«

Eine halbe Minute später schnarcht sie, dass die Kugeln am Baum wackeln. Ich gebe Moritz ein Zeichen und wir schleichen uns auf Zehenspitzen aus dem Haus, durchqueren Elsas Vorgarten und laufen ein Stück die Straße hinunter.

»Und was hast du jetzt vor?«, fragt er, während wir im dichten Schneegestöber auf das Mauerbrückchen zueilen.

»Wir teilen uns auf. Du gehst hoch ins Internat und behältst Julian von Kladden und seine Weihnachtswichtel im Auge. Und ich werde ein Gespräch mit Marlene Berber führen. Erinnerst du dich an die merkwürdige Geschichte mit den Päckchen, die Valentin von Marlene Berber bekommen hat? Und an das Päckchen, das er Doktor Wieschmann gegeben hat?«

»Du glaubst doch nicht im Ernst, dass in den Päckchen Kokain war, Cora?«

»Nein. Aber irgendwas ist an der Sache auch nicht ganz koscher. Gibst du mir bitte deine Pistole?«

»Na klar, Schwester. Stichwaffen und Betäubungsmittel hast du für heute ja schon durch. Da wird es allerhöchste Zeit für Schusswaffen.« Er kramt die Scherzpistole aus seiner Tasche. »Du behältst im Hinterkopf, dass sie dir im Ernstfall nichts nützt?«

»Keine Sorge.« Ich verstaue die Waffe in meiner Manteltasche. »Wir telefonieren morgen früh. Bis dann.«

Ich stapfe durch den Schnee, tief in Gedanken verloren.

»Cora …«

Die Stimme geht mir durch Mark und Bein. Sie kommt aus dem Dunkel einer Toreinfahrt. Mein Herz macht einen Sprung.

»Dreh dich nicht um«, flüstert Niklas. »Ich will nicht, dass jemand auf mich aufmerksam wird. Ich wollte nur, dass du … dass du weißt, dass ich da bin. Ich bin bei dir. Ich passe auf dich auf.«

Ich spüre einen kalten Lufthauch in meinen Haaren.

»Ich komme zu dir, sobald ich kann, Niklas«, wispere ich. »Aber zuerst muss ich einen Freund aus dem Gefängnis holen. Ich –«

Seine kalten Lippen berühren ganz sanft meinen Nacken.

Langsam drehe ich mich um.

Er ist fort.

Ich blicke auf weihnachtlich geschmückte Vorgärten und in kerzenerhellte Zimmer, wo Familien unter dem Baum zusammensitzen und Weihnachten feiern. Niemand ist heute auf der Straße. Unberührt liegt die weiße Schneedecke vor mir. Alle suchen sie Zuflucht im Licht, denke ich – und sehe im nächsten Moment, dass ich mich geirrt habe: Ich stoße auf eine frische Fußspur! Eine Spur, die aus einer der Seitengassen kommt und in Richtung des Buchbachs führt. Die Spur extrem kleiner Füße. Ich folge den Abdrücken bis zu einer hohen Tanne, die sich nicht nur durch ihren dichten Wuchs auszeichnet, sondern auch dadurch, dass sie etwas abseits steht und man von hier einen phänomenalen Blick auf das Wohnzimmer von Marlene Berber hat.

Zacharias Tigg hockt hoch oben im Geäst. Er sieht und hört mich nicht, denn seine Aufmerksamkeit wird von anderen Dingen in Anspruch genommen: Mit der Linken klammert er sich an einem Ast fest, in der rechten Hand hält er eine kleine Kamera.

Traue niemandem.

Aber wenn Zacharias Tigg mir ans Leder wollte, würde er *mich* beobachten und nicht Marlene. Das Risiko erscheint mir überschaubar. Ich trete kräftig gegen den Stamm der Tanne. Ein Aufschrei und Zacharias Tigg legt einen Sturzflug allererster Güte hin. Seine Kamera knallt neben ihm in den Schnee.

»Sieht so aus, als gäbe es einen Wetterumschwung«, sage ich. »Die Spanner fliegen tief heute Abend.«

»Unverschämtheit!« Er kommt auf die Beine und schüttelt sich den Schnee aus den Haaren. »Solche Verleumdungen muss ich mir nicht bieten lassen! Ich bin ein besorgter Bürger. Ich observiere eine gefährliche Kriminelle. Weil die Polizei versagt hat, muss ich das Heft der Gerechtigkeit selbst in die Hand nehmen.«

»Ja, das konnte ich gerade beobachten«, sage ich, greife nach der Kamera und spiele die jüngste Videodatei ab.

Selbst auf dem winzigen Display sieht Marlene hinreißend aus. Sie trägt schwarze, hochhackige Stiefel und etwas, das man als äußerst eng geschnittene Weihnachtsmannjacke bezeichnen könnte und das da endet, wo ihre Oberschenkel beginnen. Dazu trägt sie Ohrringe aus weihnachtlichem Zuckergebäck. Sie tanzt … und raucht … und gelegentlich sieht sie in Richtung der Kamera und zieht einen Schmollmund.

»Das ist schockierend«, sage ich zu Zacharias Tigg. »Eine Kriminelle – auf frischer Tat ertappt. Das ist ja erdrückendes Beweismaterial. Wir sollten es sofort der Polizei übergeben. Sie können den Beamten dann die genaueren Umstände erläutern, unter denen die Aufnahme zustande gekommen ist.«

Mit einem Hechtsprung versucht er mir die Kamera zu entreißen, aber ich weiche aus und Tiggs Gesicht macht erneut Bekanntschaft mit dem Schnee.

»Was fanden Sie denn besonders gefährlich und kriminell?«, frage ich. »Als sie sich mit der Zunge über die Lippen gefahren ist? Anscheinend schon, denn da haben Sie gezoomt, was der Zoom hergab.«

»Gib mir sofort die Kamera zurück!«, kreischt er. »Sie ist mein Eigentum!«

»Da haben Sie natürlich recht. Kleinen Moment noch.« Ich lösche sämtliche Videodateien von der Kamera. Tigg grapscht nach ihr, aber ich halte sie so hoch über meinen Kopf, dass er keine Chance hat. »Hören Sie«, sage ich, »wenn Sie so auf Marlene abfahren, warum …?«

»Tu ich nicht!«

»Na schön. Dann nur mal angenommen, Sie würden auf Marlene stehen … Wäre es dann wirklich empfehlenswert, so eine kranke Stalkernummer durchzuziehen?« Ich lege meine Hand auf seine Schulter. »Ist Ihnen schon mal der Gedanke gekommen, sie einfach zu fragen, ob sie nicht einen Kaffee mit Ihnen trinken möchte? Oder sie zum Essen einzuladen? Und haben Sie schon jemals darüber nachgedacht, dass Marlene Sie vielleicht auch mag? Überlegen Sie gut. Dringend! Bevor jemand mit geringerer Toleranz als ich Sie bei Ihren nächtlichen Aktivitäten überrascht.« Ich drücke ihm die Kamera in die Hand. »Frohes Fest!«

»Cora … was für eine angenehme Überraschung!«, gurrt Marlenes Stimme aus der Sprechanlage, dann öffnet sich die Tür. Ich durchquere den Laden und erklimme die Stufen zu ihrer Wohnung.

»Ich mixe dir eine *Stählerne Jungfrau*.« Marlene steht in ihrem knappen Weihnachtskostümchen an der Bar und rührt in einem Drink. Dann kommt sie mit dem Glas in der Hand auf mich zu.

Ich ziehe die Pistole und richte den Lauf auf sie. »Stehen bleiben! Sofort! Und, äh, ausziehen … bitte.«

Sie zieht die Augenbrauen in die Höhe.

»Ausziehen! Das ist kein Spiel!«

Lächelnd stellt sie das Glas ab und schnippt gegen einen Knopf an ihrem Kostüm, das augenblicklich mit einem leisen Rascheln zu Boden schwebt. Darunter trägt sie – rein gar nichts.

»Dreh dich einmal um die eigene Achse!«, kommandiere ich.
»Mit erhobenen Armen!«

»Wenn dir so was gefällt«, haucht Marlene und beginnt sich langsam zu drehen.

Keine *Kalte Klinge*. Nichts, abgesehen von einem sehr interessanten Tattoo.

Ich atme auf. »Du kannst dich wieder anziehen.«

»*Das* hättest du auch ohne Waffe haben können, Liebes. Würdest du mir jetzt vielleicht erklären, an welcher interessanten Performance ich gerade teilgenommen habe?«

»Nein.« Ich halte weiter die Waffe auf sie gerichtet. »*Du* wirst mir ein paar Dinge erklären.«

»Wie aufregend. Du gestattest doch, dass ich dabei rauche, oder?«, sagt sie und zündet sich eine Zigarette an. »Also, ich höre.«

»Valentin Magomedov ist verhaftet worden. Man hat Kokain bei ihm gefunden.«

»Ja, ich weiß. War heute Morgen die Topnachricht im Dorffunk.« Sie stößt Zigarettenrauch aus der Nase. »Ich kenne Valentin – er ist kein Dealer. Das ist alles nur ein Missverständnis, das sich schnell aufklären wird.«

»Bei Valentin wurde Kokain gefunden. Laura Pohlmann hat Kokain genommen. Du überreichst Valentin auf dem Friedhof kleine Päckchen … Irgendwie merkwürdig, oder?«

»Du glaubst, dass ich Kokain verkaufe? An Schulkinder? Im Ernst?« Marlene sieht mich herausfordernd an.

»Nein«, sage ich nach kurzem Zögern und lasse die Waffe sinken. »Das tue ich nicht.« Ich stehe auf und blicke ihr in die Augen. »Aber ich will wissen, was in den Päckchen war. Und komm mir nicht wieder mit so einer lahmen Geschichte wie dem geklauten iPod.«

Sie drückt ihre Zigarette in einer kleinen goldenen Schale aus. »Na schön. Wenn du darauf bestehst. Du bist schließlich erwachsen. Komm mit. Und nebenbei bemerkt …«, sie nimmt meine Hand und drückt die Mündung der Pistole gegen ihre Brust, »man erkennt auf zwanzig Meter, dass das nur ein Spielzeug ist.«

Ich folge ihr die Stufen hinunter bis zu dem Treppenabsatz mit dem roten Vorhang. Sie schiebt den Samtstoff zur Seite und wir betreten einen schmalen dunklen Korridor, an dessen Ende sich eine Tür befindet.

Marlene drückt die Klinke hinunter, stößt die Tür schwungvoll auf und knipst das Licht an.

Ich werde nicht so schnell rot.

Ich bin nicht rot geworden, als Svenja in unserem Wohnzimmer gesessen und eine detaillierte Schilderung ihrer Erlebnisse beim *Ausgeglichen durch Masturbation-Workshop* zum Besten gegeben hat, ich bin nicht rot geworden, wenn sie – mit einem Vokabular, das sogar dem ein oder anderen Aggro-Rapper peinlich gewesen wäre – über einen ihrer Exliebhaber hergezogen hat. Ich bin noch nicht mal rot geworden, als ich eines Sonntagmorgens in der Küche eine Begegnung mit einem splitternackten Mann hatte, der aus Mutters Zimmer gekommen und sich mit »Servus, i bin der Basti. Gibt's ein g'scheiten Kaffee?« vorgestellt hat.

Ich habe ihm Milch und Zucker angeboten.

Ich bin nicht rot geworden!

Aber in diesem Moment wird mein Kopf zu einem knallroten Luftballon. »Oh Mann …« ist das Intelligenteste, was ich sagen kann.

Ich blicke auf eine glitzernde Menagerie sexueller Ausschweifungen. Sodom und Gomorrha im Schnee! Auf einem schmalen Regal und einem Arbeitstisch stehen Schneekugeln, die ausschließlich einem Thema gewidmet sind: den mannigfachen Möglichkeiten der körperlichen Liebe – wenn man das, was man da sieht, wirklich so bezeichnen möchte.

»Du wolltest es wissen«, sagt Marlene.

Zögerlich trete ich näher und betrachte die Gläser eingehender. Mein Blick bleibt an einer Kugel hängen, in der ... »Ach du lieber Gott!«, entfährt es mir. »*So was* tun Menschen miteinander? Und das hier auch? Und *das* hier? Aber ...«, ich reibe mir ungläubig die Augen und tippe mit dem Finger gegen eines der Gläser, »... das ist doch Doktor Wieschmann!«

»Ja. Und die etwas korpulente Dame, die vor ihm auf dem Tisch hockt, ist seine Gattin. Wieschmanns sind meine besten Kunden. Wenn du dich genauer umsiehst, wirst du ausschließlich Gesichter aus dem Dorf erkennen. Ich kann mich doch auf deine Diskretion verlassen?«

Ich nicke nur stumm.

»Aphrodisiaka unter Glas«, haucht Marlene. »Glaub mir, diese Kugeln haben schon so manche eingerostete Ehe wieder in Schwung gebracht. Ich musste mir irgendwas überlegen, um Geld zu verdienen. Allein vom Verkauf der Kugeln, die unten im Laden stehen, könnte ich nicht leben. Und so kam ich auf die Idee, Schneekugeln nach *persönlichem Wunsch* zu produzieren. Kleine Schneegärten der geheimen Lüste. Aufregende Gläser, die niemand und doch jeder besitzt.« Sie nimmt eine Kugel aus dem Regal, unter deren Glas ein Paar zu bestaunen ist, das auf einer Waldlichtung Hoppe, hoppe Reiter spielt, dann dreht sie eine Feder im Sockel des Glases, eine Spieluhr spielt *Sex Bomb* und das Paar legt im Rhythmus der Musik los. Aber so was von ...

»Was du hier siehst«, sagt Marlene, »sind alles Auftragsarbeiten. Natürlich legt mein Kundenkreis großen Wert darauf, dass die Lieferung diskret vonstatten geht. Es wäre aufgefallen, wenn ich ständig oben im Internat aufgetaucht wäre. Ich habe eine Menge Lehrer als Kunden, also habe ich meinen guten alten Freund Valentin gebeten, diese Lieferungen zu übernehmen. Ich will nicht angeben, aber das sind die meistverkauften Kugeln in Rockenfeld.«

Marlene greift nach einem Glas, in dem etwas zu bestaunen ist, das volkstümlich gern als *Flotter Dreier* bezeichnet wird, und sieht zu, wie Schnee auf wippende Brüste und nackte Hintern fällt.

»Und ich wette«, sagt sie, »keine Kugeln werden häufiger geschüttelt als diese.«

Ich nehme dann doch noch eine *Stählerne Jungfrau*. Nach diesem Einblick in die Abgründe Rockenfelds brauche ich einfach einen Schluck. Zur innerlichen Reinigung.

»Tut mir leid«, entschuldige ich mich zerknirscht. »Ich habe nicht wirklich geglaubt, dass du was mit der Kokaingeschichte zu tun hast. Aber du musst zugeben, dass die Sache mit den Päckchen ganz schön verdächtig aussah. Ich konnte ja nicht ahnen, dass du ... also diese Kugeln ...« Ich puste durch. »Das, was ich von Doktor Wieschmann und seiner Frau gesehen habe, war ja noch harmlos gegenüber dem, was Reinhard Reinhard und seine Gattin da veranstaltet haben. Ich weiß ja nicht ...«

»Jedem Tierchen sein Pläsierchen«, gurrt Marlene.

»Apropos«, sage ich und stelle mein Glas zur Seite. »Ich habe vorhin Zacharias Tigg aus einer Tanne geschüttelt. Er hat dich schon wieder bespannt.«

»Ja, er hat sich sogar eine Kamera gekauft. Was für ein Mann!«

»Also ... ich habe ihm geraten, dich mal auf einen Kaffee einzuladen.«

»Was hat dich denn auf eine so absurd konventionelle Idee gebracht? Nein ... ich denke, Zacharias und ich spielen weiter unsere kleinen Spiele und sehen, wohin sie uns führen«, sagt sie und sieht einen Moment versonnen aus dem Fenster, bevor sie sich mir zuwendet und fragt: »Und mit wem spielst du?«

»Ich? Mit ... mit niemandem. Ich ...«

»Ach, Liebes ...« Sie fasst mich an den Schultern und dreht mich so, dass ich in den Spiegel über ihrer Bar blicke. »Das leichte Glänzen auf deiner Stirn, die beschleunigte Atmung, die zarte Rötung deiner Wangen, vor allem aber dieser klein wenig verschleierte Blick ... Die Symptome sind eindeutig.«

»Symptome wofür?«

Marlene blickt lächelnd auf mein Spiegelbild. »Ich weiß nicht, in wen, aber ... du bist bis über beide Ohren verliebt, Cora!«

Während ich durch die nächtlichen Straßen nach Hause laufe, beachte ich weder den im Licht der Laternen tanzenden Schnee noch die Katze, die maunzend von einer Mauer springt, noch die Schläge der Kirchturmuhr.

Du bist bis über beide Ohren verliebt, Cora.

Marlene hat einen guten Instinkt.

Aber in dem Moment, in dem sie es ausgesprochen hat, ist mir schlagartig klar geworden, dass diese Liebesgeschichte eine *sehr* komplizierte ist.

Ich bin verliebt in einen Jungen, der siebenhundert Jahre alt ist, in einen Jungen, der manchmal nur als ein blaues Leuchten erscheint, in einen Jungen, der schon lange kein lebendiges Wesen mehr ist.

Vielleicht ist *kompliziert* das falsche Wort. *Aussichtslos* trifft es wohl eher. Aber wie aussichtslos es auch ist – es ändert nichts an meinem Gefühl: Ich bin verliebt!

Ich schlüpfe leise zur Tür hinein, hänge meinen Mantel an den Haken und rüttle Elsa sanft an der Schulter.

»Schon alles vorbei?«, nuschelt sie, während sie sich auf der Couch aufrichtet und ins Kerzenlicht blinzelt. »Wo ist Moritz?«

»Er ist vor einer halben Stunde gegangen«, schwindle ich schamlos. »Ich soll viele Grüße ausrichten und vielen Dank für den schönen Tag.«

»Ja, war richtig gemütlich heute«, sagt sie und dreht die elektrischen Kerzen am Baum aus.

»Fand ich auch. Gute Nacht, Elsa.«

»Einen Moment noch, Schätzchen! Komm mal her!« Sie betrachtet mich besorgt, dann nimmt sie meine Hand und fühlt den Puls. »Glänzende Stirn, schneller Puls, gerötete Wangen, verschleierter Blick ... Die Symptome sind eindeutig: Du hast noch immer 'ne dicke Erkältung. Morgen bleibst du auf jeden Fall noch mal im Haus, Schätzchen!«

Und da lässt sie nicht mit sich verhandeln. Selbst als ich ihr am nächsten Morgen versichere, um meine Gesundheit stünde es so gut, dass ich notfalls einen *Ironman* bestreiten könnte, schüttelt sie nur den Kopf.

»Das ist ja grade das Gefährliche, Schätzchen. Man fühlt sich wieder einigermaßen und dann legt man zu früh los und dann kriegt man einen Rückfall und am Ende wird die Sache chronisch. Nein, nein, nein. Heute bleibst du mir im Haus! Wir machen uns einen schönen zweiten Feiertag. Nachher kommt Ustinov als Hercule Poirot im Fernsehen. Gleich zwei Filme hintereinander! Das willst du doch nicht verpassen?« Ihr Blick macht deutlich, dass alles andere als ein klares Bekenntnis zum doppelten Poirot ein unverzeihlicher Frevel wäre.

»Natürlich nicht«, bringe ich seufzend hervor, hänge meinen Mantel wieder an die Garderobe, verziehe mich kurz aus dem Wohnzimmer und rufe Moritz an.

»Und?«, fragt er. »Was hast du über die Päckchen rausgefunden?«

»Das war eine falsche Spur. Die Päckchen sind ganz ... harmlos.«

»Was war denn drin?«

»Nur Schneekugeln«, antworte ich wahrheitsgemäß und frage schnell: »Wie sieht es im Internat aus?«, bevor er auf die Idee kommt, sich nach Details zu erkundigen.

»Gestern Abend gab es in der Aula eine Trauerfeier für Laura Pohlmann«, sagt er. »Gottwald hat eine Ansprache gehalten. Er hat zur Vorsicht gemahnt und alle aufgefordert, noch mal darüber nachzudenken, ob ihnen in der Nacht von Lauras Tod irgendwas Verdächtiges aufgefallen ist – außer den blauen Lichtern, versteht sich. Zwei von den Bullen waren auch da: Der Mordvorwurf gegen Valentin ist zwar aus der Welt – dank der Tatsache, dass ich ihm ein Alibi geben konnte –, aber er bleibt weiter in Haft wegen des Kokains, das sie bei ihm gefunden haben.«

»Was macht von Kladden?«

Moritz stößt einen Pfiff aus. »Völlig durch den Wind. In einem Moment bricht er wegen Lauras Tod in Tränen aus und im nächsten ist er wieder der übliche Kotzbrocken. Total gaga. Aber als die Bullen das Koks erwähnt haben, haben er und Schallenberg sich so dämlich angegrinst ... Kein Zweifel, dass die beiden Schwachköpfe Valentin das Zeug untergeschoben haben.«

»Sobald sich die Möglichkeit ergibt, knöpfen wir uns die beiden vor«, sage ich.

»*Wir knöpfen sie uns vor?* Du hörst dich an wie ein korrupter Cop, Schwester. Was hast du vor? Willst du ihnen mit glühenden Zangen die Fingernägel ausreißen?«

»Keine schlechte Idee. Bleib in ihrer Nähe und melde dich, sobald sich was Ungewöhnliches tut!«

Voller Vorfreude auf ein paar saftige Morde lässt Elsa sich mit einer Tasse heißer Schokolade auf dem Sofa nieder. Aber kaum ist Hercule Poirot zu seiner Flusskreuzfahrt aufgebrochen, klingelt es an der Haustür.

»Wer um alles in der Welt stört einen bei Hercule Poirot?«, schnaubt sie ärgerlich.

Ich öffne – und Melly Boskop hängt an meinem Hals.

»Frohe Weihnachten, Cora! Küsschen! Küsschen!« Sie busselt mich ab und überreicht mir mit strahlenden Augen ein Päckchen mit rosafarbener Schleife, bevor sie Elsa mit einem kühlen »Frohes Fest« bedenkt.

»Hätte es werden können, wenn du nicht aufgetaucht wärst«, knurrt Elsa leise.

»Tja ... vielen Dank, Melly«, sage ich und blicke etwas ratlos auf ihr Geschenk, eine Schneekugel, in der ein blonder Hüne in einer Operettenuniform zu sehen ist. »Äh, und wer ist das?«

»Du weißt nicht, wer das ist?« Erschüttert angesichts meiner Ahnungslosigkeit klärt sie mich darüber auf, dass es sich um den supersüßen Großherzog eines entzückenden Kleinherzogtums handelt, dem eine Affäre mit einer Hollywoodschönheit nachgesagt wird ... die ich aber auch nicht kenne.

»So ein dürres Magerhuhn. Keine Ahnung, was er mit der will«, sagt Melly. »Er hatte wahrscheinlich noch nicht die Gelegenheit eine Frau kennenzulernen, an der richtig was dran ist.« Ungefragt macht sie sich neben Elsa auf der Couch breit − ein Unterfangen, das sich selbst der kühnste Krieger zweimal überlegen würde. »*Tod auf dem Nil?* So einen alten Schinken siehst du dir an, Elsa? Lief doch schon hundert Mal.«

Für einen Moment sieht Elsa so aus, als wollte sie ihr die Fernbedienung über den Kopf ziehen, aber sie beschränkt sich gnädigerweise auf einen verächtlichen Blick und stellt den Fernseher auf höchste Lautstärke.

»Ich glaube, Elsa möchte fernsehen!«, brülle ich über den Krach hinweg.

»Na, dann gehen wir doch hoch auf dein Zimmer«, sagt Melly fröhlich und wuchtet ihre Rubens-Figur die Treppe hoch.

Ich habe sie den ganzen Nachmittag an der Backe. Melly sitzt auf meinem Bett und redet wie ein Wasserfall. Zuerst natürlich über die mysteriöse Häufung von Todesfällen, über Laura Pohlmann, die sie zwar kaum gekannt, zu der sie aber eine eindeutige Meinung hat (»Sie war ein Flittchen, und ich habe gehört, sie hat sich Haschisch gespritzt!«), über das unerklärliche Auftauchen von Katharinas Leiche und über den Tod des Kardinals (»Bestimmt besoffen auf dem Eis eingebrochen und ertrunken, der alte Sack!«). Als das Thema Todesfälle endlich durch ist, beglückt sie mich mit Neuigkeiten aus der *feinen Welt*. Am Ende muss ich Bauchkrämpfe vortäuschen, damit sie endlich geht. Natürlich nicht, ohne mich zu einem weiteren *Allerbeste-Freundinnen-Abend* einzuladen.

»Mann. Mann. Mann. Dieses Mädchen …«, sagt Elsa, als Melly aus der Tür ist. Sie macht mit der Hand den Scheibenwischer und diagnostiziert treffsicher: »Totaler Sockenschuss!«

Am nächsten Morgen fährt Elsa in aller Frühe zum Einkaufen. Schließlich muss die Vorratskammer nach den Feiertagen aufgefüllt werden, damit wir bis Silvester nicht etwa verhungern. Ich will gerade zur Werkstatt aufbrechen, um Niklas einen Besuch abzustatten, als das Telefon klingelt.

»Von Kladden und Schallenberg sind nach dem Frühstück los in den Wald«, dringt Moritz aufgeregte Stimme aus dem Hörer.

»Wo bist du?«

»An der Weggabelung zum See.«

»Ich bin in zehn Minuten bei dir.« Ich ziehe meinen Mantel über, vergewissere mich, dass die Pistole noch in der Tasche steckt, und spurte los.

»Sie sind runter zum See«, empfängt mich Moritz. Wir schleichen durch das verschneite Tannendickicht und folgen ihren Fußspuren bis zum Ufer.

Julian von Kladden und Tobias Schallenberg sitzen nebeneinander auf einem umgestürzten Baumstamm, rauchen und unterhalten sich leise.

»Los!«, flüstere ich Moritz zu, springe aus dem Unterholz und richte die Waffe auf Julian.

»Was willst du mit dem Ding? Spinnst du?«, schreit er und fährt mit angstgeweiteten Augen hoch, während Tobias Schallenberg mich nur tumb anglotzt und offenbar versucht, das, was ihm gerade widerfährt, einzuordnen.

»Ausziehen!«, befehle ich den beiden.

Moritz blickt mich fragend an. »Äh, ist das dein neues Hobby, Schwester?«

»Ausziehen! Und zwar flott! Ich wiederhole es nicht noch mal!«

Die beiden blicken ängstlich und verwirrt zu Moritz. Er zuckt die Schultern. »Die Tante mit dem Schießgewehr hat ihre Medikamente heute nicht genommen. Besser, ihr tut, was sie sagt.«

Mit verängstigten Gesichtern beginnen sie, sich auszuziehen.

»Die Unterhosen auch«, kommandiere ich. »So ist gut. Und jetzt ganz langsam umdrehen!« Ich taxiere sie eingehend. Nicht die geringste Spur einer Klinge.

»In Ordnung«, sage ich und Julian von Kladden greift hastig nach seinen Hosen.

»Jetzt erklärt ihr mir, wie das Kokain in Valentins Lautsprecherboxen gekommen ist. – Und du filmst alles mit«, sage ich zu Moritz.

Er nimmt sein Smartphone und aktiviert die Kamera. »Na schön, dann wollen wir mal: Koksbeichte, die erste.«

»Was wisst ihr über einen Kerl namens Bobby? Laura war mit ihm am See verabredet. Habt ihr der Polizei von ihm erzählt?«

Julian schüttelt den Kopf, während er seinen Mantel zuknöpft und sich in die Finger bläst.

»Du hast der Polizei nicht von ihm erzählt? Was für ein Wichser bist du denn?«, empört sich Moritz. »Der Typ ist höchstwahrscheinlich der Mörder deiner Freundin.«

»Nein … nein, ist er nicht«, sagt von Kladden bibbernd. »Sieh nach … hier.«

Er zieht eine zusammengefaltete Zeitung aus der Manteltasche und reicht sie Moritz.

»*Der Waldkurier*. Das regionale Käseblatt. Ausgabe vom
einundzwanzigsten Dezember. Und was soll ich damit?«, fragt
Moritz pikiert.

»Lokalteil. Ganz unten auf der Seite«, sagt Julian.

Moritz schlägt die Zeitung auf und beginnt, laut vorzulesen:

»*Adventsmarkt der St.-Josephus-Gemeinde in Schlemmerich
begeistert die Besucher*

*Auch in diesem Jahr war der Adventsmarkt der St.-Josephus-
Gemeinde ein voller Erfolg. Fast fünfzig Besucher tummelten sich
auf dem Markt, und sogar der Nikolaus ließ es sich – zur besonderen Freude der ganz kleinen Besucher – nicht nehmen, kurz vorbei-
zuschauen. Für das leibliche Wohl war bestens ...«*

»Unten rechts!«, zischt von Kladden.

»Ah, verstehe«, sagt Moritz und lässt seine Augen weiter-
wandern.

»*Polizei verhaftet Drogenhändler*

*Gegen 21 Uhr am gestrigen Abend durchsuchten Beamte der Dro-
genfahndung Beerburg die Wohnung eines Mannes in Dermersheim.
Vorausgegangen war nach Angaben eines Polizeisprechers eine mehr-
wöchige Observation des Verdächtigen. Bei der Durchsuchung wurden
Drogen und eine größere Menge Bargeld sichergestellt. Der Fünfund-
dreißigjährige, der in der Drogenszene unter dem Namen ›Bobby the
Burner‹ bekannt sein soll, hat bereits ein Teilgeständnis abgelegt. Aus
Polizeikreisen heißt es, man ermittle nun seinen Kundenkreis.«*

Moritz lässt die Zeitung sinken. »Er war es tatsächlich nicht.
Wenn er am Tag des Schneekugelfests um einundzwanzig Uhr
verhaftet worden ist, kann er nicht am See gewesen sein. Und
als euch beiden Nobelpreiskandidaten klar wurde, dass die
Drogenfahndung früher oder später auch bei euch aufschlagen würde, habt ihr das, was so an Koks bei euch rumlag, mal
eben in Valentins Werkstatt deponiert und die Bullen angeru-

fen. War es nicht so? Zwei Fliegen mit einer Klappe: Ihr wart
fein raus und Valentin konntet ihr bei der Gelegenheit einen
reinwürgen. Denn mit dem hattest du ja noch eine Rechnung
offen, Schleimkopf. Habe ich recht?«

Julian nickt stumm.

»Können du jetzt mal die Pistole wegtun?«, fragt Toby Schallenberg kläglich.

»Noch nicht«, sage ich. »Wisst ihr, ob sonst jemand mit Laura auf dem See war in dieser Nacht?«

Sie schütteln unisono den Kopf. »Ich … ich habe sie an-
gefleht, nicht zu gehen«, stammelt von Kladden. »Aber man
konnte überhaupt nicht mehr mit ihr reden. Sie war … sie
hatte völlig die Kontrolle verloren.« Er schluchzt. »Alles hat
letzten Sommer angefangen. In dieser Einöde gibt es ja keinen
einzigen vernünftigen Klub. Wenn man am Wochenende was
unternehmen will, bleibt einem nichts als Schützenfest oder
Dorfkirmes. Wir waren mit der ganzen Clique auf der Kirmes
in Dermersheim … an dem Abend haben wir Bobby kennengelernt. Wir sind von der Kirmes aus zu ihm und haben da
noch Party gemacht. Er hat eine Linie nach der anderen spen-
diert und angeboten, uns in Zukunft regelmäßig zu versorgen.
Gegen Bezahlung natürlich.«

»Hatte er die Idee mit den Kanus und den Taschenlampen?«,
fragt Moritz.

»Ja. Handys zu benutzen, war uns zu riskant. Wenn wir mit
ihm in Kontakt treten wollten, haben wir ihn von der Telefonzelle im Dorf aus angerufen. Einer von uns ist dann immer
rausgepaddelt und hat sich auf dem See mit ihm getroffen. Als
der See zugefroren ist, ist Laura immer auf Schlittschuhen raus.
Ich fand es geil, ab und zu eine Linie zu ziehen, aber bei Laura
war es … bei ihr ist es völlig außer Kontrolle geraten. Sie hat
sich total verändert. Ich wollte, dass sie aufhört, deshalb haben
wir in letzter Zeit ständig gestritten. Und ich wollte auch mit
Bobby nichts mehr zu tun haben. Er war mir unheimlich. Je-

mand hat mir erzählt, dass er mal einem Kerl den kleinen Finger abgeschnitten hat, weil der nicht zahlen konnte. Ich … ich wollte das alles nicht mehr.«

»Ja sicher. Und weil du jetzt ein reuiges Sünderlein warst, hast du beschlossen, Valentin dein restliches Koks unterzuschieben. Du bist ein richtiger kleiner Sonnenstrahl«, sagt Moritz.

»Das war seine Idee.« Julian deutet auf Toby Schallenberg.

»*Du* hattest eine Idee?« Moritz sieht Tobias zweifelnd an. »Muss das erste Mal in achtzehn Jahren gewesen sein. Und dann gleich so ein Geistesblitz. Valentin wird dir bestimmt dazu gratulieren, sobald er aus dem Knast raus ist.«

»Und jetzt?«, wimmert von Kladden.

»Jetzt kommt ihr beiden Pfeifenheinze mit zu Gottwald und beichtet ihm, was ihr uns gerade erzählt habt.« Moritz schwenkt sein Smartphone. »Und keine Fisimatenten, sonst könnt ihr das Filmchen morgen im Netz bewundern: *Schneegeständnis – zwei Koksnasen packen aus*. Also, darf ich bitten?«

Ich klopfe an die große Flügeltür und trete ein, ohne eine Antwort abzuwarten. Ernesto Gottwald sitzt zwischen all seiner modernen Kunst und sieht aus, als hätte er geweint. Moritz hat mir erzählt, dass seit Lauras Tod mehr als zwanzig Schüler von ihren Eltern abgemeldet worden sind und das Internat verlassen werden, sobald die Straße wieder passierbar ist.

Gottwald gegenüber hockt Renate Immsen-Erkel, zieht gerade ein Taschentuch aus dem Ärmel ihrer Strickjacke und schnäuzt sich. Sie blickt auf – und blankes Entsetzen zeichnet sich auf ihren ausgemergelten Zügen ab. »Cora, tun Sie das nicht!«, fiepst sie. »Wir können doch über alles sprechen. Wir werden eine Lösung für Ihre Probleme finden! Aber Gewalt ist niemals eine Lösung.«

»*Was?*« Mir wird klar, dass ich noch immer die Pistole in der Hand halte. »Die ist nicht echt, das ist nur ein Spielzeug.« Ich richte die Waffe zur Decke, drücke den Abzug und vor Imm-

sen-Erkels schreckgeweiteten Augen entrollt sich das kleine
rosa Fähnchen.

»Würden Sie mir bitte erklären, was das soll?«, ruft Gottwald
und kommt hinter seinem Schreibtisch hervor.

Ich winke Moritz herein, der Julian und Tobias vor sich her
durch das riesige Büro schiebt.

»A-Hörnchen und B-Hörnchen müssen Ihnen dringend
was mitteilen, Herr Gottwald«, sagt er. »Na wird's bald, ihr Trö-
ten?«

Mit gesenktem Kopf stehen die beiden vor Gottwalds
Schreibtisch und wiederholen stockend das, was sie uns eben
erzählt haben. Gottwald scheint während ihres Geständnisses
immer mehr in sich zusammenzusinken. Renate Immsen-Erkel dagegen rutscht unruhig auf ihrem Stuhl herum, klimpert
aufgeregt mit den blassblonden Wimpern und wirkt regelrecht
euphorisiert angesichts dieser Situation, die ihre geballte the-
rapeutische Kompetenz fordert.

»Ach, Julian«, zwitschert sie. »Ich habe Sie und Laura beobachtet. Mein Bauchgefühl hat mir schon länger gesagt, dass
Sie in Schwierigkeiten sind. Hätten Sie doch nur frühzeitig
das Gespräch mit mir gesucht, dann hätten wir gemeinsam
Wege zur Lösung Ihrer Probleme erarbeiten können. In einem
konstruktiven Prozess, der ...«

»Halt die Klappe, Renate!«, dröhnt Gottwalds Stimme durch
den Raum. Immsen-Erkel zuckt zusammen und blickt ihn erschrocken an.

Ich habe Ernesto Gottwald noch nie so wütend gesehen.

»Schluss mit diesem Verständnisgeschwafel! Die beiden sind
mitverantwortlich für den Tod einer Schülerin. Sie haben einen Drogenhandel aufgezogen – an meinem Internat. Sie haben dafür gesorgt, dass ein verdienter Mitarbeiter dieser Schule
unschuldig in Untersuchungshaft sitzt.« Er baut sich drohend
vor Julian auf. »**Sie haben meine schöne Schule kaputt gemacht!**«

»Ernesto, ich fürchte, du vergisst dich«, piepst Renate Immsen-Erkel.

»Ich … Ja, vielleicht hast du recht«, murmelt er, räuspert sich und sagt, nun wieder mit ruhiger Stimme:»Sie beide kommen mit mir in den Jungentrakt. Sie stehen vorläufig unter Hausarrest. Ich werde die Polizei informieren und dafür sorgen, dass Herr Magomedov so schnell wie möglich aus der Haft entlassen wird.«

Julian und Toby schleichen hinter ihm her wie zwei Dackel mit Blähungen.

Moritz sieht ihnen nach und legt mir einen Arm um die Schulter.»Und so hat, dank des mutigen und selbstlosen Einsatzes Einzelner, wieder einmal das Gute den Sieg über das Böse davongetragen. Reiten wir in den Sonnenuntergang, Schwester.«

»Einen winzig kleinen Moment noch!«, trillert Renate Immsen-Erkel und zupft ein paar Katzenhaare von ihrer Jacke.»Verstehen Sie mich nicht falsch: Natürlich weiß ich Ihre Initiative bei der Aufklärung dieser schrecklichen Geschehnisse zu schätzen, aber« – sie deutet auf die Pistole –»der Zweck heiligt niemals die Mittel. Sie bedrohen Ihre Mitschüler mit einer Waffe …«

»Das ist doch nur ein Spielzeug«, protestiert Moritz.»Und außerdem haben die beiden Arschgeweihe nichts anderes verdient, als …«

»Überdenken Sie Ihre Wortwahl, Moritz. Wir können die Handlungen eines Menschen verurteilen, aber niemals den Menschen selbst. Ich sehe bei Ihnen beiden ein bedenkliches Aggressionspotenzial, das mich sehr beunruhigt und das dringend bearbeitet werden sollte.« Sie linst auf ihre Armbanduhr und lächelt.»Sie haben sowieso in zwei Stunden einen Termin bei mir, Moritz. Da können wir uns ausführlich darüber unterhalten.«

Moritz verdreht die Augen.

»Und was Sie angeht, Cora … In einer Stunde hätte ich einen Termin mit Julian von Kladden gehabt. Da der nun leider ausfallen muss, würde ich vorschlagen, dass wir die Gelegenheit nutzen und Ihren morgigen Termin vorziehen.« Sie sieht mich an, als würde sie erwarten, dass ich vor Dankbarkeit auf die Knie sinke.

»Auf keinen Fall«, sage ich hastig. »Das geht nicht. Ich habe … ich habe schon einen anderen Termin.«

»Wie Sie meinen.« Renate Immsen-Erkel lächelt süßsauer. »Dann eben morgen. Aber die Pistole bleibt hier – bevor noch ein weiteres Unglück an dieser Schule geschieht.«

Als ich die Werkstatt betrete, fällt mein Blick als Erstes auf die Schneekugeln und für einen Moment bin ich vor Erstaunen wie erstarrt.

Das, was bei meinem letzten Besuch nur ein Haufen Scherben war, hat sich auf wundersame Weise wieder zu Gläsern zusammengefügt. Eine neben der anderen finden sich Jacobs einsame Winterlandschaften, fein säuberlich aufgereiht, in den Regalen. Niklas steht vor dem Fenster und lächelt.

»Hast du das *gemacht*?«, frage ich.

Er nickt schüchtern. »Ja, ich … Es ist ein Weihnachtsgeschenk.«

Mein staunender Blick wandert über die Kugeln und bleibt an Niklas blau schimmernden Augen hängen. »Das schönste, das mir je jemand gemacht hat«, flüstere ich, dann gehe ich langsam auf ihn zu, lege die Arme um ihn und küsse seine kalten Lippen.

Seine Finger streichen vorsichtig über meine Schläfe, fahren durch mein Haar und ich höre seine heisere Stimme sagen: »Bevor ich dich traf, wusste ich nicht … Man muss das Glas zwischen zwei Welten nicht zerschlagen. Wir können es durchdringen ... einfach so.«»Diesmal sind es seine Lippen, die meine suchen. Ich erwidere seinen Kuss. Alles um uns herum scheint in einem blauen Nebel zu verschwinden – bis ich mich gewaltsam von ihm fortreißen muss, um einem Gefrierbrand zu entgehen.

Ich lege den Kopf an Niklas' Schulter.»Warum können wir nicht einfach irgendein Junge und irgendein Mädchen sein? Irgendwo auf der Welt. Keine Holle, keine Jagd, keine Kugel, keine *Kalte Klinge*. Nur du und ich.«

»Wir haben keine Wahl«, sagt er leise.»Wir müssen uns den Dingen stellen. Ich mache mir solche Sorgen um dich. Hinter dem Gesicht jedes Menschen könnte die Holle stecken. Hinter dem Gesicht eines jeden könnte Gefahr lauern.«

»Nicht hinter jedem«, sage ich.»Elsa kann es nicht sein, weil sie bei mir war, als das blaue Licht am See erschienen ist. Und ein paar andere scheiden auch aus: Marlene Berber, mein Freund Moritz und zwei meiner Mitschüler. Das habe ich, äh ... überprüft.«

»Ich weiß«, sagt er und lächelt, doch seine Augen blicken besorgt.»Ich war die ganze Zeit in deiner Nähe. Du bist eine echte Dorneyser, Cora. Mutig ... aber auch leichtsinnig. Keine Waffe dieser Welt wird dich gegen die Holle schützen. Und ein Spielzeug erst recht nicht. Sie wird dich ohne zu zögern töten, um an die Kugel zu kommen.«

Ich löse mich aus seiner Umarmung und nehme in dem großen Lehnsessel Platz.»Tag und Nacht denke ich darüber nach, wo Jacob die Kugel versteckt haben könnte«, sage ich.»Bevor er gestorben ist, als er mir den Schlüssel mit dem Eiskristall gegeben hat, wollte er mir einen Hinweis auf das Versteck geben: ›*Die Kugel ... vor aller Augen ... sie darf sie nicht bekommen ... die Kugel ... Leonard Dorneyser ...*‹ Was hat Leonard Dorneyser mit dem Versteck zu tun? Hast du irgendeine Idee?«

Er schüttelt den Kopf.

»Was können wir jetzt tun?«

Niklas wendet den Blick von mir ab und sieht lange hinaus in den Schnee. »*Ich* kann etwas tun. Ich *muss* es tun. Ich muss die Holle vernichten. Weil ich zu spät gekommen bin, sind Menschen gestorben. Ich muss herausfinden, hinter welcher menschlichen Maske sie sich versteckt, Cora. Bevor die Unzerbrechliche in ihre Hände gelangt. Bevor noch mehr Menschen sterben. Ich muss diesen Kampf … zu Ende bringen.«

Ich nehme sein Gesicht in meine Hände und sehe ihn lange an. »Es ist nicht nur dein Kampf, Niklas. Ich bin eine Dorneyser. Ich kämpfe mit dir, so wie Jacob mit dir zusammen gekämpft hat … und alle Dorneysers vor ihm. Das ist nicht dein Kampf. Es ist unser Kampf!«

Langsam streiche ich über seine Wange. »Alles wird gut.«

»Ja …«, sagt er nach einer Weile. »Alles wird … alles wird ein Ende finden. – Du solltest jetzt gehen. Ich will nicht, dass Elsa sich wieder Sorgen macht.«

»Nur noch einen Moment.« Ich schmiege mich an ihn und lege die Arme um ihn.

Von der Decke trudeln schwere Schneeflocken auf uns herab.

Als ich am nächsten Morgen am Frühstückstisch sitze, mir den Schlaf aus den Augen reibe und Elsa von dem Geständnis der beiden koksenden Musterknaben berichte, schrillt das Telefon.

»Ja, Elsa Uhlich«, meldet sie sich mit einem drohenden Unterton. Leute, die es wagen, sie während der ersten Tasse Kaffee des Tages zu stören, rangieren bei ihr unmittelbar hinter Waffenhändlern und Eishockeyfunktionären und gehören genau wie diese »in der Hölle gebraten«. Sie verzieht das Gesicht, blickt kurz zu mir und sagt: »Nein, Cora schläft noch. Was? Aha. Ja, ist gut. Ja, ich richte es ihr aus. Ja, ist ja schon gut. Ja – ja, ja, ja.« Sie legt auf und stürzt ihren übersüßten Kaffee runter. »War die Immsen-Erkel, das nervöse Klappergestell. Ich soll dich noch mal an deinen Termin heute Nachmittag erinnern. Wäre unglaublich wichtig, sagt sie – wegen deinem *hohen Aggressionspotenzial*. Die spinnt doch, die alte Spinatwachtel.« Sie kaut ihr Schinkenbrötchen und sagt schnaufend: »Aber tue mir bitte den Gefallen und geh hin, Schätzchen. Sonst ruft sie wieder hier an. Jedes Mal, wenn ich ihre piepsige Stimme höre, muss ich an ein verendendes Vogeljunges denken und dann krieg ich juckenden Ausschlag.« Sie kratzt sich mit dem Zeigefinger am Hals. »Lass dir bloß nichts von dieser Trulla einreden. Du und Moritz, ihr habt das einzig Richtige gemacht. Ohne euch müsste Valentin weiter im Knast brummen. Ich wusste von Anfang an, dass er nichts mit Drogen zu tun haben kann. Ich kenne ihn schließlich schon ein paar Jährchen. Obwohl …«, sie schlägt ein hart gekochtes Ei an der Tischkante auf, »obwohl er sich manchmal schon merkwürdig benimmt. Weißt du noch, als wir ihn im Dorf getroffen haben und er angeblich ein Päckchen zur Post bringen wollte, obwohl die schon lange zuhatte? Ich hab ihn schon öfter mit Päckchen durchs Dorf schleichen sehen. Immer nach Anbruch der Dunkelheit …«

»Er liefert nur Schneekugeln für Marlene Berber aus«, sage ich hastig und bete, dass das Thema damit durch ist.

Mein Gebet bleibt ungehört.

Elsa lehnt sich entspannt zurück und grinst. »Ah, verstehe«, sagt sie. »Es geht um die Pornokugeln.«

Ich kriege einen Hustenanfall und schnappe keuchend nach Luft. »Du weißt von den Kugeln?«

»Na klar. Jeder in Rockenfeld weiß davon. Schließlich hat fast jeder eine zu Hause stehen. Nur spricht keiner drüber. Zumindest nicht öffentlich. Ich persönlich hatte zwar bis jetzt keinen Bedarf, aber Rollo, der Besitzer vom *Schwarzen Glück*, schwärmt mir dauernd davon vor.« Elsa wischt sich Eidotter aus dem Mundwinkel und seufzt. »Ich glaub, er und seine Freundin kaufen die Dinger im Abo.«

Moritz und ich sind zwei Stunden vor meinem Termin bei Immsen-Erkel im *Wasteland* verabredet. Er ist noch nicht da, was mich nicht wirklich wundert. Unter den vielen Facetten seiner Persönlichkeit ist keine, deren hervorstechendste Stärke die Pünktlichkeit wäre.

Die Sache mit Julian von Kladden und Tobias Schallenberg hat sich längst rumgesprochen. Mittlerweile sind die beiden von der Polizei vernommen worden. Einige Leute der Von-Kladden-Clique sitzen in einer dunklen Ecke des Cafés, reden flüsternd miteinander und wirken dabei ausgesprochen nervös. Ein pickliger Junge, der in meinem Biologiekurs ist, dessen Namen ich mir aber nicht merken kann, knabbert sich vor lauter Aufregung beinah die Fingernägel aus dem Nagelbett. Wahrscheinlich überlegen sie fieberhaft, ob sie sich auch wirklich all ihrer kleinen Tütchen mit dem weißen Pulver entledigen konnten oder ob sie irgendwo noch eine vergessene Notreserve rumliegen haben.

Eine halbe Stunde später ist Moritz noch immer nicht aufgetaucht. Ich gehe zur Theke, lasse mir das Telefon geben und wähle seine Mobilnummer. Die Mailbox springt an und ich hinterlasse eine Nachricht: »Wenn du das hörst, dann schwing deine wohlgeformten Beinchen ins *Wasteland*, Signorina!«

Er kommt nicht.

Nach einer Stunde reicht es mir. Ich zahle meinen Kakao und laufe zum Jungentrakt, wo mir Doktor Wieschmann schnellen Schrittes entgegenkommt.

»Ich grüße Sie, Cora«, sagt er förmlich und nickt leicht mit dem Kopf.

»Ich grüße Sie ebenfalls, Herr Doktor Wieschmann«, entgegne ich ebenso steif. Ich beiße mir auf die Lippen, während ich verzweifelt versuche, nicht an das zu denken, was ich von ihm und seiner Gattin in Marlenes Schneekugel zu sehen bekommen habe.

»Ach, Herr Doktor Wieschmann … haben Sie vielleicht Moritz Grimm irgendwo gesehen?«

Er guckt wie ein aufgeschrecktes Kaninchen, rückt sein Haarteil zurecht, schüttelt den Kopf und eilt wortlos davon.

Auf seinem Zimmer ist Moritz nicht. Zwei Jungs aus der Elften, die gelangweilt auf dem Gang rumlümmeln, können sich auch nicht erinnern, ihn heute schon gesehen zu haben.

»Wenn ich mich nicht irre …«, sagt der eine, »ich glaube, er war gestern auch nicht beim Abendessen.«

Moritz hat ein Essen versäumt? Das ist der Moment, in dem ich beginne, mir ernsthaft Sorgen zu machen. Seit gestern Nachmittag hat ihn keiner mehr gesehen. Ich muss Immsen-Erkel fragen, ob er am Vortag seinen Termin bei ihr wahrgenommen hat.

Als ich durch das Treppenhaus des Turmes nach oben laufe, sehe ich durch eines der schmalen Fenster, dass ein Polizeihubschrauber auf dem Fußballfeld neben der Turnhalle landet. Ernesto Gottwald läuft über den gefrorenen Platz auf den Helikopter zu, aus dem ein erleichtert blickender Valentin Magomedov klettert, sich eine Träne aus dem Auge wischt und seinem Schulleiter um den Hals fällt.

»Hereihein!«, zwitschert es, als ich an die Tür von Renate Immsen-Erkels Beratungszimmer klopfe. Kaum habe ich die Tür einen Spalt weit geöffnet, höre ich ein bösartiges Fauchen und ihr fettes Katzenvieh kommt mir entgegengeschossen. Die Katze wischt mir durch die Beine und macht einen Satz auf den unter mir liegenden Treppenabsatz, wo sie mit gesträubtem Fell verharrt und mich mit einem wütenden Blick bedenkt.

Renate Immsen-Erkel trippelt zur Tür. »Puss-Puss!«, zwitschert sie. »Ist das kleine Katzenkind böse? Will das Katzenkind nicht zurück zu seiner lieben Katzenmami?«

In mir verfestigt sich die Gewissheit, dass *sie* diejenige ist, die dringend eine Therapie braucht. *Katzenmami?*

»Will das kleine Katzenkind, dass die Katzenmami traurig ist?«

Ob die Mami traurig ist, geht dem kleinen Katzenkind offenbar völlig am Allerwertesten vorbei. Das fette rote Teil faucht noch mal und springt die Treppenstufen hinunter.

»Na, sie wird schon zurückkommen«, piepst Immsen-Erkel. »Als Sie geklopft haben, wollte ich Puss-Puss gerade in das hintere Zimmer sperren – wegen Ihrer Allergie. Das hat dem kleinen Katzenkind offensichtlich gar nicht behagt. Oder …«, sie pustet in die Hände, »oder es ist selbst für eine Katze mit dickem Fell nicht auszuhalten in diesem Eisschrank.«

Es ist tatsächlich schweinekalt. Die reinste Tiefkühltruhe. Genau das Gegenteil von dem Tropenparadies, das ich bei meinen bisherigen Besuchen genießen durfte.

»Die Heizung ist schon wieder defekt«, jammert Immsen-Erkel und ich kann ihren Atem in der kalten Luft sehen. »Und jetzt, wo Herr Magomedov im Gefängnis sitzt … Hier macht ja niemand was. Eine Zumutung ist das! Aber nichtsdestotrotz sollten wir beginnen, Cora.« Sie greift meinen Arm und zieht mich in das Beratungszimmer.

»Warten Sie! Ich suche Moritz Grimm. Hat er gestern seinen Termin bei Ihnen wahrgenommen?«

»Cora, Sie werden verstehen, dass ich Ihnen keine Auskunft über meine Klienten geben kann.«

»Moritz ist verschwunden. Ich mache mir Sorgen. Ich will doch nur wissen, ob Sie ihn gestern Nachmittag noch gesehen haben.«

Sie schweigt einen Moment, dann rümpft sie die Nase und sagt spitz: »Nein, er ist nicht erschienen, und das wird Folgen haben. Er hat bereits mehrere Termine versäumt und ich werde …« Sie ruckt aufgeschreckt den Kopf und horcht ins Treppenhaus. Es klingt, als würde sich eine Dampflok die Stufen hinaufkämpfen. Die schnaufende Lok kommt näher und näher – dann blicke ich in das freudestrahlende Gesicht von Valentin Magomedov.

»Cora! Chat Gottwald mir gesagt, du bist hier.« Er kommt auf mich zu, schließt die Arme wie zwei Schraubklemmen um mich und lässt mich erst wieder los, als ich beginne, nach Luft zu japsen.

»Herr Magomedov! So geht es nun nicht!«, schimpft Immsen-Erkel erbost. »Frau Dorneyser hat einen Termin bei mir und …«

»Chat Gottwald mir gesagt, dass du und Moritz wart sehr hilfreich«, sagt Valentin, ohne sie zu beachten. »Chabt ihr fertiggemacht Arschloch von Kladden.«

»Herr Magomedov! Bitte!«

Valentin überhört den Therapeutenprotest. »Weiß ich nicht, wie ich mich bedanken soll bei euch. Wo ist Moritz?«

»Keine Ahnung«, stoße ich hervor. »Ich wollte gerade zu Gottwald. Moritz ist verschwunden. Seit gestern hat ihn niemand mehr gesehen.«

»Verschwunden? Ist weg?«

»Ja. Genau! Weg! Ich war vorhin mit ihm verabredet, aber er ist nicht gekommen. Und gestern hatte er einen Termin bei Frau Immsen-Erkel, und zu dem ist er auch nicht erschienen. Das heißt, dass ihn seit über vierundzwanzig Stunden niemand mehr gesehen hat.«

»Müssen wir Gottwald geben Information. Komm! Schnell!«

»Moment mal!«, kräht Renate Immsen-Erkel. »Sie können nicht einfach hierherkommen und …«

»Chast du Sendepause!«, blafft Valentin sie an, reckt den Kopf vor und bemerkt fachmännisch: »Ist scheißekalt hier!«

»Natürlich ist es das«, zwitschert Renate Immsen-Erkel eingeschnappt. »Hier ist es immer kalt. Aber das scheint ja niemand außer mir ernst zu nehmen. Ich friere mich hier noch zu Tode.«

Valentin sieht auf den Thermostat und legt die Stirn in Falten. »Mein Gott, Frau Chimmsen-Cherkel. Willst du warm, musst du einstellen Thermostat richtig. Hast du rumgespielt an Thermostat?«

»Nein. Eine Frechheit! Ich spiele an nichts rum!«

»Komm!«, sagt Valentin und zieht mich am Ärmel. »Haben wir keine Zeit für diese Blödsinn. Müssen wir zu Gottwald!«

Ernesto Gottwald hört sich unseren Bericht über Moritz' Verschwinden mit versteinerter Miene an. Dann greift er zum Telefon und benachrichtigt die Polizei. Seine Stimme klingt ganz apathisch. Auf dem Schreibtisch liegt ein kleines Röhrchen mit Tabletten gegen Sodbrennen. Er nimmt eine Tablette, zerkaut sie geistesabwesend und blickt mit ausdruckslosen Augen aus dem Fenster. Alles Guerilleroartige hat ihn verlassen. Wahrscheinlich fragt er sich, welche dunklen Mächte sich gegen ihn verschworen haben. Eine ermordete Schülerin … Drogenhandel am Internat … und nun ein verschwundener Schüler. Da er sich nicht rührt, ergreift Valentin die Initiative.

»Müssen wir unterstützen Polizei! Müssen wir machen Suchtrupps!« Er rüttelt Gottwald an der Schulter. »Steh auf, Ernesto! Machst du Suchgruppe hier in Schule. Ich suche mit Gruppe in Wald.« Valentin stapft zwischen den großen Plastiken hindurch aus dem Büro. Kommst du mit mir in Wald, Cora!«

»Nein«, entgegne ich. »Er … er könnte auch irgendwo im Dorf sein. Einer von uns muss dort nach ihm suchen. Das übernehme ich.«

Obwohl es erst früh am Nachmittag ist, liegt das Dorf bereits im Dunkeln. Der Schnee fällt so dicht, dass man kaum noch die Hand vor Augen erkennt. Die Welt um mich herum verschwindet hinter einem feuchten weißen Vorhang, und während ich über den vereisten Waldweg ins Dorf schlittere, blicke ich ängstlich um mich. Ständig rechne ich damit, dass plötzlich eine blaue Flammengestalt in der Dunkelheit erscheinen und auf mich zuhalten könnte.

Aber ich erreiche das Tal ohne Zwischenfall und kämpfe mich durch den kniehohen pulverigen Neuschnee voran, bis die Umrisse von Jacobs Haus in dem dichten Schneetreiben vor mir auftauchen.

»Niklas!« Völlig außer Atem schleppe ich mich die Stufen zur Werkstatt hoch. »Niklas!«

Er sieht sofort, dass etwas nicht stimmt. »Was ist passiert?«

»Moritz ist verschwunden!«

Während ich nach Luft schnappe, versuche ich ihm zu erklären, was geschehen ist. »Verschwunden … seit vierundzwanzig Stunden … kein Lebenszeichen … Suchtrupps … Schule und Wald.«

Er greift nach seinem Mantel und springt mit einem Satz die Stufen zur Haustür hinunter.

»Was hast du vor?«

»Ich werde ihn suchen. Ich habe … andere Möglichkeiten als die Suchtrupps.«

»Glaubst du, die Jagd ist für sein Verschwinden verantwortlich?«, frage ich und sehe ihn bang an.

Er fasst mich an den Schultern. »Verriegle die Tür hinter mir, Cora! Lass niemanden ins Haus! Niemanden, hörst du? Verlass das Haus unter keinen Umständen! Versprich es mir!«

Ich nicke stumm.

Niklas tritt vor die Tür. Flammen zucken um seinen Oberkörper und einen Wimpernschlag später zieht eine blaue Fackel über die Tannen davon.

Ich sichere die Tür, dann – die Hoffnung stirbt zuletzt – versuche ich von Jacobs Telefon aus noch einmal Moritz zu erreichen. Wieder nur die Mailbox und seine Ansage: »Dies ist die

Mailbox von Moritz Grimm. Bitte hinterlassen Sie nach dem Signalton Ihre Nachricht, Ihre Nummer und Angaben darüber, von welcher meiner einnehmenden Persönlichkeiten Sie zurückgerufen werden möchten.«

Ein lang gezogenes Piepen.

»Wir finden dich. Keine Angst«, flüstere ich ins Telefon, obwohl ich weiß, dass er mich nicht hören kann. Dann lege ich den Hörer auf und gehe langsam hinauf in die Werkstatt, wo ich mich in den alten Lehnsessel fallen lasse. Im Wald ist das Licht von Taschenlampen zu sehen. Valentins Suchtrupp.

Die Hoffnung stirbt zuletzt.

Ich lasse meine Augen über Jacobs Schneekugeln wandern.

In jeder von ihnen gibt es Hoffnung.

Manchmal ist es das hell erleuchtete Fenster einer Waldhütte im Schnee, manchmal das rote Gummiband in den Haaren einer Schlittschuhläuferin oder die einsame Rose, die aus einer dichten Schneedecke herauswächst.

Eine von Jacobs Lieblingskugeln ist die mit dem Leuchtturm gewesen. Ein schlanker Turm auf einer Klippe vor dem zugefrorenen Meer. Sobald man die Kugel schüttelt und der Schnee um den rot-weißen Turm fliegt, sorgt ein Mechanismus im Sockel der Kugel dafür, dass der Turm Lichtsignale aussendet, die sich auf dem Eis spiegeln.

»Es gibt immer Hoffnung«, höre ich mich leise zu mir selbst sagen, während ich das leuchtende Glas betrachte. Im nächsten Augenblick fahre ich herum: eine Bewegung am Fenster! Gerade eben! Ein blaues Flackern! Vorsichtig trete ich vor die bunte Glasscheibe und spähe in die Dunkelheit hinaus. Nichts außer dem unablässig fallenden Schnee. Falscher Alarm.

Ich darf mich nicht fürchten! Furcht bringt einen nur dazu, sich furchterregende Dinge einzubilden.

Ich wende mich wieder ab – als ein hohes Pfeifen durch die Dunkelheit schrillt. Das Pfeifen, das ich in der Nacht gehört habe, in der der Kardinal starb!

Ich schaffe es gerade noch, mich zu Boden zu werfen, bevor die große Scheibe hinter mir mit einem ohrenbetäubenden Knall zerplatzt. Glasscherben wirbeln durch die Luft und regnen auf mich nieder. Ihnen folgen blau schimmernde, gezackte Eissplitter, die knapp über meinen Kopf hinwegschießen und sich mit einem federnden Geräusch in Wände und Regale bohren.

Draußen erscheint, inmitten des Schneewirbels, ein Dutzend blaue Flammengestalten in der Luft. Drei von ihnen schweben durch das zerstörte Fenster in die Werkstatt. Ihr blauer Atem legt sich wie eisiger Raureif auf die Wände.

Ich springe auf die Füße und hechte zur Tür, aber etwas schießt an mir vorbei und ich pralle gegen eine riesenhafte Gestalt. Der Riese zieht mich mit einer Hand hoch. Aus einem vernarbten, flammenumzuckten Gesicht starren mich Augen an, in denen keine Regung zu erkennen ist. Da, wo sich seine Hand um meinen Arm schließt, fühlt es sich an, als würde die Haut in Flammen stehen. Als würde ein kaltes Feuer sie verbrennen.

Die wulstigen blauen Lippen des Riesen verziehen sich zu einem gemeinen Grinsen. Er stemmt mich mühelos in die Höhe und schleudert mich durchs Zimmer. Krachend lande ich an einem Regal, mein Hinterkopf schlägt hart gegen massives Holz. Der Schmerz ist so heftig, dass mir Tränen in die Augen schießen.

»Huuääh, huuääh, huuääh!«, äfft mich die ziegenbärtige Gestalt nach, die Habergeiß genannt wird. »Muss das kleine Dorneyser-Mädchen weinen?« Das Männlein trägt einen abgewetzten Gehrock, hat eine lächerliche wackelnde Turmfrisur und betrachtet mich, als wäre ich ein Tier im Zoo. Dann beugt es sich vor, schnüffelt vorsichtig an meinen Haaren und wendet sich mit einem Ausdruck des Ekels ab.

»Das ist ja widerlich!«, tönt es und presst sich ein Spitzentaschentuch vor den Mund. »Das Ding stinkt!« Das blau schimmernde Männchen sieht mich verächtlich an.»Wenn ich nicht wüsste, dass du eine Dorneyser bist, dein Gestank würde es mir verraten. Weißt du, wonach du stinkst? Du stinkst nach Verrat und du stinkst nach gotterbärmlicher menschlicher Schwäche.« In affektierter Empörung fügt es hinzu:»Das ist meiner Nase nicht zuzumuten! Wir sollten sie schockfrosten und …«

»Halt die Klappe, Habergeiß!« Eine dritte Flammengestalt tritt vor und schiebt das geckenhafte Männlein zur Seite. Es ist die Frau mit den verfilzten Haaren und dem abgebrochenen Eissplitter in der Stirn. Das Moosweib. Sie reißt mich an den Armen hoch und drückt mich gegen das Regal, ihre klammen Finger legen sich um meine Kehle.

»Wo ist die Kugel?« Sie fährt mit den Spitzen ihrer blau glitzernden Fingernägel über meine Wange.

»Ich weiß es nicht!«

Eine schnelle Bewegung mit der Hand und ihre eisigen Nägel bohren sich in meine Haut, fahren durch das Fleisch. Ich schreie laut auf. Meine linke Gesichtshälfte brennt, als würde sie in Flammen stehen.

»Fällt es dir jetzt vielleicht ein?«, fragt sie in gelangweiltem Ton.

»Ich weiß es nicht!«, keuche ich und warte darauf, dass sie ihre spitzen Nägel erneut in mich schlägt. Aber sie löst ihren Griff und ich falle wie ein nasser Sack zu Boden.

Das Moosweib lächelt herablassend.»Die Holle hat gesagt, dass du das sagen würdest. Und dass es vielleicht sogar die Wahrheit ist. Aber das spielt keine Rolle. Denn ab jetzt wirst du Tag und Nacht nach der Kugel suchen. Du wirst sie suchen, du wirst sie finden und du wirst sie demütig ihrer rechtmäßigen Besitzerin übergeben! Und warum wirst du all das tun? Weil du einen guten Grund hast!« Sie lacht hämisch, greift in ihren Mantel und reckt die Hand in einer triumphierenden Geste in die Höhe.

Vor meinen Augen baumelt der schwarze Schal, den ich Moritz zu Weihnachten geschenkt habe!

»Dein kleiner Freund genießt derzeit unsere Gastfreundschaft«, sagt das Moosweib. Leider ist sein Verhältnis zu uns ein wenig ... *unterkühlt*.«

Der Riese lacht dröhnend und die Gestalt mit der Turmfrisur kichert hysterisch, so als hätten sie gerade den Witz des Jahrhunderts gehört.

»Die Holle denkt noch darüber nach, was sie mit ihm tun wird, wenn du ihr die Kugel *nicht* bringst. So viele verlockende Möglichkeiten! Ein schneller Tod – so wie das Mädchen auf dem See?« Das Moosweib fährt sich mit dem Finger über die Kehle.»Oder wird sie erst noch ein wenig mit ihm spielen und es hinauszögern? Oder ... oder macht sie ihn zu einem von uns? Was würde dir am besten gefallen, kleine Cora?« Das Moosweib beugt sich drohend vor. Blaue Funken sprühen aus ihren Augen und sie flüstert:»Du entscheidest darüber, welchen Weg das Schicksal deines Freundes nehmen wird. Es liegt allein an dir. Suche die Kugel! Finde die Kugel! Überbringe sie der Holle! In zwei Tagen. Um Mitternacht. Auf der Mitte des Sees!«

»Er kommt zurück!«, zischt in diesem Moment einer der blauen Schatten vor dem Fenster und deutet in Richtung des Waldes.

Ich schaffe es, den Kopf ein paar Zentimeter zu heben, und sehe ein blaues Licht, das durch die weißen Flocken rast und auf das Haus zuhält.»Niklas ...«, wispere ich.

»Gut, dass du mich daran erinnerst«, sagt das Moosweib und der Splitter in ihrer Stirn glänzt stahlblau auf.»*Er* ist natürlich auch Teil dieses Handels. Sie verlangt die Kugel *und* den Verräter! Bring ihr die Kugel! Bring ihr den Jäger! Im Gegenzug bekommst du deinen kleinen weibischen Freund zurück.«

Sie wirft Moritz' Schal auf den Boden, fährt auf dem Absatz

herum, springt durch das Fenster und schießt, gefolgt von den anderen Flammengestalten, am Himmel davon.

Als Niklas das Haus erreicht, sind sie nur noch ferne blaue Lichtpunkte.

Er landet direkt vor meinen Füßen, kniet neben mir nieder, legt eine Hand unter meinen Kopf und betastet mit der anderen vorsichtig meine Wange. »Hast du Schmerzen?«

Ich richte mich mühsam auf. »Nur eine Beule und ein paar Kratzer, aber … sie haben Moritz!« Ich erzähle ihm von der Forderung der *Wilden Jagd*. »Hast du irgendeine Spur von ihm entdeckt?«, frage ich.

»Nein.« Niklas blickt zu der Fensteröffnung, durch die der Schnee ins Haus geblasen wird. Ein blaues Licht flackert in seinen Augen auf, er hebt die Rechte in die Höhe und spreizt die Finger. Wie von selbst steigen die Splitter vom Boden empor, schweben auf die Öffnung zu und fügen sich wieder zu einer bunten Fensterscheibe zusammen. Einen Moment lang blickt er auf das bunte Glas, dann dreht er den Kopf und sagt: »Manchmal kann ich in den Raunächten Gedanken von Menschen auffangen. Dann, wenn sie entweder sehr glücklich, verängstigt oder aufgeregt sind. Aber es ist mir nicht gelungen, auch nur einen einzigen Gedanken von Moritz aufspüren.«

»Das Moosweib hat eine merkwürdige Bemerkung gemacht. Sie hat gesagt, sein Verhältnis zur *Wilden Jagd* sei *unterkühlt*. Die anderen fanden das offenbar zum Brüllen komisch.«

»Ich verstehe …«, sagt Niklas. »Sie haben ihn *gefrostet*.«

»Sie haben was?«

»Ihn gefrostet. Ihn tiefgefroren, wenn du so willst. Mit einem magischen Bann. Er schläft. Er schläft einen tiefen, kalten Schlaf. Wenigstens leidet er nicht. Er bekommt nichts von dem mit, was um ihn herum geschieht.«

»Wir müssen ihn finden! Wir müssen ihn da rausholen, Niklas!«

Er fasst mich an den Schultern, sieht mir in die Augen und sagt langsam und sehr eindringlich: »Wir dürfen auf keinen Fall zulassen, dass die Kugel in den Besitz der Holle kommt. Das ist das Wichtigste! Das Leben und die Zukunft zahlloser Menschen stehen auf dem Spiel.«

»Willst du Moritz etwa opfern – für die Kugel?« Wütend stoße ich Niklas von mir und springe auf. »Willst du entscheiden, wer lebt und wer stirbt?«

»Nein«, entgegnet er ruhig. »Willst du es entscheiden?«

»Ich … nein.« Ich senke den Kopf und blicke zu Boden.

Niklas tritt hinter mich und ich fühle seinen kühlenden Atem in meinem Nacken. »Natürlich will ich Moritz nicht opfern. Wir müssen einen Weg finden, ihn aus den Händen der Jagd zu befreien *und* die Holle zu vernichten. Ist sie erst tot, wird auch die Kugel kein Unheil mehr bringen.«

»Was schlägst du vor? Was sollen wir tun?«

»Wir sollten tun, was sie von uns verlangt.«

»Was?«

»Wir werden nach der Kugel suchen. Wir brauchen die Kugel, Cora. Ohne sie werden wir nicht einmal in die Nähe der Holle gelangen. Wenn wir Moritz befreien und sie vernichten wollen, brauchen wir die Kugel.«

»Und dann? Wenn wir sie wirklich finden? Wie willst du …?«

»Ich weiß es nicht!« Er fährt sich mit den Händen durchs Gesicht. »Wenn du einen Plan erwartest – ich habe keinen. Ich muss darauf vertrauen, dass uns etwas einfällt. Aber zuerst müssen wir die Kugel finden.«

Vor aller Augen …

Ich drehe den kleinen Schlüssel mit dem Metallplättchen zwischen meinen Fingern. Welches Schloss öffnest du?, denke ich. Wo kann die Kugel sein? Versteckt und dennoch an einer Stelle, auf die jeder blickt? Ich schaue zu Niklas, der vor einem Regal kniet, einzelne Schneekugeln herauszieht und lange betrachtet.

»Glaubst du, sie ist doch noch hier?«

Er schüttelt den Kopf, wobei kleine blaue Funken aus seinen Haaren springen. »Die Jagd hat ja alle Kugeln zerstört, um die Unzerbrechliche zu finden. Wäre sie hier gewesen, dann wäre sie längst in ihrem Besitz. Nein, ich suche nach Spuren. Vielleicht hat Jacob in einer seiner Kugeln einen Hinweis auf das Versteck hinterlassen.«

»Natürlich«, flüstere ich und habe plötzlich eine Eingebung: »Wir müssen uns nur mit den Kugeln beschäftigen, die Orte in Rockenfeld zeigen … oder in der näheren Umgebung.«

»Wie kommst du darauf?«, fragt Niklas verwundert.

»Als Jacob ein neues Versteck suchen musste, saß er schon im Rollstuhl und konnte sich nicht mehr so frei bewegen wie vorher. Wenn er Rockenfeld verlassen wollte, war er darauf angewiesen, dass Elsa ihn fuhr. Nein, die Kugel muss irgendwo hier im Dorf versteckt sein.«

Wir verbringen die folgenden Stunden damit, jede Kugel, die eine Ansicht von Rockenfeld zeigt, einer eingehenden Betrachtung und Interpretation zu unterziehen, bis uns klar wird, dass unser schöner Plan einen gewaltigen Haken hat: Alles und jedes könnte ein Hinweis sein – oder eben nicht. Weist der Umstand, dass in vielen Kugeln der Rockenfelder Kirchturm zu sehen ist, darauf hin, dass die Kirche das Versteck ist? Oder beweist es einfach nur, dass Jacob den Kirchturm besonders schön fand? Hat es eine Bedeutung, dass es gleich mehrere Variationen der Rockenfelder Feuerwache gibt? Vielleicht mochte Jacob nur das Rot des Feuerwehrwagens. Dass er in einer der Kugeln eine Linde auf den Dorfplatz verpflanzt hat, die dort in Wirklichkeit nicht steht, ist auf den ersten Blick zwar verdächtig … aber es kann genauso gut sein, dass Jacob sich einfach nur gewünscht hat, dort würde eine stehen. Irgendwann muss ich mir frustriert eingestehen, dass uns diese Art der Suche keinen Schritt voranbringt. »Wir können noch in alle Ewigkeit Mutmaßungen anstellen. Das hilft uns nicht weiter.«

»Ich befürchte, du hast recht.« Niklas schiebt das Glas, das er in den Händen hält, zurück ins Regal.

»Was ist mit dem Fenster?«, schlage ich vor und beziehe vor der bunten Scheibe Stellung.

»Das Fenster existiert schon seit den Zeiten von Leonard Dorneyser. Jacob hat keine Veränderungen daran vornehmen lassen.«

»Trotzdem. Jacob hat vor seinem Tod von Leonard Dorneyser gesprochen. Das hat etwas zu bedeuten. Das Versteck muss irgendeinen Bezug zu ihm haben.«

Ich fahre mit den Fingern über die Scheibe, trete einen Schritt zurück und blicke angestrengt auf das Glasgemälde. Leonard Dorneysers Geburt, Leonard Dorneyser als Soldat, als Astrologe, als erfolgreicher Geschäftsmann, als Bräutigam am Tag seiner Hochzeit. Und natürlich in dem Moment, in dem der Teufel ihm die Kugel anvertraut.

Letzteres nehme ich besonders genau unter die Lupe – ohne daraus eine neue Erkenntnis über das Versteck der Kugel zu gewinnen.

»Ich halte es zwar für unwahrscheinlich, aber vielleicht stoßen wir in der Höhle auf einen Hinweis«, sagt Niklas. »Immer wenn ich Jacob besucht habe, habe ich dort gewohnt. Hätte er dort einen Hinweis hinterlassen, hätte es mir eigentlich auffallen müssen. Aber manchmal lässt einen ein gewohnter Anblick unaufmerksam für kleine Veränderungen werden. Vielleicht siehst du mehr als ich.«

»Wie sollen wir das schaffen? Um uns hier durchzuwühlen, brauchen wir Tage … oder Wochen.« Ratlos blicke ich auf den riesigen Sperrmüllhaufen, der beinah die gesamte Fläche der Höhle einnimmt. Jacob scheint ein echtes Problem damit gehabt zu haben, sich von Dingen zu trennen – und ein paar andere meiner Vorfahren ebenfalls. Das wird mir spätestens klar, als ich bei meiner Suche in einer alten Holzkiste auf angerostete Konservendosen mit dem Aufdruck *Qualitätsware aus Deutsch-Südwestafrika* stoße.

Ich ziehe unzählige Schrank- und Kommodenschubladen auf und untersuche mit spitzen Fingern ihren halb vermoderten Inhalt, ich öffne alte Holztruhen, aus denen mir so ekliger Muff entgegenschlägt, dass ich zu würgen beginne, ich sorge für heillose Panik in einer Käfer-Kolonie, als ich eine ausgediente Waschmaschine beiseiterücke, ich fasse in jede Menge ekliges Zeug und kippe sogar den ganzen Flitter aus den großen Lagergefäßen, in der Hoffnung auf irgendeinen kleinen versteckten Hinweis zu stoßen.

Alles ohne das geringste Ergebnis.

Niklas' Suche ist auch nicht erfolgreicher. Ich sehe ihm zu, wie er am anderen Ende der Höhle mit einem Stemmeisen eine schwere Metallkiste aufbricht, einen kurzen Blick auf den Inhalt wirft, und den Deckel wieder zuschlägt.

»Ich kann nicht mehr. Ich brauche eine Pause«, rufe ich ihm zu. »Nur fünf Minuten.«

Vorsichtig lasse ich mich auf einem goldfarbenen Fünfzigerjahre-Sofa nieder, das mir halbwegs vertrauenswürdig erscheint. Ich strecke die Beine aus und lehne mich zurück, als meine Hand einen dünnen Karton streift, der aus einer Sofaritze hervorlugt.

Eine Visitenkarte.

Dorneyser Schneekugeln
Inh. Jacob Dorneyser
Kugelgasse 3, Rockenfeld
Ladenöffnungszeiten: Mi.–Fr. 10:00–12:00 Uhr
oder nach Vereinbarung

»Der Laden!« Ich springe auf und wedle mit der Karte in der
Luft. »Was ist mit dem Laden? Ich war noch nie dort. Könnte
Jacob die Kugel nicht dort versteckt haben?«
Niklas lässt das Stemmeisen fallen und kommt zu mir herüber. Er betrachtet die Visitenkarte mit einem skeptischen Blick.
»Möglich wäre es, aber ich halte es für unwahrscheinlich. Jacob
mochte den Laden nicht besonders. Die anderen Kugelmacher
haben ihre Werkstatt direkt hinter dem Verkaufsraum, aber Jacob hat schon immer lieber hier im Haus gearbeitet. Er hat es
geliebt, Schneekugeln zu *machen* – sie zu verkaufen war für ihn
nur eine lästige Notwendigkeit. Eigentlich wollte er damit so
wenig wie möglich zu tun haben. Und als er dann im Rollstuhl saß, hat er den Laden völlig aufgegeben. Sämtliche Kugeln, die noch dort waren, hat er nach und nach hierherschaf-
fen lassen. Jacob hatte damals schon ein kleines Vermögen mit
seinen Schneegläsern verdient und war nicht mehr darauf angewiesen, Kugeln zu verkaufen. Er hat sie nur noch zu seinem
eigenen Vergnügen gemacht und den Laden nur zum Schneekugelfest geöffnet.«

»Aber erinnere dich an seine Worte: *Vor aller Augen* ...« Ich
denke an den Moment, in dem ich mit Elsa vor dem verhan-
genen Schaufenster stand. »Das trifft doch genau auf den Laden zu. Die Kugel könnte mitten im Laden stehen, vielleicht
sogar im Schaufenster, verborgen von den Vorhängen.« Ich
greife Niklas' Hand und ziehe ihn mit mir zum Ausgang der
Höhle. »Lass uns nachsehen!«

Glücklicherweise erinnere ich mich daran, an einem Haken in
der Küche einen Schlüsselring gesehen zu haben.
    Daran befinden sich etwa vierzig Schlüssel, aber kein Hin-
weis darauf, welcher von ihnen auf welches Schloss passt. »Das
könnte eine langwierige Angelegenheit werden.« Seufzend
lasse ich den schweren Ring in meine Manteltasche gleiten.

Wir sind schon an der Haustür, als mir siedend heiß einfällt, dass ich etwas vergessen habe. *Elsa!*, schießt es mir durch den Kopf. Sie wird sich wieder Sorgen machen, wenn ich nicht nach Hause komme.

»Warte. Ich muss kurz telefonieren.«

»Jetzt?«

»Nur eine Minute.« Ich nehme Jacobs altertümliches Telefon und wähle Elsas Nummer.

»Ja, Elsa Uhlich«, meldet sie sich. Dann dringt ein krachendes Geräusch aus dem Hörer. Offenbar zermalmt sie gerade ein Stück Spritzgebäck.

»Ich bin es, Cora. Warte nicht auf mich. Ich komme heute spät zurück – oder gar nicht …«

»Hast du beschlossen, mich endgültig in den Wahnsinn zu treiben, Schätzchen?«

»Darum rufe ich doch an. Damit du dich nicht beunruhigst. Ich … ich muss unbedingt etwas erledigen. Mach dir keine Sorgen. Es ist … jemand bei mir.«

Elsa stellt das Kauen ein. Ein kurzer Moment der Stille, dann dröhnt ihre Stimme so laut aus dem Hörer, dass man sie auch in drei Metern Abstand noch deutlich vernehmen kann. »Ein Kerl etwa? Sieht er gut aus?«

»Äh … ja. Aber ich kann jetzt wirklich nicht …« Ich blicke verlegen zu Niklas, um dessen Mund kleine Flämmchen zucken und der zunehmend Spaß an dieser Unterhaltung findet.

»Augenblick noch, Schätzchen. Bevor du irgendwas Unüberlegtes tust: Vertraust du dem Kerl? Und bist du wirklich verliebt in ihn? Ich meine, überläuft es dich heiß und kalt, wenn er in deiner Nähe ist? Denkst du ständig an ihn? Und stellst du dir vor, wie ihr …«

»Ja, ja … all das«, murmle ich hastig, bevor das Gespräch völlig aus dem Ruder läuft.

Niklas' Gesicht besteht nur noch aus einem großen Grinsen.

»Ja, dann …«, sagt Elsa. »Was wünscht man in so einem Fall?

Hals- und Beinbruch wohl eher nicht. Ich hoffe, ihr seid verantwortungsbewusst und schützt euch. Ach, geht mich ja auch gar nichts an. Ist schließlich eure Sache. Tja dann … Waidmannsheil, Schätzchen.«

Draußen bedeutet Niklas mir, einen Moment zu warten. Ein schwaches blaues Licht umspielt ihn, während er sich nach allen Seiten umblickt, dann beugt er sich zu meinem Ohr und flüstert:»Sie sind noch immer in der Nähe. Sie beobachten uns. Keine Angst, sie werden uns nicht angreifen.« Sein Mund verzieht sich zu einem bitteren Lächeln.»Jedenfalls nicht, bevor wir nicht die Kugel für sie gefunden haben.«

Ich horche in die Dunkelheit. Aus dem Wald sind Stimmen und Hundegebell zu hören, und ich sehe, wie der Strahl eines Scheinwerfers über die Äste der Tannen fährt. Die Suche nach Moritz ist noch immer in vollem Gang. Ihr werdet ihn nicht finden, denke ich und spüre, wie ich zu zittern beginne. Nur Niklas und ich können ihm helfen. Alles hängt von uns ab. Für einen Moment schließe ich die Augen. Vielleicht ist das nur ein böser Traum. Vielleicht werde ich jetzt in meinem Bett erwachen und … Das erneute Bellen eines Hundes setzt dieser Hoffnung ein Ende. All das geschieht wirklich!

Im Dunkeln greife ich nach Niklas' Hand.

Der Schnee ist wie ein weißer Tarnumhang, unter dem wir ungesehen ins Dorf gelangen. Wir nehmen den Weg über den Friedhof, hasten zwischen den schneebedeckten Gräbern hindurch, laufen ein Stück am Ufer des vereisten Buchbachs entlang und erreichen schließlich das Mauerbrückchen. An der hässlichen Dorneyser-Statue vorbei stehlen wir uns in das Dunkel der Gassen. Wir haben unser Ziel fast erreicht, als ich eine lauthals zeternde Stimme höre, die sich auf uns zubewegt. Niklas zieht mich zurück und wir pressen uns dicht gegen eine Hauswand.

Wenige Sekunden später schälen sich die koboldähnlichen Umrisse von Zacharias Tigg aus dem Schneegestöber. In der Hand hält er seine Digitalkamera. »Verdammtes Dreckswetter!«, schimpft er. »Scheißschnee. Wo ist denn die bescheuerte Erderwärmung, wenn man sie mal braucht?«

Offenbar hat ihm der dichte Flockenflug bei der Produktion seines jüngsten Voyeuristenvideos einen Strich durch die Rechnung gemacht. Tigg ist dermaßen mit sich selbst beschäftigt, dass er in einem Meter Entfernung an uns vorbeiläuft, ohne uns zu bemerken.

Wir sehen ihm zu, wie er − noch immer laut schimpfend − die Stufen zu seinem Laden erklimmt und die Tür öffnet. Kurz darauf geht das Licht in der Wohnung über dem Laden an. Im selben Moment beginnt die Kirchturmuhr zu schlagen. Eng an Niklas gepresst stehe ich da und zähle die Glockenschläge mit.

Elf Uhr.

Die Kugelgasse liegt still und verlassen vor uns. Niklas stellt sich vor das verhängte Schaufenster und hält Wache, während ich die Schlüssel durchprobiere.

Nummer dreiundzwanzig passt.

Knarrend öffnet sich die hölzerne Tür, wir schlüpfen in den Laden und ich taste an der Wand nach dem Lichtschalter.

»Warte! Kein Licht!«, flüstert Niklas. Aus seinen Fingerspitzen zucken winzige Flammen und tauchen den Laden in ein sanftes blaues Leuchten.

Mitten im Raum steht eine große gläserne Verkaufstheke, auf der eine zentimeterdicke Staubschicht liegt − und das war es auch schon. Bis auf die Theke ist der Laden vollkommen leer, genau wie das Schaufenster.

Niklas öffnet eine Schiebetür, die in einen fensterlosen Raum führt, da wo die anderen Kugelmacher für gewöhnlich ihre Werkstatt haben.

Von der Decke hängen lange Spinnweben, in einer Ecke lehnen ein Besen und ein Kehrblech an der Wand, davor ein zusammengeknülltes schmutziges Handtuch. Auf einem wackligen Schreibtisch verteilen sich Quittungsblöcke, Stifte, Reißzwecken und mehrere Rollen Klebeband. Über den Schreibtisch sind zwei vergilbte Zeitungsausschnitte gepinnt: Der erste Artikel – aus dem Dezember 1991 – verkündet:

Pokal geht an Jacob Dorneyser
Rockenfelder Kugelmacher gewinnt zum wiederholten Mal den
Preis für das schönste Fenster.

Unter dem Artikel ist ein Bild von Jacob zu sehen, auf dem er lachend die Siegertrophäe von Reinhard Reinhard entgegennimmt. Der zweite Artikel stammt aus dem Jahr 1992 und die Überschrift lautet:

Kugelmacher stiftet selbst gestaltetes Denkmal

Auf dem dazugehörigen Foto sind wieder Reinhard Reinhard und Jacob zu sehen. Jacob sitzt nun im Rollstuhl. Der Ortsvorsteher schüttelt, gezwungen lächelnd, seine Hand. Hinter ihnen ist die bronzene Dorneyser-Statue zu erkennen.

Aber all das hilft uns nicht bei der Suche nach der Kugel weiter. Ich wende mich ab und lasse meine Augen noch einmal durch das Zimmer wandern. Kein einziger Hinweis! Nichts als Staub und altes Gerümpel.

»Du hattest recht: Hier sind wir falsch«, sage ich resigniert und lenke meine Schritte zurück zur Tür, als mich ein Geistesblitz durchfährt. Ich laufe zurück, reiße den Zeitungsartikel, der über das Denkmal berichtet, von der Wand und starre auf das Foto. »Das ist es!«, flüstere ich. »Erinnerst du dich an Jacobs letzte Worte? Was hat er gesagt, als er mir den Schlüssel gegeben hat?«

Stockend wiederholt Niklas die Worte: »*Cora … vertrau Niklas … die Kugel … sie darf sie nicht bekommen … die Kugel … vor aller Augen … Leonard Dorneyser … nimm meine Hand …*«

»**Doof!**«, entfährt es mir. »Ich bin so unfassbar doof. Er hat nicht gesagt: ›*Nimm meine Hand.*‹ Ich habe es nur so gespeichert, weil ich dachte, er *wolle*, dass ich seine Hand halte. Aber er hat es *nicht* gesagt. Er hat nicht gesagt: ›*Nimm meine Hand.*‹ Er hat gesagt: ›*Nimm die Hand.*‹ Er hat gesagt: ›*… die Kugel … vor aller Augen … Leonard Dorneyser … nimm die Hand …*‹ In meinem Kopf beginnt es zu rattern: Im Dezember 1991 kommt es zu dem Kampf auf dem See, bei dem Jacob so schwer verletzt wird, dass er fortan im Rollstuhl sitzt. Aber er muss ein neues Versteck für die Kugel finden. Kaum ist er so weit genesen, dass er wieder arbeiten kann, stellt er nicht – wie man hätte vermuten können – neue Schneekugeln her, sondern fertigt eine bronzene Skulptur seines Vorfahren Leonard Dorneyser an, obwohl ihm dazu ersichtlich jedes Talent fehlt. Und dann schenkt er die Skulptur der Gemeinde, die ein so großzügiges Geschenk eines verdienten Bürgers natürlich nicht ablehnen kann und das hässliche Teil mitten im Dorf aufstellen muss.

Vor aller Augen.

Ich laufe nach vorn, springe ins Schaufenster und spähe durch einen Vorhangspalt zum Mauerbrückchen, wo sich der Schnee auf Kopf und Buckel der Dorneyser-Skulptur auftürmt.

Die Kugel ist in der Statue versteckt!

»Zeig mir noch mal den Schlüssel«, sagt Niklas. Er betrachtet ihn lange und fährt mit den Fingern über die Kanten des metallenen Eiskristalls. »Ich bin mir sicher«, sagt er leise, »dass wir an der Hand der Statue eine winzige flache Vertiefung finden, in die dieser Kristall passt. Wahrscheinlich löst er einen Mechanismus im Inneren aus, der dann das Versteck der Kugel freigibt. So wie eine Metallfeder im Sockel einer Schneekugel, die eine Spieluhr zum Laufen bringt. Jacob kannte sich mit solchen Dingen aus.«

»Worauf warten wir noch? Holen wir sie uns!« Ich stürme los, aber Niklas fasst meinen Arm und hält mich zurück. »Sie warten nur darauf, dass wir genau das tun … Achte auf den Schnee vor dem Fenster!«

Ich blinzle erneut durch den Vorhangspalt ins Freie und sehe den Schatten eines blauen Flackerns über das Weiß huschen.

»Die Holle wird bestimmt nicht warten, bis du ihr die Kugel übergibst, wenn sie eine Möglichkeit sieht, schon vorher an sie zu kommen«, sagt Niklas mit rauer Stimme. »Es sind etwa zwei Dutzend da draußen. Aber keiner von ihnen ist so schnell wie ich. Ich muss sie weglocken«, murmelt er. »Aber dazu brauche ich …«

Er verschwindet in den hinteren Raum und ich höre das Krachen von Holz. »Was hast du vor?«, frage ich, als er mir mit dem abgebrochenen Besenstiel in der Hand entgegenkommt.

»Keine von den blauen Gestalten da draußen war in ihrem Leben eine Geistesgröße, aber selbst den Tumbsten unter ihnen wäre klar, dass es sich nur um ein Ablenkungsmanöver handelt, wenn sie sehen, dass ich den Laden ohne dich verlasse. Ein paar würden mir folgen, aber der Rest würde hierbleiben und darauf lauern, was du tust. Also müssen wir sie glauben lassen, dass sie uns beide verfolgen. Gibst du mir bitte das Handtuch?« Er nimmt ein paar Reißzwecken vom Schreibtisch und befestigt damit das dreckige Handtuch am Kopf des Besenstiels.

»Was wird das?«

Er reckt mir den Holzstiel mit dem schmutzigen Lappen entgegen. »Dein schlanker Körper und dein volles, seidig glänzendes Haar, das im Flugwind hinter dir flattern wird.«

»Wie schmeichelhaft.«

Er greift nach einer Rolle Klebeband. »Binde mir den Stiel auf den Rücken, sodass die Spitze mit dem Handtuch in Höhe meines Kopfes ist. Umwickle mich am besten mit der ganzen Rolle.«

»Und jetzt?«, frage ich, nachdem ich das Klebeband verbraucht habe.

»Und jetzt brauche ich noch deinen Mantel.«

»Aber ...«

»Anders geht es nicht.«

Ich seufze, gebe ihm Mutters Mantel und er legt ihn um seine Schultern. »Perfekt. Sie werden glauben, dass ich dich auf meinem Rücken trage.«

»Ja. Täuschend echt. Glaubst du wirklich, dass sie das schlucken werden?«

»Es ist dunkel, es schneit ... und es sind ein Haufen Schwachköpfe. Vertrau mir!« Seine Finger streichen über meine Wange. »Wenn ich gegangen bin, warte ein paar Minuten, bis du dir sicher sein kannst, dass sie wirklich alle weg sind. Dann – hol dir die Kugel!«

Ich nehme sein Gesicht in meine Hände. »Pass auf dich auf.«

Er lächelt und öffnet die Tür einen Spalt weit. »Ich versuche, sie so lange wie möglich von hier fernzuhalten. Wir treffen uns im Haus ... mit oder ohne Kugel.«

Durch den Spalt zwischen den Vorhängen beobachte ich, wie er sich in die Luft schraubt und als blaues Licht zwischen den umherschwirrenden Schneeflocken davonschießt. Kurz darauf höre ich ein hohes Pfeifen. Eine Gruppe blauer Schemen schlängelt sich zum Himmel empor und nimmt die Verfolgung auf.

Ich zähle bis fünfhundert, dann öffne ich die Tür und spähe hinaus. Niemand zu sehen! Aber bei diesem dichten Schneefall sieht man auch keinen Meter weit. Ich muss es einfach wagen.

Fröstelnd schleiche ich durch die Kugelgasse, renne einen schmalen Durchgang zwischen zwei Fachwerkhäusern hindurch, biege um die Ecke und komme schlitternd zum Stehen. Bei *Mellys Märchenkugeln* brennt Licht. Was macht sie um diese Zeit noch im Laden? Das ist wirklich der schlechteste Zeitpunkt, um Melly zu begegnen. Aber es gibt nur einen Weg zur Brücke und der führt an ihrem Laden vorbei. Es bleibt mir nichts anderes übrig, als mich flach in den Schnee zu werfen und, die Ellenbogen voraus, auf dem Bauch an ihrem Schaufenster vorbeizurobben.

Erst fünf Meter hinter dem Laden wage ich es, mich zu erheben. Ich klopfe mir den Schnee vom Pullover und haste weiter. Kurz bevor ich das Mauerbrückchen erreiche, glaube ich ein Geräusch hinter mir zu hören. Ich drehe mich um und für einen Moment ist mir, als könnte ich ein Stück weit entfernt eine Bewegung zwischen den Schneeflocken erkennen. Mit angehaltenem Atem starre ich in die wirbelnden Flocken, doch es ist nichts mehr zu sehen.

Ich warte, aber als sich nichts rührt, nehme ich die Dorneyser-Skulptur in Augenschein. Sogar in ihren Bart und auf die Brauen über den schielenden Augen hat sich Schnee gelegt, genauso wie auf die Bronzekugel in Leonard Dorneysers linker Hand, die er hoch in die dunkle Winternacht reckt.

Nimm die Hand.

Leichter gesagt als getan. Ich bin schlicht zehn Zentimeter zu klein. Also ziehe ich den Schlüssel mit dem Eiskristall aus der Tasche, steige auf die Mauer – was sich zu einer ziemlich rutschigen Angelegenheit entwickelt –, umklammere mit der rechten Hand den Hals der Statue, springe auf ihren Rücken und bete inständig, dass mir niemand bei dieser Aktion zusieht.

Mit den Fingern meiner Linken fahre ich über die Hand der Skulptur, bis ich eine winzige Vertiefung im Handrücken ertaste. Ich presse das dünne Metallplättchen in die Vertiefung. Der Eiskristallschlüssel rastet ein, aber nichts passiert. Eine vorsichtige Vierteldrehung im Uhrzeigersinn. Ein leises Klicken. Eine weitere Vierteldrehung – und die obere Hälfte der bronzenen Kugel in Dorneysers Hand springt geräuschlos auf.

Vor meinen Augen liegt, wie die Perle in der Auster, eine glitzernde Kugel aus Glas!

Ich spüre, wie mein Atem schneller geht, und einen Moment lang fühlt es sich an, als würde mein Herz stehen bleiben.

Ich habe sie gefunden!

Die Dorneyser-Kugel. Das Glas, das niemals bricht.

Mit einem schnellen Griff nehme ich sie aus ihrer bronzenen Hülle und springe von der Mauer.

Nichts an der Kugel erscheint ungewöhnlich oder gar magisch. Die schroffen Gebirgszüge, die in ihrem Inneren zu sehen sind, wirken zwar nicht gerade einladend, aber auch nicht besonders beängstigend. Ich schüttle die Kugel, dass der Schnee um die spitzen Berggipfel fliegt, und will gerade aufbrechen, als ich hinter mir jemanden atmen höre.

Ich fahre herum – und sehe ein Holzscheit auf mich zukommen.

Es gibt ein lautes Krachen, als es gegen meine Schläfe knallt, dann sacke ich zusammen und stürze in den Schnee.

———

Als ich wieder erwache, kann ich meine Arme nicht bewegen, was daran liegt, dass sie hinter meinen Rücken an eine Stuhllehne gefesselt sind.

Kein gutes Zeichen.

Ebenso wenig wie die Tatsache, dass von meiner Stirn Blut tropft und dass ich alles nur verschwommen wie durch einen dichten Nebel sehe. Ich versuche den Kopf ein ganz klein wenig zu drehen und gebe es sofort wieder auf, denn der Raum um mich herum dreht sich mit und mir wird elendig schlecht.

Ganz langsam beginnt sich der Nebel zu lichten und ich erkenne, dass ich auf ein Regal voller Schneekugeln blicke. Davor stehen Gefäße mit Flitter und destilliertem Wasser. Ich bin in einer Kugelmacherwerkstatt. Dann löst sich der Nebel vor meinen Augen vollends auf und mir wird klar, in welcher. In den Kugeln vor mir tummeln sich Prinzen und Prinzessinnen sowie diverse Berühmtheiten aus Film und Fernsehen. Ein schwerer rosa Samtvorhang trennt die Werkstatt vom Verkaufsraum.

Mit einiger Anstrengung gelingt es mir schließlich doch noch, den Kopf ein wenig nach rechts zu drehen – und ich blicke in das Gesicht von Melly Boskop!

Offenbar hat sie mich während meines langsamen Erwachens beobachtet. Alles Puppenhafte ist aus Mellys Gesicht verschwunden. Ihre Lippen sind aufeinandergepresst und ihre Augen funkeln wütend. Um den Hals trägt sie eine lange Kette, die im Ausschnitt ihres bonbonfarbenen Kleids verschwindet.

»Du?«, keuche ich. »Du bist … die Holle?«

»Was?« Sie sieht mich an, als hätte ich nicht mehr alle Tassen im Schrank.

»Die Kette um deinen Hals«, stoße ich hervor. »Die Kalte Klinge!«

»Was redest du für einen Blödsinn?«, zischt sie. »*Frau Holle? Kalte Klinge?* Hört sich an, als hätte ich dich ganz schön erwischt.« Sie stupst mit der Spitze ihres pinkfarbenen Stiefels gegen ein Holzscheit zu ihren Füßen. Blut klebt daran – mein Blut.

»Aber … die Klinge … deine Kette …«, stammle ich.

»Was hast du nur mit dem blöden Ding?«, murrt sie und zieht die Kette aus ihrem Ausschnitt.

Daran baumelt ein kleines rosa Herz aus Plastik.

»Aber …«

»Aber *was?*«, fährt sie mich an, springt von ihrem Stuhl auf und blickt mich drohend an, bevor sich ihr Gesicht zu einem furchterregenden Grinsen verzieht. Melly greift hinter sich, dann schnellt ihre Hand vor und sie streckt mir mit triumphierendem Gesichtsausdruck die magische Kugel entgegen. »Endlich gehört sie mir! Die legendäre Dorneyser-Kugel. Die erste Schneekugel der Welt. Wie hässlich sie ist … Und doch so wertvoll. Es gibt Menschen, die bereit sind, für dieses Ding eine Menge Geld zu zahlen.« Beinah zärtlich fahren ihre pummeligen Finger über das Glas.

»Melly, du weißt nicht …«

»Halt die Klappe!«, schreit sie. »Warum musstest du hier auftauchen? Beinah hättest du meinen schönen Plan zunichte gemacht. Seit ich weiß, dass sie existiert, bin ich hinter der Kugel her. Aber ich war nicht so dumm, das überall rumzuposaunen wie der Kardinal. Stattdessen habe ich begonnen, mich mit Jacob anzufreunden. Ich habe alle möglichen Dinge für ihn erledigt, habe für ihn eingekauft, bin für ihn zur Bank gegangen, zur Apotheke. Ich habe ihm andauernd Sauerbraten mit Klößen gemacht, weil das sein Lieblingsessen war, ich habe ihm Kuchen gebacken und stundenlang seinem langweiligen Geschwätz über Schneekugeln zugehört. Darüber, dass sie einen ganz besonderen Wert haben, den man nicht mit Geld aufwiegen kann … Bla, bla, bla! Debiler Schwachsinn! Eine Sache ist so viel wert, wie für sie bezahlt wird. Es spielt überhaupt keine Rolle, ob man Schneekugeln oder Autos oder Einbauküchen oder Rinderhälften verkauft. Dein Großvater war ein vertrottelter Vollidiot. Er war noch viel mehr als ein Vollidiot … er hat mir vertraut.« Melly kichert hysterisch und hält mir die Schneekugel vor die Nase. »Was glaubst du wohl, wem er die Kugel vermacht hätte, wenn er ohne Erben gestorben wäre? Dem Kardinal, der ständig Gerüchte über ihn verbreitet hat? Zacharias Tigg, diesem Griesgram? Oder der ordinären Berber-Schlampe? Nein, er hätte sie der netten, hilfsbereiten Melly vererbt, die sich immer so aufopfernd um ihn gekümmert hat.« Sie baut sich vor mir auf und mahlt bedrohlich mit den Zähnen. »Und dann stellt sich plötzlich heraus, dass dieser senile Trottel eine Enkeltochter hat, und es ist klar: Wenn er abnibbelt, wird sie die Kugel bekommen. Ich habe meinen Plan geändert und versucht, mich mit dir anzufreunden. Ich habe gehofft, du würdest mir auch vertrauen und mir irgendwann – von bester Freundin zu bester Freundin – verraten, wo die Kugel versteckt ist … oder dich zumindest verplappern. Dann hätte es kein Holzscheit gebraucht. Aber du hast dich von Anfang an als dumme, arrogante Zicke erwiesen. Als ich dich vorhin am Laden vorbeikriechen sah, war mir klar, dass hier irgendetwas sehr Merkwürdiges vor sich geht und dass es höchstwahrscheinlich mit der Kugel zu tun hat. Ich bin dir gefolgt und …«, sie drückt ihre Lippen auf die Kugel, »so ist das kleine Schätzchen doch noch zu mir gekommen.«

»Du weißt nichts über diese Kugel, Melly! Sie ist gefährlich!«

»Gefährlich? Wie soll eine Glaskugel gefährlich sein? Du bist genauso schwachköpfig wie Jacob. Es ist nur ein Ding. Ein Ding, das ich zu einem ganz unglaublichen Preis verkaufen kann. Es wird mich aus diesem schrecklichen Kaff befreien. Endlich werde ich meinen Schneekugelladen auf der Königsallee haben. Diese Kugel ist meine Eintrittskarte in die *feine Welt*.« Sie deutet auf zwei Hartschalenkoffer und eine Reisetasche, die vor dem pinkfarbenen Vorhang stehen.

»Höchste Zeit, sich reisefertig zu machen.« Melly stellt die Kugel auf einem kleinen Tisch ab, setzt sich vor einen Spiegel und beginnt, sich zu schminken.

Totaler Sockenschuss. Melly Boskop ist vollkommen übergeschnappt!

»Und was hast du mit *mir* vor?«, frage ich. »Irgendwann wird mich jemand finden … und dann?«

»Niemand wird dich finden, jedenfalls nicht hier. Sobald ich reisefein bin, kommt das Holzscheit noch einmal zum Einsatz. Und dann landest du im Buchbach. Wie der arme Josef Kardinal. Nur ein weiterer tragischer Todesfall in idyllischer Umgebung«, sagt Melly seelenruhig, tuscht ihre Wimpern und lächelt ihr Spiegelbild an.

»Meinst du nicht, deine übereilte Abreise wird dich zur Hauptverdächtigen machen?«

Sie zuckt gleichgültig mit den Schultern. »Und wenn schon. Beweisen können sie mir nichts. Ich werde ihnen einfach erzählen, dass die vielen Todesfälle mich so geängstigt haben, dass ich beschlossen habe, Rockenfeld so schnell wie möglich zu verlassen. An der Ladentür hängt bereits ein Schild: *Wegen Geschäftsaufgabe geschlossen.*«

»Melly, nimm doch Vernunft an! Das ist völlig …«

»Sei endlich still!«, faucht sie und fährt wie eine Furie von ihrem Stuhl auf. Sie greift sich ein Poliertuch, marschiert auf mich zu und drückt mir das nach Metall riechende Tuch in den Mund.

»Mmmhmmmhmmmh«, mache ich und strample mit den Beinen.

»Du bist *so* negativ«, sagt Melly in beleidigtem Tonfall. »Kannst du dich nicht wenigstens ein bisschen für mich freuen? Schließlich sind wir allerbeste Freundinnen. Hmmh?«

Sie streicht mir mit versonnenem Blick über den Kopf, um sich dann wieder den Schminkarbeiten zuzuwenden. Dabei summt sie leise *Material Girl* vor sich hin und mir wird klar, *wie* wahnsinnig sie tatsächlich ist.

Ich zerre hinter meinem Rücken an den Fesseln, erreiche dadurch aber nur, dass sie sich noch enger um meine Unterarme ziehen.

Beschissen ist das Wort, das meine Lage am treffendsten beschreibt: Auf Hilfe kann ich nicht hoffen. Niklas hat keine Ahnung, dass ich in der Werkstatt dieser royalophilen Irren eingesperrt bin, und Elsa schlummert sorgenfrei, weil sie denkt, ich hätte ein Rendezvous.

»Sooo«, sagt Melly, schraubt ihren Lippenstift zu und erhebt sich. Ich habe noch nie so viel Schminke auf dem Gesicht eines einzigen Menschen verteilt gesehen. Sie sieht aus wie ein übergeschnappter Malkasten. Schnaufend bückt sie sich und greift nach dem Holzscheit. »Dann wollen wir mal. Küsschen, Cora. Küsschen.«

In diesem Moment höre ich ein leises Kratzen, draußen an der Ladentür. Melly hat es auch wahrgenommen und hält, das Holzscheit hoch erhoben, mitten in der Bewegung inne.

Dann zersplittert das Glas der Tür und vorn im Laden werden Schneekugeln von den Regalen gefegt.

»Aber was …?«, kann Melly gerade noch sagen, als der Vorhang aufgerissen wird. Eine Schneekugel fliegt durch die Luft und kracht gegen ihre Stirn. Ihre Augen drehen sich weg, sie kippt hintenüber, reißt den Spiegel mit sich zu Boden und bleibt reglos liegen.

Ein Paar hochhackiger Stiefel schwebt aus dem Laden in die Werkstatt.

Marlene zündet sich eine Zigarette an und betrachtet mich eingehend. Ihre Augen blitzen auf.

»Gefesselt und geknebelt! Ich müsste lügen, wenn ich sagen wollte, dass mich dieser Anblick kalt lässt«, gurrt sie.

»Mmmhmmh! Ofmachn!«, mache ich und rutsche wie wild auf dem Stuhl hin und her.

»Natürlich. Ich komme schon, Liebes. Und hör auf, an den Fesseln zu zurren. Ich erledige das, ich bin Expertin.«

Sie nimmt mir den Knebel aus dem Mund und löst meine Fesseln mit zwei schnellen, geschickten Handbewegungen.

Ich stöhne auf und massiere meine kribbelnden Arme. »Was ist mit Melly?«

Marlene beugt sich über sie und tastet nach ihrem Puls.

»Nichts Dramatisches. Unsere Freundin ruht sich nur ein wenig aus.« Sie hebt die Kugel, die sie Melly an den Kopf geworfen hat, vom Boden auf. Erstaunlicherweise ist sie beinah heil geblieben. Nur ein feiner Riss zieht sich durch das Glas, hinter dem die dienstälteste Monarchin der Welt am Tag ihrer Krönung zu sehen ist. »Ich hatte schon immer eine Schwäche für die alte Lady«, bemerkt Marlene. »Ein Hoch auf die konstitutionelle Monarchie!«

Dann gibt sie mir ein Taschentuch, das ich gegen die Wunde an meiner Stirn presse. »Nur eine Platzwunde. Ist bald vergessen.«

»Wie ... wie kommst du hierher, Marlene? Wie konntest du wissen, dass ...«

»Ein glücklicher Zufall«, sagt sie. »Oder doch Vorsehung? Wer weiß ... Ich habe über deine Idee nachgedacht, die Beziehung zu Zacharias etwas konventioneller zu gestalten. Und da dachte ich, gehe ich einfach mal bei ihm vorbei und lade ihn zu mir auf ein Mitternachtsdinner mit exotischem Unterhaltungsprogramm ein. Ich stehe vor seinem Laden und will gerade klingeln, da höre ich merkwürdige Geräusche vom Mauerbrückchen. Und dann sehe ich, wie Melly dich in ihren Laden schleift. Ich habe schon immer geahnt, dass mit ihr was nicht stimmt. Wer rosa Nagellack verwendet, der *muss* vom Wahnsinn umweht sein.«

Marlene stößt Zigarettenrauch aus der Nase, wirft ihre Kippe auf den Werkstattboden und tritt sie mit dem Stiefelabsatz aus. »Nun stellt sich mir nur die Frage, *warum* dir die gute Melly einen auf die Mütze gibt, dich wie einen Sack Kartoffeln durch den Schnee zerrt und bizarre Fesselspielchen mit dir veranstaltet. Nur weil sie sich das Kleinhirn im Solarium weggeschmort hat? Oder gibt es vielleicht noch einen anderen Grund?«

Ich beiße mir auf die Lippen und starre zu Boden.

Marlene lächelt, dann nimmt sie die Dorneyser-Kugel von Mellys Schminktisch und dreht sie in der Hand. »Ich denke, hier haben wir die Erklärung. Was für eine filigrane Arbeit. Auf den ersten Blick unspektakulär, aber bis ins letzte Detail fein ausgearbeitet ... und mit ein paar kleinen Extras, nicht wahr?«

Sie öffnet ihre Hand und lässt das Schneeglas zu Boden fallen. Es landet geräuschlos auf den Dielen und springt wieder in die Höhe wie ein Tennisball.

»Das ist sie also«, sagt Marlene und blickt in das Schneegestöber im Inneren der Kugel. »Es gibt sie wirklich. Die Dorneyser-Kugel. Die Unzerbrechliche.«

»Woher wusstest du, dass –?«

»Ich bin Kugelmacherin, Liebes. Jeder Kugelmacher wünscht sich, diese Kugel einmal in Händen zu halten.« Sie wirft einen kurzen Blick auf Melly. »Und manche wünschen sich offenbar noch mehr. Ich habe alles über das Glas gelesen. Die Kugel, die Luzifer selbst geschaffen und Leonard Dorneyser geschenkt hat. Ein gläsernes Mysterium.«

Sie sieht mir in die Augen und fragt: »Irre ich mich oder ist alles, was in den letzten Tagen in Rockenfeld passiert ist, wegen dieser Kugel geschehen? Das Mädchen auf dem See und der Kardinal sind ihretwegen gestorben, nicht wahr? Und du selbst bist in großen Schwierigkeiten. Sie ist *gefährlich*.«

»Ja«, sage ich leise. »Aber ich kann nicht darüber sprechen und ... du kannst mir nicht helfen.«

»Hier. Sie ist dein Eigentum.« Marlene stellt die Kugel neben meinen Stuhl ab, dann hockt sie sich vor mich und umfasst meine Hände. »Melly hätte dich beinah ins Jenseits befördert. Meinst du nicht, dass es an der Zeit ist, mit der Geheimniskrämerei aufzuhören und Hilfe anzunehmen? Du kannst mir vertrauen.«

»Wenn ich dir erzähle, was es mit der Kugel auf sich hat, würdest du mich für völlig verrückt halten ... noch verrückter als Melly. Du würdest mir nicht glauben. Es klingt völlig ...«

»Abgedreht? Schräg? Fantastisch? Bizarr? Immer her damit. Ich bin bereit, das Unglaubliche zu glauben, Liebes. Und, wer weiß, vielleicht kann ich dir ja doch helfen. Ich habe dir neulich *mein* kleines Geheimnis enthüllt. Meinst du nicht, du solltest auch offen mir gegenüber sein?«

Sie sieht mich prüfend an, während ich innerlich mit mir ringe, was ich tun soll. »Also gut«, sage ich schließlich und atme tief durch. »Wie viel Zeit hast du?«

»So viel Zeit, wie du brauchst, Liebes«, gurrt Marlene und zündet sich die nächste Zigarette an.

Und dann beginne ich zu erzählen, angefangen mit der Beerdigung meiner Mutter und meiner ersten Begegnung mit Jacob, dem blauen Licht in den Schneekugeln und den Lichtern im Dorf, ich erzähle von Katharinas Schlittschuhen, von Jacobs letzten Worten … und natürlich von Niklas. Als ich ihr meine Begegnung mit ihm schildere, zeigt sich ein feines spöttisches Lächeln auf ihrem Gesicht.

»Ich wusste, dass du mir nicht glauben würdest.« Wütend springe ich von meinem Stuhl auf.

»Setz dich, Liebes. Ich glaube dir. Jedes Wort. Ich lächle nur, weil … Ich wusste, dass du verliebt bist. Ich dachte, es wäre vielleicht einer deiner Mitschüler. Aber ein geheimnisvoller Fremder mit eiskalter Haut, aus dessen Haaren blaue Flammen schlagen … Ich brenne darauf, ihn kennenzulernen. Was für eine Romanze! Düster, leidenschaftlich und mysteriös. Ich beneide dich, Cora.«

»Die Geschichte hat leider auch eine vollkommen unromantische Seite …« Ich berichte ihr von Katharinas Tod, von der Holle und dem Kampf auf dem See vor vierundzwanzig Jahren. Gerade als ich schildere, wie die Wilde Jagd den Kardinal und mich auf den Buchbach getrieben hat, erwacht Melly aus ihrer Bewusstlosigkeit.

Ihr Blick ist glasig, sie hebt den Kopf und wispert: »Daniel? Victoria? Seid ihr das?«

»Ja, Melly. Schlaf noch ein bisschen«, sagt Marlene und zieht ihr kurzerhand noch einmal den Sockel der königlichen Schneekugel über den Scheitel.

Ich berichte ihr, was ich über den Tod von Laura Pohlmann weiß, und Marlene erfährt alles über die Wilde Jagd, die Macht der Kugel und die Kalte Klinge. Es ist bereits fünf Uhr morgens, als ich mit meiner Geschichte zu Ende komme.

»Verstehst du jetzt, dass du uns nicht helfen kannst, Marlene? Sie hat Moritz. Sie will die Kugel – und Niklas. Und ich weiß nicht, hinter wem sie sich verbirgt. Und wenn mir innerhalb der nächsten beiden Tage nicht irgendetwas einfällt, dann …«

Ich lasse den Kopf sinken.

Marlene nimmt die Kugel, in der Schnee aufsteigt und um die Berge schwebt. »Alles wegen dieses kleinen unscheinbaren Dings«, sagt sie leise. »Niemand, der diese Kugel sieht, käme auf den Gedanken, dass sie etwas Besonderes ist. Und doch ist sie die Einzige … die Unzerbrechliche … die, die nicht zerstört werden kann.«

»Ich … warte mal!«

Was hat Marlene da gerade gesagt?

Die Einzige. Die Unzerbrechliche. Die, die nicht zerstört werden kann.

Ich nehme ihr die Kugel aus der Hand.

Die Einzige. Die Unzerbrechliche. Die, die nicht zerstört werden kann.

»Was ist los?«, fragt Marlene.

Ich antworte ihr nicht, sondern schüttle die Schneekugel in meiner Hand. Und als der Flitter beginnt, durch das Glas zu wirbeln, ist es, als setzten sich Marlenes Worte in meinem Kopf ebenfalls in Bewegung.

Die Einzige. Die Unzerbrechliche. Die, die nicht zerstört werden kann.

Ihre Worte schwirren um mich herum wie wild gewordene Schneeflocken, schneller und schneller, bis der Flockenwirbel abrupt stoppt. Plötzlich ist mir, als würde ich aus weiter Ferne den Klang eines hellen Glöckchens hören …

Ganz langsam wende ich Marlene das Gesicht zu. »Ich weiß jetzt, wie ich es tun kann«, sage ich. »Und du kannst mir tatsächlich helfen. Du *musst* mir helfen! *Ihr* müsst mir helfen, du und Elsa!«

»Ich bin zu allem bereit, aber … *was* genau gedenkst du zu tun?«

»Ich werde sie töten! Ich werde die Holle vernichten!«

Und während Melly ab und zu leise aufstöhnt, während draußen in der dunklen Nacht unaufhörlich die Schneeflocken zu Boden trudeln, während das Dorf in tiefem Schlaf liegt, erzähle ich Marlene von meinem frisch geschmiedeten Plan …

»Und?«, frage ich und sehe sie erwartungsvoll an.

»Es könnte gelingen«, sagt sie und schnippt die Asche von ihrer Zigarette. »Aber es ist mehr als gefährlich. Es funktioniert nur, wenn jeder genau weiß, was er zu tun hat. Und wenn du genau im richtigen Moment handelst.« Sie bläst einen Rauchkringel in die Luft. »Und was meine Aufgabe bei dieser Geschichte betrifft: Das geht nicht so einfach, wie du es dir vielleicht vorstellst. Ich schaffe es nicht allein. Nicht in so kurzer Zeit. Ich schlage vor, einen weiteren Experten hinzuzuziehen.« Sie zieht die Brauen in die Höhe und bedenkt mich mit einem *Du-weißt-schon-von-wem-ich-spreche*-Blick.

»Du meinst … Zacharias Tigg? Ist das dein Ernst?«

»Absolut. Es sei denn, du bist der Ansicht, dass wir es uns leisten können, auf die Erfahrung und die Fertigkeiten eines der fähigsten Kugelmacher der Welt zu verzichten.«

»Ich weiß noch nicht einmal, ob er … Ich glaube es zwar nicht, aber was ist, wenn die Holle sich hinter Zacharias Tigg verbirgt?«

»Es gibt nur einen Weg, es herauszufinden«, sagt sie und lächelt versonnen. »Darüber musst du dir keine Sorgen machen. In dieser Angelegenheit werde *ich* tätig werden, und zwar so schnell wie möglich. Komm!« Sie fasst mich am Arm und zieht mich mit sich nach vorn in den Verkaufsraum.

»Und was machen wir mit ihr?«, frage ich und deute auf Melly, aus deren Mundwinkel sich ein dünnes Speichelrinnsal seinen Weg in Richtung Doppelkinn bahnt.

Marlene zieht eine Visitenkarte aus ihrem Mantel und zückt das Handy. »Wozu hat man Freunde bei der Polizei?«

Eine halbe Minute lang ertönt das Freizeichen, bis sich am anderen Ende eine verschlafene, mürrische Stimme meldet. Der Tonfall ändert sich schlagartig, als Marlene ihren Namen nennt.

»Es tut mir unendlich leid, dass ich Sie um diese Zeit behelligen muss«, flötet sie. »Bitte? ... Ja, ich freue mich auch, *Ihre* Stimme zu hören. Sie erinnern sich doch noch daran, dass Sie mir Ihre Hilfe angeboten haben? Ich habe hier eine gewalttätige Irre, die ich dringend Ihrer Obhut anempfehlen möchte ... Nein ... Sie rührt sich im Moment nicht. Ich habe ihr eine Schneekugel an den Kopf geworfen ... Ja, *Mellys Märchenkugeln*, direkt am Mauerbrückchen, keine fünf Minuten von Ihrem Quartier im *Torkelnden Hirsch* ... Nein, Sie müssen nicht klingeln, ich habe die Tür eingetreten. Ach, und leider kann ich nicht auf Sie warten, ich habe einen dringenden Termin. Sie können mich ja dann später ... *verhören.* Ja, natürlich. Sicher freue ich mich auch *sehr* darauf. Vielen Dank für Ihre unschätzbare Hilfe.«

Marlene lässt das Handy in ihre Tasche gleiten.

»Männer ...«, sagt sie und zieht an ihrer Zigarette. »So was von berechenbar.«

Ich werfe einen letzten Blick auf Melly, dann packe ich die Kugel unter meinen Pulli, folge Marlene über die knirschenden Glassplitter im Laden und trete aus der zerstörten Tür.

Noch schläft Rockenfeld. Nur aus der Backstube der *Bäckerei Werkheimer* dringt ein heller Lichtschein. Der Geruch frischer Brötchen steigt mir verführerisch in die Nase und mir wird bewusst, wie hungrig ich bin. Was würde ich jetzt für eines von Elsas überladenen Frühstücksbüfetts geben!

Als wir Tiggs Laden erreichen, hockt Marlene sich neben die Treppe. »Besser er bekommt mich nicht sofort zu Gesicht, sonst macht er nicht auf.«

Ich steige die Stufen zur Ladentür hoch und presse den Daumen so lange auf den Klingelknopf, bis der bimmelnde Dauerton Wirkung zeigt: Aus der Wohnung über dem Laden kommt ein lautes Poltern, dann geht das Licht an und ich höre unflätiges Gekeife, Gemecker und Geschimpfe. Zacharias Tigg schließt auf und streckt seinen knallroten Kopf aus der Tür. Er trägt einen Pyjama, auf dem weiße Wolkenlokomotiven über einen blauen Himmel schweben. Sein drahtiges Haar steht in alle vier Himmelsrichtungen ab.

»Wohl wahnsinnig geworden! Was soll dieser Radau in aller Frühe?«, brüllt er.

»Lassen Sie mich rein! Es geht um Marlene Berber. Sie hatten recht: Sie ist eine gefährliche Kriminelle. Ich habe Beweise.«

»Aha?« Er blickt misstrauisch, lässt mich aber ein. »Ich habe es schon immer gesagt, aber auf mich hört ja niemand«, grummelt er und schlurft zur Verkaufstheke.

In diesem Moment kommt Marlene die Treppe hoch in den Laden, schließt hinter sich ab und lässt den Schlüssel mit einem unschuldigen Lächeln in ihren Ausschnitt rutschen.

Zacharias Tigg reißt die Augen auf und kreischt: »Was soll das? Was will die hier?« Mit zitternden Händen klammert er sich an der Theke fest.

»Ich denke, es ist an der Zeit, unsere Beziehung auf eine neue Ebene zu katapultieren«, flötet Marlene und sieht dabei aus wir ein Kätzchen vor dem Vogelzwinger. »Hilfe! Zu Hilfe!« Tigg duckt sich weg, flüchtet hinter den Tresen und merkt zu spät, dass er damit in der Falle sitzt. Mit drei schnellen Schritten ist Marlene bei ihm.

Pakk, pakk, pakk, höre ich die Knöpfe von seinem Schlafanzug platzen, dann fliegt die Pyjamajacke über die Theke. Ich wende mich diskret ab. Endlich Marlenes Stimme: »Alles in Ordnung, Cora. Er ist sauber.«

»Sauber? Er ist sauber?« Tiggs dunkelroter Schädel taucht hinter dem Tresen auf. »Was soll das heißen: Er ist sauber?«

»Nichts, was dich beunruhigen muss, Zacharias«, besänftigt ihn Marlene, krault seinen Nacken, haucht einen Kuss auf seine Stirn und flüstert: »Sauber ist gut! Wobei ... ein bisschen schmutzig ist auch nicht schlecht. Damit beschäftigen wir uns dann später.« Ihren Blick verheißungsvoll zu nennen, wäre eine grandiose Untertreibung.

Zacharias Tigg lächelt verzückt. Ich traue meinen Augen nicht. Er lächelt tatsächlich. Zuerst etwas ungeübt und verwirrt, dann ziehen sich seine Mundwinkel bis zu den Ohren hoch und einen Moment später sieht er aus, als würde er gleich vor unverhoffter Seligkeit wegschmelzen.

»Aber zunächst einmal«, sagt Marlene und fährt zärtlich durch seine Haare, »brauchen wir deine Hilfe in einer delikaten Angelegenheit. In einer Angelegenheit, die den ganzen Mann und den ganzen Kugelmacher fordert. Könntest du dir vorstellen, uns zu helfen?«, fragt sie.

»Selbstverständlich. Es wäre ... es wäre mir eine Freude, wenn ich den Damen behilflich sein könnte«, säuselt er.

Ich kriege Gänsehaut. Regelrecht unheimlich, diese Blitzmetamorphose. Der übellaunige Stinkstiefel, der mir vor ein paar Minuten widerwillig die Tür geöffnet hat, ist spurlos verschwunden und ich sehe mich plötzlich einem höflichen, zuvorkommenden, menschenähnlichen Wesen gegenüber. »Ziehen Sie sich bitte etwas an. Sie müssen mit uns kommen«, sage ich.

»Natürlich. Wenn die Damen in der Zwischenzeit vielleicht etwas trinken möchten ...«

»Nicht nötig. Bitte beeilen Sie sich!«

»Ich fliege.« Er wirft Marlene einen schmachtenden Blick zu, dann fährt er herum und rennt wie von der Hummel gestochen die Stufen zu seiner Wohnung hoch.

»Was für eine Energie! Welche Entschlossenheit! Wie sein Bruder«, schwärmt Marlene, während sie ihm mit verträumtem Blick hinterhersieht. »In den Händen dieses Mannes bin ich nichts als ein Stück Wachs. Diese animalische Ausstrahlung ... Fühlst du sie auch?«

»Äh ... nicht direkt.«

Fünf Minuten später steht Tigg wieder im Laden, bereit zum Aufbruch. Er trägt seinen Konfirmationsanzug, eine quietschbunte Krawatte und ein schief geknöpftes Hemd. Die abstehenden Haare hat er sich mit Haarwasser an den Kopf geklatscht, außerdem ist er in eine Wolke aus Rasierwasser gehüllt, die jede Fliege im Umkreis von fünf Metern dazu bringt, den Flugbetrieb einzustellen und augenblicklich in einen tödlichen Sturzflug überzugehen.

Freudig erregt reibt er sich die Hände. »Wie kann ich zu Diensten sein? Worum genau geht es denn?«

Ich ziehe die Schneekugel hervor ... und Zacharias Tigg wird blass.

»Die Dorneyser-Kugel. Es gibt sie wirklich«, stammelt er, während er staunend auf das Glas blickt. »Es geht um die Kugel?«

»Es geht um viel mehr! Um viel mehr, als du dir vorzustellen vermagst, Zacharias«, gurrt Marlene mit einem Gesichtsausdruck, als wollte sie ihn am Stück verschlingen. Er grinst wie blöde.

»Du kannst es ihm ja gleich in allen Einzelheiten erzählen«, grätsche ich dazwischen, bevor die Sache beginnt, völlig auszuarten. »Hier ist der Schlüssel zu Jacobs Haus. Wartet in der Werkstatt auf mich. Ich muss Elsa einweihen und komme dann nach. Und, Marlene … falls Niklas schon da ist, sag ihm, dass ich euch geschickt habe … und dass ich die Kugel habe.«

Als ich die Haustür öffne, empfängt mich der Duft von frischem Kaffee, Pfannkuchen und warmen Brötchen. Elsa sitzt in voller Montur, mit Stiefeln, Lederhut und Mantel, am Tisch.

»Morgen, Schätzchen!«

Ich stürze grußlos an den Frühstückstisch und sie sieht mir verwundert zu, wie ich in Rekordzeit einen Pfannkuchen verschlinge, ein Brötchen mit Emmentaler hinterherschiebe und mit einer großen Tasse Kaffee nachspüle.

»Erzähl mir nicht, dass dein Kerl es nicht mal für nötig gehalten hat, dir ein Frühstück zu machen!«, sagt sie empört. »Oder …«, ihre Stimme nimmt einen mitfühlenden Ton an, »war es nicht so dolle und du hast dich rausgeschlichen, während er schlief, um peinliche Gespräche am Frühstückstisch zu vermeiden?«

»Nein, es war … wieso bist du eigentlich schon auf und fertig angezogen?«

»Ich wollte gleich los und mich einem der Suchtrupps anschließen, die nach Moritz suchen.« Sie bedenkt mich mit einem vorwurfsvollen Blick. »Wollte ja gestern Abend nichts sagen, aber … Ein bisschen merkwürdig finde ich es schon, dass du mit einem Kerl rumschäkerst, während dein bester Freund vermisst wird.«

»So war es auch nicht, Elsa. Und … die Suchtrupps werden Moritz nicht finden.«

»Was soll das heißen?«

Ich ziehe die Dorneyser-Kugel aus dem Mantel und stelle sie auf den Tisch. »Diese Kugel ist der Grund für alles, was in den letzten Tagen geschehen ist. Ihretwegen sind die blauen Lichter aufgetaucht, mussten Laura und der Kardinal sterben, ist Moritz verschwunden ... und bin ich in großen Schwierigkeiten. Ich brauche deine Hilfe.«

Elsa beugt sich vor und nimmt das Schüttelglas eingehend in Augenschein. »Willst du sagen, das ist ... Die Dorneyser-Kugel ist kein Märchen?« Sie zieht das Glas zu sich herüber und schüttelt kräftig – als es ihr aus den Fingern rutscht, zu Boden fällt ... und lautlos in ihre Hand zurückschnellt. Ihr Mund steht vor Erstaunen weit offen. »Mann! Mann! Mann!«, entfährt es ihr. »Lecko mio!«

»Du musst mir helfen, Elsa. Komm mit in die Werkstatt. Da werde ich dir alles erklären.«

Elsa springt so schnell vom Tisch auf, dass sie die Kaffeekanne umstößt. Sie landet auf den Dielen und zersplittert in tausend Teile. »Dann los, Schätzchen. Worauf wartest du?«

Ich stecke die Kugel ein und nehme vorsichtshalber noch einen Pfannkuchen als Wegzehrung. »Nur dass du dich nicht wunderst: Marlene und Zacharias Tigg warten dort auf uns.«

Sie sieht mich an, als hätte ich gerade Elvis' Auferstehung verkündet. »Marlene und Tigg? In einem Gebäude? Was soll das denn werden? Die Weltmeisterschaft im Augenauskratzen?«

»Äh, nein. Ich befürchte eher, dass sie ... Das erkläre ich dir dann auch später.«

»Tigg und Marlene ... jetzt wundere ich mich über nichts mehr«, murmelt sie, stopft eine Tüte mit Lakritzschnecken in ihren Mantel und stapft zur Tür.

»Elsa?«

»Ja?«

»Es könnte gefährlich werden. Sehr gefährlich!«

»Meinst du etwa, ich lasse mir Bange machen? Merk dir

eins, Schätzchen: Elsa Uhlich hat keine Angst. Vor niemandem. Nicht mal vor dem gottverdammten Teufel!« Sie bückt sich, greift neben das Sofa und hält mir ihre Motorsäge unter die Nase. »Aber die steck ich mir vorsichtshalber mal ins Handtäschchen.«

Ich läute, aber es dauert eine Weile, bis Marlenes Gesicht auf dem Monitor über der Haustürklingel erscheint. An ihrem Hals prangt ein unübersehbarer Knutschfleck.

Sie öffnet die Tür und zehn Sekunden später stehen Elsa und ich in Jacobs Werkstatt.

Marlene rekelt sich in dem alten Lehnsessel, Tigg steht neben ihr. Er hat uns den Rücken zugedreht und blickt aus dem Fenster.

»Morgen, Marlene«, sagt Elsa. »Morgen, Tigg«, knurrt sie im Anschluss und wuchtet mit finsterem Blick die Kettensäge auf den nächststehenden Tisch.

Zacharias Tigg wendet sich lächelnd zu uns um. Sein Hemdkragen ist mit Lippenstiftabdrücken übersät. »Einen wunderschönen guten Morgen, Elsa. Hast du schon einmal Schneeflocken in der Morgendämmerung tanzen sehen? Ich meine ... hast du ihnen jemals *wirklich* zugesehen? Diese Stille ... diese Reinheit ... Ich sollte ein Gedicht über den Schnee schreiben ...«

»Hat der was genommen?«, wispert Elsa.

»Wo ist Niklas?«, frage ich Marlene.

»Er ist nicht hier. Das Haus war leer, als wir kamen.«

Es fühlt sich an, als hätte ich einen Stromstoß verpasst bekommen. Er müsste längst hier sein! Warum ist er noch nicht ...?

»Liebe Cora, meine Damen: Ich bin gern bereit, Sie in jeder mir möglichen Weise zu unterstützen«, säuselt Zacharias Tigg im Tonfall eines angeheiterten Butterfahrtenconférenciers, »und ich möchte auch nicht drängen, aber ... könnte man mich nun vielleicht darüber aufklären, was genau wir hier tun?«

»Du hast es ihm noch nicht erzählt?«, frage ich Marlene.

»Ich hatte noch keine Gelegenheit dazu«, haucht sie mit rauchiger Stimme und schlägt die Augen nieder.

»Trifft sich sehr gut«, bemerkt Elsa und hackt ihre Vorderzähne in eine Lakritzschnecke. »Dann erfahr ich vielleicht auch endlich, was hier eigentlich gespielt wird.«

Während ich immer wieder aus dem Fenster sehe und darauf warte, dass das vertraute hellblaue Flackern auftaucht, weihe ich Elsa und Zacharias Tigg in das Geheimnis der Dorneyser-Kugel ein. Ich bin gerade an dem Punkt angelangt, an dem mich Marlene aus Mellys Werkstatt befreit hat, als draußen ein Geräusch zu hören ist. Es klingt wie das Flattern eines Vogels mit gebrochenem Flügel. Dann zuckt ein blaues Licht auf und im nächsten Moment hört es sich an, als würde ein schwerer Gegenstand in den Schnee vor dem Haus fallen.

»Niklas!« Ich renne die Treppe runter und reiße die Haustür auf.

Er steht leicht gebückt vor mir und presst seine rechte Hand gegen die linke Schulter. Vorsichtig ziehe ich sie zur Seite. In der Schulter steckt eine blau schimmernde Eisklinge.

»Nicht weiter schlimm«, sagt er und stöhnt leise auf. »Die Schmerzen werden verschwinden, sobald das Ding wieder aus mir draußen ist. Aber die Klinge ist abgebrochen. Ich brauche eine von Jacobs Zangen.«

»Was ist passiert?«

»Das Moosweib … Irgendwann ist ihnen klar geworden, dass es nur eine Finte war, und sie haben die Verfolgung abgebrochen. Nur das Moosweib nicht. Sie hatte wohl noch eine persönliche Rechnung mit mir zu begleichen … Bei dem Kampf habe ich mir das Ding eingefangen, aber …«, er lächelt, »dafür hat sie jetzt vier davon im Kopf stecken. Und *meine* Klingen haben Widerhaken. – Hast du die Kugel?«

»Ja. Und ich … ich habe einen Plan. Aber dazu brauchen wir Hilfe.«

»Niemand kann uns helfen, Cora!« Er verzieht schmerzvoll das Gesicht.

»Doch. Es geht nicht *ohne* Hilfe. Wir brauchen *Spezialkräfte* … und ich habe die Spezialkräfte mitgebracht. Sie sind oben in der Werkstatt. Ich habe ihnen alles über die Kugel erzählt.«

»Was? Wer?«, stößt Niklas hervor.

»Zacharias Tigg, Marlene Berber und Elsa Uhlich. Es kann nur mit ihnen gelingen.«

»Cora, wir …«

»Warte, bis du meinen Plan kennst. Vertrau mir.«

Ein paar Sekunden lang schweigt er, dann sagt er leise: »Also gut. Lass mich deinen Plan hören. Aber zuerst« – wieder verzerrt sich sein Gesicht vor Schmerz – »brauche ich ganz dringend eine Zange.«

Die drei Spezialkräfte sind in eine angeregte Diskussion vertieft, als ich nach oben komme.

»Ich möchte euch jemanden vorstellen«, sage ich. Schlagartig wird es so still wie im Film, wenn der sporenbewehrte, geheimnisvolle Fremde die Saloontür aufstößt.

»Guten Morgen!«, sagt Niklas ein bisschen schüchtern und schiebt sich hinter mir in die Werkstatt. »Cora hat mir erzählt, dass sie euch um Hilfe gebeten hat und dass ihr sofort … Danke!«

Er könnte genauso gut die Börsenkurse vortragen oder aus der Betriebsanleitung für einen Pürierstab zitieren. Ich habe nicht den Eindruck, dass auch nur eines seiner Worte wahrgenommen wird. Die drei Spezialkräfte hocken da wie die Hühner auf der Stange und bestaunen die zuckenden Flammen in seinen Haaren.

»Wie gesagt: Vielen Dank! Aber ich muss jetzt wirklich mal …« Er presst die Hand fester gegen die Schulter, dann nimmt er eine Zange vom Tisch, setzt sie am Schlüsselbein an und zieht die Eisklinge mit einem entschlossenen Ruck aus seinem Körper. Es klingt, wie wenn sich zwei offene Kabel berühren. Blaue Funken springen aus der Haut, der Eissplitter fällt zu Boden – und augenblicklich schließt sich die Wunde.

»Ach du dickes Rentier!«, murmelt Elsa.

»Aaaah!«, stöhnt Marlene und ein leichtes Zittern läuft durch ihren Körper.

»Örrrrg«, macht Zacharias Tigg und wird blass. Dann kippt er ganz langsam von seinem Stuhl.

DRITTER TEIL
Klinge und Glas

»Zacharias!«

Marlene springt auf, beugt sich über den regungslos dalie-
genden Tigg, rüttelt ihn an der Schulter und bedeckt sein Gesicht mit hingehauchten Küssen. Ohne Erfolg.

Tigg ist völlig weggetreten.

»Lass mich mal«, sagt Elsa, schiebt Marlene zur Seite und
verpasst ihm einen Satz Ohrfeigen, der sich gewaschen hat. Die
Lider des kleinen Kugelmachers flattern kurz, das ist aber auch
schon alles.

Niklas hockt sich neben Tigg und legt eine Hand auf seine Stirn. Augenblicklich fährt der Kugelmacher wie von der
Tarantel gestochen auf und keucht: »Kaaaaalt!« Er schaut sich
verwirrt um und lächelt nervös. »Ich … ich bitte um Entschuldigung … aber Sie sind der erste, äh, Untote, den ich kennen-
lerne. Ist Untoter politisch korrekt oder ist das diskriminie-
rend? Ich hoffe doch nicht?« Er streckt seine zitternde Hand
aus. »Auf jeden Fall freue ich mich, Sie kennenzulernen, Herr,
äh … Niklas.«

»Ich hoffe, dein Plan sieht nicht vor, dass dieses kleine Ner-
venbündel direkte Feindberührung hat«, flüstert Elsa in mein
Ohr, bevor sie laut und für alle vernehmlich sagt: »Ich glaube,
wir könnten jetzt erst mal einen Kaffee vertragen. Und wenn
ich mich nicht täusche, hab ich vorhin in der Küche noch 'ne
angebrochene Packung Butterkekse gesehen …«

»Ich hoffe, Sie finden die Frage nicht taktlos, Herr Niklas«, sagt
Zacharias Tigg, während er an seinem Keks nagt wie ein Mar-
der an der Bremsleitung, »aber ich würde gern wissen, wie es
ist … Wie es sich anfühlt, wenn man … also wenn man …«

»Wenn man nicht tot und nicht lebendig ist?« Niklas blickt

auf und lächelt traurig. »Kalt. Es fühlt sich kalt an. Wie ein Winter, der niemals endet.«

Marlene Berber betrachtet ihn aufmerksam durch den aufsteigenden Rauch ihrer Zigarette, während Elsa breitbeinig und mit verschränkten Armen dasitzt und Salmiakpastillen lutscht.

»Erzähl ihnen von dem Plan«, sagt Marlene und nickt mir auffordernd zu.

Elsa und Tigg beugen sich vor und blicken mich erwartungsvoll an. In Niklas' Augen glimmt ein neugieriges Funkeln auf. Mein Mund fühlt sich plötzlich staubtrocken an.

»Wir haben nur eine Chance gegen die Holle, wenn wir es schaffen, sie zu überraschen. Wenn dort oben auf dem See etwas geschieht, mit dem sie nicht rechnet. Etwas, das ihre Aufmerksamkeit ablenkt. Hier ist mein Plan ...«

Nachdem ich geendet habe, herrscht Schweigen. Dann ergreift Niklas das Wort. »Ein riskanter Plan. Aber er könnte aufgehen, wenn wir alle Hand in Hand arbeiten. Wir haben nur diesen winzigen Moment. Den muss ich abpassen, nur in diesem Moment kann ich sie töten!«

»Nein!« Ich nehme seine Hände und sehe ihm in die Augen. »Du kannst sie nicht töten. *Ich* muss sie töten!«

Er blickt mich fassungslos an.

»Du hast sie schon einmal besiegt, Niklas. Sie wird nicht so dumm sein und es auf einen weiteren Kampf ankommen lassen. Sie will, dass ich dich ihr ausliefere. Sie wird dich nicht einmal in ihre Nähe lassen. Auf jeden Fall nicht nahe genug, um an die Kalte Klinge zu gelangen.«

Niklas wendet sich mit versteinertem Gesichtsausdruck ab und sieht lange hinaus in die Schneeflocken, die vor dem Fenster zu Boden trudeln. Als er sich wieder zu mir umdreht, liegt ein Schatten auf seinem Gesicht und das blaue Licht in seinen Augen schimmert nur noch matt.

»Vermutlich hast du recht«, sagt er leise und seine Stimme klingt rauer, als ich sie je gehört habe. »Du musst es tun. Du wirst diejenige sein, die ... die allem ein Ende setzt.«

»Worauf warten wir noch?«, fragt Elsa, springt von ihrem Stuhl auf und klatscht in die Hände. »Wir haben knappe sechsunddreißig Stunden Zeit. Von nix kommt nix. Marlene, Zacharias – an die Arbeit! Ich besorg noch ein paar Sachen und kümmere mich um die Verpflegung. Mit leerem Magen gewinnt man keine Schlacht!«

Marlene und Tigg arbeiten schon seit Stunden oben in der Werkstatt. Niklas steht bewegungslos am Fenster und sucht den Himmel nach blauen Lichtern ab, während ich Moritz' schwarzen Schal betrachte, der vor mir auf dem Küchentisch liegt.

Keine Angst. Keine Angst, Moritz. Wir holen dich da raus.

Von der Straße her ist das leise Tuckern eines Motors zu hören. Im Schritttempo nähert sich Elsas rostiger VW-Bus dem Haus. Kurz darauf höre ich sie brüllen: »Hilf mir mal beim Ausladen, Schätzchen! Ist 'ne Menge Zeug!«

Sie hat zentnerweise Proviant eingekauft. Mit der Menge könnten wir problemlos eine mehrwöchige Belagerung durchstehen. Ich schleppe mehrere Taschen und einen Einkaufskorb ins Haus, in den Stangenbrote, eine Flasche Kirschwasser, Käsestücke, drei Weinflaschen, Kräuter, Salat und Pilze gequetscht sind.

»Was hast du vor?«, fragt Niklas.

Elsa öffnet einen Karton und zieht ein Fondueset heraus. »Ob wir an Silvester noch ein gemütliches Essen veranstalten können, steht wohl in den Sternen. Darum hab ich beschlossen: Heute Abend gibt's Käsefondue. So viel Zeit muss sein!«, sagt sie in einem Ton, der jeden Widerspruch im Keim erstickt.

Ich lege eine Hand auf ihre Schulter. »Hast du an die Schlittschuhe gedacht?«

»Für wie verkalkt hältst du mich, Schätzchen? Hier!«
Elsa greift noch einmal in den Karton und reicht mir Ka-
tharinas rote Schuhe. Ich nehme sie mit äußerst gemischten
Gefühlen in Empfang. Eine wesentliche Voraussetzung für das
Gelingen unseres Vorhaben ist die, dass ich es schaffe, mich
halbwegs sicher auf dem Eis zu bewegen – und in Anbetracht
meiner sehr bescheidenen Eislaufkünste ist es dieser Teil des
Plans, der mir die meisten Sorgen bereitet.
Elsas eigene Schlittschuhe finden sich im nächsten Karton,
zwischen Fonduetellern, Gabeln und einer Flasche Spiritus.
»Sind doch noch prima in Schuss. Tadellos. Wie neu«, sagt sie
und fährt zärtlich mit den Fingern über die Kufen.
Ich spare mir jeden Kommentar. Die Schuhe sehen aus, als
hätten sie schon Napoleons Russlandfeldzug miterlebt.
»Den großen Karton vom Rücksitz müssen wir zusammen
tragen, der ist tierisch schwer«, verkündet Elsa, die schon wieder auf dem Weg zum VW-Bus ist.
»Was ist da drin? Bleigewichte?«, stöhne ich, als wir den Karton auf dem Küchentisch absetzen.
»Nur ein bisschen Weihnachtsdekoration. Ist so kahl hier«,
sagt sie und beginnt seelenruhig auszupacken: ein zusammen-
klappbarer Plastikbaum, Sprühdosen mit Kunstschnee und
Tannenduft, zwei Tüten mit künstlichem Moos, eine ganze
Krippe nebst dazugehörigen Figuren, Kerzen, Kugeln, Glöckchen, Lameta und – als Krönung des Ganzen – der ausgestopfte Rentierkopf.
»Ähm, Elsa … meinst du wirklich, das ist der richtige Zeitpunkt, um …?«
»Allerdings, Schätzchen! Das mein ich.« Sie fuchtelt mit einer Fonduegabel vor meiner Nase rum. »Vielleicht geb ich
morgen den Löffel ab, da kann man es sich am Abend vorher
wohl noch mal gemütlich machen. So! Und jetzt raus aus der
Küche, und zwar alle beide! Ich hab zu tun.«

Wir kapitulieren und steigen in die Höhle hinunter. Niklas lässt sich in einem Sessel mit fehlender Armlehne nieder, während ich zwischen den Gerümpelhügeln auf und ab laufe und immer wieder unseren Plan durchgehe.

»Ich frage mich die ganze Zeit, ob ich nicht irgendetwas Entscheidendes vergessen habe, ob ich nicht irgendetwas übersehen habe. Irgendeine Kleinigkeit, an der alles scheitern könnte. Habe ich irgendetwas nicht bedacht, Niklas?«

Kleine blaue Flammen zucken aus seinen Augenbrauen. Ich spüre sein kurzes Zögern, bevor er antwortet: »Es ist ein guter Plan. Ob er scheitern oder gelingen wird, das liegt vor allem an dir.«

»Was meinst du?«

»Glaubst du, dass du es wirklich tun kannst, Cora?«, fragt er. »Sie wird dir nicht in ihrer wahren Gestalt gegenübertreten. Die Holle versteckt sich hinter der Maske eines Menschen. Vielleicht sogar hinter einem Menschen, den du magst. Kannst du eine Klinge in das Herz dieses Menschen treiben? Ohne zu zweifeln, ohne zu zögern?«

Ich schweige betreten und sehe zu Boden.

Niklas hockt sich vor mich, nimmt mein Gesicht in die Hände und flüstert eindringlich: »Wem immer du dich dort oben auf dem See gegenüberfinden wirst: Dieser Mensch ist tot. Sie hat ihn schon getötet und nichts kann ihn retten. Kein Zögern! Kein Zweifel! Stoß die Klinge mit aller Kraft in sein Herz … und töte die Holle!«

Das helle Klingeln eines Glöckchens ruft uns zum Essen.

In der Küche empfängt mich eine Duftmischung aus geschmolzenem Käse, Kirschwasser und Tannenaroma aus der Dose. Das Licht dicker Kerzen verleiht Jacobs abgewohnter Küche einen feierlichen Glanz. Der Rentierkopf ist, ein wenig schief, über die Tür genagelt. Sein verbliebenes Auge blickt auf die kugelgeschmückte Plastiktanne vor dem Fenster. Der

Tisch ist mit einem roten Tischtuch und Tannengrün bedeckt, dazwischen Teller, Weingläser, mehrere kleine Körbe mit Brotstücken und zwei Rechauds mit Töpfen aus Steingut, in denen der geschmolzene Käse vor sich hin blubbert.

Zacharias Tigg und Marlene Berber ist die Erschöpfung anzusehen, als sie die Treppe herunterkommen und mit müden Gesichtern am Tisch Platz nehmen.

»Wie weit seid ihr?«, frage ich.

»Es ist schwieriger, als es zunächst aussah«, sagt Marlene. »So viele feine Einzelheiten und Details …«

»Wir schaffen es«, sagt Tigg zuversichtlich und tätschelt ihr aufmunternd die Hand. »Es wird knapp, aber wir schaffen es. Wir werden die Nacht durcharbeiten.« Dann wandert sein Blick durch die Küche und bleibt an dem einäugigen Rentier hängen. »Wie wunderbar dekorativ. Ich fand schon immer, dass du ein ausgesprochenes Gespür für das Atmosphärische hast, Elsa.«

»Ja, ganz bestimmt«, knurrt sie unfreundlich, aber Tigg lächelt trotzdem glücklich. Unter dem Tisch reibt Marlene gerade ihr Bein an seinem.

»Ich wusste nicht … Ich hoffe, du magst Käsefondue, Schätzchen?«, sagt Elsa und blickt Niklas fragend an.

»Danke, aber … ich esse nicht.«

»Nie?«, fragt Elsa entsetzt.

Er schüttelt bedauernd den Kopf. »Nie.«

»Vegetarier, Veganer – und jetzt wird gar nix mehr gegessen. Wird ja immer doller.« Nachdenklich kratzt sie sich hinterm Ohr. »Gibst du mir mal die Kräuterbutter, Cora?«

»Wartet! Aufstehen … alle!«, sage ich und erhebe mein Glas. »Auf uns!«

»Auf die Liebe!« Zacharias Tigg schnellt wie eine Sprungfeder in die Höhe und wirft Marlene einen glühenden Blick zu.

»Auf die Freundschaft!«, poltert Elsa. »Und darauf, dass wir dieser gestörten Kaltmamsell mal zeigen, wo der Hammer hängt!«

Zögernd erhebt Niklas sich vom Tisch. Um seine Lippen spielen blaue Flammen und er hält den Blick gesenkt. »Auf das Ende der Wilden Jagd«, sagt er leise.

Alle blicken zu Marlene und warten darauf, dass sie ebenfalls einen Trinkspruch ausbringt, aber irgendetwas hat ihr die Sprache verschlagen. Ihre Augen starren wie hypnotisiert auf Niklas.

»Marlene? Alles in Ordnung?«, frage ich besorgt.

»Was?« Ihr Kopf fährt herum. »Ja … ja … natürlich.« Zögernd erhebt sie ihr Glas, bevor sie flüstert: »Auf das Leben!« In ihrer Stimme liegt ein leises Zittern.

⁂

Der nächste Tag ist der längste meines Lebens. Es ist, als würde er in einem Dämmerschlaf liegen und könnte sich nicht entschließen, wirklich wach zu werden. Tief hängende schwarze Wolken quälen sich unendlich langsam über den Himmel, ein trostloses graues Licht verschluckt die Landschaft. Die Stunden ziehen sich endlos dahin. Endlich setzt die einbrechende Abenddämmerung diesem schrecklichen grauen Tag ein Ende.

Marlene und Tigg haben in der vergangenen Nacht keine Minute geschlafen, sie arbeiten auch jetzt ohne Unterbrechung und ernähren sich den ganzen Tag über ausschließlich von Traubenzucker und schwarzem Kaffee. Elsa, Niklas und ich warten in der Küche. Wir sprechen nur wenig. Elsa poliert ihre Schlittschuhe und schleift mit verbissenem Eifer die Kufen nach. Niklas sitzt schweigend und ganz in sich gekehrt am Tisch. Sein Blick geht ins Nichts, das blaue Funkeln in seinen Augen ist nahezu vollständig verblasst. Die Spannung ist beinah mit Händen zu greifen, als wäre die Luft in der Küche elektrisch aufgeladen.

Ein blasser Mond steht hinter den Hügeln.

Zwischen den Bäumen flackern erste blaue Lichter auf.

Endlich – es ist fast zehn Uhr abends – öffnet sich die Tür der Werkstatt. Zacharias Tigg beugt sich über das Treppengeländer und ruft:»Wir haben es geschafft! Kommt hoch!«

Marlene steht hinter einem Tisch, der mit schwarzem Pannesamt abgedeckt ist. Mit einer schnellen eleganten Bewegung zieht sie den Stoff zur Seite.

Vor mir liegen zwei völlig gleich aussehende Kugeln.

»Zeig mir das Original!«, fordert Marlene.

Ich beuge mich vor, betrachte die Berggipfel, vergleiche die Schneemenge und die Einfärbung des Wassers in den beiden Kugeln, untersuche die flachen Sockel ... und schüttle den Kopf.»Unmöglich. Ich kann es nicht sagen.«

»Möchtest du dein Glück versuchen, Elsa?«, fragt Zacharias Tigg.

Sie reckt blinzelnd den Kopf vor und begutachtet die Gläser mit misstrauischem Blick.»Kann ich sie anfassen?«

»Es wäre mir lieber, wenn du das nicht tätest«, versucht Tigg zu protestieren – aber Elsa hat die Kugeln schon vom Tisch genommen und wiegt sie in den Händen.»Absolut gleich! Kein Unterschied!«, sagt sie mit Kennermiene.

»Kommen wir zum alles entscheidenden Urteil«, sagt Marlene.»Niklas, keiner kennt die Kugel so gut wie du.«

Er tritt vor. Eine halbe Ewigkeit wandert sein Blick von einer Kugel zur anderen. Dann sieht er auf und schüttelt den Kopf.»Hervorragende Arbeit. Welche ist das Original?«

»Rate!«, sagt Marlene.

Niklas zögert und deutet auf die rechte Kugel.

Marlene lächelt Zacharias verschwörerisch zu. Sie legt ihren Zeigefinger auf das andere Glas.»Original ...«, haucht sie, dann tippt sie auf die Kugel, die Niklas gewählt hat,»... und Kopie.«

Um elf Uhr stehen wir abmarschbereit in der Küche. Furcht einflößend sieht unser Kampftrupp nicht gerade aus – eher wie ein ziemlich unorganisierter Haufen: Tigg, mit seinen wild abstehenden Drahthaaren und der eingegipsten Nase, tritt aufgeregt von einem Fuß auf den anderen und sieht aus, als würde er jeden Moment ohnmächtig werden. Marlene trägt ihren weißen Kunstpelz und hält das kleine Kästchen mit der Kugel in der Hand. Ein flüchtiger Beobachter könnte meinen, sie wolle nur mal eben bei einem Cocktailempfang vorbeischauen, aber sie ist angespannt und raucht eine Zigarette nach der anderen. Immer wieder wandern ihre Augen zu Niklas hinüber mit dem merkwürdigen, etwas traurigen Blick, mit dem sie ihn schon gestern Abend angesehen hat.

Elsa und ich haben unsere Schlittschuhe über die Schultern gelegt, unsere Hände stecken in dicken Wollhandschuhen. Sie hat ein ausgewaschenes, rot-weiß gestreiftes Eishockeytrikot unter ihren Mantel gezogen. (»Ist mein Glücksbringer, Schätzchen.«) Auf die Kettensäge hat sie nur unter einigem Gegrummel verzichtet. Niklas hat eine halbe Stunde gebraucht, um sie davon zu überzeugen, dass eine Motorsäge wenig hilfreich ist, wenn man sich einem Heer lebender Toter gegenübersieht.

Er blickt durch das Fenster auf den nächtlichen Schneehimmel, wo immer mehr blaue Lichter aufleuchten. Als er sich uns zuwendet, züngeln blassblaue Flammen über seine Stirn. »Ich … danke euch allen für eure Hilfe. Ich habe euch in Gefahr gebracht. Ich hätte die Holle schon bei ihrer Rückkehr töten müssen, aber ich habe versagt. Es tut mir leid. Ich wollte nicht, dass Menschen in diesen Kampf hineingezogen werden.«

»Jetzt krieg dich bloß mal wieder ein, Schätzchen«, sagt Elsa und schiebt sich den Hut aus der Stirn. »Ist ja wirklich nobel von dir, dass du dich so in die Sache reingehängt hast, dass du ihr die Kugel geklaut hast und sie Leonard Dorneyser gegeben hast und so, aber … das *ist* unser Kampf. Diese Eisschlampe hat es mit ihrer Kugel doch auf uns Menschen abgesehen. Höchste Zeit, dass wir uns endlich selbst wehren! Man kann nicht immer nur andere für sich kämpfen lassen. Leonard Dorneyser wusste das, Jacob Dorneyser wusste das – und wir haben es jetzt auch kapiert. Also mach dir mal keine Gedanken, Schätzchen!« Kampfeslustig beißt sie einer Lakritzmaus den Kopf ab.

»Zeigen wir es dem Miststück!«

Die Stille ist es, die mir am meisten Angst macht.

Kein Flügelschlag am Himmel, kein Rascheln im Unterholz, kein Windhauch in den Bäumen. Nur absolute, unnatürliche Stille. Als würde sich eine gläserne Kuppel über den Wald spannen und jeden Laut verschlucken.

Hoch über dieser unsichtbaren Kuppel ahne ich die Lichter von Burg Rockenfeld. Sehen kann ich sie hinter dem dichten Vorhang aus Schneeflocken nicht.

Zacharias Tigg, dem der Schnee bis zur Hüfte reicht, stößt gelegentlich ein Ächzen aus, aber niemand spricht ein Wort, während wir zum See hinaufwandern. Ein blaues Licht aus Niklas' Fingerspitzen weist uns den Weg zwischen den schneebedeckten Tannen. Dann stehen wir endlich am Ufer des Waldsees. Wie ein blinder Spiegel liegt seine stumpfe, vereiste Oberfläche im fahlen Mondlicht vor uns.

Marlene öffnet das kleine Kästchen. Wieder streift ihr Blick Niklas, dann gibt sie mir die Kugel und küsst mich auf die Wange. »Viel Glück«, wispert sie.

»Viel Glück«, murmelt Tigg und umarmt mich ungeschickt. Sie beziehen ihren Beobachtungsposten unter den dichten, tief hängenden Ästen einer Tanne.

Ich lasse die Kugel in meine Manteltasche rutschen.

»Gib mir die Schuhe«, flüstert Niklas. Er schließt die Augen, seine Lippen bewegen sich lautlos und seine Finger fahren über den Kufen der roten Schlittschuhe hin und her.

»Was machst du da?«

Er lächelt und gibt mir die Schuhe zurück. »Ich verhelfe dir zu etwas mehr Standfestigkeit. Du wirst sehen …«

Elsa und ich hocken uns in den Schnee und schnüren unsere Schlittschuhe, als das Eis plötzlich beginnt, blau zu glitzern.

»Ach du Scheiße!«, flucht Elsa und deutet zum anderen Ufer. Aus den Bäumen schießen unzählige blaue Lichter in die Luft und stoßen durch die Nacht wie ein Schwarm kreischender Fledermäuse. Über der Mitte des Sees löst sich der Schwarm auf. Die Flammengestalten verteilen sich am Himmel und kreisen unheilverkündend über dem Eis.

»Keine Angst«, sagt Niklas, während seine Augen die blauen Erscheinungen verfolgen. »Ohne Befehl ihrer Anführerin tun sie nichts. Wir machen alles so, wie wir es besprochen haben. Du darfst nicht zögern, Cora – egal was geschieht. Versprich es mir!«

»Ich verspreche es!« Ich erhebe mich, atme tief durch und stoße mich mit einem kräftigen Schwung vom Ufer ab. Flankiert von Elsa und Niklas gleite ich hinaus auf den See. Ich *gleite* wirklich. Um die Kufen meiner Schuhe spielt ein bläuliches Schimmern und ich bewege mich so sicher auf dem Eis, als hätte ich nie etwas anderes getan.

Die kalten Augen der Wilden Jagd verfolgen jede unserer Bewegungen.

Als wir die Mitte des Sees erreichen, sehe ich zwei weitere Flammengestalten am Ufer aufsteigen, und während sie auf uns zuschweben, erkenne ich, dass sie etwas durch die Luft hinter sich herziehen. Kurz darauf sind sie so nahe, dass ich das wütende Gesicht des Mooswebes erkennen kann. Aus allen Seiten ihres Kopfes ragen blau schimmernde Eisklingen. Die andere Gestalt entpuppt sich als das kleine, hinterlistig blickende Männlein im Gehrock.

Das, was sie hinter sich herziehen, ist Moritz Grimm. Das kleine Männchen kichert boshaft. »Wir haben dir deinen Freund mitgebracht.«

Er hängt zwischen ihnen wie tot. Sein Haar und sein Gesicht sehen aus, als wären sie mit Raureif überzogen.

»Keine Angst, das Knäblein wird schon wieder.« Der Mann im Gehrock kichert erneut und stößt blaues Licht aus der Nase aus. »Das ist beste Tiefkühlware. Ich würde dir empfehlen, ihn ganz langsam aufzutauen, sonst …«

»Halt die Klappe, Habergeiß!«, fährt ihn das Moosweib an. Im selben Moment hallt der erste dumpfe Schlag der Kirchturmuhr aus dem Dorf zum See hinauf.

Sofort spüre ich, wie die Wilde Jagd unruhig wird: Ein Zischen und Fauchen durchzieht die Luft. Mit klopfendem Herzen starre ich auf das tote Heer über uns, während ich stumm die Schläge der Glocke mitzähle.

Sieben. Acht. Neun.

Die Münder der Flammenwesen öffnen sich, ihr blau leuchtender Atem steigt wie eine giftige Wolke in den Himmel und sie stoßen ein hohes, aufgeregtes Trillern aus, das einem das Blut in den Adern gefrieren lässt.

Zehn. Das Kreischen schwillt immer weiter an …

Elf. – … geht in eine so hohe Frequenz über, dass das Eis unter unseren Füßen vibriert …

Zwölf. – … und bricht ab.

Vollkommene Stille.

Eine blau schimmernde Gestalt schwebt vom anderen Ufer kommend einen Meter über dem Eis auf uns zu.

Als sie sich nähert, sehe ich, dass sie eine dicke Winterjacke trägt. Über ihren Kopf ist eine Kapuze gezogen.

Zehn Meter von uns entfernt landet die Gestalt auf dem Eis.

Ein kalter blauer Flammenkranz umgibt sie.

Langsam schiebt die leuchtende Erscheinung ihre Kapuze zurück, und vor mir steht – Renate Immsen-Erkel.

Zwei Lichtbündel schießen aus ihren Augen und fahren wie blaue Laserstrahlen über das Eis. Dann erklingt ein Lachen, wie ich es noch nie zuvor gehört habe. Ein Lachen, das aus dem Mund von Renate Immsen-Erkel kommt, aber nichts von einem menschlichen Lachen an sich hat. Ein böses, kaltes Lachen, das sich wie Frost auf alles um uns herumlegt. Die blauen Lichtstrahlen wandern in meine Richtung.

»Ich hätte dich töten können«, sagt eine eisige, schneidende Stimme, die nicht die geringste Ähnlichkeit mit der von Renate Immsen-Erkel hat. »Bei unserer letzten Begegnung hätte ich dich töten können, Cora Dorneyser. Wenn ich es gewollt hätte. Einfach so.«

Das blaue Flackern um ihren Körper verschwindet. Sie setzt eine Leidensmiene auf und ist auf einmal wieder ganz Renate Immsen-Erkel. Mit leiernder Stimme klagt sie: »Ich mach mir doch nur Sorgen. Wir können über alles reden, Cora.«

Ein heiseres, geiferndes Kichern aus den Reihen der Wilden Jagd. Aus der Stirn von Renate Immsen-Erkel schlägt eine blaue Stichflamme. »Diesen hässlichen Körper werde ich nicht mehr lange brauchen«, sagt die frostige Stimme. »Was für ein dummes Weib! So neugierig.« Wieder ist die zwitschernde Stimme der Therapeutin zu hören. »Laura, wo willst du denn hin? Nicht auf den See, Laura … bleib stehen! Laura, wir können doch reden.« Das Gesicht vor uns verzerrt sich zu einer Grimasse. »Diese dumme Frau hatte das Talent, zur falschen Zeit am falschen Ort zu sein«, höhnt die Stimme der Holle. »Genau wie das Mädchen, dem sie auf dem See hinterhergelaufen ist. Genau wie Katharina Kilius vor vierundzwanzig Jahren. – Du erinnerst dich doch an Katharina Kilius, Jäger?«

367

Sie dreht den Kopf und sieht Niklas an, als hätte sie ihn gerade erst wahrgenommen. »Wie lange habe ich auf dieses Wiedersehen gewartet!«

Ich sehe die Kalte Klinge an einer schmalen Kette auf ihrer Brust schimmern.

Mit einer schnellen Bewegung wendet sie sich wieder mir zu. Ein bösartiges Lächeln zieht über ihr Gesicht. »Aber hätte ich dich getötet, hätte ich mich um das Vergnügen gebracht, deine Demütigung mitzuerleben, kleines Dorneyser-Mädchen. Du, die letzte der verräterischen Dorneyser-Familie, wirst mir die Kugel übergeben. Die Kugel und den Jäger. Du erinnerst dich doch an unsere Vereinbarung? – Abfalter!« Sie gibt der riesenhaften Gestalt mit dem Narbengesicht ein Zeichen. Gemeinsam mit zwei weiteren mit spitzen Eisklingen bewaffneten Flammenwesen landet er auf dem Eis. Sie umstellen Niklas.

»Wir müssen tun, was sie verlangt, Cora.« Er leistet keinen Widerstand, als der Riese ihn packt und mit sich in die Luft zieht.

»Damit wäre der erste Teil unserer Abmachung erfüllt!«, hallt die Stimme der Holle über den See. »Und nun die Kugel. Die Unzerbrechliche. Gib sie mir!«

»Kommt überhaupt nicht in die Tüte!«, mischt sich Elsa ein und zeigt mit dem Finger auf Moritz. »Zuerst gibst du uns den Jungen!«

Renate Immsen-Erkel fährt herum. Fast sieht es aus, als würden die Flammen um ihren Kopf ein zweites Gesicht formen, hinter dem ihr eigenes immer mehr verschwindet. Ein Gesicht aus blauem Feuer mit Augen aus Eis, die Elsa anstarren, als wäre sie ein lästiges Insekt.

»Du stellst mir Forderungen? Wie mutig. Ich werde mir dein Gesicht merken. So viel Mut muss belohnt werden. Ich werde dir die Erfahrung schenken, wie es ist, ohne Seele zu leben.«

»Ist schon klar«, sagt Elsa und verschränkt die Arme vor der

Brust. »Ich wiederhol mich nur ungern, aber du scheinst ein bisschen langsam im Kopf zu sein, Schätzchen. Noch mal zum Mitschreiben: Den Jungen – oder es gibt kein Geschäft!«

Ein wütendes Fauchen schlägt uns entgegen und ein Schwall aus blauem Licht entweicht dem Mund von Renate Immsen-Erkel. »Erst will ich die Kugel sehen. Zeigt sie mir!«

Vorsichtig ziehe ich das Glas aus der Manteltasche und halte es in die Höhe.

Prüfend tasten die blauen Strahlen aus ihren Augen die Kugel ab. Dann deutet sie auf Moritz. »Lasst ihn gehen!«

Das Moosweib und der Mann im Gehrock stoßen zur Erde hinab und werfen ihren Gefangenen unsanft auf das Eis. Kaum ist er dem Griff ihre eisigen Hände entkommen, verschwindet der Raureif von Moritz' Gesicht. Er öffnet die Lider, richtet sich benommen auf und sieht mich verwundert an.

»Cora … was …?« Dann fällt sein Blick auf das von Flammen durchzuckte Gesicht von Renate Immsen-Erkel.

»Die Immsen!«, schreit er. »Die Immsen! Ich war in ihrem Büro und da war plötzlich ein riesiger blauer Blitz und dann …«

»Lauf!«, sage ich knapp. »Lauf, so schnell du kannst. Mach schon!«

»Hierherüber!«, höre ich Marlenes Stimme vom Ufer her.

Moritz blickt noch immer verständnislos, macht ein paar unsichere Schritte, schlägt hin, erhebt sich wieder und schlittert und rutscht über das Eis davon.

Die Wilde Jagd lacht höhnisch.

»Und nun die Kugel!«, befiehlt die Holle. »Du wirst Abbitte leisten, für dich und all deine Vorfahren. Die Kugel … Gib sie mir zurück!«

Ich atme tief durch, fasse die Kugel fester und blicke zu Elsa, die mir kaum merklich zunickt. Das verabredete Zeichen. Es geht los!

»Ich übernehm das, Schätzchen!«, bellt Elsa. »Die durchgeknallte Irre ist doch völlig unberechenbar.«

»Nein, Elsa. Es ist meine Aufgabe.« Mit einer schnellen Bewegung greife ich nach dem Glas und erobere es zurück.

»Du bist noch ein Kind. Du weißt gar nicht, was du tust.« Ihre Riesenpranken winden die Kugel aus meinen Händen.

»Ich weiß sehr wohl, was ich tue! Ich regle das. Gib her!«

»Nein, gib sie mir!« Elsa dreht mir den Daumen um und packt die Kugel, wobei ihr das Glas – »Hoppala« – aus den Fingern rutscht … und mit einem hellen Klirren auf dem Eis zersplittert. Das blaue Licht um den Körper von Renate Immsen-Erkel flackert und erlischt für den Bruchteil einer Sekunde.

»Die Unzerbrechliche … das kann nicht sein«, wispert sie und blickt ungläubig auf die glitzernden Scherben zu ihren Füßen.

In diesem Moment sprintet Elsa so schnell los, dass ihre Kufen das Eis hoch durch die Luft spritzen lassen. Die Wilde Jagd heult wütend auf. Flammen schießen aus dem Mund der Holle und sie brüllt: »BETRUG!« – aber da ist Elsa schon bei ihr und verpasst ihr einen Bodycheck von der Sorte, für die man zu Recht lebenslang gesperrt gehört. Es klingt, als würde sie einen Eisberg rammen.

Renate Immsen-Erkel taumelt zurück.

Elsas Hand schnellt vor, krallt sich die Kette, reißt sie der Holle vom Hals und schleudert sie mit einer schnellen Bewegung hinter sich. »Cora!«

Die schimmernde Klinge schwirrt durch die Luft auf mich zu. Ich fange sie mit der rechten Hand, während ich in vollem Tempo auf die beiden zurase. »Jetzt, Elsa!«

Sie wirft sich zur Seite. Ich reiße den Arm hoch, sehe in die weit geöffneten, blau glühenden Augen von Renate Immsen-Erkel … und zögere.

»Sie ist schon tot. Tu es!«, höre ich Niklas rufen.

Ich schließe die Augen und stoße zu.

Der Körper von Renate Immsen-Erkel fällt auf das Eis. Eine gewaltige blaue Flamme lodert auf und die Holle steht in ihrer wahren, schrecklichen Gestalt vor mir. Ein markerschütternder, nicht enden wollender Schrei entringt sich ihrer Kehle, ihr Gesicht ist von Schmerz und Wut verzerrt. Das Blau des Feuers, das aus ihrem Körper schlägt, wird immer dunkler. Die Flammen scheinen sich plötzlich gegen sie zu wenden und sie zu verzehren. Noch einmal fährt die Flamme meterhoch auf, dann verstummt der Schrei. Ein Lichtblitz schießt in den Himmel und explodiert in der Nacht wie ein blaues Feuerwerk.

»Mann. Mann. Mann«, höre ich Elsa neben mir keuchen. »Wenn ich das einem erzähle! Hat geklappt wie am Schnürchen. Ich glaub nur«, sie stöhnt leise auf, »ich hab mir die Hand gebrochen.«

Ich liege flach auf dem Eis und ringe um Luft.

Aus dem Augenwinkel sehe ich Moritz, Marlene und Zacharias Tigg, die über den See auf uns zugelaufen kommen.

Niklas hat sich aus dem Griff des Riesen befreit. Die Schergen der Holle sind erschrocken hoch in den Himmel zu den anderen Flammengestalten geschossen. Aber Niklas scheint verletzt zu sein. Benommen taumelt er ein paar Schritte vor, dann sinkt er auf das Eis.

In diesem Moment setzt ein schreckliches, lang gezogenes Heulen über mir ein. Vor meinen Augen schlagen blaue Tropfen auf das Eis.

Ich blicke auf.

Die Wilde Jagd steht reglos am Himmel über mir. Es sieht aus, als würde das Heer der Toten blaue Tränen weinen.

»Was ist das?«

»Sie … sie schmelzen«, sagt Elsa.

Ein unerklärlicher Schreck durchdringt mein Herz. Unter Niklas' Kopf bildet sich eine leuchtend blaue Pfütze. Ich robbe über das Eis und beuge mich über ihn. »Was ist das? Was geschieht hier?«, brülle ich gegen das Heulen an.

»Sie vergehen«, flüstert Niklas mit schwacher Stimme. »So wie ich auch. Wir alle waren mit ihr verbunden, durch die Splitter in unserem Herzen … wir alle sterben mit ihr.«

»Ich … ich habe es geahnt«, höre ich Marlene mit gebrochener Stimme sagen. »Gestern Abend, als er auf das Ende der Jagd getrunken hat, da wurde mir plötzlich bewusst, dass er noch immer zu ihnen gehört und was es bedeutet, wenn … ich habe verstanden, dass er sterben wird. Er hat mir verboten, auch nur ein Wort darüber zu verlieren.« Sie wendet sich ab und vergräbt ihr Gesicht in den Händen.

»Ich … ich konnte es dir nicht sagen«, stößt Niklas hervor.

»Sonst hättest du es nicht getan. Es tut mir so leid, Cora …«

»Nein. Nein, nein, nein! Komm zurück, Niklas!« Meine Fäuste trommeln auf seine Brust, während die blaue Pfütze um seinen Kopf immer größer wird.

»Kein Weg zurück«, wispert er, nimmt meine Hand und versucht zu lächeln. Dann fällt sein Kopf zur Seite.

»Niklas!« Ich werfe mich über ihn, küsse verzweifelt seine kalte Stirn, seine Augen, seinen Mund. Ein Wirrwarr aus Bildern und Worten schießt durch meinen Kopf.

Meine Mutter, die blutüberströmt und seltsam verkrümmt zwischen Glasscherben auf dem Asphalt liegt … Jacobs Gesicht, als er in meinen Armen gestorben ist … Die Stimmen von Elsa und Ernesto Gottwald: »… vergebens zu wünschen, dass die Toten lebendig werden … der Tod ist endgültig … nichts bringt die Toten zurück«, und dann blitzt ein weiteres Bild vor meinen Augen auf: Marlene, die auf der schneebedeckten Erde kniet … Marlene, die eine Klinge durch ihre Hand zieht und sie in das Herz des Fuchses stößt …

Die Klinge!

Ich schaffe es, auf die Beine zu kommen, stolpere zu dem Leichnam von Renate Immsen-Erkel und reiße die Kalte Klinge aus ihrer Brust. Dann schleudere ich den Handschuh von meiner Linken und ziehe den scharfen Eissplitter mit einer schnellen Bewegung durch die geöffnete Hand. Der Schmerz schießt wie eine Flamme durch meinen Körper und ich schreie laut auf.

Mein Blut tropft auf das Eis.

Blut auf dem Eis ... Blut auf der Klinge ...

»Cora, was tust du?«, brüllt Elsa, als ich zurücktaumle und mich über Niklas knie.

Ich blicke in sein lebloses Gesicht, umschließe das Heft der Klinge mit beiden Händen, reiße die Arme hoch über den Kopf – »*Nicht, Cora!*« –, werfe mich nach vorn und treibe die Waffe in seine Brust.

Niklas' Oberkörper bäumt sich auf, er wird von einem Krampf geschüttelt und Wellen aus blauem Licht fluten über seine Haut. Dann erstirbt das Leuchten und er liegt wieder reglos vor mir. In dem Moment, in dem ich die Klinge aus seinem Körper ziehe, verflüssigt sie sich zu blauem Wasser.

»Niklas ...«, flüstere ich und werfe mich über ihn.

Marlene und Tigg ziehen mich vom Eis hoch.

»Nichts bringt die Toten zurück«, sagt Elsa traurig, während sie in Niklas' Gesicht blickt. Sie streicht mir über den Kopf und zieht mich behutsam von ihm fort.

»Wartet!«, ruft Marlene plötzlich. »Seht ihr das?«

Da, wo die Klinge in Niklas' Brust eingedrungen ist, glimmt ein schwaches, pulsierendes rotes Funkeln auf, und ein rhythmisches, gleichmäßiges Geräusch schiebt sich unter das Heulen der sterbenden Flammengestalten ...

Kaum hörbar zuerst, dann immer lauter und lauter, bis es klingt wie eine große, dumpfe Trommel, die das Klagen des Toten Heeres übertönt.

Der Doppelschlag eines Herzens!

Ganz langsam öffnet Niklas die Augen und sieht mit dem staunenden Blick eines Entdeckers, der den ersten Schritt in eine unbekannte Welt macht, über den See.

»Cora?«, fragt seine raue Stimme.

Ich sinke auf die Knie, schlinge die Arme um ihn und fühle seinen warmen Atem auf meinem Gesicht.

»Alles wird gut«, flüstere ich und presse meine Lippen auf seinen Mund. Über uns vergeht die Wilde Jagd in einem blauen Regen.

EPILOG
Elsa auf dem Eis

*Fast ein Jahr später
Heiligabend*

Ich lege gerade Besteck auf, als es unten in der Küche scheppert, und erkenne sofort: eine Porzellansauciere. Jede Wette! Kurz darauf höre ich Elsa in der Küche unweihnachtlich fluchen: »Himmelherrgott noch mal! Dreckssauciere!«
Na bitte!
Ich falte die Servietten und zähle die Gedecke auf dem Tisch durch. Noch vier Stunden, ehe unsere Gäste kommen.
Jacobs Werkstatt ist der einzige Raum im Haus, in dem zehn Personen Platz finden. Ich habe ein paar der Arbeitstische zusammengeschoben und rote Tischtücher darübergebreitet. Einen kleinen dezenten Baum und ein paar Tannenzweige auf dem Tisch hätte ich als Dekoration absolut ausreichend gefunden, aber als Elsa heute Morgen hier aufgetaucht ist, hat sie sich nur kurz umgesehen, sich an der Nase gekratzt und gemurmelt: »Schön, Schätzchen. Schön, schön. Aber ein *bisschen* mehr könnte es schon sein, meinst du nicht auch? Du hast Glück, ich hab rein zufällig ein bisschen Weihnachtsschmuck im Auto.« Sie ist zu ihrem VW-Bus gestiefelt, hat einen sarkophaggroßen Karton in die Werkstatt geschleppt und zwei Stunden später sah es aus … wie es jetzt eben aussieht. Der Boden der Werkstatt ist mit künstlichem Schnee bedeckt, in

dem sich die Spuren meiner Stiefel abzeichnen. Die kleine Tanne erstickt unter Goldlametta, Kerzen blinken, Kugeln glitzern, es duftet nach Apfel, Nuss und Mandelkern und das ausgestopfte Rentier über der Tür wacht mit hochheilig funkelndem Auge über den ganzen weihnachtlichen Overkill.

Den Kampf um die Küche habe ich genauso schmählich verloren. Als ich Elsa eingeladen habe, hat sie sich an einer Ladung Salmiakpastillen verschluckt und gekrächzt:»Schön, Schätzchen. Schön, schön. Aber ... hast du schon mal ein Weihnachtsmenü für zehn Personen gekocht?«

»Noch nicht, aber ...«

»Weißt du, Schätzchen, ich übernehm das mal. Ist mein Weihnachtsgeschenk an dich.«

Seit Stunden ist sie in der Küche zugange. Der Eintritt ist bei Todesstrafe verboten. Ich beginne, die Tischkarten zu beschriften und an der Tafel zu verteilen.

Svenja und Iggy werden kommen und über die Feiertage bleiben. Es ist ihr erster Besuch in Rockenfeld und ich kann es kaum erwarten, ihnen alles zu zeigen. Vor allem den Laden. Am ersten Dezember habe ich *Dorneyser Kugeln* wiedereröffnet. Mit dem, was ich von Jacob gelernt habe, und dem, was ich mir während des vergangenen Jahres bei Marlene und Zacharias Tigg abschauen durfte, habe ich ein paar ganz passable Kugeln hingekriegt.

In den meisten Gläsern sind blau schimmernde Wesen zu sehen, die über schneebedeckte Wälder schweben. Bei der Dekoration des Schaufensters habe ich mich an Marlenes Rat gehalten: Weniger ist mehr. Im Schaufenster steht nur eine einzige Kugel: eine Kugel mit flachem Sockel, in deren Innerem ein zerklüftetes Gebirge aufragt und von der nur eine Handvoll Menschen wissen, dass ihr Glas niemals brechen wird.

Marlene hat in diesem Jahr den Preis für das beste Fenster gewonnen und bei der Gelegenheit haben sie und Zacharias im *Torkelnden Hirsch* auch gleich ihre Verlobung bekannt ge-

Achtung!

LESABSCHNITT ①

ist schon geschafft!

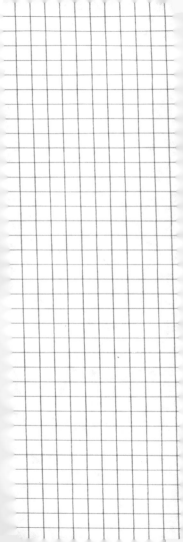

geben. Jedes Mal, wenn ich sie treffe, schnurrt Marlene wie ein Kätzchen, das an der Sahne genascht hat, und das Dauergrinsen auf dem Gesicht von Zacharias Tigg wird in dem Maße breiter, in dem die dunklen Ringe unter seinen Augen größer werden.

Setze ich Moritz neben Iggy? Besser nicht. So ein hyperaktives Energiebündel könnte Iggy ziemlich nervös machen. Moritz hat, ohne sich im Geringsten dafür anzustrengen, das beste Abitur unseres Jahrgangs gemacht und ist mittlerweile eine kleine Berühmtheit. Sein Enthüllungsbuch über die gestörte Oberschichtjugend ist ein Bestseller. Er lässt sich als Sexy-Jungautor auf Buchmessen herumreichen, sitzt als soziales Gewissen in Talkshows und amüsiert sich prächtig dabei.

Es wäre sicher klüger, Valentin neben Iggy zu setzen. Der hat eine beruhigende Ausstrahlung und ich kann mir vorstellen, dass Svenja seinen Ausführungen über »Geschichte von Trash-Metal, Doom-Metal und Black-Metal« eine gewisse morbide Faszination abgewinnen kann.

Valentin arbeitet noch immer auf *Burg Rockenfeld*. Es gab viele Abmeldungen, die Schule musste eine Durststrecke überstehen, aber mittlerweile steigt die Schülerzahl wieder – zur Erleichterung von Ernesto Gottwald, den eine Untersuchung von jeglicher Verantwortung für die tragischen Geschehnisse an seinem Internat freigesprochen hat.

Julian von Kladden und Toby Schallenberg mussten die Schule verlassen. Wie man hört, sind sie ansonsten ziemlich glimpflich mit einer Geldstrafe und einem Haufen Sozialstunden aus ihrer Koksgeschichte rausgekommen.

Die arme Renate Immsen-Erkel ist auf dem Rockenfelder Friedhof begraben, genauso wie der Kardinal. Und auch Katharina Kilius hat endlich ihre Ruhe gefunden.

Der Laden von Josef Kardinal steht leer, ebenso wie *Mellys Märchenkugeln*. Melly lebt jetzt an einem Ort, wo sich geschultes Personal um sie kümmert. Ihre Familie hofft, dass sie bald zurückkommt. Ich bin weniger optimistisch. Im Sommer haben Elsa und ich sie besucht. Sie hat uns Tee in winzigen Porzellantassen angeboten, mit einem unsichtbaren Prinzgemahl geflüstert und uns durchgehend mit *Eure Majestät* und *Hochwürden* angesprochen. »Hab es ja gesagt«, war Elsas einziger Kommentar. »Totaler Sockenschuss!«

Ich verteile die Geschenke unter dem Baum, dann trete ich vor das große runde Fenster, auf dessen Glas Leonard Dorneyser sein Leben verewigt hat, und sehe auf die verschneiten Dächer des Dorfes. Der Winter ist spät gekommen in diesem Jahr. Erst Anfang Dezember hat es begonnen zu schneien und das Eis auf dem Waldsee ist erst seit so gestern so fest, dass es zum Schlittschuhlaufen freigegeben ist.

Ich sehe zu, wie die dicken Flocken zu Boden trudeln. Plötzlich sind vor dem Haus lautes Lachen und Kreischen zu hören. Niklas liefert sich eine Schneeballschlacht mit ein paar Kindern aus dem Dorf. Er duckt sich hinter den Büschen weg, riskiert einen kurzen Blick − und kriegt einen Volltreffer ab. Er lacht, schüttelt sich, schaut zum Fenster hoch und grinst. Alles, was er tut, tut er mit unbändiger Begeisterung. So wie jemand, der jeden Moment seines Lebens spüren möchte, weil er weiß, dass dieses Leben endlich ist. Ob er sich mit jemandem unterhält, ob er ein Buch liest, ob er mich beobachtet, wenn ich an einer Schneekugel arbeite, oder ein paar Kindern Schneebälle an den Kopf wirft − er entdeckt jeden Tag neue Dinge und ich entdecke sie neu mit ihm.

Und jetzt kommt was wirklich Irres: Er lebt − ganz offiziell! Amtlich sozusagen. Wenn man siebenhundert Jahre lang tot war, kann man natürlich nicht mal eben beim Einwohnermeldeamt vorbeischauen und einen Personalausweis beantragen. Verwaltungsbeamte reagieren da in der Regel eher fantasie- und humorlos. Glücklicherweise hat sich herausgestellt, dass der begabte Bastelfreund von Moritz ein mindestens ebenso begabter Hacker ist: Ein paar virtuelle Besuche in Geburtsregistern und standesamtlichen Verzeichnissen, in den Datensammlungen von Kommunal-, Landes- und Bundesbehörden und Niklas hatte eine Identität. Er hat sogar eine Steuernummer.

»Und das«, hat Marlene mit dem ihr eigenen spöttischen Charme angemerkt, »ist doch letztendlich der einzig relevante Beweis unserer Existenz.«

Auf der Treppe ist Getrampel zu hören. Dann fliegt die Tür auf und Elsa steht in Hut und Mantel, die Schlittschuhe über die Schulter gelegt, in der Werkstatt.

»Alles so weit klar«, verkündet sie. »Der Vogel gart im Ofen, dein Rosenkohlauflauf ist vorbereitet und der Nachtisch steht im Kühlschrank. Noch zwei Stunden, bis die Gäste kommen. Wenn wir noch ein paar Runden drehen wollen, sollten wir jetzt los.«

Ich habe ihr versprochen, vor der Bescherung auf dem See mit ihr zu laufen.

»In diesem Jahr krieg ich es noch mal hin, Schätzchen. Wer weiß, was meine Krampfadern nächstes Jahr so vorhaben …«

Zusammen mit Niklas steigen wir den Weg zum See hinauf. Er hat den Arm um mich gelegt. Aus seinen Haaren schlagen keine blauen Flammen und aus seinem Mund dringt kein blaues Licht mehr, aber manchmal glaube ich, dass er ein winziges bisschen Magie aus seiner Welt in unsere gerettet hat. Hin und wieder flackert ein blaues Licht in seinen Augen auf – und dann ist da natürlich noch die Sache mit den Schlittschuhen. Ich habe es ausprobiert: Trage ich irgendein beliebiges Paar Schlittschuhe, dann bewege ich mich auf dem Eis immer noch wie ein Storch im Salat und gebe eine ziemlich traurige Erscheinung ab. Die roten Schlittschuhe hingegen lassen mich aussehen wie eine Eisprinzessin. In ihnen gleite ich auf wundersame Weise leicht wie eine Feder über das Eis und frage mich die ganze Zeit, wie ich das eigentlich mache.

Niklas steht auf dem glitzernden Eis und sieht zu, wie wir unsere Kreise ziehen, als Elsa plötzlich anhält und zum Ufer deutet, wo ein älterer Mann mit einem kleinen Kind an der Hand entlangspaziert. »Ich fass es nicht«, sagt sie. »Ein Weihnachtswunder!«

»Was denn?«

»Erinnerst du dich? Letztes Jahr, als der erste Schnee gefallen ist und wir in meinem Garten standen und uns was gewünscht haben ...«

»Ähm ... ja.«

»Das ist er: Hans Hackl! Der Kerl, von dem ich dir damals erzählt hab. Der mich so brutal gecheckt hat. Weißt du noch, was ich mir gewünscht hab?«

»Dass du ... Elsa, das hast du doch nicht wirklich vor?«

Sie sagt nichts, grinst aber wie ein Honigkuchenpferd.

Der Mann hat uns bemerkt und kommt, das kleine Kind an der Hand, über das Eis auf uns zu. »Mensch, das gibt es doch nicht!«, ruft er freudig aus und patscht Elsa die Hand auf die Schulter. »Elsa! Elsa Uhlich. Dass wir uns noch mal begegnen!«

»Hans Hackl«, sagt sie. »Sieh mal einer an. Was verschlägt dich denn in die alte Heimat? Die Schnauze voll von Whopper Country?«

»Nein, nein. Ich bin nur über die Feiertage hier. Wollte mal wieder die Tochter und das Enkelchen besuchen«, sagt er und deutet stolz auf den kleinen Jungen. »Mensch«, sagt er versonnen. »Weißt du noch, Elsa? Das waren Zeiten damals, was?«

»Jaaaa«, sagt Elsa sehr gedehnt. »Das waren Zeiten.«

Hans Hackl lächelt. Er lächelt auch noch, als Elsa Anlauf nimmt. Er blickt nur ein klein wenig irritiert, lächelt aber tapfer weiter, als sie auf ihn zugeschossen kommt. Und erst im letzten Augenblick trifft ihn die Erkenntnis, dass hier irgendwas komisch läuft. Entsetzt reißt er die Augen auf. Im nächsten Moment fliegt er durch die Luft – und plumpst wie ein nasser Sack aufs Eis. Sein Gesicht läuft tiefrot an und er keucht wie ein asthmatischer Eisbär.

Niklas und ich helfen ihm auf die Beine.

»Opa bums«, sagt der kleine Junge und betrachtet interessiert, wie sein Großvater nach Luft schnappt.

Elsas Triumphgeheul schallt über den See.

Ich lege den Kopf an Niklas' Schulter und wir sehen zu, wie sie über das Eis davonstürmt.

Die Frau, die alle wegcheckt: Rentner! Eishockeyspieler! Eisdämonen!

Elsa auf dem Eis.

DANKSAGUNG

Ich bedanke mich bei Birgit für ihre großartige Unterstützung.

Dank an Anna Mechler und alle bei der Literaturagentur »Lesen & Hören« für ihr Engagement.

Ich danke dem Ueberreuter Verlag, im Besonderen meiner Lektorin Emily Huggins für ihre wertvollen Hinweise und Ratschläge.

Dank an die »Crimies«: Barbara Simon, Christa Hecker und Sylvia Haden.

Ein spezieller Dank geht an Herrn Josef Kardinal aus Nürnberg, der viel Humor bewiesen hat, als er mir erlaubte, seinen Namen für eine Figur in diesem Roman zu verwenden.

Josef Kardinal besitzt die weltweit größte Schneekugelsammlung und hat – abgesehen von seiner Leidenschaft für Schneegläser – nichts mit dem zwielichtigen Charakter gleichen Namens in diesem Buch gemein.